Ellen Berg

Komm schon, Baby!

W0293173

atb aufbau taschenbuch

Ellen Berg

Komm schon, Baby!

(K)ein Liebes-Roman

aufbau taschenbuch

FSC
www.fsc.org
MIX
Papier | Fördert
gute Waldnutzung
FSC® C083411

ISBN 978-3-7466-4102-7

Aufbau Taschenbuch ist eine Marke
der Aufbau Verlage GmbH & Co. KG

1. Auflage 2024

www.aufbau-verlage.de
10969 Berlin, Prinzenstraße 85

Satz LVD GmbH, Berlin
Druck und Binden CPI books GmbH, Leck, Germany

Printed in Germany

Kapitel 1

Das Wunder der Geburt. Was könnte es Erhebenderes geben als den magischen Moment, wenn ein neuer Erdenbürger das Licht der Welt erblickt? Als ob ein strahlender Stern am Himmel erscheint, der alles in den Zauber des Anfangs taucht: Glück, für das es keine Worte gibt, und das einzige Blind Date, bei dem sich eine Frau hundertpro verliebt.

Ernsthaft? Nee. Auf so was können nur Leute kommen, die nie dabei waren.

Denen empfehle ich gern, einfach mal Müttern zuzuhören, wenn das Gespräch um Geburten kreist. Da gibt es keine Sterne, keine Magie, keinen Zauber. Da berichten Überlebende. Gebären ist Arbeit, hammerharte Arbeit. Ein unfassbarer Kraftakt aus Schmerzen, Wahnsinn und allen möglichen Körperflüssigkeiten. Vor allem aber ein nervenzerfetzender Stresstest, von dem Männer, soweit es sich nicht um medizinische Profis handelt, meist heillos überfordert sind.

Auch heute. Henning, den käsigen Mittdreißiger im *Sei-lieb-zu-mir-meine-Frau-ist-schwanger*-T-Shirt, der mit einer Selfiestange – einer Selfiestange! – durch den Kreißsaal getigert ist, habe ich schon vor einer Stunde nach draußen auf den Flur geschickt. Statt seine immer lauter stöhnende Lebensgefährtin zu unterstützen, fiel ihm nichts Besseres ein, als Panik zu schieben und wahllos alles zu fotografieren, was ihm vors Handy kam. Sogar der Mülleimer in der Ecke wurde abgelichtet. Bis Hennings totenbleiches Gesicht verdächtig nach einem baldigen Zusammenbruch aussah, und ich ihn freundlichst hinauskomplementiert habe.

Das fehlte gerade noch, dass ich mich auch noch um einen kollabierenden werdenden Vater kümmern muss. Schon jetzt habe ich alle Hände voll zu tun.

Beckenendlage, das bedeutet eine ziemliche Herausforderung. Genauer gesagt, ist es eine Steißlage: Das Kind will unbedingt mit dem Po voran zur Welt kommen, was auch immer es uns damit sagen will. Manche Ärzte raten in diesem Fall zum Kaiserschnitt. Der ist aber nicht zwingend nötig. Solange die Herztöne des Babys überwacht werden, um jedes Risiko auszuschließen, ist immer noch eine natürliche Geburt drin.

Hannah will unbedingt eine natürliche Geburt. Einige Monate lang habe ich die resolute Kunsttischlerin mit dem karottenroten Bubikopf durch ihre Schwangerschaft begleitet: regelmäßig alle erforderlichen Untersuchungen durchgeführt, Ernährungstipps gegeben, harmonisierende Yogaübungen vorgeturnt, manche emotionale Krise mit ihr durchgestanden. Immer mit Blick darauf, dass wir nicht nur den Countdown, sondern auch die Entbindung gemeinsam meistern werden.

»Ich bin so froh, dass du da bist, Juli«, ächzt sie zwischen zwei Wehenwellen. »Ohne dich hätte ich schon aufgegeben, und Henning ist nun wirklich keine Hilfe.«

»Keine Sorge, wir stehen das gemeinsam durch«, beruhige ich sie. »Und nicht das Atmen vergessen, ja? Genau, ganz tief durch die Nase ein – dann lang gedehnt aus. Super, ich bin stolz auf dich!«

»Danke, das mit dem Atmen haben wir ja auch zur Genüge geübt«, erwidert sie hechelnd. »Nur das Mutter-Kind-Foto wird eine Katastrophe. Meine Haare sitzen heute blöd.«

»Sieht man dir gar nicht an.« Als ob Frisuren jetzt unser Thema wären. »Konzentrier dich einfach auf die Wehen, und freu dich auf dein Kind. Lange wird es nicht mehr dauern …«

Ein Blick zur Uhr verrät mir, dass es kurz nach eins ist. Heute Morgen um sieben, vor sechs Stunden also, hatte Hannah ihren Blasensprung. Eigentlich wäre daraufhin die Fahrt ins Geburtshaus fällig gewesen, weil sie ihr Söhnchen in einer Wanne mit wohlig warmem Wasser zur Welt bringen wollte. Das Gerät für den obligatorischen Einlauf – damit bloß nichts Störendes im Wasser rumdümpelt – lag in meiner Hebammentasche, das Geburtshaus war informiert, die Playlist mit Hannahs Lieblingsentspannungsmusik hatte ich schon Tage vorher dorthin gemailt. Es sollte eine sanfte Geburt werden, im Einklang mit den natürlichen Rhythmen des weiblichen Körpers.

So weit der Plan. Bis Henning, ja, genau, der käsige Typ mit der Selfiestange, kalte Füße bekam und plötzlich auf einer konventionellen Klinik bestand. Er wolle nun doch kein alternatives Gedöns mehr, hat er getönt, hier gehe es schließlich um Leben und Tod.

Hannah wurde nicht mehr gefragt. Die war auch gar nicht mehr in der Lage zu spitzfindigen Diskussionen, ob Wassergeburten nun gedeihlich für Mutter und Kind oder gefährlicher Blödsinn sind. Sie wollte das Ganze nur noch so rasch wie möglich hinter sich bringen. Verständlich. Trotzdem schade. Nun sind wir Hals über Kopf in der Christophorus-Klinik gelandet, wo ich als Beleghebamme arbeite, in einem hässlichen kalkweiß getünchten Kreißsaal, der von unbarmherzig hellem Neonlicht geflutet wird. Ohne entspannende Musik, dafür mit Dr. Jonas Matthiesen, seines Zeichens Oberarzt der gynäkologischen Abteilung, mit dem mich bereits einige unerfreuliche Begegnungen verbinden.

Für Matthiesen, groß, breitschultrig, segelgebräunt, bin ich nur eine lästige Randfigur. Er hingegen führt sich auf wie der sprichwörtliche Halbgott in Weiß. Ganz ehrlich, wenn ich meinen Job so machen würde wie der, hätte ich demnächst nur eines: viel Freizeit. Selbstgefällige Bemerkungen, despotisches Verhalten gegenüber dem Pflegepersonal, ignoranter Umgang mit Patientinnen – die Liste seiner Hobbys ist lang. Und was ihm an Einfühlungsvermögen fehlt, macht er durch dumme Sprüche wett.

»Ich gebe Ihren Beinen Namen, damit ich sie besser auseinanderhalten kann«, mit diesen unsäglichen Worten hat er Hannah begrüßt.

Muss ich betonen, dass ich ihn nicht ausstehen kann? Ich kann ihn sogar buchstäblich nicht riechen, weil er ein grässlich penetrantes Rasierwasser benutzt. Egal. Die Wehen gehen in die nächste Runde, also los.

»Pressen, Hannah, weiter pressen!«, keuche ich synchron zu ihrem stoßweise gehenden Atem. »Ja, so ist es gut, du machst das großartig!«

Meine linke Hand klemmt in ihren schraubstockartig verkrampften Fingern, mit der rechten Hand massiere ich vorsichtig ihren gewölbten Bauch. Zwischendurch flöße ich ihr aus einer Thermoskanne Himbeerblättertee ein, der Gebärmutter, Beckenmuskulatur und Muttermund lockert, im besten Fall sogar den Geburtsvorgang verkürzt. Nur das bewährte Massageöl mit beruhigenden Vanille- und Kokosaromen wurde mir von Dr. Matthiesen verboten.

»In meinen Kreißsaal kommt mir kein Esokrempel, schon gar nicht so ein schmieriges Zeug«, hat er mich angefaucht.

Nicht das erste Mal, dass ich derartig frostige Ansagen von ihm bekomme. Die große Tradition der Hebammenkunst, die uraltes Wissen mit fortschrittlichen Methoden kombiniert, verträgt sich nun mal schlecht mit seinem verbohrten schulmedizinischen Denken. Hannah ist für ihn nichts weiter als irgendeine anonyme Patientin, die man nach Schema F abfertigt. Für mich hingegen ist sie ein menschliches Wesen, das ich liebevoll begleiten möchte, um ihr die Strapazen der Geburt so erträglich wie möglich zu machen. Auf natürliche Weise.

»Nimm den Schmerz an«, rede ich ihr gut zu, »er hilft deinem Körper, das Baby herauszupressen. Und weiter schön tief atmen, ja?«

»Von mir aus kann sie auch die Luft anhalten«, mischt sich Dr. Matthiesen ein, dessen Hemdknöpfe so weit geöffnet sind, als wollte er einen Wettbewerb für die schönste Burstbehaarung gewinnen. »Wir holen das Kind sowieso mit dem Skalpell, so verdreht wie es da im Bauch liegt.«

Seine Problemzone hingegen ist nicht der Bauch, sondern ganz eindeutig der Kopf. Ich hatte ja schon so einige Nahidioterfahrungen, aber Matthiesen toppt alles.

»Ein operativer Eingriff ist doch gar nicht nötig!«, brause ich auf. »Die Vitalwerte des Babys sind im grünen Bereich, wie Sie selber auf dem Monitor sehen können, einer Vaginalgeburt steht also nichts im Wege!«

Er weiß, dass das stimmt. Doch als glühender Fan von Kaiserschnitten, der sich einiges darauf zugutehält, *die schönsten Narben weit und breit* zu verfertigen, passt ihm das überhaupt nicht in den Kram. Verärgert schaut er zur Anzeige des Monitors. So muss sich ein Alkoholiker fühlen, wenn man direkt vor seinen Augen eine Flasche Schnaps in den Ausguss kippt.

»Klar wäre eine Vaginalgeburt toll, aber die Fakten kooperieren nicht«, behauptet er trotzig.

»Die – was? Können Sie das auch auf Deutsch sagen?«, fragt Hannah, die gerade eine Wehenpause hat und jetzt auch mitreden will. »Ich meine, die Mutter bin immer noch ich, oder?«

Ihr Einwand kommt nicht von ungefähr. Eins meiner wichtigsten Anliegen ist es, den Frauen Stärke zu verleihen – beziehungsweise, sich ihrer Stärke bewusst zu werden. Ausführlich haben wir über weibliche Selbstbestimmung gesprochen. Über Entscheidungsfreiheit im Hinblick auf die Geburtsmodalitäten und den Respekt, der Gebärenden gebührt. Da wusste ich ja auch noch nicht, dass ausgerechnet zwei Männer über ihren Kopf hinweg die Entscheidungen treffen würden: erst ihr Mann Henning, und nun auch noch dieser gruselige Matthiesen.

Schon seit der Ankunft im Kreißsaal führe ich mit Matthiesen einen mehr oder weniger stummen Kampf um die Art der Geburt. Aufgrund meiner langjährigen Erfahrung weiß ich, dass Hannah es auch ohne Kaiserschnitt schaffen wird. Doch da gleich zwei Frauen unbequeme Fragen stellen, was selbstverständlich unvereinbar mit seinem ausgeprägten Ego ist, spielt sich Matthiesen jetzt erst recht auf.

»Steißlage, verdammt«, blafft er kopfschüttelnd. »Da fackelt man nicht lange.«

Mittlerweile kommen die Wehen in immer kürzeren Abständen. Der Muttermund ist weit geöffnet, wie ich mich mithilfe eines Spekulums vergewissere, so dass der Geburtsvorgang innerhalb der kommenden Stunde über die Bühne gehen dürfte.

»Bravo, Hannah«, lobe ich sie, »bald hast du es geschafft! Wenn du aufstehen und dich bewegen willst: Nur zu, das hilft deinem Körper.«

»Kommt überhaupt nicht infrage«, widerspricht der Oberarzt. »Sie bleibt, wo sie ist, jetzt werden Nägel mit Köpfen gemacht. Per Sectio caesarea. Operativ also.«

Halblaut versuche ich, ihn umzustimmen. Vergeblich. Demonstrativ unbeeindruckt lässt er einen Rolltisch mit dem silbrig blitzendem Operationsbesteck hereinschieben und streift sich einen OP-Kittel über.

»Schwester Therese!«, wendet er sich an seine Assistentin, eine junge, etwas verschüchterte Frau, die ihm aufs Wort gehorcht. »Sofort alles für die Periduralanästhesie vorbereiten, Schamhaare rasieren, Blasenkatheter einführen, Vorhang anbringen.«

»Aber, aber …«, versuche ich ein weiteres Mal zu intervenieren, doch Dr. Matthiesen schneidet mir grob das Wort ab.

»Ab jetzt halten Sie sich gefälligst raus«, schnauzt er mich an.

»Wissen Sie überhaupt, was Sie da tun?«, halte ich leise dagegen. »Selbst die WHO plädiert dafür, die Zahl der Kaiserschnitte zu reduzieren, sofern sie nicht medizinisch unbedingt notwendig sind.«

Dr. Matthiesen zieht scharf die Luft durch die Zähne ein. Sein gebräuntes Gesicht, das man attraktiv nennen könnte, wenn nicht dieser arrogante Zug um den Mund wäre, formt sich zu einem überheblichen Grinsen.

»Sie können wohl kein Blut sehen, Frau Kemper, was?«

So ein Honk. Wahrscheinlich habe ich in meinem Leben mehr Blut gesehen als er. Der Hebammenberuf ist nun mal nichts für schwache Nerven, da muss man auf einiges gefasst sein.

Auf einen weiteren Schlagabtausch verzichte ich jedoch. Versprich nichts, wenn du glücklich bist, antworte nie, wenn du wütend bist, sagt meine Oma Hilde. Den Kampf um die natürliche Geburt habe ich sowieso verloren – hier in der Klinik wird nach Dr. Matthiesens Regeln gespielt. Jetzt kann ich nur noch etwas für Hannahs Wohlbefinden tun, auch unter den veränderten Bedingungen.

In der nächsten halben Stunde streichele ich immer wieder ihre eiskalten Hände, tupfe ihr den Schweiß von der feuchten, mit karottenroten Ponyfransen beklebten Stirn und nehme unter den rollenden Augen von Dr. Matthiesen Fußreflexzonenmassagen vor, um ihre Energiepunkte zu stimulieren. Zusätzlich träufele ich von Zeit zu Zeit angstlösende Bachblütentropfen auf Hannahs Zunge.

»Wir rocken das«, verspreche ich ihr. »Und dann bekommst du das schönste Baby der Welt.«

Fragend schaut sie mich an, als ein grünlicher Vorhang quer über ihren Körper gespannt wird – damit sie nicht sieht, was gleich da unten geschieht – und Schwester Therese mir Desinfektionsmittel für die Hände sowie einen sterilen mintgrünen Kittel reicht, den ich über meine Jeans-und-T-Shirt-Montur streife.

»Juli?« Hannahs Augenlider werden schwer, schläfrig blinzelt sie mich an. »Was hat das zu bedeuten?«

»Alles gut, du bist in den besten Händen«, flüstere ich, auch wenn ich diesen alerten Matthiesen mit seiner Wir-machen-jetzt-kurzen-Prozess-Methode gepflegt an die Wand klatschen könnte.

Aus dem Augenwinkel sehe ich, wie der Oberarzt jenseits des Vorhangs ein Skalpell unter der einstigen Schamhaargrenze ansetzt. Es folgt ein horizontaler Schnitt. Anschließend öffnet er mit weiteren raschen Schnitten die Bauchdecke und betrachtet mit sichtlichem Vergnügen sein blutiges Werk. Wie Hannibal Lector höchstpersönlich.

»Nicht gerade Picassos Blaue Periode, aber früher Kubismus kommt hin«, lobt er launig seine Künste.

Und dann passiert etwas, was ich noch nie bei solchen Anlässen erlebt habe: Mir wird übel. Speiübel. Mein Magen rebelliert so heftig, als würde er auf links gestülpt und durch die Mangel gedreht. Wenn ich jetzt nicht mitten im Kreißsaal ein Wiedersehen mit meinem Frühstücksmüsli feiern will, muss ich hier raus. Schleunigst.

»Entschuldige, bin gleich wieder da«, raune ich Hannah zu.

»Kein Ding«, murmelt sie sichtlich benebelt von der Anästhesie. »Sag mir einfach Bescheid, wenn das Baby da ist.«

»Haha, Frau Kemper, so taff, wie Sie immer behaupten, sind Sie wohl doch nicht«, ätzt Dr. Matthiesen, als ich mich schwankend aufrichte.

»Wieso, ich … mir geht's blendend.«

»Dann sagen Sie das mal Ihrem Gesicht.«

Manche Leute machen Fehler, manche Leute *sind* der Fehler, schießt es mir durch den Kopf, als ich mit wattigen Knien aus dem Kreißsaal flüchte. Geschenkt. Jetzt zählt nur noch, dass ich es rechtzeitig bis zur Toilette schaffe. Matthiesen werde ich mir später vorknöpfen, mit guten Argumenten und gewählten Worten. Wenn ich schon mal ausraste, was selten vorkommt, dann kontrolliert. So bin ich halt. Sollte ich jemals Geschirr zertrümmern, werde ich vorher garantiert die angeschlagenen Teller dafür raussuchen.

Kapitel 2

Meine Übelkeit steigert sich von Sekunde zu Sekunde. Es fühlt sich an, als ob der gesamte Verdauungstrakt durch die Speiseröhre hinaus ins Freie will. So schnell mich meine Wattebeine tragen, flitze ich an Mr. Selfiestange vorbei, der mit starrem Blick aufs Handy in dem ockerfarben gestrichenen Flur rumsitzt, reiße die Tür zur Damentoilette auf und knie mich in Windeseile vor die nächstbeste Porzellanschüssel. Dann geht's auch schon los.

Während mein Magen alles hergibt, was ich in den letzten Stunden gegessen habe, frage ich mich, warum mir eigentlich so furchtbar schlecht ist. Unzählige Geburten habe ich schon miterlebt – außer am eigenen Leib, wozu es in Ermangelung eines geeigneten Erzeugers nie gekommen ist. Aber nach mehr als zehn Jahren intensiver Hebammenarbeit kann mich ein Kaiserschnitt doch wohl nicht mehr umhauen.

Oder sollte etwa …? Nein, auf keinen Fall. Schon allein deshalb, weil nicht sein kann, was nicht sein darf.

Gut, meine letzte Periode ist ungewöhnlich lange her, andererseits gehören Zyklusunregelmäßigkeiten zu den Nebenwirkungen meines Berufs. Hebamme ist ein Vierundzwanzig-Stunden-Job. Schwangerschaftskomplikationen kennen keine geregelten Uhrzeiten, da muss man auch nachts und an den

Wochenenden raus. Ist doch kein Wunder, wenn dann die Hormone ins Schlingern geraten.

Ich spüle mir gerade am Waschbecken den Mund mit Leitungswasser aus, als sich die Tür öffnet. Es ist Schwester Anett, die ihrem Namen alle Ehre macht. Sie ist nicht *irgendwie ganz nett*, was ja fast einer Beleidigung gleichkommt, sondern *wirklich nett*. Im Gegensatz zu Schwester Therese, die dem Oberarzt niemals Widerworte geben würde, hat sie in der Vergangenheit schon mehrfach Partei für mich ergriffen. Und nicht nur das. Seit wir auf Wunsch einer werdenden Mutter eine Hockgeburt durchgesetzt haben, gegen den Willen von Dr. Matthiesen, versteht sich, sind wir beste Freundinnen.

Unsere Blicke begegnen sich im Spiegel. Oje. Ich erkenne kaum die kreidebleiche Enddreißigerin namens Juli Kemper, in deren weit aufgerissenen Augen hundert Fragezeichen stehen. Anett hingegen, eine stabile Dame in den besten Jahren mit grau melierten Locken, sieht ausgesprochen wohl aus.

»Geht's wieder?«, fragt sie mitfühlend.

»Hm, ja, danke.« Fahrig schiebe ich mir eine Strähne Blondhaar aus dem Gesicht. »Muss wohl was Schlechtes gegessen haben.«

»Da bin ich aber ganz anderer Meinung.«

Ach, du liebes bisschen. Zitternd halte ich mich am Waschbeckenrand fest.

»Was genau – *meinst* du?«

Statt einer Antwort zieht sie ein weißes Plastikstäbchen aus ihrer Kitteltasche und hält es mir hin. Diese Sorte Stäbchen, die über ein ganzes Leben entscheiden kann. Unwiderruflich.

Bang fange ich an zu rechnen. Gut zweieinhalb Monate ist es her, dass mich meine Freundin Isabel und ihr Mann Richard zu einem Open-Air-Rockfestival eingeladen haben. »Damit der ewige Single-Workaholic Juli mal aus dem Quark kommt«, so ihre herzwärmende Begründung. Es war eine rauschende Partynacht bei sommerlichen Temperaturen und mitreißender Musik. Auch der eine oder andere Drink war dabei. Doch dann endete die Nacht ganz, ganz anders als geplant.

»Das Leben wird vorwärts gelebt und rückwärts verstanden«, bemerkt Anett feinsinnig, während ich wie schockgefroren das Stäbchen betrachte. »Komm schon, ich sehe es dir doch an der Nasenspitze an. Dein Gesicht ist schon seit Tagen leicht aufgedunsen, deine Hände sind geschwollen, und du hast so was Weiches im Blick … deshalb habe ich dir einen Test mitgebracht.«

Zögernd nehme ich ihr das Stäbchen ab.

»Ist zwar vollkommen überflüssig, aber schön, ich mache den Test.«

»Lass mich wissen, ob ich recht hatte«, lächelt sie, wobei sich ihre rosigen Wangen zu kleinen Fältchen plissieren. »Du findest mich im Schwesternzimmer. Da gibt's auch Kaffee, den wirst du brauchen.«

Leise schließt sie die Tür. Die nächsten Minuten verbringe ich kurz auf der Toilette und dann quälend lange an die grau gekachelte Wand gelehnt. Fünf Minuten muss ich warten. Fünf endlose Minuten, die sich wie Kaugummi dehnen. Als es schließlich so weit ist, traue ich mich gar nicht, auf das kleine Fenster des Stäbchens zu gucken.

Bitte nicht, flehe ich stumm. Kann doch nicht sein, dass dieser eine kleine Ausrutscher so schwerwiegende Folgen haben soll. Andere Frauen in deinem Alter versuchen jahrelang, ein Kind zu bekommen, rechnen mit speziellen Apps ihre fruchtbaren Tage aus, machen nach jedem Sex eine Kerze, lassen sich pfundweise Hormone verschreiben. Dennoch bleibt es eine Lotterie. Ob's tatsächlich klappt mit der Befruchtung einer Eizelle, steht in den Sternen.

Niemand weiß das besser als ich. Fruchtbarkeits-Hacks für angehende Spätgebärende gehören ebenso zu meinem Beruf wie die sachgerechte Schwangerschaftsbegleitung. Auch fundiertes Wissen über Verhütungsmethoden habe ich zu bieten, weil die meisten jungen Mütter nicht gleich das nächste Baby wollen. Hallo? Ich bin hier die Fachfrau rund um Zeugung, Geburt und Verhütung!

Aber sagt man nicht, der Schuster hat immer die schlechtesten Schuhe? Nun, auf mich trifft das keineswegs zu. Ich habe alles im Griff. Bis auf dieses eine Mal.

Wie hieß er überhaupt? Marco? Manuel? Mike? Wie peinlich, dass ich mir nicht mal seinen Namen gemerkt habe. Nur an seine Augen kann ich mich genau erinnern, unergründlich dunkel im flackernden Widerschein der Bühnenshow. An seine schmalen Hände und seinen verführerisch männlichen Duft, der mich völlig um den Verstand brachte. So durchschlagend, dass wir später in seiner Wohnung gelandet sind, einer verbastelten Jungsbude, wo direkt neben dem Bett ein Profi-Rennrad stand.

Wenn die Chemie stimmt, kann man auch gleich mit Biologie weitermachen, hat er gelächelt, bevor es zur Sache ging. Und dabei ein Kind gezeugt wurde?

Nein, nein, schiebe ich den Gedanken an diese Nacht schnell wieder beiseite. Du hast gestern Abend einen Döner verdrückt, der war nichts für deinen empfindlichen Magen. Du musst einfach bei deiner gemüsebasierten Ernährung bleiben, das ist alles. Also mach dich bloß nicht verrückt. Ein Kind zu zeugen ist und bleibt ein Roulettespiel. Immerhin hat sogar Einstein gesagt, die einzige Chance, beim Roulette zu gewinnen, bestehe darin, die Chips zu klauen. Was hast du also zu befürchten? Mit deinen stolzen achtunddreißig Jahren ist die Chance, durch einen One-Night-Stand schwanger zu werden, ungefähr null Komma eins zu einer Million.

Todesmutig öffne ich die Augen, die ich vor lauter Fracksausen fest geschlossen hatte. Und dann sehe ich es: Zwei rosa Striche im Fenster des Teststäbchens.

Himmel noch mal! Was stimmt nicht mit dem Ding? Ich schüttele das Stäbchen ordentlich durch und halte es noch mal ins Licht der Deckenlampe. Kein Zweifel. Die Striche bleiben. Geradezu triumphierend machen sie sich in dem Fenster breit, als wollten sie sagen: Na, Überraschung gelungen?

Langsam rutsche ich mit dem Rücken an der gekachelten Wand hinunter, bis ich auf dem Boden sitze. Glückwunsch, Juli Kemper. Dümmer hätte es gar nicht laufen können. Du bist Ende Dreißig, seit Ewigkeiten Single und hast nicht den leisesten Schimmer, wer der Mann ist, der es im Überschwang einer spontanen Liebesnacht doch tatsächlich fertiggebracht hat, dich zu schwängern.

Kapitel 3

Das Baby ist wirklich süß. Rosig, wonnig, mit einem allerliebsten hellblonden Flaum auf dem Köpfchen. Rein optisch haben Kaiserschnitte halt den Vorteil, dass die Kinder gänzlich unverknautscht zur Welt kommen. Selfie-kompatibel, um mit Hennings Prioritäten zu sprechen. Unablässig macht er Fotos von seinem Söhnchen, Hannah und sich selber.

Auch Dr. Matthiesen muss mit ihm posieren, zum Schluss bin ich an der Reihe. Als Zierde des Erinnerungsalbums tauge ich ganz bestimmt nicht. Aber vielleicht gibt mein aufgelöster Zustand der Sache ja einen schön dramatischen Touch: Je erschöpfter die Hebamme aussieht, desto besser die Geschichten, die der stolze Vater später über die Geburt erzählen kann. Auch wenn er gar nicht dabei war.

»Alles okay, Hannah?« erkundige ich mich, nachdem die Fotosession abgeschlossen ist.

Eine rhetorische Frage. Über ihr abgekämpftes Gesicht hat sich dieses ganz besondere Leuchten frischgebackener Mütter gelegt: ausgelöst durch ein Feuerwerk der Endorphine und den unwiderstehlichen Duft des eigenen Babys. Ihr Bauch ist mit sterilen Wundauflagen verpflastert, Schmerzen scheint sie nicht zu haben. Wieder und wieder streichelt sie die kleinen Händchen und die runden Bäckchen ihres Prinzen.

»Er ist so hübsch, Juli. So unglaublich hübsch.«

»Der kleine Mann wird eure Welt gründlich auf den Kopf stellen«, füge ich gerührt hinzu. »Doch ihr werdet feststellen, dass sie so herum viel, viel besser aussieht.«

»Ganz bestimmt«, seufzt Hannah, während sie ihrem Baby Küsschen aufs Köpfchen haucht. »Wir werden ihn Anton nennen, du bist natürlich zur Taufe eingeladen. Wie geht's denn jetzt eigentlich weiter?«

Nach einem Schluck aus dem Kaffeebecher mit der Aufschrift *Nicht von schlechten Eltern*, den mir Anett bei meinem Kurzbesuch im Schwesternzimmer in die Hand gedrückt hat, setze ich eine zuversichtliche Miene auf.

»Du kommst auf die Wochenbettstation und verbringst einige Tage in der Klinik, damit alles gut verheilt. Währenddessen begleite ich dich selbstverständlich weiter, beim Stillen und auch bei sämtlichen anderen Fragen.«

Fragen wird es mehr als genug geben. Wie oft soll ich mein Baby anlegen? Worauf muss ich achten, wenn ich es das erste Mal bade? Was tun gegen den Wochenbettdepri? Werde ich jemals wieder genügend Schlaf bekommen? Und, ähem, wann ist Sex wieder erlaubt?

Noch denkt Hannah nicht über solche Fragen nach. Selig hält sie ihr Baby im Arm, ein Anblick, der mich mit tiefem Glück erfüllt – obwohl ich insgeheim enttäuscht bin, dass ich den kleinen Anton nicht selber holen durfte. Unser Plan, die Nabelschnur einzufrieren, wurde ebenfalls von Dr. Matthiesen durchkreuzt, der sie stillschweigend entsorgt hat. Dabei ist Nabelschnurblut durch seinen Gehalt an Stammzellen ein kostbares Reservoir für die spätere Behandlung von möglichen Immundefekten, Stoffwechselstörungen und vielen anderen Erkrankungen.

Alles in allem fühle ich mich betrogen. Wie bei diesen Büchern, in denen es dauernd leere Seiten mit der Überschrift *Raum für Ihre Notizen* gibt. Als ob irgendjemand ein Buch kauft, weil leere Seiten darin sind. Notiz an mich selbst: sobald wie möglich ein konstruktives Gespräch mit Dr. Matthiesen führen. Wir müssen eine bessere Kooperation hinkriegen, auch wenn der Weg dahin nicht gerade vergnügungssteuerpflichtig wird.

»Danke dir, Juli«, flüstert Hannah, die noch keinen Gedanken an Stammzellen oder andere Komplikationen verschwendet. »Du bist ein Engel.«

»Zu viel der Ehre«, winke ich bescheiden ab. »Hebamme ist halt mein Traumberuf.«

»Das wochenlange Einfetten des Dammbereichs hätte sich Hannah allerdings sparen können«, gibt Henning seinen Senf dazu. »Zum Schluss musste sogar ich noch ran mit diesem komischen Weizenkeimöl, weil der Bauch im Weg war, und die ganze Wohnung roch wie eine Bäckerei.«

Was soll ich dazu sagen? Sorry, nicht meine Schuld, dass wir an einen Kaiserschnitt-Fundi geraten sind?

»Die Ölmassagen hätten einen möglichen Dammriss abgemildert, wenn nicht verhindert«, erkläre ich geduldig. »Aber jede Geburt ist anders, da können immer unvorhergesehene Dinge passieren.«

»Nicht bei mir, nicht in meinem Kreißsaal«, ertönt das schneidende Organ von Dr. Matthiesen. Händereibend steht er auf einmal in seinem mintgrünen Kittel neben uns, die OP-Maske lässig auf die Stirn geschoben. »Hübsches Kind, aber jetzt wird's Zeit für einen Ortswechsel, Frau …?«

»Glockenbach, Hannah Glockenbach«, antwortet Henning für sie.

Danach ist es eine Weile still. Offenbar dämmert jetzt auch den beiden Eltern, dass Hannah nichts weiter als eine namenlose Nummer für diesen Arzt ist.

»Also, Frau Kemper«, bricht er das betretene Schweigen, indem er mich stirnrunzelnd fixiert, »wir beide müssten uns mal miteinander unterhalten. Grundsätzlich.«

»Lustig, genau das hatte ich mir auch schon überlegt«, verkünde ich frohgemut, als plötzlich wieder diese würgende Übelkeit einsetzt. »Wir könnten, wir sollten – ich, öhhhh, rufe Sie an.«

Damit stürze ich hinaus, wohlwissend, dass mein Magen so leer ist wie ein Kühlschrank nach einer Teenagerparty. Doch das Schauspiel, wie ich mich trotzdem winde und krümme, gönne ich diesem Matthiesen einfach nicht. Schon gar nicht darf er erfahren, dass ich in anderen Umständen bin. Seine dummen Kommentare kann ich mir nur zu gut vorstellen. *Hinterher ist man nie klüger, nur beschämt, verkatert oder schwanger,* hat er mal einer meiner Klientinnen gesagt, die ungewollt Mutter geworden war. Da nehme ich doch lieber Reißaus.

Draußen auf dem Flur laufe ich sogleich Anett in die Arme, die alarmiert die Hände hebt.

»Was ist denn los? Musst du dich etwa schon wieder übergeben?«

»Sieht so aus«, japse ich, während ich hektisch an ihr vorbeirenne.

Sie folgt mir bis in die Damentoilette, wo ich ihren extrastarken Kaffee in einer der Porzellanschüsseln versenke. Aha. Das unbekannte Wesen in mir mag also keinen Krankenhauskaffee, wie er hier üblich ist: instant, bitter, chemisch modifiziert. Theoretisch bin ich über solche Unverträglichkeiten während des ersten Schwangerschaftsdrittels bestens im Bilde; praktisch hoffe ich inständig, dass das unbekannte Wesen meinen geliebten morgendlichen Espresso akzeptieren wird.

Nachdem ich mir etwas zittrig die Hände gewaschen und ein weiteres Mal den Mund ausgespült habe, tupfe ich mein mittlerweile glühendes Gesicht mit einem feuchten Papiertuch ab. Selten habe ich mich so schwach, so wackelig gefühlt. Aus dem Augenwinkel sehe ich, wie Anett mich beobachtet. Interessiert, auch ein wenig vorwurfsvoll.

»Zwei Fragen, Juli: Warum? Wieso?«

»Ähm, tja, schwer zu sagen«, druckse ich herum. »Geplant war das jedenfalls nicht.«

»Aber ein Mann war schon im Spiel, oder?«

»Sofern nicht höhere Mächte ein Wunder vollbracht haben, gibt es in der Tat einen irdischen Vater«, bestätige ich matt.

»Nun lass dir doch nicht alles einzeln aus der Nase ziehen«, grummelt Anett, die mich nicht aus den Augen lässt. »Wer ist er? Wie lange kennt ihr euch? Wohnt ihr schon zusammen?«

Oje. Jetzt geht's ans Eingemachte.

»Dreimal Fehlanzeige«, bekenne ich schuldbewusst.

Es dauert ein paar Sekunden, bis bei Anett der Groschen fällt.

»*Drei* Mal Fehlanzeige?«, wiederholt sie konsterniert. »Darf ich das etwa so verstehen, dass du nicht mal weißt, wer der Vater ist? Dann hoffe ich, du hast eine fabelhafte Erklärung dafür.«

»Hab ich. Nur keine fabelhafte.« Zerknirscht lasse ich den Kopf hängen. »Es war ein One-Night-Stand. Kennengelernt habe ich ihn auf einem Rockfestival – und danach nie wiedergesehen.«

»Wow.« Mit ironisch gespielter Anerkennung schürzt Anett die Lippen. »Eins muss man dir lassen: Du bist immer für eine Überraschung gut.«

»Ich weiß doch selbst, dass ich himmelschreiend fahrlässig in diese Sache reingerasselt bin«, bricht es aus mir heraus. »Aber was soll ich denn tun? Mich mit einem Schild um den Hals in die Fußgängerzone stellen: Hallihallo, wer war mit mir nach dem Rockfestival in der Kiste?«

Nachdenklich wiegt Anett den Kopf hin und her, wobei ihre grauen Löckchen im Takt mitwippen.

»Er wohnt also hier in unserer Stadt?«

»Ja, wir sind in dieser Nacht nicht weit gefahren«, nicke ich. »Jedenfalls, soweit ich mich erinnere.«

»Und ihr habt keine Nummern ausgetauscht?«

Schulterzuckend mustere ich ihr rundes Gesicht mit den klugen graublauen Augen.

»Dazu kam es nicht mehr. Irgendwann in den frühen Morgenstunden bin ich aufgewacht, hab einen Riesenschreck bekommen und bin einfach raus auf die Straße gerannt, ohne mir zu merken, wo er wohnt. Ich wollte nur noch weg, weil ich mich so geschämt habe.«

»Wofür?«

Jetzt ist es Anett, die mich überrascht. Verständnislos schaue ich sie an.

»Verurteilst du mich denn nicht?«

»Juli.« Sehr ernst schaut sie zurück. »Ich kenne dich jetzt – wie lange? Sechs Jahre? Sieben? In dieser Zeit warst du nur für deine Klientinnen da. Hast dich aufgeopfert, dir nichts gegönnt, bist nicht mal anständig in Urlaub gefahren, weil immer gerade eine Risikoschwangerschaft vorlag oder eine Geburt bevorstand. Da hast du dir ein bisschen Spaß wahrlich verdient. Auch wenn dir ein Moralapostel vielleicht eine etwas andere Sorte Spaß empfohlen hätte.«

»Aber ich habe nicht mal verhütet«, jammere ich. »Und jetzt bekomme ich ein Kind!«

»Du willst es also behalten.«

Das ist keine Frage, es ist eine Feststellung. Etwas anderes käme mir auch gar nicht in den Sinn. Natürlich muss jede Frau selbst entscheiden, wie sie mit so einer Situation umgeht, doch ein Schwangerschaftsabbruch liegt jenseits meiner Vorstellungskraft. Und, so seltsam es klingt: Auf geheimnisvolle Weise fühle ich mich dem kleinen Wesen in mir bereits verbunden. Hallo Baby, alles gut bei dir?

»Hör mal, Juli«, begütigend legt Anett einen Arm um meine Schultern, »meine Schicht endet gleich. Was hältst du davon, wenn du mit mir nach Hause kommst, dich ein bisschen hinlegst, und dann reden wir in aller Ruhe darüber?«

Mein Blick gleitet zur Armbanduhr. Inzwischen ist es früher Nachmittag, jede Menge Termine stehen an. Da ist Kylie, süße siebzehn und im achten Monat schwanger, Samira, eine Endzwanzigerin, die Zwillinge erwartet, sowie eine gewisse Emily Ingwersen, der ich heute einen Antrittsbesuch abstatte. Wie die meisten Frauen, die meine Dienste in Anspruch nehmen, hat sie sich aufgrund einer Empfehlung an mich gewandt, und neue Klientinnen erfordern immer besonders viel Zeit.

»Lass uns das Gespräch auf heute Abend verschieben«, schlage ich deshalb vor.

»Gut, aber übernimm dich nicht«, werde ich von Anett ermahnt. »Dein Engagement in allen Ehren, jetzt bist du mal dran.«

Womit denn? Neue Übelkeitsattacken abwarten? Appetit auf abgefahrenes Zeug wie Thunfisch mit Zuckerguss entwickeln? Däumchen drehen und mich vor meiner Existenz als alleinerziehende Mutter fürchten? Da arbeite ich doch lieber erst mal weiter, mit vollem Einsatz, um gar nicht erst auf trübe Gedanken zu kommen.

»Alles gut, Anett, mir geht's …«

Wie ulkig, warum dreht sich denn der Raum auf einmal? Und wieso hat jemand das Licht gedimmt? Erst kurz bevor mir schwarz vor Augen wird, begreife ich, was los ist. Das Letzte, was ich wahrnehme, sind Anetts starke Arme, die mich auffangen, dann versinke ich im großen dunklen Nichts.

Kapitel 4

»Tut mir leid, dass es Ihnen so schlecht geht. Kann ich noch irgendetwas für Sie tun?«

Vorsichtig hebe ich die bleischweren Lider. O nein. Direkt vor meiner Nase hängt das gebräunte Gesicht von Dr. Matthiesen. An seiner Stimme hätte ich ihn nicht erkannt, so ungewohnt verständnisvoll ist sein Tonfall. Moment mal, Matthiesen und *verständnisvoll*? Ich muss völlig umnachtet sein. Wahrscheinlich ein Anzeichen früher Schwangerschaftsdemenz.

»Was war denn los?«, krächze ich, während ich mich in dem kargen Zimmer umsehe, in dem ich auf einem weiß bezogenen Bett liege. »Wo bin ich überhaupt?«

»Auf der Station natürlich.« Das gütige runde Gesicht von Anett schiebt sich neben Dr. Matthiesens turbogebräunte Visage. »Wir haben dir eine Infusion mit Kochsalzlösung, Glukose und ein paar Vitaminen gelegt.«

Unwillkürlich wandert mein Blick zu meinem rechten Arm. Tatsächlich. In der Armbeuge steckt ein durchsichtiger dünner Schlauch, durch den eine helle Flüssigkeit tröpfelt.

»Kreislaufprobleme in der Schwangerschaft …«, fängt Dr. Matthiesen an zu dozieren.

»… sind eine natürliche Folge der stärkeren Durchblutung der Gebärmutter«, vervollständige ich den Satz. Von einem Typen, der in meiner Situation so hilfreich ist wie ein Buttermesser in einem Schwertkampf, brauche ich nun wirklich keine neunmalklugen Belehrungen. »Ist mir alles durchaus bekannt, Doktor Matthiesen.«

»Ach, ist das so.« Seine Augenbrauen rutschen hoch, sein Lächeln wirkt jedoch eher belustigt als überheblich. »Das nennt man dann wohl vom hohen Ross auf die Nase fallen.«

»Werden Sie nicht im OP gebraucht, Doktor Matthiesen?«, revanchiere ich mich scheinheilig. »Für meinen kleinen Kreislaufkollaps sind Sie doch eindeutig überqualifiziert.«

In Anetts graublauen Augen blitzt pures Amüsement. Es gefällt ihr, dass ich diesem selbstgewissen Medizinmann Paroli biete. Inzwischen hat sie ihren weißen Schwesternkittel mit einem bunt bedruckten Sommerkleid vertauscht und ihre grau melierten Löckchen mit einem lila Haarband gebändigt. Wie mein persönlicher Bodyguard hockt sie auf der Bettkante und hält meine Hand.

»Bestimmt warst du dehydriert, weil du zu wenig getrunken hast«, sagt sie sanft. »Durch das Erbrechen hast du dann zusätzlich Flüssigkeit verloren, deshalb solltest du von nun an immer Wasser dabeihaben. Und regelmäßiger essen, damit dein Blutzuckerspiegel nicht noch einmal so rasant in den Keller rauscht.«

Auch das wäre Matthiesens Text gewesen. Falls er sich darüber ärgert, lässt er es sich nicht anmerken. Die Hände in den Taschen seines mintgrünen OP-Kittels vergraben, mustert er mich neugierig.

»Wusste ja gar nicht, dass Sie liiert sind und eine Familie gründen wollten. Bisher dachte ich immer, die Steigerung von Lebensgefahr heißt für Sie Lebensgefährte. Wer ist denn der Glückliche? Kenne ich ihn?«

Ha. Doppel-Ha. Selbst ich kenne ihn ja so gut wie gar nicht. Während ich fieberhaft nach einer Antwort suche, die nicht ganz so blamabel klingt wie die ungeschminkte Wahrheit, springt Anett für mich in die Bresche.

»Unwahrscheinlich, dass Sie ihm schon begegnet sind, er kommt nicht aus dem medizinischen Bereich«, behauptet sie kess. »Aber er ist ein wahrer Goldschatz, nicht wahr, Juli?«

»Kann man so sagen«, lispele ich, heilfroh, dass diese Klippe umschifft ist, wechsele jedoch vorsichtshalber das Thema. »Übrigens bin ich wieder topfit, Doktor Matthiesen. Wenn Sie nichts dagegen haben, mache ich jetzt das Bett frei. Für die richtig schweren Fälle.«

Prompt umwölkt sich seine Miene, und er bedenkt mich mit einem Blick, der mich an meinen alten Mathelehrer erinnert, wenn seine begriffsstutzigen Schüler mal wieder die binomischen Formeln verwechselten.

»Nun nehmen Sie Ihre Schwangerschaftsohnmacht bloß nicht auf die leichte Schulter«, weist er mich zurecht. »Sie wissen doch, gerade das erste Trimester birgt gewisse Gefahren. Deshalb würde ich Sie gern über Nacht zur Beobachtung hierbehalten.«

Nur unter Aufbietung meiner gesamten Contenance kann ich mir einen verzweifelten Heiterkeitsausbruch verkneifen. Genau das hat der zeugungsbegabte Unbekannte damals auch gesagt: *Ich würde dich gern über Nacht zur Beobachtung hierbehalten.* Was er dann ja getan hat. Mit ungeahnten Folgen.

»Wenn du magst, fahre ich dich nach Hause«, übernimmt Anett für mich. »Meine Schicht ist ohnehin zu Ende, mein Wagen steht unten auf dem Parkplatz. Auf dein Fahrrad solltest du jedenfalls nicht steigen, nachdem du so spektakulär zusammengeklappt bist.«

»Wohl wahr«, gebe ich ihr widerstrebend recht. »Danke dir.«

Dass ich keineswegs nach Hause möchte, sondern zumindest den Termin mit meiner neuen Klientin wahrnehmen werde, nachdem ich schon die beiden anderen versäumt habe, muss ich diesem Matthiesen ja nicht auf die Nase binden. Sonst klebt er mir noch einen *Außer-Betrieb*-Zettel auf die Stirn.

»Sie sollten wirklich mehr auf Ihren Körper hören, Frau Kemper«, schiebt er unnötigerweise nach.

Ja, danke, bin ganz Ohr. Mein Körper will eine Dusche, eine XXL-Tafel Schokolade, einen Riesen-Erdbeer-Smoothie und vor allem raus aus diesem nach Desinfektionsmitteln stinkenden Zimmer, in dem selbst der Gesündeste krank werden würde.

»Wir sollten demnächst ein großes Blutbild machen, für alle Fälle«, verkündet der Arzt aufgeräumt, als ich ihm die Erwiderung schuldig bleibe. »In Ihrem Alter kann man bereits von einer Risikoschwangerschaft sprechen. Nichts für ungut, ich meine, Sie haben meinen größten Respekt, dass Sie als, tja, recht reife Frau noch schwanger geworden sind.«

Toll. Was kommt als Nächstes? Die Überweisung zum Archäologen? Sein Kompliment ist jedenfalls so zweifelhaft wie die Geste, mit der er mir ausgiebig die Wange tätschelt. Danach marschiert er ohne ein weiteres Wort aus dem Raum, federnd, im vollen Bewusstsein seiner athletischen Figur. Etwas verdattert schaue ich ihm hinterher. Was war das denn gerade?

»Hui, der steht auf dich«, giggelt Anett. »Wer hätte das gedacht? Wart's ab, am Ende gründet ihr noch einen Club für gegenseitige Bewunderung. Würde mich jedenfalls nicht überraschen, wenn du ab jetzt Chefarztbehandlung bekommst.«

Darauf kann ich wahrlich verzichten. So ein selbsternanntes Alphatier lasse ich doch nicht an meinen Intimbereich! Wäre ja wohl noch schöner!

»Großes Blutbild, sehr witzig«, schnaube ich, nachdem ich den Infusionsschlauch entfernt habe und mich etwas staksig vom Bett erhebe. »*Großes Blutbad* wäre wohl der passendere Ausdruck für einen wie Matthiesen. Apropos. Wie geht es Hannah? Ich würde gern bei ihr vorbeischauen, bevor wir losfahren.«

»Klar, immer im Dienst«, stöhnt Anett mit rollenden Augen. »Hat dir eigentlich schon mal jemand gesagt, dass du unverbesserlich bist?«

Ich würde es etwas anders formulieren. Die Sache ist ja die: Wenn ich eine Schwangere monatelang begleite und alle Gefühle mit ihr teile, Freude und Ängste, Unsicherheiten und Euphorie, entsteht unweigerlich eine enge Bindung, manchmal sogar eine Freundschaft. Hannah ist mir besonders ans Herz gewachsen. Ich mag diese patente Frau, die vor Kurzem eine eigene Kunsttischlerei eröffnet hat – weil sie eine ähnliche Liebe zu ihrem Beruf hegt wie ich zu meinem. Auch unsere Einschätzung von Henning ist ähnlich. Nur, dass sie ihn über alles liebt. Samt seiner dämlichen Selfiestange.

Auf einmal wird mir schwer ums Herz. Wo ist der Mann, der mich so bedingungslos liebt, dass er über meine Macken hinwegsieht? Und auch bei mir bleibt, wenn der Wind mal hart von vorn kommt? Bislang habe ich so ein Wunderexemplar noch nicht getroffen. Pech? Oder zu hohe Ansprüche?

Wie auch immer, die Chance, ausgerechnet jetzt einen Mann kennenzulernen, der nicht nur meine Macken akzeptiert, sondern auch den Fakt, dass ich mir-nichts-dir-nichts von einer Zufallsbekanntschaft schwanger geworden bin, ist in etwa so groß wie die Wahrscheinlichkeit, dass mir die Glücksfee morgen früh einen Sack Gold vor die Tür stellt.

In derart niederschmetternde Gedanken versunken, erhebe ich mich schwankend.

»Wie fühlst du dich?«, fragt Anett, die mir meine Jacke reicht.

»Aufgestanden als Ruine, würde ich sagen. Ansonsten geht's.«

Gerade will ich meine Sneakers unter dem Bett hervorangeln, als auf einmal sämtliche Stationsschwestern zur Tür hereinkommen.

»Herzlichen Glückwunsch, das ist die Nachricht des Tages, wir freuen uns so sehr für dich!«, sprudelt Schwester Therese hervor, die ohne ihren Herrn und Meister Matthiesen viel lockerer wirkt. Strahlend überreicht sie mir einen ganzen Arm zartduftender gelber Rosen. »Die sind von uns, wir haben für dich zusammengelegt.«

Heiße Tränen schießen mir in die Augen. Wie süß ist das

denn bitte? Vollkommen überwältigt von so viel Anteilnahme senke ich mein Gesicht in das Blütenmeer.

»Wir finden es nämlich wunderbar, dass du ein Kind bekommst«, ergänzt Anett, die hundertpro hinter dieser lieben Aktion steckt.

»Stimmt genau«, bekräftigt Schwester Therese. »Wenn jemand die perfekte Mutter wird, dann du, Juli. So sorgsam, wie du mit Babys umgehst. Und so kompetent, wie du die Schwangeren betreust.«

Ihre lobenden Worte bringen mich in noch größere Verlegenheit. Zwar habe ich immer gehofft, dass die Schwestern etwas von mir halten, aber mit so viel Zuspruch hätte ich niemals gerechnet.

»D-danke«, stammele ich gerührt.

»Jetzt sollten wir aber die werdende Mutter ihrem wohlverdienten Feierabend überlassen«, befindet Anett, die schon meine schwere Hebammentasche aus braunem Rindsleder geschultert hat. »Bis morgen, die Damen. Und passt mir bloß auf Matthiesen auf!«

»Was wollte der überhaupt hier?«, stellt Schwester Therese die Preisfrage, die mich beschäftigt, seit ich aus meiner Ohnmacht erwacht bin. »Sonst kümmert er sich doch immer zuerst um die Geburten.«

»Wirklich komisch, zumal Juli und er nicht gerade ein Dreamteam sind«, merkt eine andere Schwester an.

»Teamfähig ist der doch sowieso nur, wenn er das Sagen hat«, kommt es aus der hinteren Reihe, wo Lernschwester Karina steht. »Den haben sie ja wohl mit 'nem rohen Steak aus der Höhle gelockt, so machomäßig, wie der sich aufführt.«

»Genau, und wenn er nichts zu meckern hat, erfindet er Probleme, damit er uns rumscheuchen kann«, pflichtet ihr eine andere Schwester bei. »Würde mich nicht wundern, wenn der im Supermarkt Chiquita-Etiketten auf die Gurken klebt und sich dann beschwert, dass die Bananen noch grün sind.«

Alle brechen in befreites Lachen aus. Ja, Dr. Matthiesen genießt nicht gerade den besten Ruf auf der Station. So viel zum Thema Ich-bin-hier der-King-im-Ring.

»Leider nicht zu ändern, also zurück an die Arbeit«, kürzt Anett das Geplänkel ab. »Ich bringe jetzt Juli nach Hause. Ja, nach Hause«, wiederholt sie, als ich tief Luft hole, um dagegen zu protestieren. »Aus gesundheitlichen Gründen solltest du dringend an deinem beruflichen Desinteresse arbeiten.«

Kapitel 5

Hannah ist einigermaßen wohlauf, abgesehen von den vielen Familienangehörigen, die sie mit Luftballons, Süßigkeiten, Blumengebinden und Handys belagern. Warum hat sich eigentlich noch nicht rumgesprochen, dass Mütter kurz nach der Geburt vor allem Ruhe brauchen? Und garantiert keine Handyfotos, auf denen sie aussehen wie drei Tage durchgefeiert und danach im offenen Cabrio durch die Autowaschanlage gebrettert.

»Freu mich, dass du so viel Besuch hast, aber falls es dir zu anstrengend wird, schmeiß sie einfach raus«, flüstere ich Hannah ins Ohr. »Wenn du sagst, du willst dem Kleinen die Brust geben, trollen die sich schon von selbst.«

»Danke für den Tipp«, lächelt sie tapfer. »Langsam merke ich, dass ich tatsächlich ziemlich durch bin.«

Das Ganze wächst sich ja auch allmählich zur Party aus. Hannahs Vater, ein baumlanger Hüne mit eisgrauem Haar, hat Sekt mitgebracht, den er in Plastikbecher gießt. Danach bringt er einen Toast aus.

»Auf das frohe Ereignis! Tja, Henning, mein Junge, das Baby sieht dir total ähnlich. Macht nichts, Hauptsache gesund.«

Alle fangen an zu kichern, Henning schmollt, Hannah verdreht die Augen.

»Und ihr wisst ja, was man jungen Eltern sagt, wenn sie mit den Nerven fertig sind«, packt ihr Vater noch einen drauf. »Bei kleinen Problemen hilft der Fachmann, bei großen der Flachmann.«

»Sonst ist er nicht so holzhackermäßig«, wispert Hannah unangenehm berührt.

»Schwamm drüber.« Aus meiner Hosentasche ziehe ich ein kleines Päckchen mit hellblauer Schleife. »Hier ist noch eine Kleinigkeit für dich. Glückwunsch zu deinem süßen Anton.«

Mit großen Augen wickelt sie das Geschenk aus, ein Armband aus zartblau gefärbten Achatperlen. Keine große Sache, aber liebevoll ausgewählt.

»Für mich?«, fragt sie ungläubig.

»Für wen sonst? Das hast du dir wahrlich verdient.«

»Tausend Dank.« Nachdem sich Hannah das Armband übergestreift hat, schaut sie zu Anton, der neben ihr in einem angehängten Babybettchen liegt und so seelenruhig schlummert, als nehme er den Trubel um sich herum gar nicht wahr. »Das Armband wird mich immer an den heutigen Tag erinnern, Juli. Und an dich. Hilfst du mir noch mit dem Stillen?«

»Dafür rufen Sie bitte Schwester Therese.« Anett, die neben der Tür auf mich wartet, tippt freundlich, aber sehr bestimmt auf ihre Armbanduhr. »Wir müssen los. Juli hat gerade einen Kreislaufkasper hinter sich und daher mindestens so viel Ruhe nötig wie Sie, Frau Glockenbach.«

»O, das wusste ich nicht.« Forschend sieht Hannah mich an. »War es wegen des Kaiserschnitts? Bestimmt kein schöner Anblick …«

»Ich erzähl's dir morgen, wenn ich dich besuche«, vertröste ich sie. »Ruf mich trotzdem jederzeit an, wenn was ist.«

Hinter meinem Rücken ahne ich eine wild gestikulierende Anett, die genau das verhindern will. Doch meine Gedanken schweifen schon weiter, und zwar in eine ziemlich deprimierende Richtung: Wer wird an meinem Bett stehen, wenn ich das Kind zur Welt gebracht habe?

Anett, klar, auch Isabel und Richard. Aber sonst? Kein stolzer Vater, keine stolzen Schwiegereltern, so viel steht fest. Allenfalls meine Mutter – sofern sie sich denn zu einem Babybesuch bequemt. Seit mein Vater mit einer Jüngeren auf und davon ist, befindet sie sich vorzugsweise auf Reisen. Zurzeit meditiert sie in einem Yoga-Retreat auf La Gomera. Großmutter will sie auf keinen Fall werden, hat sie mir unlängst eröffnet – zu viel Verantwortung, zu viel Stress. Aber da sei bei mir ja gottlob nichts zu befürchten.

Tja. Normalerweise heißt es: Hinter jeder beruflich erfolgreichen Frau steht eine ungeduldige Mutter, die fragt, wann sie denn endlich mit Enkelkindern rechnen kann. In meinem Fall ist es genau umgekehrt.

Dafür steht mir nun ein Leben als alleinerziehende Mutter bevor. Wie soll ich das denn bitte schaffen? Mein Rund-um-die-Uhr Beruf ist schwerlich mit einem Kind vereinbar. In Notfällen nachts mal schnell raus, ohne die Chance, ad hoc einen Babysitter zu organisieren, ist ein Ding der Unmöglichkeit. Damit steht meine gesamte Existenz auf dem Spiel.

»Juli?« Sacht zieht Anett an meinem Arm. »Wollen wir?«

Die steile Falte zwischen ihren Augenbrauen deutet darauf

hin, dass sie meinen heiklen Gemütszustand erahnt und mich so rasch wie möglich aus dieser rustikalen Familienidylle befreien möchte. Was wäre ich ohne meine Freundin Anett?

Fünf Minuten später schlendern wir unten auf dem Klinikparkplatz zu ihrem Wagen, einem feuerroten alten Käfer, den sie genauso hegt und pflegt wie ihre Patientinnen auf der Gynäkologie. Regelmäßig wird der Lack mit Spezialwachs behandelt, jede Roststelle penibelst entfernt, und das Innenleben punktet mit grasgrün gemusterten Stoffbezügen, die Anett eigenhändig für die schadhaften Sitze genäht hat.

Kaum habe ich den Rosenstrauß und meine Hebammentasche auf dem Rücksitz verstaut, als sie auch schon auf meine Frage antwortet, die unausgesprochen in der Luft hängt.

»Nein, Juli, ich bringe dich nicht zu deiner nächsten Klientin. Erst mal isst du das Sandwich, das ich vom Klinik-Catering abgezweigt habe. Du weißt doch, der Weg zu einer gesunden Schwangerschaft führt durch die Küche, nicht durch die Apotheke. Dann fahren wir zu mir, und du legst dich auf die Couch. Keine Widerrede.«

Klingt sinnvoll. Gegen den Strich geht es mir trotzdem. Wer legt sich denn am helllichten Tag auf die Couch?

»Bitte sehr, dein Käsesandwich mit Eisbergsalat.« Anett reicht mir eine braune Papiertüte. »Brav aufessen, sonst kippst du mir gleich noch mal um. Vorher sagst du bitte deinen Klientinnen ab.«

»Ja, Mami«, ziehe ich sie auf. »Danke, den Ohnmachtshappen weiß ich sehr zu schätzen, und die Termine cancele ich per WhatsApp. Du kannst gern zusehen.«

Nachdem das erledigt ist, steigen wir in ihren Käfer. Während Anett schwungvoll vom Parkplatz auf die Straße einbiegt, fange ich ohne jeden Appetit an zu essen und schaue aus dem Seitenfenster. Häuserfassaden fliegen vorbei, Radfahrer in knappen grellbunten Hosen, Paare, die Hand in Hand ihre Einkaufstüten nach Hause schleppen. Das alles registriere ich, ohne es richtig zu sehen. Hannahs glückstrahlendes Gesicht geht mir nicht aus dem Kopf, die überschwängliche Anteilnahme ihrer Familie, der vor Stolz platzende Henning. Bei meinem Kind wird es heißen: Vater unbekannt.

Und wieder errät Anett meine Gedanken. Als sie an einer roten Ampel bremst, wirft sie mir einen vielsagenden Blick zu.

»Ich finde, du solltest unbedingt in Erfahrung bringen, wer der Vater ist.«

»Lieber nicht«, winke ich ab. »Bestimmt ist er ein windiger Hallodri. Oder ein Oberlangweiler. Oder ein Massenmörder.«

»Kein Mann ist perfekt.«

»Großartige Aussichten, besten Dank.« Nervös spiele ich mit der freien Hand am Sicherheitsgurt, indem ich ihn abwechselnd langziehe und zurückschnappen lasse. »Selbst wenn er der legendäre Prinz in der schimmernden Rüstung wäre – welcher Mann möchte denn bitte Kinder von einer Frau, die sich dazu hinreißen lässt, mit einem Wildfremden ins Bett zu steigen?«

Ein weiterer Seitenblick trifft mich, bevor die Ampel auf Grün springt und Anett ruckartig anfährt.

»Also wirklich, Juli, wir leben doch nicht mehr im neunzehnten Jahrhundert. Außerdem kannst du genauso gut argumentieren, dass er auch nicht gerade ein Kostverächter ist.«

»Mag sein. Trotzdem. Es war eine hormonell gesteuerte Begegnung, mehr nicht.«

»Du könntest ruhig eine höhere Meinung von dir haben.« Energisch hupt Anett einen Radfahrer beiseite, der direkt vor ihrer Stoßstange trudelnde Achten vollführt, dann legt sie mir eine Hand auf den Arm. »Immerhin hast du diesem Mann ja gefallen bei dem Rockkonzert. Und da du keine Zwanzig mehr bist – was du jetzt bitte nicht falsch verstehen darfst –, haben banale Äußerlichkeiten vermutlich eine untergeordnete Rolle gespielt. Ich gehe davon aus, dass du ihn mit deiner herzlichen Art und deiner Lebenslust für dich eingenommen hast.«

Hm. So habe ich es noch gar nicht betrachtet. Dennoch, das Kind ist sozusagen in den Brunnen gefallen, weshalb ich es eben allein aufziehen muss. Gedankenverloren beiße ich von dem Sandwich ab. Wie konnte ich mich nur so tief reinreiten? Nichts, aber auch gar nichts ließ darauf schließen.

Im Schnelldurchlauf lasse ich mein bisheriges Leben Revue passieren. Eine Kindheit, die im Großen und Ganzen recht glücklich verlief. Das Jura-Studium, zu dem mich mein Anwalt-Vater drängen wollte, damit ich die Familientradition weiterführe. Die Entdeckung meiner Berufung, als meine Freundin Isabel schwanger wurde und ich ihre Hebamme kennenlernte, eine unglaublich faszinierende Frau. Meine jahrelange Ausbildung, die ich mit allen möglichen Jobs finanzieren musste, weil meine Eltern strikt dagegen waren und keinen Cent dazugaben.

Seither führe ich ein erfülltes, aber stinknormales, um nicht zu sagen: sacksolides Leben. Drei feste, aber kurze und ein paar lose Beziehungen liegen hinter mir. Und Luca, ein Freund aus

Jugendtagen, mit dem mich einige Zeit lang eine Freundschaft plus verbunden hat. Das war's dann aber auch weitgehend.

Meine Freundin Isabel meint, ich hätte Bindungsängste, ausgelöst durch die unglückliche Ehe und die Scheidung meiner Eltern. Wenn man zu Hause keine liebevolle Atmosphäre erlebt habe, sei man gewissermaßen beziehungsversehrt. Man traue niemandem über den Weg, könne sich nicht fallen lassen und mache es einem potenziellen Partner damit noch schwerer. Auch dass ich weder zu meiner Mutter noch zu meinem Vater eine nennenswerte Bindung habe, sei keine gute Voraussetzung für eine echte Beziehung.

Da ist was dran. Ab und an habe ich ein Date, was meist damit endet, dass ich allein nach Hause gehe, mir einen Frust-Piccolo genehmige und beim Fernsehen auf dem Sofa einschlafe. Der letzte Kandidat hieß Tassilo. Wir sind zum Inder gegangen, das Vindaloo war scharf, Tassilo auch, aber als er mich hinterher küssen wollte, habe ich die Flucht ergriffen. Ich war immer so vorsichtig, so besonnen. Dennoch gab es wohl eine unausgelebte Seite in mir. Wo andere ein inneres Kind haben, habe ich offenbar einen inneren Teenager, so ein verrücktes Huhn, das unbedingt mal austicken und was Abgefahrenes anstellen wollte.

Ein hartnäckiges Surren reißt mich aus meinen Überlegungen. Seitdem ich Kylie, Samira und Emily per WhatsApp abgesagt habe, hat mein Handy schon mehrfach gesurrt. Höchste Zeit, ranzugehen.

»Hallo, Frau Kemper, Gott sei Dank, dass ich Sie endlich erreiche«, tönt es gehetzt an mein Ohr. »Mir ist ganz mulmig, es fühlt sich an, als ob – also ich weiß nicht, ob das Wehen sind oder Bauchschmerzen oder was anderes …«

Ich richte mich kerzengerade auf.

»Wer spricht da?«

»Emily Ingwersen, kommen Sie schnell, bitte. Ich weiß, Sie haben unseren Termin abgesagt, aber …«

»Sekunde.« Meine Finger umklammern das Handy, während ich rekapituliere, was ich über Emily Ingwersens Schwangerschaft weiß. Sie ist bereits im fünften Monat, hat mich also recht spät kontaktiert und die üblichen Vorsorgeuntersuchungen nur sporadisch wahrgenommen. Gut möglich, dass sich das jetzt rächt. »Legen Sie sich bitte auf der Stelle hin und lagern Sie die Beine hoch, ja? Wenn das Ziehen im Unterleib anhält …«

»Es ist nicht der Unterleib, mehr so ein Druck auf der Brust. Ich kriege irgendwie keine Luft.«

Hm. Hört sich eher nach einer Panikattacke an. Das kommt übrigens öfter vor, als man denkt. Viele Schwangere werden zeitweise von einem panischen Gefühl übermannt, wenn ihnen aufgeht, dass da ein völlig unbekanntes Wesen in ihrem Bauch heranwächst. Nicht angenehm, aber auch nicht lebensbedrohlich. Dennoch verfahre ich grundsätzlich nach der Devise: Safety first.

»Sie rufen sofort einen Krankenwagen«, treffe ich die einzig verantwortungsvolle Entscheidung. »Trotzdem werde ich so rasch wie möglich bei Ihnen sein. Bis gleich.«

»Habe ich das richtig gehört?« Erbittert hämmert Anett mit der Handkante auf das Lenkrad ein, nachdem ich das Gespräch beendet habe. »Sag mal, geht's noch?«

»Bitte, Anett, reg dich nicht auf.«

»Ich fange gerade erst an.«

»Es ist ein Notfall, den kann ich doch nicht ignorieren«, rechtfertige ich mich, während ich schon im Handy nach der Adresse suche. »Sei so gut und bring mich zu dieser Emily. Finkenweg siebzehn, das ist ganz in der Nähe.«

Kurz scheint Anett mit sich zu kämpfen, dann siegt das Krankenschwesternethos über ihre Skrupel.

»Also gut«, willigt sie zähneknirschend ein. »Du bekommst zwanzig Minuten, mehr nicht.«

»Danke dir.«

»Bedank dich mal lieber bei meiner grenzenlosen Gutmütigkeit.«

So schnell es die Straßenverkehrsordnung erlaubt, braust sie los, navigiert durch meine Hinweise, die ich ihr mithilfe von Google Maps gebe. Wenig später parken wir vor einem hellrosa gestrichenen Reihenhaus, in dessen Vorgarten üppige Hortensienbüsche in zarten Rosa- und Lila-Nuancen blühen. An der Eingangstür steht eine Frau im weiten weißen Hängerkleid, die uns aufgeregt zuwinkt.

»Ich komme mit rein«, verkündet Anett schmallippig. »Sonst dauert das ewig.«

Jeglicher Protest ist zwecklos, das weiß ich. Deshalb spare ich mir langwierige Erläuterungen, dass das Verhältnis von Hebamme und werdender Mutter eine intime Angelegenheit ist, bei der Dritte nur stören. Hauptsache, ich kann diese Emily vor ernsthaften Schwierigkeiten bewahren.

Seite an Seite hasten Anett und ich durch den Vorgarten auf

die Frau im weißen Umstandskleid zu. Unter ihren Augen liegen tiefe Ringe, das blasse Gesicht wird von weichen kastanienbraunen Wellen umrahmt, die bis auf die Schultern fallen. Ihr Alter ist schwer zu schätzen, weil sie sehr mädchenhaft wirkt, doch ich denke, dass sie Mitte Dreißig sein müsste. Spontan ist sie mir sympathisch. Vielleicht wegen ihres offenen Blicks, in dem eine lebensbejahende Gutartigkeit liegt. Etwas Reines, Liebes, das mich sofort für sie einnimmt.

»Ich bin ja so froh, dass Sie da sind«, seufzt sie, als wir außer Atem vor ihr stehen. »Das heißt – wer von Ihnen ist denn Juli Kemper?«

»Ich.« Wie zum Beweis halte ich meine Hebammentasche hoch, dann deute ich mit dem Kinn auf Anett. »Und das ist Anett Wilsdorf, eine sehr versierte Krankenschwester, die mich heute unterstützt. Also? Wie können wir Ihnen helfen?«

Ihre Antwort geht in markerschütterndem Sirenengeheul unter. Im nächsten Moment hält neben Anetts Käfer mit Blaulicht und quietschenden Reifen ein Rettungswagen, aus dem drei Sanitäter in leuchtend orangefarbenen Warnwesten springen. Wie angestochen hechten sie durch den Vorgarten zum Haus.

»Wo ist die Patientin?«, ruft einer der drei.

»Das, na ja, bin ich.« Verlegen schlägt Emily die Augen nieder. »Entschuldigung, ich fürchte, es war falscher Alarm. Für ein paar Augenblicke dachte ich …«

»*Was* dachten Sie?«, hakt der Sanitäter so frostig nach, dass ich mich instinktiv vor Emily stelle.

»Sie sind sauer, zu Recht, doch ich nehme alle Schuld auf mich«, erkläre ich mit fester Stimme. »Ich war es, die Frau

Ingwersen geraten hat, Sie zu verständigen. Sie ist im fünften Monat schwanger, da kann man nicht vorsichtig genug sein. Vielen Dank, dass Sie sich herbemüht haben, und seien Sie versichert, dass wir nicht mutwillig Ihre Zeit verplempern wollten.«

Ein anderer Sanitäter will gerade einen Kommentar ablassen, und ganz gewiss keinen freundlichen, als plötzlich ein hochgewachsener dunkelhaariger Mann in weißen Jeans und weißem T-Shirt im Vorgarten auftaucht, der mit ausgebreiteten Armen auf Emily zusegelt.

»Was ist los?«, fragt er besorgt und drückt sie an sich. »Du klangst so sterbenselend am Telefon, da habe ich alles stehen und liegen lassen, und bin sofort hergefahren.«

Wie vom Blitz getroffen starre ich ihn an. Scheibenkleister, nein. Nein, nein, nein! Warum zum Henker hat Kommissar Zufall einen derart teuflischen Humor? Ich kenne diese Stimme, diese Augen, diese schönen schmalen Hände, die Emilys Hüften umfassen. Mein Herz beginnt zu rasen, meine Beine verwandeln sich in Pudding, und ein kreiselnder Schwindel erfasst meinen Kopf. Dann wird es still in mir. Sehr still.

Kapitel 6

Nein, ich bin nicht in Ohnmacht gefallen. Einmal reicht für heute. Mit nahezu übermenschlicher Willenskraft konnte ich mich im allerletzten Moment zusammenreißen. Cool bleiben, schärfe ich mir ein. Lass dir um Himmels willen nichts anmerken!

Dabei weiß ich gar nicht, was schlimmer ist: Dass ich gerade ohne Vorwarnung in den grässlichsten Schlamassel meines Lebens geschlittert bin? Dass ich dunkelgelben Neid auf Emily hegen müsste, sie aber zu allem Überfluss auch noch *sympathisch* finde? Dass der Erzeuger meines Kindes kein Problem damit hatte, trotz einer festen Beziehung ganz nebenbei und zwischendurch einen One-Night-Stand mit mir hinzulegen?

Oder dass er mich nicht einmal erkennt?

Sein Blick hat mich nur mäßig interessiert gestreift, um sogleich weiter zu Anett und dann zurück zu Emily zu wandern. Obwohl mich das erleichtern sollte, versetzt es mir einen kleinen Stich. Offenbar bin ich so nichtssagend, dass ich keinen bleibenden Eindruck hinterlassen habe. Könnte natürlich auch daran liegen, dass ich mein Haar kürzer trage als vor zweieinhalb Monaten und tagsüber kein Make-up auflege. Okay, okay, ein äußerst schwacher Trost.

Während sich die Sanitäter schimpfend verziehen, versuche ich, mich innerlich zu sammeln. Im Boden versinken ist keine Option. Jetzt muss ein Talk der Kategorie Unfallstellenabsicherung her: Bitte weitergehen, hier gibt es nichts zu sehen.

»Schön, Sie kennenzulernen«, trällere ich so munter drauflos, als spräche ich mit einem völlig Unbekannten, nicht etwa mit dem Mann, der mich nach einer heißen Nacht sofort wieder vergessen hat. »Machen Sie sich keine Sorgen, es war nichts Ernstes, nur eine psychosomatische Befindlichkeitsstörung, wie sie im Verlauf einer fortgeschrittenen Schwangerschaft typisch ist.«

»Aha. Und Sie sind …?«

Irre. Er erkennt mich tatsächlich nicht. Nicht mal an meiner Stimme! Aber Männerohren sind ja selten funktionstüchtig. Die gehören eher in die Abteilung Deko, weil Zuhören nachweislich keine männliche Domäne ist.

»Kemper, Hebamme«, stelle ich mich knapp vor. Meinen Vornamen lasse ich vorsichtshalber weg, damit nicht doch noch was bei ihm klingelt. »Als Verstärkung habe ich Anett Wilsdorf mitgebracht, Krankenschwester in der gynäkologischen Abteilung der Christophorus-Klinik.«

»Hallo«, murmelt Anett. »Wir sind nur hier, weil wir von einem Notfall ausgingen, und deshalb etwas in Eile.«

Natürlich ist ihr keineswegs entgangen, dass ich ziemlich drüber bin, um nicht zu sagen: völlig am Ende. Doch das schiebt sie wohl auf meine allgemeine Verfassung am heutigen Tag, weshalb sie möglichst rasch wieder verschwinden möchte. Wie soll sie auch ahnen, was hier in Wirklichkeit abgeht?

»Frau Kemper wird sich ab jetzt um mich kümmern«, informiert Emily ihren – ja, was eigentlich? Lover? Lebensgefährten? Ehemann? Keiner von beiden trägt einen Ring, wie mir jetzt auffällt.

»Und die Sanitäter?«, will er wissen. »Was hatten die hier zu suchen?«

»Nun ja …«, Emily zieht einen Flunsch, »peinlicherweise ist der Krankenwagen umsonst gekommen. Doch du musst das verstehen, Matteo, mir war auf einmal total schwummrig, und bei der ersten Schwangerschaft ist man ja noch unsicher, was normal ist und was nicht.«

Mat-te-o. Drei Silben, die mir einen rieselnden Schauer über den Rücken treiben. Ich schlucke schwer. Mit seinem Namen kehren auch die Bilder jener Nacht zurück. Augen, die mich verschlingen. Hände, die mich an Stellen liebkosen, über deren Existenz ich nie nachgedacht habe. Wildeste Raserei. Und dieses Gefühl, bei ihm gut aufgehoben zu sein, weshalb ich mich auf ihn einlassen – und mich bei ihm fallen lassen konnte.

Löschen, Juli, sofort alles löschen, befehle ich mir stumm. Du musst so tun, als habe diese Nacht nie stattgefunden.

Das ist allerdings leichter gesagt als getan. Schockartig wird mir jetzt bewusst, was mich damals so unwiderstehlich zu ihm hingezogen hat. Nicht nur sein gut geschnittenes Gesicht mit Augen in Haselnussbraun, denen kleine bernsteinfarbene Einsprengsel ein irisierendes Funkeln verleihen. Auch nicht nur sein dunkles halblanges Haar, das golden in der Sonne schimmert. Es ist seine Ausstrahlung. Eine schwer zu beschreibende

Aura jungenhafter Männlichkeit, die atemberaubende Abenteuer ebenso verheißt wie die berühmte starke Schulter.

Und Life Changing Sex. Allein schon seine körperliche Anwesenheit versetzt mich in einen flirrenden Zustand, in dem ich ihm am liebsten um den Hals fallen würde. Was sich aus naheliegenden Gründen verbietet. So, wie die Preisgabe der höchst brisanten Information, dass ich von ihm schwanger bin.

Verdammt, warum muss ausgerechnet mir so etwas passieren? Ich glaube ja nicht an Wiedergeburt, aber falls da was dran sein sollte, ist dies das mieseste Leben, das ich je hatte.

»Wollen wir nicht reingehen, damit wir die Sache rasch hinter uns bringen?«, schlägt Anett vor. »Dann könnte Ju …«

»Blutdruck messen«, falle ich ihr ins Wort. Ewig kann ich meinen Vornamen nicht vor diesem Matteo geheim halten, aber vorerst lasse ich ihn wohl besser im Unklaren darüber, dass eine gewisse Juli vor ihm steht. »Bei der Gelegenheit nehme ich einige weitere Untersuchungen vor, um mir ein erstes Bild zu machen. Sie werden sehen, Emily, viele Ihrer Ängste und auch zahlreiche diffuse körperliche Missempfindungen gehören zu den üblichen Symptomen einer Schwangerschaft.«

»Das beruhigt mich«, seufzt sie. »Danke.«

»Kein Ding, dafür sind Hebammen doch da. Also? Starten wir?«

»Leider ist es etwas unordentlich in der Wohnung.« Unbehaglich beißt sie sich auf die Lippen. »Mein Bauch ist schon so groß, da fällt es mir schwer, aufzuräumen. Ich meine, wenn mir früher etwas auf den Boden gefallen ist, habe ich es aufgehoben. Jetzt denke ich: Brauche ich das überhaupt noch?«

Inzwischen hat sich Matteo aus ihrer Umarmung gelöst und schaut auf sein Handy.

»Soll ich hierbleiben, Schatz? Sonst würde ich zurück in die Praxis fahren, heute ist die Hölle los.«

»Sie sind – Mediziner?«, rutscht es mir heraus.

»Allergologe.« Es folgt ein Blickwechsel, der für meinen Geschmack etwas zu lange dauert. Täusche ich mich, oder grübelt er nun doch darüber nach, ob er mich von irgendwoher kennt? »Die Pollensaison ist in vollem Gange, mein Wartezimmer platzt aus allen Nähten«, erklärt er schließlich. »Aber wenn es dir wichtig ist, Emily, sage ich sämtliche Termine ab.«

»Nicht nötig, ich bin ja erst mal versorgt«, beteuert sie mit einem zärtlichen Augenaufschlag in seine Richtung, bei dem mir ganz anders wird. »Wenn du willst, bestelle ich heute Abend Sushi für uns. Oder möchtest du lieber eine Käseplatte mit Taleggio und Gorgonzola?«

»Blauschimmelkäse ist für Schwangere leider gestrichen, so, wie Sushi und auch Rindertartar«, wende ich ein, froh, mich auf die professionelle Ebene retten zu können. »Solche Lebensmittel enthalten im rohen Zustand Bakterienstämme, die gefährlich für Ihr ungeborenes Kind werden könnten. Später gebe ich Ihnen noch eine Liste, was ab jetzt auf dem Index steht und wie die ideale Ernährung für Schwangere zusammengesetzt sein sollte.«

»Ist sie nicht großartig, Matteo?«, strahlt Emily. »Frau Kemper wurde mir wärmstens empfohlen, und ich muss sagen, der erste Eindruck ist phantastisch.«

»Da kann ich nur zustimmen«, behauptet er mit dieser geschmeidigen Verbindlichkeit eines Arztes, dem seine Patientinnen bestimmt reihenweise zu Füßen liegen. »Ich bin sehr glücklich, dass Sie auf Emily achtgeben, Frau Kemper. Bisher hat sie es etwas zu locker angehen lassen, aber mit einer Fachkraft wie Ihnen ist sie ja nun auf der sicheren Seite.«

»Ja-ha«, bestätige ich mit einem gezwungenen Lächeln. »Man tut, was man kann.«

»Und Sie können bestimmt so einiges«, spielt er mir den Ball galant zurück. »Kompetent, sympathisch, einsatzbereit, so stelle ich mir die ideale Hebamme vor.«

Boah, was für ein Charmebolzen. Aber es sind weniger seine Worte als seine hypnotische Stimme und seine zugewandte Art, die mich an ihm fesseln. Errötend fühle ich, dass er mich erneut mustert. Das heißt, dieses Mal scannt er mich regelrecht. Ich kann nur beten, dass in seinem Gedächtnis ein großes schwarzes Loch an der Stelle klafft, wo der Speicherplatz für unsere gemeinsame Nacht gewesen wäre.

»Gut, die Damen, ich zieh dann los«, beendet er unsere Konversation. »Wir sehen uns heute Abend, Schatz.«

»Bis heute Abend«, echot Emily.

Als sie ihn zum Abschied küsst, muss ich wegschauen, um nicht von meinen widersprüchlichen Gefühlen überwältigt zu werden. Bedauern, Verblüffung, Enttäuschung, Wut, Fassungslosigkeit, alles stürzt gleichzeitig auf mich ein.

Aber so ist das nun mal. Es gibt Zeiten, in denen wir unser Schicksal in der Hand haben, und es gibt Zeiten, da hat das Schicksal *uns* in der Hand. Mit eisernem Griff. Was bedeutet: Aus dieser Nummer komme ich nicht wieder raus. Matteo gehört einer anderen, womit jegliches Happy End für mich und unser gemeinsames Kind ausgeschlossen ist.

Mit klopfendem Herzen schaue ich ihm nach, wie er durch den Vorgarten geht, in einen silbernen Smart steigt und davonfährt. Jetzt muss ich nur höllisch aufpassen, dass ich mich nicht nachträglich in ihn verliebe. Vor unserer Wiederbegegnung hatte ich angenommen, es sei spontaner Leichtsinn gewesen, der mich damals in seine Arme getrieben hat. Jetzt wird mir jedoch klar, dass da sehr viel mehr war.

Zu viel, um cool zu bleiben.

Wenn ich's mir recht überlege, darf ich ihn gar nicht mehr sehen. Das ist meine einzige Chance, künftiges Herzeleid zu verhindern. Ich sollte Emily auf der Stelle mitteilen, dass ich ihr nicht mehr zur Verfügung stehe. Und dann nichts wie weg hier.

»Kommen Sie, auf den Schreck mit meinem Fast-Notfall mache ich uns einen Tee«, sagt sie in diesem Moment, nicht ahnend, wie groß der Schreck ist, den ich gerade verkraften musste. »Es gibt auch selbstgebackenen Mandelkuchen.«

»Mmmmh, den mag ich am liebsten«, gurrt Anett, die eine unüberwindliche Schwäche für Süßes hat und darüber sogar vergisst, dass sie diesen Besuch so kurz wie möglich halten wollte. »In der Klinik haben wir nur glutenfreies Gebäck, das schmeckt immer verdächtig nach Altpapier.«

Frohgemut folgt sie Emily durch die offene Eingangstür ins Haus. So ein Mist. Ich hätte schneller reagieren müssen: Tut mir leid, suchen Sie sich bitte eine andere Hebamme, auf Wiedersehen. Aber die Liste mit Dingen, die ich hätte tun müssen in meinem Leben, ist länger als der Wocheneinkaufszettel einer fünfköpfigen Familie: mehr Sport treiben, zum Beispiel, gesünder essen – Kondome benutzen.

Verdrossen tapere ich hinter den beiden her. Da fragt sich eigentlich nur noch, was gerade komplett schiefläuft mit meinem Karma. Keine Erwartungen, trotzdem enttäuscht, womit habe ich das denn nun verdient?

In diesem Moment vibriert mein Handy, und auf dem Display erscheint eine Nachricht.

Wir müssen reden. Matteo

Kapitel 7

In der Wohnung sieht es aus wie bei Leuten, die einen Wettbewerb für stilsichere Einrichtungen gewinnen wollten, aber irgendwann vergessen haben, das sorgsam komponierte Interieur auf Zack zu halten. Alles ist genau aufeinander abgestimmt: die greigefarbene Couch auf den gleichfarbigen Teppich, der grauweiße Tisch im Vintagelook und die dazugehörigen Stühle, die muschelförmige Deckenlampe und die beiden Stehlampen rechts und links der Couch. Die einzigen Farbtupfer sind fröhlich bunte Gemälde an der Wand.

So weit, so geschmackvoll. Nur, dass ein unbeschreibliches Chaos herrscht. Auf dem Boden liegen Bücher, Zettel und Bonbonpapier herum, die Couch ist übersät mit Kleidungsstücken aller Art. Das Ganze wirkt wie ein begehbares Wimmelbuch.

»Ich muss mich wirklich entschuldigen, eigentlich wollte ich gerade ausmisten«, piepst Emily, die in den Klamottenhaufen auf der Couch greift und zwei pastellfarbene Etuikleider hochhält. »Alles Designerteile der chinesischen Marke Tsu eng.«

Als Erste versteht Anett den Scherz. Prustend fängt sie an zu lachen.

»Stimmt, durch die Schwangerschaft rollt ein großer Zunahmi auf Sie zu«, kichert sie, um mit mütterlicher Nachsicht hinzufügen: »Aber nun entschuldigen Sie sich bitte nicht dauernd. Ist doch menschlich, dass die Schwangerschaft Sie ein bisschen aus der Kurve trägt.«

»Es wird mir einfach alles zu viel.« Stöhnend geht Emily in die Hocke und fischt eine blaue Socke unter der Couch hervor, die sie anschaut, als hätte sie einen Alien aufgespürt. »Irgendwo im Universum muss es einen Ort geben, wo einzelne Socken in glücklichen Beziehungen mit meinen herrenlosen Tupperdeckeln leben.«

Wieder lacht Anett. Dann schaut sie zu mir herüber. Irritiert, auch ein bisschen ungehalten.

»Was ist? Du sagst ja gar nichts.«

Wie denn auch. Es hat mir schlicht die Sprache verschlagen. Das Handy mit Matteos Nachricht brennt wie Feuer in meiner Hosentasche. Er hat mich also doch wiedererkannt. Und will mit mir *reden*. Mann, Mann, ich wünschte, jetzt wäre der passende Moment für den Nervenzusammenbruch, den ich mir wahrlich verdient habe.

Was tun? Jetzt, hier und gleich die Karten auf den Tisch legen, nach dem Motto: Ehrlich währt am längsten? Nein, das darf ich Emily nicht antun. Es würde ihr das Herz brechen und mir gleich mit, weil sie so zart wirkt, so schutzbedürftig.

»Frau Kemper?« Zweifelnd sieht sie mich an. »Ist was nicht in Ordnung? Stört Sie das Durcheinander? Ich hätte ja liebend gern für Sie aufgeräumt, aber …«

»Nein, daran liegt es nicht«, kommt mir Anett zuvor. »Juli, also – Frau Kemper – ist heute etwas unpässlich, weil sie ebenfalls Schwangerschaftsbeschwerden hat.«

Erschrocken zucke ich zusammen. Gütiger Himmel, nein, jetzt ist die Bombe so gut wie geplatzt! Was, wenn Emily ihrem Matteo brühwarm erzählt, dass ich ein Kind erwarte? Und das wird sie, hundertpro. Schwangere haben nur Augen für andere Schwangere, und nichts lieben sie so sehr, wie ausführlich darüber zu sprechen.

»So ein Zufall.« Mit großen Augen begutachtet Emily meine Körpermitte, deren Hüftgold eine gewisse Schwäche für Pasta offenbart, ansonsten aber im normalen Bereich liegt. »Man sieht ja noch gar nichts.«

»Erstes Trimester«, stellt Anett lächelnd klar, »da hat sie mit Übelkeit zu kämpfen, nicht mit zu engen Klamotten.«

»Ihnen ist schlecht, Frau Kemper? Warum haben Sie das nicht gleich gesagt?« Mit einer Hand fegt Emily sämtliche Klamotten von der Couch und rückt die bunten Kissen zurecht, die darunter zum Vorschein kommen. »Bitte, Sie müssen sich hinlegen. Fühlen Sie sich wie zu Hause, machen Sie es sich bequem. Auch Sie, Frau Wilsdorf. Ich setze in der Küche Teewasser auf und hole den Kuchen.«

»Aber nicht allein«, entgegnet Anett resolut. »Ich helfe Ihnen.«

Während sich die beiden in Richtung Küche verziehen, sinke ich, am Boden zerstört, auf die Couch. Als ich Matteo damals kennenlernte, habe ich mich gefragt, wo dieser Hottie sich eigentlich die ganze Zeit versteckt hat. Mittlerweile frage ich mich, warum er nicht gefälligst dortbleiben konnte.

Deprimiert betrachte ich das Wohnzimmer. Dieses hübsche, wenn auch leicht verlotterte Nest zweier Menschen, die eine gemeinsame Zukunft vor sich haben. Dabei fällt mir auf, wie widersprüchlich der Raum wirkt. Mein Beruf bringt es nun mal mit sich, dass ich mich viel in Privatwohnungen aufhalte, und im Laufe der Zeit habe ich ein ganz gutes Gefühl dafür entwickelt, was Einrichtungen über die Bewohner verraten.

Hier stimmt was nicht. Von den bunten Kissen über die farbenfrohen Bilder bis zu der lila Bonbonschale auf dem Esstisch erkenne ich eine weibliche Handschrift, die in deutlichem Kontrast zu der edlen Symphonie in Grau steht. So, als hätte Emily das Ganze nachträglich etwas lebendiger gestaltet.

Und auf einmal schießt mir ein bizarrer Gedanke durch den Kopf: Wohnt Matteo überhaupt hier?

Falls mein Gedächtnis noch halbwegs funktioniert, waren wir jedenfalls nicht in dieser Wohnung. Oder doch? Nein, dunkel erinnere ich mich an das nach Eintopf riechende Treppenhaus eines mehrstöckigen Altbaus. Und an eine zugestellte Bude, die mit diesem stilvollen Ambiente in etwa so viel zu tun hat wie der eBay-Flohmarkt mit Sotheby's.

Das passt doch alles nicht zusammen. Vielleicht ein Fall von Persönlichkeitsspaltung? Erotisch motivierte Schizophrenie? Dr. Jekyll und Mr. Hyde in Gestalt eines smarten Allergologen?

Ja, genau, und Thermomix ist der Heizungsmonteur von Asterix und Obelix, flüstert eine fiese kleine Stimme in meinem Ohr. Man nennt es Seitensprung, Juli. Du warst nichts weiter als der Torschlusspanikjoker eines Mannes, der sich noch mal austoben wollte, bevor sein Baby zur Welt kommt. Erlebt man ja öfter, dass werdende Väter genauso Panik schieben wie ihre schwangeren Partnerinnen. Die meisten Männer haben halt mächtig Angst davor, ihre Restfreiheit für ein sturzlangweiliges Familienleben aufzugeben, in dem es den lieben langen Tag nur noch um Windeln und Babybrei geht.

Das wäre also geklärt. Die Wohnungsfrage keineswegs. Sollte mir aber auch egal sein, weil mich das alles nichts mehr angeht. Matteo ist durch. Abgehakt. Bis auf die nicht unerhebliche Tatsache, dass er *reden* will.

Wozu denn? So ein Gespräch kann doch nur in die Hose gehen. Klartext ist die schwierigste Sprache von allen, Männer beherrschen sie äußerst selten, und auf nett gemeinte Schwurbeleien zur emotionalen Stressvermeidung habe ich nun gar keine Lust. Mit solchen Trostpreisen rettet man Kindergeburtstage, keine Beziehung, die nie eine war. Dann lieber zurückschreiben: *Au revoir – das ist übrigens die französische Variante von Du kannst mich mal.*

Was tue ich überhaupt noch hier? So schwer es mir fällt, ich muss Emily an eine andere Hebamme verweisen. Zu meinem Konzept gehört es schließlich, auch die Väter einzubeziehen. Ein Alptraum unter diesen Bedingungen. Wohl oder übel werde ich deshalb zu einer Notlüge greifen müssen: Sorry, bis auf Weiteres kann ich nun doch keine neuen Klientinnen annehmen, weil meine Schwangerschaft unerwartet schwierig verläuft und ich häufig das Bett hüten muss; eine kontinuierliche Betreuung ist damit nicht mehr gewährleistet.

Klingt doch vernünftig, oder?

»Du glaubst gar nicht, wie klein die Welt ist!«, juchzt Anett, die mit einer üppig bestückten Kuchenplatte ins Zimmer kommt. »Rate mal, wer dich Frau Ingwersen empfohlen hat! Überraschung!«

Puh, nee, mein Kontingent an Überraschungen ist für heute mehr als ausgeschöpft.

»Keine Ahnung, Anett. Nach so vielen Jahren Hebammenarbeit kommen recht viele Leute infrage.«

»Stell dir vor, es war – tädää! – Matthiesen!«, lässt sie die Katze aus dem Sack.

Bitte, was? Ich falle aus allen Wolken. Wie kommt denn ausgerechnet Ich-bin-hier-der-Boss-Matthiesen dazu, mich weiterzuempfehlen?

»Hab ich dir nicht gesagt, dass er dich mag?«, triumphiert Anett, bevor sie die Kuchenplatte neben einen Stapel Zeitschriften auf den gläsernen Couchtisch stellt. »Was sich liebt, das zofft sich.«

»Was sich *liebt*? Matthiesen ist verheiratet!«

»Stimmt, aber seine Frau soll ein Drachen sein. Und zumindest fachlich hält er große Stücke auf dich.«

»So ist es«, nickt Emily, die nun ebenfalls hereinkommt, um Teller, Kuchengabeln und rosa geblümte Servietten auf dem Chaoscouchtisch zu verteilen. »Jonas ist ein guter Freund von Matteo, er hat richtig von Ihnen geschwärmt.«

Mit offenem Mund starre ich sie an. *Jonas Matthiesen ein guter Freund von Matteo?*

Die geplante Notlüge, ich sei schwangerschaftsbedingt außer Gefecht, hat sich damit in Nullkommanix erledigt. Ist doch klar wie Korn, dass sich die beiden Herren austauschen, auch über ihre gemeinsame Bekannte Juli Kemper. Und da fangen die Probleme schon an. In der Christophorus-Klinik gehöre ich zu den Beleghebammen, was bedeutet, dass Matthiesen in den nächsten Monaten immer wieder Zeuge sein wird, wie wenig mich meine Schwangerschaft von der Arbeit abhalten kann. Bevor mir eine plausiblere Ausrede einfällt, muss ich das hier also irgendwie durchziehen.

»Finde ich super, dass wir uns alle kennenlernen«, sagt Emily arglos. »Fehlt nur noch Ihr Freund beziehungsweise Ehemann, Frau Kemper. Demnächst sollten wir uns unbedingt zu einem Doppeldate verabreden. Zwei werdende Elternpaare, wie genial! Jonas Matthiesen und Frau Wilsdorf sind natürlich auch willkommen.«

»Ein, äh, Doppeldate«, wiederhole ich tonlos. »Klingt toll.«

Anett lächelt schief. Sie weiß ja, dass ich gar kein gemischtes Doppel zu bieten habe. Nur eine One-Woman-Show. Wüsste sie allerdings, wer mein One-Night-Stand war, würde sie nicht mal ein schiefes Lächeln hinkriegen.

»Dann bleibt ja sozusagen alles in der Familie respektive im Freundeskreis«, flötet sie, ohne die geringste Ahnung, wie absurd recht sie damit hat.

»Ganz genau!«, ruft Emily enthusiastisch. »Wollen wir uns nicht gleich duzen? Ich habe einen alkoholfreien Sekt im Kühlschrank, mit dem können wir anstoßen.«

Ohne eine Antwort abzuwarten, entschwindet sie in die Küche und lässt uns allein. Sekundenlang sitzen wir stumm da, dann zieht Anett die Augenbrauen hoch.

»Warum in aller Welt hast du ihr nicht gesagt, dass du Single-Mom wirst?«

»Weil ich meine Gründe habe?«, antworte ich brüsker als beabsichtigt. »Entschuldige, Anett, ich sehe diese Frau heute zum ersten Mal, da binde ich ihr doch nicht gleich auf die Nase, was für ein verantwortungsloser Freak ich bin.«

»Und das ist alles?«

»Ja, wieso?«

Ihre Augenbrauen rutschen noch ein paar Millimeter höher.

»Ich kenne dich in- und auswendig. Seit dieser Matteo hier aufgetaucht ist, stehst du vollkommen neben dir.«

Volltreffer. Manchmal ist mir Anetts Intuition geradezu unheimlich.

»Wer neben sich steht, hat bessere Chancen, sich selbst zu finden«, flachse ich, um meine Beklommenheit zu überspielen. »Nun mach doch nicht so ein Gesicht. Früher hättest du darüber gelacht.«

»Früher warst du auch noch nicht schwanger.«

»Vielleicht …«, auf der Suche nach einer besseren Erklärung reibe ich mir die Nasenwurzel, »also, es könnte daran liegen, dass ich momentan ein Problem mit glücklichen Paaren habe. Ist doch nachvollziehbar, wenn man in meiner Situation ohne Mann dasteht.«

Anetts Bedenken habe ich damit keineswegs zerstreut. Doch bevor sie mich mit weiteren hochnotpeinlichen Fragen konfrontieren kann, kehrt Emily mit drei langstieligen Gläsern sowie einer Flasche Rosé-Sekt zurück. Rosa, was sonst. So, wie die Hausfassade. Nachdenklich sehe ich zu, wie sie die Flasche öffnet und unsere Gläser füllt.

»Auf das neue Traumtrio!«, bringt sie einen Toast aus. »Auf Juli, Anett und Emily!«

»War das eigentlich Ihre, ähm, deine Idee, das Haus rosa anzustreichen?«, erkundige ich mich, nach dem wir einander zugeprostet und einen Schluck getrunken haben.

»Wie hast du das erraten?«, staunt Emily. »Es ist wahr, Rosa ist meine Lieblingsfarbe.«

»Und was sagt Matteo dazu?«

Da ich sie so scharf beobachte wie Sherlock Holmes persönlich, registriere ich, dass ein unmerklicher Schatten über ihr hübsches Gesicht huscht.

»Matteo hätte einen Grauton bevorzugt«, gibt sie zu. »Doch es ist mein Haus. Ich habe es von meiner Tante geerbt. Dafür durfte er sich hier drinnen verwirklichen: Grau, Greige, Vintage-Weiß.«

»Und die bunten Farbtupfer stören ihn nicht?«

Auf einmal brennt die Luft. Ich könnte nicht sagen warum, aber offenbar habe ich ins Schwarze getroffen.

»Warum sollte ihn das stören«, entgegnet Emily, doch ich spüre, dass ich einem Riss in der Fassade auf der Spur bin.

Nicht, dass mich diese Entdeckung freuen würde. Ich wünsche Emily alles Glück der Welt. Dennoch lässt es mir einfach keine Ruhe, dass hier eigenartige Dinge vor sich gehen, die letztlich ja auch mich betreffen.

»So, die Damen, es wird langsam Zeit«, mahnt Anett, die bereits ein Stück Mandelkuchen verputzt hat.

Keine Frage, für sie wurde der Spruch erfunden: Lassen Sie Ihr Gebäck nicht unbeaufsichtigt.

»Zeit wofür?«, fragt Emily.

»Juli sollte jetzt mit den Untersuchungen beginnen. Bist du bereit?«

»Vorher müsste ich noch mal zur Toilette.« Mit beiden Händen streichelt Emily ihren Bauch unter dem weißen Hängerchen. »Mein Kleines drückt immer so doll auf die Blase.«

Nachdem sie hinausgelaufen ist, piekt sich Anett umständlich zwei, drei Kuchenkrümel von ihrem buntgemusterten Kleid, dann richtet sich ein bohrender Blick auf mich.

»Raus mit der Sprache, Juli. Was ist hier los?«

Kapitel 8

Das letzte Abendlicht spielt in den Wellen des kleinen Sees. Tausende blinkender Reflexe schaukeln auf der Wasseroberfläche, ein wunderschönes Schauspiel. Wie friedlich es hier ist. Wie idyllisch. Schilfhalme biegen sich im leichten Wind, irgendwo quaken Frösche, zwei Reiher fliegen mit langgestreckten Hälsen vorbei.

Immer, wenn ich nicht weiterweiß, setze ich mich auf diesen etwas morschen Bootssteg im Stadtpark, um in Ruhe nachdenken zu können. Es tut so gut, den Geruch nach durchsonntem Holz einzuatmen, die Natur zu beobachten, das gluckernde Wasser an meinen nackten Füßen zu spüren. Dann sind alle Probleme weit, weit weg. Lösen kann ich sie auf diese Weise natürlich nicht, wie auch, doch mit etwas Abstand betrachtet wirken sie nicht mehr ganz so bedrohlich.

Heute ist es anders. Auch mit meiner Ruhe ist es nicht weit her. Eine Mischung aus Furcht und Neugier treibt mich dazu, alle zwanzig Sekunden mein Handy zu checken.

Emily hat bereits geschrieben. Morgen Abend soll ich mit meinem nichtexistenten Partner zum Raclette kommen. Eine Einladung, um die ich mich weiß Gott nicht gerissen habe. Allein schon, weil Raclette besser in den Winter passt, habe ich keine Lust auf diesen Abend, weit schlimmer ist jedoch die Zusammensetzung der Gäste. Auch Anett und Jonas Matthiesen werden mit von der Partie sein, was die Sache keinen Deut besser macht. Was wohl Matteo dazu sagt? Macht er gute Miene zum doofen Spiel, weil Emily sonst Verdacht schöpfen könnte?

Natürlich könnte ich absagen. Damit würde ich mein Dilemma aber nur vertagen. Oder, wie meine Oma Hilde sagt: Das kalte Wasser wird nicht wärmer, wenn du später reinspringst. Auf Dauer kann ich mich sowieso nicht mit irgendwelchen Ausflüchten vor diesem Treffen drücken, und im Laufe meines Lebens habe ich gelernt, dass es viel anstrengender ist, etwas vor mir herzuschieben, als es hinter mich zu bringen.

Womit sich die Frage aller Fragen stellt: Wie zum Teufel soll ich Emily erklären, dass ich den Vater meines Kindes nicht mitbringen kann, weil er bereits am Tisch sitzt?

Aufstöhnend betrachte ich meine nackten Zehen im Wasser. In ein paar Monaten werde ich meine Füße nur noch im Spiegel sehen können, weil sich dann der Babybauch dazwischengeschoben hat. Dass Matteo der Urheber ist, wage ich nicht einmal Anett anzuvertrauen. Sie mag Emily, das ist unverkennbar. Ich mag Emily ja auch. Gerade deshalb ist die Situation so ausweglos.

Ich will dieses Einmal-pusten-und-alles-wieder-gut meiner Kindertage zurück! Warum muss mein Leben auf einmal so kompliziert sein? Und wie lange kann ich mein Geheimnis noch vor Anett verbergen? Als sie mich zur Klinik brachte, wo noch mein Fahrrad stand, hat sie mich weiter gelöchert, warum ich »so komisch drauf« sei.

Bei aller Freundschaft, locker würde sie die volle Wahrheit ganz bestimmt nicht nehmen. Deshalb habe ich mich in die schlappe Ausrede geflüchtet, es liege wohl an meiner Schwangerschaft. Aber mit irgendwem muss ich sprechen, sonst drehe ich noch durch. Ratlos scrolle ich durch meine Telefonliste, bis ich bei Luca hängen bleibe, meinem einstigen Freundschaft-plus-Freund. Seit Wochen haben wir uns nicht gesehen. Eigentlich die ideale Voraussetzung für ein Krisengespräch: Luca kennt Emily gar nicht, Anett nur flüchtig, ist also in gewissem Sinne eine neutrale Person, die mein Problem aus gebührendem Abstand betrachten kann. Mit fliegenden Fingern fange ich an zu texten.

Hi Luca, Lust auf ein Treffen? Am besten gleich?

Ziemlich gewagte Anfrage, doch er schreibt umgehend zurück.

Na, das nenne ich spontan. Okay, kein Thema, hänge sowieso gerade in »unserem« Laden ab.

Nahezu euphorisch antworte ich ihm.

Super! Phantastisch! Bin in zehn Minuten da! Kuss, J

In Windeseile ziehe ich Socken und Sneakers an und setze meinen Fahrradhelm auf. Bevor ich aufs Rad steige, das neben dem

Bootssteg im Gras gelegen hat, horche ich in mich hinein. Alles gut? Keine Übelkeit, kein Schwindel? Nein, ich fühle mich absolut fahrtüchtig.

Gerade will ich mich auf den Weg machen, als ein beharrliches Surren in meiner Hosentasche einen Anruf signalisiert. Das Handydisplay zeigt einen anonymen Anrufer. Könnte eine Klientin sein, die vom Festnetz anruft, weshalb ich das Gespräch annehme. Und diese Entscheidung eine halbe Sekunde später bereue.

»Juli?« Allein der Klang seiner Stimme sorgt dafür, dass sich die Härchen auf meinen Unterarmen senkrecht stellen. »Warum hast du dich nicht bei mir gemeldet?«

Meine Kehle ist wie zugeschnürt, mein Herz klopft zum Zerspringen. Nur unter großen Anstrengungen bringe ich eine Antwort heraus.

»Weil ich dir nichts zu sagen habe, Matteo?«

»Früher oder später müssen wir aber reden.«

»Dann lieber später.«

Schweigen. Bis zum Äußersten angespannt lausche ich seinen schweren Atemzügen.

»Du bist mir nicht mehr aus dem Kopf gegangen, seit wir uns damals begegnet sind«, sagt er schließlich. »Ich habe wochenlang nach dir gesucht, auf Facebook, Instagram, überall.«

»Und mich jetzt gefunden. Yippiee«, scherze ich matt.

»Wirklich urkomisch«, brummt er. »Was ist denn los mit dir?«

»Hormone. Und was ist deine Entschuldigung dafür, dass du trotz einer festen Beziehung fremdgegangen bist? Zu viel Testosteron?«

Er zieht scharf die Luft durch die Nase ein, bevor er antwortet.

»Es ist alles viel komplizierter, als du denkst. Mich traf fast der Schlag, als ich dich heute sah. Es war so … so unverhofft.«

Frag mich doch mal, wie's mir damit ging. Wieder tritt eine Pause ein, in der ich mehrere Stoßgebete zum Himmel schicke, dass Matteo noch nichts von meiner Schwangerschaft weiß. Dann atmet er hörbar aus.

»Emily hat mir erzählt, dass du ebenfalls ein Kind erwartest?«

So viel zum Thema erhörte Stoßgebete.

»Ja, stell dir vor, kurz nach unserer, ähm, Begegnung habe ich den Mann meines Lebens kennengelernt«, improvisiere ich auf gut Glück. »Es war Liebe auf den ersten Blick. Deshalb haben wir sofort beschlossen, eine Familie zu gründen.«

Eine glatte Lüge. Aber was hätte ich denn sagen sollen? Glückwunsch zu deiner phänomenalen Zeugungsfähigkeit, Mr. Supersperma, du hast nämlich gleich zwei Frauen geschwängert?

»Freut mich für dich.« Seine Stimme klingt auf einmal belegt. »Aber dieses Essen morgen …«

»Das Doppeldate, ja«, falle ich ihm ins Wort. »Offen gestanden weiß ich noch nicht, ob mein Freund mitkommen kann, er ist immer sehr beschäftigt.«

»So, ist er das.«

Es hilft alles nichts. Dieses würdelose Rumeiern muss ein halbwegs würdiges Ende finden, bevor noch mehr danebengeht als sowieso schon.

»Matteo.« Ich räuspere mich. »Uns beiden wäre es doch lieber, wenn ich mich von Emily und dir fernhalte, oder?«

»Sicher«, kommt es wie aus der Pistole geschossen zurück.

Das leichte Vibrieren seiner Stimme sagt mir allerdings, dass ein Rest Bedauern mitschwingt. Darüber darf ich gar nicht genauer nachdenken, obwohl ein total unvernünftiger Teil von mir die Arme hochreißt und mit den Hüften wackelt.

»Dann hilf mir, einen Vorwand zu finden, warum ich Emily nicht mehr betreuen kann.«

»Schwierig.« Auch Matteo räuspert sich jetzt. »Die anderen drei Hebammen, die sie kontaktiert hat, sind alle ausgebucht, und sie ist ganz vernarrt in dich.«

Ach, du Schreck. Mit mir zusammengerechnet gibt es nur vier Hebammen in unserer kleinen Stadt, so dass ich quasi verpflichtet bin, Emily beizustehen. Ganz nebenbei wäre damit auch geklärt, dass ich beileibe nicht Matthiesens erste Wahl war, sondern nur der Notnagel. Wie aufbauend. Während ich das Handy noch fester ans Ohr presse, damit mir auch nicht die kleinste Reaktion von Matteo entgeht, nage ich nervös an meiner Unterlippe. Das Ganze ist aber auch zu vertrackt.

»Hallo?« Wieder dieses eigentümliche Vibrieren seiner Stimme. Aber womöglich bilde ich mir das auch nur ein. »Bist du noch dran, Juli?«

»Mm, ja. Was machen wir denn jetzt?«

»Wenn ich das wüsste.«

Mein Blick wandert über den See. Die Sonne ist fast untergegangen, zwei Enten nebst flauschig-gelben Küken paddeln leise schnatternd ins Schilf. Mama-Ente, Papa-Ente, Nachwuchs, eine perfekte Familie. Die mein Kind nicht haben wird.

Doch das ist jetzt nicht mein drängendstes Problem. Unwillkürlich straffe ich die Schultern.

»Wir könnten es so hindeichseln, dass du immer außer Haus bist, wenn ich Emily besuche. Und dich verziehst, wenn sie mich abends oder am Wochenende braucht. Die Geburt würde ich Matthiesen überlassen, schließlich gehe ich davon aus, dass du dabei sein möchtest. Auf diese Weise könnten wir Abstand halten.«

»Klingt nach einem Plan.«

»Und morgen Abend?«, erkundige ich mich mit einem völlig unangebrachten Flattern in der Herzgegend.

»Müssen wir wohl irgendwie durchziehen.«

Irgendwie. Wie denn? Ich weiß gar nicht, was mir mehr Angst einjagt: Matteo wiederzusehen oder dass Emily etwas merken könnte. Meine Schauspielkünste halten sich in überschaubaren Grenzen, und die Aussicht, mich verspannt durch den Abend zu quälen, immer auf der Hut, immer darauf bedacht, bloß nichts Falsches zu tun oder zu sagen, überfordert mich jetzt schon.

»Also dann bis morgen«, höre ich Matteos aufgeraute Stimme.

Eine Abschiedsformel. Was aber nicht heißt, dass er auflegt. Ganz deutlich höre ich ihn atmen, etwas schneller als zuvor, und ich spüre fast körperlich, dass es Berge von Ungesagtem zwischen uns gibt. Dinge, die wir einander vielleicht gestehen würden, wenn da nicht Emily und ihr ungeborenes Kind wären.

»Geht's dir denn gut mit der Schwangerschaft?«, fragt er in die aufgeladene Stille hinein.

»Alles bestens«, versichere ich, obwohl auch das eine glatte Lüge ist. »Du, ich muss los, bin noch verabredet. Ciao.«

Gespräch beendet, Gefahr gebannt, alle wichtigen Fragen unbeantwortet. Ein Teflontalk der Sorte Flachpfanne. Aber immerhin konnte ich mein größtes Geheimnis für mich behalten.

Mit gemischten Gefühlen radele ich los. Zunächst am Seeufer entlang, wo einzelne Ruderer dem kleinen Bootsverleih zustreben, dann weiter zum Ausflugslokal *Alte Liebe,* auf dessen Terrasse junge Leute und alte Paare ihren Feierabendschoppen trinken. Von dort aus geht es weiter auf die Straße, die ins Zentrum führt. Ich bin spät dran. Das Telefonat hat meinen Zeitplan – und mich – ordentlich durcheinandergebracht.

Sei stark, Juli. Du bist nicht die erste alleinerziehende Mutter auf der Welt. Karma is a bitch, aber das wird dich nicht davon abhalten, das Beste draus zu machen.

Tröstende Worte, doch nun geht es erst richtig los. Vergiss ihn!, zetert mein Kopf. Ruf ihn noch mal an, flüstert mein Herz. Dann kommst du auf direktem Weg in die Hölle, schimpft mein schlechtes Gewissen. Ich hätte jetzt ganz gern was zu essen, knurrt mein Magen, warum hast du den leckeren Mandelkuchen links liegen lassen? Du musst ihn wie Luft behandeln, meldet sich die Stimme der Vernunft zu Wort. Großer Fehler, das würde erst recht auffallen, widerspricht eine zweite, nicht minder vernünftige Stimme.

Offenbar verfüge ich über die Gabe, so oft um die Ecke zu denken, bis ich gar nicht mehr weiß, was ich tun soll. Grübelvorgang beenden, Gedankenspeicher runterfahren, befehle ich mir, sonst treffen sich deine Entscheidungen noch heimlich ohne dich.

Na also, funktioniert doch. Erst als ich vor dem Lokal *Tommy's Tanke* vom Rad steige, wird mir bewusst, dass meine Mundwinkel fast bis zu den Ohrläppchen reichen – und ein gewisser Matteo für dieses unsinnige Lächeln verantwortlich ist. Ich muss komplett verrückt sein. Oder verknallt. Leider kann ich mir weder das eine noch das andere leisten.

Kapitel 9

»Nicht dein Ernst.« Vollkommen verdattert schaue ich in Lucas jungenhaftes Gesicht, in dem nur die kleinen Lachfalten verraten, dass er ebenso wie ich auf die vierzig zugeht. »Nie im Leben ziehe ich diese Nummer durch!«

»Wäre aber naheliegend.« Mit einer Hand fährt er sich durch das volle dunkelblonde Haar, das über der Stirn zu einer unwiderstehlichen Tolle hochgekämmt ist. »Wir kennen uns seit Ewigkeiten, Juli, den Paarlauf nimmt man uns ohne Weiteres ab.«

Kopfschüttelnd nippe ich an meinem Latte macchiato. Seit einer halben Stunde sitzen wir in unserer Lieblingsecke von *Tommy's Tanke,* einer zum Lokal umgebauten ehemaligen Tankstelle. Der gemütliche Raum mit den cappuccinofarbenen Wänden und dem kaffeebohnenbraunen Bistromobiliar wird von hunderten Glühbirnen erhellt, die wie ein Sternenmeer von der Decke herabhängen. Als Deko dienen nostalgische Plakate in Rot- und Cremetönen, die längst vergessene Kaffeemarken mit Sprüchen wie *Life sucks, Coffee helps* bewerben.

Ich mag diese Retro-Atmosphäre. Und ich mag Luca. Doch nachdem ich ihm mein Herz ausgeschüttet habe, kam er mit einem Vorschlag um die Ecke, der an Absurdität kaum zu überbieten ist.

»Wir können doch nicht so tun, als wären wir ein Paar und du der Vater meines Babys«, entgegne ich entrüstet. »Diese kleine Stadt ist letztlich ein Dorf. Jeder kennt jeden, geratscht wird bis zum geht nicht mehr, da fliegt der faule Schwindel sofort auf.«

»Nicht unbedingt.« Bedächtig nimmt er einen Schluck von seinem Latte macchiato. »Lass mich nur machen, ich biege das für dich hin. Auf meine Weise.«

Das ist mal wieder typisch Luca. Wir kennen uns seit Schülerzeiten, und von jeher hatte er ein recht entspanntes Verhältnis zur Wahrheit. Das begann mit kleinen Trickсereien bei Mathetests, erstreckte sich über seinen jugendlichen Hang zu Parallelbeziehungen und wurde zum Erfolgsrezept, als er mit gerade mal zweiundzwanzig eine Firma für Softwareprogramme gründete. Obwohl er seine Geschäfte anfangs am Küchentisch abwickelte, präsentierte er sich auf seiner Website vollmundig als global vernetzter Unternehmer. Wobei man ihm zugutehalten muss, dass er genau das geworden ist. Seine Auftraggeber kommen aus der ganzen Welt, mittlerweile beschäftigt er zehn Angestellte.

Ein windiger Aufschneider ist Luca also keineswegs. Manchmal beneide ich ihn um die Leichtigkeit, mit der er das Leben angeht. Für mich ist er die beste Freundin in maskulin. Unser »Plus« gehört zwar der Vergangenheit an, hat aber dazu beigetragen, dass wir uns alles erzählen können. Bei Luca muss ich nie befürchten, verurteilt zu werden. Pragmatisch, wie er ist, sieht er auch die kleinen Umwege des Schicksals gelassen, getreu seinem Motto: Das Leben ist wie ein Ikea-Schrank, irgendein Teil fehlt immer, und wenn's ein bisschen wackelt, muss man das halt akzeptieren.

»Noch einen Latte?«, fragt er fürsorglich. »Oder einen Salat? Du siehst aus, als könntest du was Essbares vertragen.«

Unschlüssig rühre ich mit einem langstieligen Löffel im Rest Milchschaum, der sich auf dem Boden meines dickwandigen Latte-macchiato-Glases gesammelt hat.

»Weiß nicht, ja, vielleicht noch so einen. Aber bitte entkoffeiniert, sonst wird das zu viel für mein Baby.«

»Geht klar. Moment.«

Während er zum Selbstbedienungstresen schlendert, um die Bestellung aufzugeben, drehen sich einige weibliche Gäste nach ihm um. Luca ist ja auch ein Hingucker in seiner knapp sitzenden Jeans und dem blau-grün karierten Holzfällerhemd, das seine breiten Schultern betont; er ist der Typ, dem man sofort verfällt und zu dessen Fans wahrscheinlich auch einige Herren zählen. Abgesehen davon, dass er immer noch fast so jugendlich wirkt wie in seinen Zwanzigern, spürt man sofort, dass er ein Mann zum Pferdestehlen ist.

Wieder einmal frage ich mich, warum nie mehr aus uns geworden ist. Wir haben uns immer bestens verstanden, auch im Bett. Vermutlich fehlte das gewisse Etwas, dieser zündende Funke, der einen Flächenbrand der Gefühle auslöst.

»Na, hast du mich schon vermisst?«, grinst Luca, als er zwei Latte und eine bunte Salatbowl mit Rucola, Tomate, Gurke, Avocado und Ei auf unseren Tisch stellt. »Das Grünzeug ist für dich, siehst ein bisschen blass um die Nase aus.«

»Danke, wie lieb.«

»Ich wachse eben schon in meine Papi-Rolle rein.« Sein Grinsen verstärkt sich. »Sieh's doch mal so: Wenn ich morgen Abend mitkomme und den Kindsvater mime, ist die Sache ein für alle Mal vom Tisch. Außerdem kann ich bei der Gelegenheit diesen Matteo checken. Bin gespannt, was das für ein Hammertyp ist, der meine supervorsichtige Freundin Juli von Jetzt auf Gleich ins Bett gequatscht hat.«

»Na ja, eigentlich ist er nichts Besonderes«, flunkere ich.

»Das kannst du dem Weihnachtsmann erzählen.« Lachend stupst mich Luca an. »Hey, Kleines, ist doch nichts dabei. Wir werden alle mal schwach.«

»Aber wir werden nicht alle schwanger.«

»Genau deshalb ist meine Taktik goldrichtig«, erwidert er mit einem Augenzwinkern. »Es gibt drei Dinge, von denen du dir immer zu viel machst: Gedanken, Sorgen, Nudeln. Für den Anfang gibt's deshalb einen gesunden Salat, morgen folgt die Exitstrategie aus deinem Mami-Chaos: Bitte sehr, das ist mein Mann fürs Leben, keine weiteren Fragen.«

Ich muss zugeben, je länger ich Luca zuhöre, desto plausibler klingt sein Plan. Sobald ich »bewiesen« habe, dass ich in festen Händen bin, wird sich die Frage, wer der Vater meines Babys ist, ganz von selbst erledigen. Auch wenn mir diese Schummelei gewaltig gegen den Strich geht.

»Gut, ich ziehe dein unkonventionelles Krisenmanagement in Betracht«, komme ich ihm ein Stückchen entgegen.

»Krisen sind kein Weltuntergang, man muss ihnen nur den Beigeschmack der Katastrophe nehmen«, lässt er mich wissen.

»Wir werden das Kind schon schaukeln. Im wahrsten Sinne des Wortes.«

»Deine Hilfsbereitschaft weiß ich jedenfalls sehr zu schätzen.«

»Immer gerne doch«, schmunzelt er. »Und jetzt iss bitte was.«

Folgsam greife ich zur Gabel, um den Salat zu probieren. Er ist wirklich köstlich. Die Tomaten sind aromatisch, die Avocado hat genau den richtigen Reifegrad, das Dressing ist angenehm milde.

»Hast du eigentlich momentan was am Start?«, frage ich zwischen zwei Bissen.

Lucas Antwort ahne ich zwar, aber es kann ja nicht schaden, mich auf den neuesten Stand zu bringen, falls ich morgen mit ihm das glückliche Paar spiele.

»Kennst mich doch«, antwortet er erwartungsgemäß und zuckt die Schultern. »Irgendwas läuft immer, was Festes ist nie dabei.«

»Ich muss also keine Eifersuchtsdramen von irgendwelchen Damen befürchten, wenn wir uns als Paar outen? Hässliche Szenen, nächtliche Anrufe, so was in der Art?«

Nach einem weiteren Schluck von seinem Latte macchiato schüttelt Luca den Kopf.

»Nö, alles easy.« Ein wachsamer Blick trifft mich. »Jetzt mal Klartext, Juli. Du hast richtig Sternchen in den Augen, wenn du über diesen Matteo redest. Mir kannst du nichts vormachen. Du bist schwer verschossen, er mit großer Sicherheit auch. Schätze mal, das war damals Liebe auf den ersten Blick.«

»Äußerst unwahrscheinlich«, halte ich dagegen. »Liebe auf

den ersten Blick ist sowieso ein Mythos, außerdem landet man dann nicht gleich in der Kiste.«

»Ach. Und wieso?«

Mit einem tiefen Seufzer lehne ich mich zurück.

»Wenn du ganz spontan von einer Blume fasziniert bist, pflückst du sie und nimmst sie mit nach Hause. Wenn du sie liebst, wirklich liebst, gießt du sie und freust dich an dem Anblick.«

»Das Wort Blume habe ich verstanden, den Rest nur ansatzweise.« Luca zieht eine Augenbraue hoch. »Seit wann bist du denn so philosophisch unterwegs?«

»Wenn man mit Ende dreißig immer noch Single ist, macht man sich halt seine Gedanken«, erwidere ich seufzend. »Da fragt man sich: War's das schon? Kommt da noch was? Gibt es die große Liebe überhaupt?«

Skeptisch sieht er mich an. Klar, für Luca, den ewigen Stromer, mag das alles vielleicht nicht relevant sein. Für mich aber schon. Und seit ich weiß, dass ich schwanger bin, ist es mein Topthema.

Als Beziehungsgranate kann ich mich definitiv nicht bezeichnen. Eher als Fachfrau für halbe Sachen. Mein bisheriges Leben wimmelt von Fast-Bindungen, Übergangs-Männern, Lovern zum Üben, Trost-Beziehungen, Spaß-für-zwischendurch-Kerlen, enttäuschenden Dates. Der Richtige war nie dabei. Aber immerhin habe ich jetzt einen Falschen. Matteo.

»Du solltest nicht so negativ denken«, hält mir Luca nach längerem Überlegen entgegen. »Wir sind beide achtunddreißig, heutzutage ist das blutjung.«

»Du bist ein Mann, das ist was anderes. Es stimmt, numerisch sind wir beide achtunddreißig, aber in Frauenjahren bin ich um die siebzig.«

»Was soll das denn heißen? Dass dein imaginärer Zukünftiger gerade die besten Jahre deiner Brüste verpasst?«

»So in etwa.« Lustlos stochere ich in dem Salat herum. »Im Ernst, Luca. Ich kann doch nicht ewig warten.«

»Na ja, Diamanten sind auch nur Kohlestücke, die lange genug gewartet haben«, wirft er lächelnd ein. »Also immer schön positiv bleiben, sonst klappt das nicht so gut mit den Enttäuschungen.«

Sehr ermutigend. Letztlich muss ich jedoch gestehen, dass mir seine flapsige Art guttut. Von einem Zweckoptimisten wie Luca, der sich immer seinen eigenen Rückenwind erschafft, kann ich noch eine Menge lernen.

»Ja, wen haben wir denn da?«, ertönt plötzlich eine Stimme, die ich nur zu gut kenne.

Wie der Geist aus der Flasche steht auf einmal Jonas Matthiesen an unserem Tisch. Da ich ihn sonst immer nur in Arztkittel oder OP-Montur erlebe, bin ich etwas überrascht, wie gut ihm der Freizeitlook aus hellbeigen Chinos und schwarzem T-Shirt steht. In Tommy's Tanke habe ich ihn noch nie gesehen. Spioniert er mir etwa hinterher?

»Hallo, Herr Matthiesen«, begrüße ich ihn mäßig begeistert. »Was führt Sie denn in diesen Laden?«

Unter seinem rechten Auge zuckt ein winziger Nerv, bevor er antwortet.

»Ist so ein kleines Hobby von mir, regelmäßig die gastronomischen Angebote der Stadt durchzutesten.«

Klingt irgendwie unglaubwürdig. Aber mein liebstes Hobby ist definitiv, in meiner Freizeit in Ruhe gelassen zu werden. Den Gefallen tut mir Matthiesen natürlich nicht.

»Und das ist …?«, fragt er mit einem neugierigen Blick auf meinen Begleiter, der sich gerade ein Stückchen Gurke aus meinem Salat stibitzt.

Für den Bruchteil einer Sekunde zögere ich, was Luca dazu veranlasst, sich selbst vorzustellen.

»Luca Hoffmann, Julis Lebensgefährte und der Vater unserer ungeborenen Kinder«, erklärt er seelenruhig. »Es sollen nämlich noch mehr werden.«

Mir fällt fast die Gabel aus der Hand. Jetzt ist es passiert. Jetzt ist unsere Fake-Beziehung in der Welt.

»Nett, Sie kennenzulernen«, nuschelt Matthiesen.

Sein verkniffener Mund erzählt etwas ganz anderes. Weil er mir keinen smarten Typen wie Luca an meiner Seite zutraut? Oder … nein, er ist doch wohl nicht etwa eifersüchtig? Dafür spricht allerdings, dass sich die beiden Männer auf diese stahlharte Weise taxieren, wie es nur Kerle tun, die einen Konkurrenten wittern.

»Wir sollten dann langsam los«, beendet Luca das stumme Kräftemessen. »Ich muss diese junge Dame dringend nach Hause bringen, damit sie die Füße hochlegen kann. War ein anstrengender Tag für Juli.«

Eine Ansage, die sofortige Wirkung zeigt.

»Ich wollte auf keinen Fall stören«, sagt Matthiesen deutlich verstimmt. »Schönen Abend noch.«

»Grüßen Sie unbekannterweise Ihre Frau«, flöte ich zuckersüß.

»Danke, ich werde es ausrichten.«

Abrupt dreht er sich um und marschiert aus dem Lokal, ohne etwas bestellt zu haben. Sonderbar. Was wollte er hier? Was führt er im Schilde?

»Der steht auf dich«, unkt Luca.

Den Satz habe ich heute schon mal gehört. Von Anett. Doch meine Intuition sagt mir, dass irgendetwas anderes hinter Matthiesens plötzlichem Interesse an mir steckt. Erstens ist er verheiratet. Zweitens: Warum sollte er vom einen Tag auf den anderen Gefühle für mich hegen? Seit Jahren kabbeln wir uns in seinem Kreißsaal, und bislang gab es nicht das geringste Indiz für irgendwelche romantischen Ambitionen seinerseits.

»Das mit dem Auf-mich-Stehen halte ich für Quatsch«, wische ich Lucas Einschätzung deshalb beiseite. »Der ist nur krankhaft aufdringlich.«

»Wenn du meinst …« Nach einem letzten Schluck Latte steht Luca auf und funkelt mich auffordernd an. »Was machen wir denn jetzt mit dem angebrochenen Abend? Kino? Freunde treffen? Bei mir abhängen und netflixen?«

»Nichts von alledem«, winke ich ab. »Vor dir sitzt ein unternehmungslustiger Teenager, gefangen im Körper einer schwangeren Frau, die einfach nur schlafen möchte.«

»Ach, stimmt ja.« Scherzhaft pocht sich Luca mit der geballten Faust an die Stirn. »Muss mich wohl noch dran gewöhnen, dass du tatsächlich ein Kind erwartest.«

»Geht mir genauso«, gebe ich zu. »Wenn ich nicht so hundemüde wäre, hätte ich es auch fast vergessen.«

Seite an Seite verlassen wir das Lokal. Draußen besteht Luca darauf, mich nach Hause zu bringen. Das heißt, er stellt mich vor vollendete Tatsachen, indem er mein Fahrrad auf die Ladefläche seines schwarzen Pickups hievt und mir die Beifahrertür aufhält.

»Bitte einsteigen, der Mami-Express fährt in wenigen Sekunden los.«

»Ich bin doch nicht krank, nur schwanger«, versuche ich, ihn umzustimmen. »Außerdem musst du das mit dem Papi-Fake nicht so bierernst nehmen. Ich bin ein großes Mädchen und habe bisher noch immer alles allein geschafft.«

Ein schelmisches Grinsen gleitet über Lucas' Jungsgesicht.

»Irgendwo habe ich mal gelesen, dass einem die eigenen Kinder einen Spiegel vorhalten. Wie krass du drauf bist, merkst du wahrscheinlich erst, wenn sich dein Kind später krass aufführt. Pardon, *unser* Kind.«

Kapitel 10

Zu den vielen Dingen, die ich an meinem Beruf liebe, gehört das Schwangeren-Yoga. Zweimal pro Woche überlässt mir meine Freundin Isabel ihr Tanzstudio, einen in cremigem Apricot gehaltenen großen Raum mit bodentiefen Fenstern, wo ich meine Klientinnen mit sorgfältig ausgewählten Übungen auf die Geburt vorbereite. Auch für Entspannungsmusik ist gesorgt. Bewährt hat sich meine Playlist mit indisch angehauchter Loungemusik.

»Ihr macht das wunderbar, weiter so!«, feuere ich fünf Frauen mit unterschiedlich gewölbten Bäuchen an, die auf himmelblauen Gymnastikmatten liegen. »Jetzt Beine anwinkeln und die Beckenbodenmuskeln anspannen! Zwei Minuten halten! Super!«

Für meinen Yogakurs gibt es gleich mehrere gute Gründe, nicht nur, um die Geburt zu erleichtern. Zum einen vermittelt Yoga ein intensiveres Körpergefühl und damit auch einen besseren Kontakt zum ungeborenen Kind. Zum anderen ist Bewegung während der Schwangerschaft generell von Vorteil, bei meinem Yogaprogramm wird jedoch jede Überforderung vermieden.

»Okay, kommen wir zum Sumo Squat«, kündige ich die

nächste Übung an. »Bitte langsam aufstehen, damit euch nicht schwindelig wird. Die Füße weit auseinanderstellen, Knie über die Fußgelenke, das Gewicht auf die Fersen verlagern. Jetzt langsam die Knie beugen, mit nach oben gestreckten Armen, und wieder die Beckenbodenmuskulatur anspannen!«

Nachdem auch ich die entsprechende Position eingenommen habe, schaue ich zu Emily, die sich direkt vor mir am Sumo Squat versucht. Ihr schulterlanges braunes Haar hat sie zu einem Zopf geflochten, ihr eng anliegender rosa Jogginganzug bringt die fortgeschrittene Schwangerschaft deutlich zur Geltung. Fröhlich lächelt sie mir zu. Tapfer lächele ich zurück.

Noch knapp fünf Monate Hebammenarbeit bis zur Geburt, rechne ich stumm. Danach maximal zwölf Wochen Nachsorge, und diese Hängepartie ist endlich vorbei. Nein, sogar früher, denn in sechs Monaten werde ich selber ein Baby haben. Das Halbgeschwisterchen von Emilys Kind, um genau zu sein.

Alle fangen an zu lachen, als ein lautes Pupsgeräusch die dezente Entspannungsmusik übertönt.

»›tschuldigung«, haucht Emily.

Wie sympathisch. Andere Frauen hätten sicher schamhaft verschwiegen, dass sie die Urheberin des Geräuschs waren. Nicht so Emily. In ihrer offenen Art hat sie kein Problem damit, zu ihren kleinen Fehlern zu stehen. Es ist schlechterdings unmöglich, sie nicht zu mögen.

»Keine Sorge, wenn man loslässt, kommt das öfter vor«, schmunzele ich. »Einfach weitermachen, das Asana stärken, innere Ruhe finden.«

»Für innere Ruhe brauche ich kein Yoga, mir reicht schon, wenn mein ewig nörgelnder Mann morgens aus dem Haus geht«, stöhnt eine etwa vierzigjährige Frau, die einige Mühe mit der Balance hat. »Dieses Sumo Dings ist jedenfalls ganz schön schwierig.«

»Yoga ist ein Tanz mit der Schwerkraft, keine sportliche Herausforderung«, erläutere ich meine Philosophie. »Fangt einfach mit ganz kleinen Bewegungen an. Und wenn noch mal ein Darmwind abgeht …«

»… nennt man das achtsam pupsen«, kichert Emily.

Wieder lachen alle, auch ich, und einmal mehr wird mir bewusst, wie sehr ich diese Yogasessions liebe. Die Stimmung ist gelöst, ein schönes Wir-Gefühl schwingt im Raum. Das große Mütterwettrennen wird erst starten, wenn die Kinder etwas größer sind: Welches Baby kann als Erstes sitzen? Welches spricht als Erstes, welches ist am schnellsten trocken? Und nicht zuletzt: Welche Mutter speckt nach der Geburt am schnellsten ab?

Von jeher habe ich diesen Wettlauf als unsinnig empfunden. Jedes Kind hat seinen eigenen Entwicklungsrhythmus, spätestens in der Pubertät sind alle ungefähr auf dem gleichen Stand und treiben einen in den Wahnsinn. Auch den Ehrgeiz mancher Mütter, möglichst rasch abzunehmen, kann ich nicht nachvollziehen. Sanftes Rückbildungs-Yoga, bewusste Ernährung und nicht zuletzt das Stillen sorgen dafür, dass überflüssige Pfunde meist ganz von selbst verschwinden.

Vorerst aber geht es um den Countdown für das große Ereignis: bewusste Atmung, gezielte Entspannung, Beckenbodentraining.

»Es folgt der Yogi Squat, auch Malasana genannt«, leite ich zur nächsten Position über. »Die meisten von euch kennen das ja schon: tief in die Hocke gehen, Füße etwa hüftweit auseinander, Handflächen aneinanderpressen, gerader Rücken. So wird das Becken stärker durchblutet, und ihr spürt eure Kraft. Wer eine Hockgeburt in Erwägung zieht, kann auf diese Weise schon mal die ideale Haltung trainieren.«

Unterdessen ist mein Blick zur Fensterfront geschweift, wo sich ein paar Väter versammelt haben. Einige machen sogar die Übungen mit. Sehr löblich. Je engagierter sich die Partner mit der Schwangerschaft ihrer Frauen befassen, desto besser.

Matteo glänzt glücklicherweise durch Abwesenheit. Offensichtlich nimmt er meine Bitte ernst, jede unnötige Begegnung zu vermeiden. Gut so, denn ich kann nicht aufhören, an ihn zu denken. Er geistert durch meinen Kopf, seit ich heute Morgen aufgestanden bin und einen geriebenen Apfel gegen die Morgenübelkeit verspeist habe. Selbst unter der Dusche und auf der Fahrt zum Studio war er immer dabei. Wie ich den heutigen Abend überstehen soll, ohne meine völlig unangebrachten Gefühle preiszugeben, ist mir ein einziges Rätsel.

»Kein Hohlkreuz, bitte, Samira«, korrigiere ich eine werdende Mutter von Zwillingen. »Wirbelsäule aufrecht halten, das stärkt die Muskulatur und verhindert Rückenschmerzen. Wenn ihr das regelmäßig zu Hause macht, klappt's auch besser mit der Verdauung.«

Als ich mich aufrichte, um zu den einzelnen Teilnehmerinnen zu gehen und die korrekte Ausführung des Malasana zu kontrollieren, stutze ich. Mitten zwischen den Vätern hockt plötzlich ein Mann, der absolut nicht hierhergehört. Verdammt, was hat Jonas Matthiesen bei meinem Schwangerschafts-Yoga zu suchen?

Grüßend hebt er eine Hand, doch ich denke gar nicht daran, ihn weiter zu beachten. Erst kreuzt er in Tommy's Tanke auf, jetzt auch noch bei meinem Yogakurs? Ich neige wahrlich nicht zu paranoiden Anwandlungen, doch das grenzt ja schon an Stalking!

In aller Gemütsruhe schließe ich die Yogastunde mit dem Shavasana, der entspannenden Rückenlage ab, in der das Prana den gesamten Körper durchfließt, und massiere den Frauen ein wenig den Nacken. Als ich mit einem Gong das Ende der Session signalisiere, läuft Emily sogleich zu Matthiesen und umarmt ihn so herzlich, als seien sie uralte Freunde. Nanu? Ich dachte, nur er und Matteo seien dicke Kumpels? Auf ein Gespräch mit dem Arzt meines Grauens habe ich allerdings überhaupt keine Lust. Froh, dass er durch Emily abgelenkt ist, will ich mich schon unauffällig verdrücken, als er sich lautstark bemerkbar macht.

»Frau Kemper!«, ruft er quer durch den Raum. »Kompliment, Sie haben mehr drauf, als ich dachte. Wusste ja gar nicht, wie professionell Sie Ihre Yogakurse abhalten!«

Und ich wusste noch gar nicht, dass Sie die Stradivari unter den A … geigen sind. Soll ich mich etwa über ein Kompliment freuen, das die unterschwellige Beleidigung gleich mitliefert? Wofür hat er mich denn gehalten? Für eine halbgare Amateurin?

Betont gemächlich setze ich mich in Bewegung. Nur keine Hektik. Dieser aufdringliche Kerl soll ruhig merken, dass er mir gestohlen bleiben kann. Deshalb verabschiede ich mich erst einmal von jeder einzelnen Teilnehmerin, lege hier ein Schwätzchen ein, erkundige mich dort nach dem Befinden. Dann erst nähere ich mich der Fensterfront.

»Hallo, Herr Doktor Matthiesen. Darf ich fragen, was Sie hierhertreibt?«

»Sie natürlich«, strahlt er. »Immerhin habe ich Sie empfohlen, da muss ich doch wissen, ob alles wunschgemäß läuft. Natürlich bin ich auch wegen meiner Freundin Emily hier, um sie emotional zu unterstützen. Stimmungsschwankungen, Sie wissen schon. Mal ist sie euphorisch, dann wieder ganz nah am Wasser gebaut.«

Ich hingegen bin emotional gerade ganz, ganz nah am Mittelfinger gebaut.

»Bei allem Respekt, Herr Doktor Matthiesen, nur Schwangere und ihre Partner haben Zutritt zu meinen Kursen«, erwidere ich kühl. »Außenstehende sind hier unerwünscht, damit die vertrauensvolle Atmosphäre gewahrt bleibt.«

Eine Ansage der Marke: Bitte schön, hier ist der Zaunpfahl, winken kannste selber. Das musste jetzt einfach sein, sonst wäre ich erstickt. Mit einiger Genugtuung registriere ich, dass Matthiesen sich auf die Lippen beißt, ohne einen Ton herauszubringen.

»Jonas ist aber ein wirklich guter Freund«, beteuert Emily, die etwas unglücklich neben uns steht.

»Schon gut.« Beschwichtigend lege ich ihr eine Hand auf die Schulter. »Du konntest ja nicht wissen, welche Regeln hier gelten. Die Übungen hast du übrigens prima gemeistert. Am besten, du baust sie ab jetzt in deinen Tagesablauf ein. Warst du eigentlich heute Morgen beim Ultraschalltermin, den ich für dich organisiert habe?«

»Na klar.« Sie senkt ihre Stimme zu einem verschwörerischen Raunen. »Es wird ein Mädchen, so, wie es sich Matteo gewünscht hat.«

Matteo. Schon allein die Erwähnung seines Namens bringt mich ins Schlingern. Mein Atem beschleunigt sich, und ich spüre, wie ich rot werde.

Inzwischen scheint sich Matthiesen von meiner Abfuhr erholt zu haben. Mit einem unverbindlichen Lächeln legt er einen Arm um Emilys andere Schulter.

»Apropos Matteo. Da meine Anwesenheit hier nicht erwünscht ist, sollte er dich zu den Yogastunden begleiten, findest du nicht auch, Emily?«

»Absolut!«, pflichtet sie ihm bei. »Hab mich sowieso gewundert, warum er heute Nachmittag nicht mitgekommen ist. Komisch. Gestern früh wollte er noch dabei sein, heute Morgen hat er sich mit Händen und Füßen dagegen gesträubt. Das nächste Mal lasse ich aber keine Ausreden mehr gelten, da muss er mit.«

Wie ein begossener Pudel stehe ich da. Gratulation, Juli, das war das Eigentor des Jahres.

»Es besteht keinerlei Zwang«, presse ich hervor, krampfhaft darum bemüht, dass sich meine Stimme nicht überschlägt. »Die Teilnahme der Partner basiert auf Freiwilligkeit.«

»Ach, der Appetit kommt beim Essen«, geht Matthiesen in seiner Bulldozermanier darüber hinweg. »Außerdem können

Sie Matteo bei der Gelegenheit näher kennenlernen. Bei einer Schwangerschaft sollten alle Beteiligten an einem Strang ziehen, da wäre es doch von Vorteil, wenn Sie beide in den kommenden Monaten ein vertrauteres Verhältnis entwickeln.«

»Und gleich heute Abend fangen wir damit an!«, fügt Emily überschwänglich hinzu. »Freu mich ja schon so auf unser Raclette-Essen, Juli! Matteo und du, ihr werdet bestimmt ein Dreamteam!«

In meinen schuftigsten Träumen vielleicht. Doch selbst, wenn ich die Absicht hätte, unsere vergurkte Kurzaffäre in so was wie eine neutrale Freundschaft umzuwandeln: Was soll es schon bringen, eine goldene Brücke für jemanden zu bauen, der gar nicht auf die andere Seite will?

In diesem Moment betritt meine Freundin Isabel den Raum. Alle Köpfe drehen sich zu ihr um. Emily und Matthiesen starren sie förmlich an. Isabel ist ja auch eine beeindruckende Erscheinung mit ihrer rotblonden Mähne, dem ebenmäßigen Gesicht und der beneidenswert grazilen Modelfigur, der man ansieht, dass sie früher Balletttänzerin war.

Leider ein Beruf mit raschem Verfallsdatum. Als sie mit Mitte dreißig beim Theater ausgemustert wurde, hat sie auf Tanztherapie umgesattelt. Eine Entscheidung, die nicht ganz freiwillig war, ihr jedoch eine zweite Karriere beschert hat. Isabels therapeutisch konzipierte Tanzkurse sind immer ausgebucht, die Wartelisten lang. Vorzugsweise arbeitet sie mit gehandicapten Kindern. Darüber hinaus gibt sie Kurse für Erwachsene mit psychischen Problemen.

Neben Anett ist Isabel meine engste Freundin. Wir kennen

uns seit Urzeiten und haben uns von der ersten Sekunde an gemocht. Sie gehört zu den wenigen Frauen, die in allen Lebenslagen Stärke und Selbstvertrauen ausstrahlen, was ich bewundernswert finde.

»Hi Juli.« Nachdem sie mich mit Wangenküsschen begrüßt hat, mustert sie Emily und Matthiesen. »Zwei neue Gesichter im Kurs?«

»Was mich betrifft, handelt es sich nur um ein einmaliges Gastspiel«, antwortet Matthiesen deutlich angefressen.

Emily scheint seine Verstimmung nicht wahrzunehmen. Ihre Augen haben sich an Isabels apricotfarbenem Gymnastikbody geheftet, ein ausgefallenes Teil mit feinen türkisfarbenen Ziernähten und luftigen Volants am V-Ausschnitt.

»Das Outfit ist ja Hammer«, haucht sie. »Wo gibt es denn so was?«

»In einem Online-Shop für Ballettbedarf, ich gebe Ihnen nächstes Mal die Adresse«, erwidert Isabel freundlich. Danach wendet sie sich an mich. »Kann ich dich kurz sprechen?«

Nichts lieber als das. Ich fühle mich immer unbehaglicher in Matthiesens Gegenwart.

»Gern, Isabel. Ich habe dir auch wieder deinen Lieblingstee besorgt, Tropical Heat mit Mango, Ananas, Papaya und Zitronengras.«

»O danke, den habe ich schon vermisst.«

»Dann bis heute Abend«, verabschiedet sich Emily. »Du musst nichts mitbringen, Juli, nur gute Laune.«

Ausgerechnet die ist zurzeit leider Mangelware. Auch wenn es völlig sinnlos ist, dreht sich in meinem Kopf unablässig das

Was-wäre-wenn-Karussell. Was, wenn ich Matteo getroffen hätte, als er noch Single war? Was, wenn wir Zeit gehabt hätten, die ungeheure gegenseitige Anziehung durch eine nachträgliche Annäherung zu vertiefen? Wäre ein Paar aus uns geworden? Schließlich fand ich Matteo äußerst faszinierend und er mich auch. Womöglich sogar mehr als das, wenn ich Anett Glauben schenken darf. Prinzipiell wäre ich also durchaus für ihn infrage gekommen.

Verflixt noch eins. Da hat man mal ein Ass in der Hand, und dann spielt das Schicksal Schach.

»Erde an Juli – ist da jemand?«, holt mich Isabel in die Gegenwart zurück.

»Ich, also, nein«, druckse ich herum. »Mir ist nur etwas schwindelig.«

»Seit wann hast du denn Kreislaufbeschwerden?«

»Spoileralarm!«, platzt es aus Emily heraus. »Juli ist schwanger!«

Kapitel 11

»O Gott, es war dieser Typ vom Rockfestival?«, fragt Isabel völlig entgeistert. »Der Smartie mit den schönen Augen?«

Seit zehn Minuten sitzen wir in ihrem kleinen Büro. Es ist funktional eingerichtet, dennoch hat es den Isabel-typischen Wohlfühlfaktor: Schreibtisch, Regale und Stühle bestehen aus sandfarben gebeiztem Kiefernholz, die Wände erstrahlen in Sonnengelb, auf dem Boden liegt ein rötlich gemusterter Kelim.

»Genau der Typ war es«, bestätige ich mit gesenktem Kopf. »Und die andere zukünftige Mutter hast du ja gerade kennengelernt.«

»Also, das ist das Krasseste, was ich jemals gehört habe.« Geräuschvoll pustet Isabel in ihre Tasse Tropical-Heat-Tee, den sie für uns aufgegossen hat. »Ganz ehrlich, Juli? Ich wüsste nicht, wie man dieses Kuddelmuddel auflösen sollte.«

Mein Kopf sinkt noch etwas tiefer. Wenn selbst meine lebenskluge Freundin vor den Fakten kapituliert, bin ich am Allerwertesten. Aber so was von.

»Wer weiß es noch?«, erkundigt sich Isabel, nachdem sie mit vorsichtig gespitzten Lippen einen Schluck Tee getrunken hat.

»Die ganze Wahrheit?« Langsam hebe ich den Kopf. »Nur

Luca und du. Anett ist zu nah dran. Deshalb habe ich ihr das pikante Detail, dass Matteo der Vater ist, nicht verraten.«

»Und was dieses, nun, Detail betrifft, ist jeder Irrtum ausgeschlossen?«, hakt sie nach, offensichtlich auf der Suche nach einem – wenn auch noch so dünnen – Strohhalm, an den sie sich klammern könnte.

»Was denkst du denn?«, fauche ich aufgebracht. »Dass ich durch die Betten hüpfe wie ein Flipperball?«

»Nein, natürlich nicht. Entschuldige.« Ratlos zupft sie an den Volants ihres Gymnastikanzugs herum. »Das Leben kann manchmal ziemlich unfair sein, was?«

»Ja, und die ersten hundert Jahre sind bekanntlich die schwersten.«

Ein kleines Lächeln erscheint in Isabels klassisch schönem Gesicht mit den ausdrucksvollen grünen Augen. Dann schüttelt sie ihre rotblonde Mähne, als könnte sie damit auch meine unlösbaren Probleme abschütteln.

»Hör zu, Juli«, schlägt sie einen entschlossenen Ton an. »Wir werden das gemeinsam schaffen. Als Patentante und Zweitmutter stehe ich dir jederzeit zur Verfügung, Richard genauso. Dein Kind wird eine Familie haben, ein warmes Nest, in dem es aufwachsen kann.«

»Danke, das bedeutet mir sehr viel.«

Auf einmal fühle ich mich derart zerschossen, dass ich am liebsten ins Bett gehen und mir die Decke über den Kopf ziehen würde. Für die nächsten sieben Monate. Damit ich mit niemandem sprechen muss.

Bei Isabel ist mein Geheimnis gut aufgehoben. Schwieriger

wird es da schon mit dem weiteren Umfeld. Je größer mein Bauch werden wird, desto häufiger werde ich Rede und Antwort stehen müssen, wer denn der Vater ist und warum alles so schnell ging. Dass Lucas Pseudo-Papi-Taktik aufgeht, wage ich nach wie vor zu bezweifeln. Andererseits sind wir schon so lange befreundet, dass man uns die Geschichte einer spät erblühten Liebe à la *Tausendmal-berührt-und-es-hat-Zoooom-gemacht* durchaus abnehmen könnte. Heute Abend wäre dann die Generalprobe. Aber ob das wirklich gut geht?

»Ich zieh mal los«, seufze ich und stehe auf. »In zwei Stunden beginnt dieses vermaledeite Raclette-Essen, vorher möchte ich mich noch ein bisschen hinlegen.«

»Tu das«, nickt Isabel verständnisvoll. »Du musst dringend runterkommen, bevor du in die Manege steigst und diesen Drahtseilakt mit Luca vollführst.«

»Vor erlauchtem Publikum, immerhin«, erwidere ich mit meinem letzten Rest Galgenhumor. »Da fragt sich nur: Wie durch darf man drehen, ohne dass es jemand merkt?«

Feixend sehen wir einander an. Worte brauchen wir nicht mehr, alles Wichtige ist gesagt: dass wir zueinanderhalten, komme, was wolle, dass wir uns immer aufeinander verlassen können. In einer Aufwallung spontaner Rührung umarme ich Isabel. Meinen Fels in der Brandung.

Aber da war noch was. Eine Frage, die ich vor unserer Unterhaltung im Hinterkopf abgespeichert hatte.

»Warum wolltest du mich eigentlich sprechen?«

»Ach, das.« Ihr Blick gleitet kurz zur Seite, dann sieht sie mich direkt an. »Nanette ist gestern ausgezogen.«

Jetzt bin ich wirklich baff.

»Eure Tochter ist siebzehn!«

»Alt genug, um sich abzunabeln«, entgegnet Isabel halb resigniert, halb stolzerfüllt. »Wir haben sie zur Eigenständigkeit erzogen, jetzt müssen wir die Konsequenzen aushalten. Seit ein paar Wochen hat sie ihr Abi in der Tasche, nun wohnt sie in einer WG in der Nähe ihrer neuen Uni.«

Ich weiß gar nicht, was ich dazu sagen soll. Wenn man das Kind der besten Freundin vom Babyalter an kennt, ist es schlicht unvorstellbar, dass aus dem niedlichen kleinen Mädchen von einst quasi über Nacht eine junge Frau geworden sein soll, die ihr Elternhaus verlässt.

»Du musst mich nicht bemitleiden«, kommt Isabel meinem Kommentar zuvor, der in der Tat in diese Richtung gegangen wäre. »Ich habe mit Richard gesprochen. Unsere Maisonettewohnung ist viel zu groß für zwei, deshalb wollten wir dir vorschlagen, dass du bei uns einziehst.«

Das ist der nächste Paukenschlag. Verwirrt starre ich sie an.

»Nicht als Untermieterin, uns schwebt eine WG vor«, führt Isabel ihre Idee weiter aus. »Du hättest deine eigene Etage, dein eigenes Badezimmer, und es gäbe auch keine Bespaßungsverpflichtung.«

Noch immer bin ich sprachlos.

»Überleg es dir einfach, Juli. Wir müssen nichts überstürzen. Aber denk auch an dein Kind. Die Wohnung, in der du lebst, ist …«

»… nicht das Gelbe vom Ei, schon klar«, nehme ich ihr das Wort aus dem Mund. »Danke, Isabel. Ich weiß euer Angebot wirklich zu schätzen. Ihr seid die großzügigsten Menschen, die ich kenne. Bedenke aber auch, dass es sich um ein vorübergehendes Empty-Nest-Syndrom handeln könnte, und dann bereut ihr irgendwann, dass ich Wand an Wand mit euch hause.«

»Nein, du bist Familie!«, widerspricht Isabel. »Wir haben dich fest ins Herz geschlossen, vom ersten Augenblick an, und den Test of time hast du längst bestanden.«

Ohne dass ich etwas dagegen tun könnte, füllen sich meine Augen plötzlich mit Tränen. Es ist überwältigend, eine freundschaftliche Liebeserklärung zu bekommen, die so viel mehr ist als ein Lippenbekenntnis.

»Ich denke darüber nach, versprochen«, schniefe ich. »Wir können ja demnächst noch mal reden.«

»Komm morgen zum Frühstück vorbei«, ruft Isabel mir nach, als ich schon halb auf dem Flur bin. »Ich will unbedingt wissen, wie der Abend gelaufen ist. Wäre halb neun okay?«

»Ja-ha!«

Gefühlt wiege ich gerade drei Zentner, jeder Schritt fällt mir schwer. Etwas besser wird es erst, als ich draußen auf dem Fahrrad sitze. Der Fahrtwind kühlt meine heißen Wangen und bläst auch meinen Kopf frei, der eindeutig an Gedankenüberfüllung leidet. Soll ich Isabels Angebot annehmen? Wäre so eine WG wirklich das Beste für mich, für mein Kind? Und wie soll ich das Matteo-Problem lösen?

Nein, so geht das nicht weiter. Ich muss aufhören, dauernd in diesen Was-wäre-wenn-Schleifen zu hängen, die so zielführend sind wie zwei Tage Kreisverkehr. Lebe den Moment, rede ich mir gut zu. Keine schlechte Idee. Mein Weg führt mich an adretten Einfamilienhäusern vorbei, in deren Vorgärten es grünt und blüht. Der zarte Duft von Flieder kitzelt meine Nase, gemischt mit dem würzigen Geruch frischgemähter Rasenflächen und dem modrigen Aroma riesiger Komposthaufen.

So ein Garten wäre auch was für dein Kleines, kommt es mir in den Sinn. Ein kleines grünes Paradies, wo es nach Herzenslust spielen und in der Erde wühlen kann. Als Kind hatte ich das alles bei meiner Oma Hilde, plus Schaukel und eigenem Gemüsebeet. Von meinen Einkünften als Hebamme kann ich mir das allerdings nicht leisten. Na, und? Ich habe großartige Freunde, das ist alles, was zählt, und diese Gewissheit ist so viel wertvoller als ein perfektes Zuhause.

Isabel und Richard haben einen Garten, wispert eine innere Stimme. Worauf wartest du noch?

Wenig später biege ich in die Straße ein, in der ich seit einigen Jahren wohne. Nicht die schönste Straße, nicht die schönsten Häuser. Eher eine abgeratzte Variante des Viertels, durch das ich eben gefahren bin. Von den dreistöckigen Mehrfamilienhäusern bröckelt der Putz, die Bürgersteige punkten mit Hundehaufen, in den handtuchschmalen Vorgärten verrosten uralte Gartenmöbel. Die Mansarde, die ich hier bewohne, war als Übergang gedacht, bis ich etwas Ansprechenderes finde. Doch wie so viele Provisorien hat sich auch dieses in einen Dauerzustand verwandelt.

»Da ist ja das Fräulein Kemper, wurde aber auch Zeit!«, krakeelt eine von unzähligen Zigaretten geräucherte Stimme los, als ich mein Rad durch einen mickrigen Vorgarten voller vertrockneter Büsche schiebe.

Ich schaue auf. So wie meistens lauert meine betagte Nachbarin Frau Hegenbart am geöffneten Wohnzimmerfenster, mit einem Fernglas um den Hals, damit ihr auch bloß nichts entgeht, und raucht Kette. Um das Bild abzurunden, fehlten eigentlich nur noch die Lockenwickler, doch die streitbare Dame trägt ihr graues Haar zu einem praktischen Bubikopf gestutzt.

»Hallo, Frau Hegenbart, tut mir leid, hab's eilig«, probiere ich es mit einer Abkürzung des Gesprächs, auf das sie es zweifellos abgesehen hat.

»Halt, halt, Ihre Musik war gestern Abend zu laut, Fräulein Kemper!«, legt sie los. »Und Sie haben wieder Plastikverpackungen in die Papiertonne geworfen!«

»Ich höre keine laute Musik, ich trenne immer meinen Müll«, erkläre ich zum ungefähr tausendsten Mal. »Im Übrigen sagt man nicht mehr Fräulein.«

Auch das habe ich ihr schon ungefähr tausendmal erklärt, ohne dass es irgendeine Wirkung gehabt hätte.

»In der Tonne lag ein Schwangerschaftstest, Fräulein Kemper.«

Au Backe. Gestern Abend habe ich zu Hause einen weiteren Test durchgeführt, um völlig sicher zu sein, und danach den Müll runtergebracht. Wer soll denn auch ahnen, wie neugierig Nachbarn sein können.

»Und?« Frau Hegenbart lehnt sich noch etwas weiter auf dem Fensterbrett vor, so weit, dass ein Absturz in greifbare Nähe rückt. »War der Test von Ihnen, Fräulein Kemper?«

»Nein. Von Ihnen vielleicht?«

Ihr tabakheiseres Gelächter verfolgt mich bis in den Hausflur, wo ich mein Rad schultere und die drei Stockwerke hochtrage. In dieser Gegend lässt man nichts auf der Straße stehen, was man noch mal braucht. Oben angekommen, schließe ich die Tür auf und werfe sie knallend hinter mir zu.

Endlich zu Hause. Endlich Ruhe.

Nachdem ich mein Fahrrad im Badezimmer abgestellt habe – der winzige Flur ist zu eng dafür –, tapere ich in die Küche. Es ist eine große Wohnküche mit viel Platz für einen runden Tisch nebst vier Stühlen und das pulsierende Herzstück meines Domizils. Ich habe alles selber renoviert, von der zartgrünen Wandfarbe bis zu den abgezogenen honigfarben schimmernden Dielen. An den Kühlschrank habe ich unzählige Babyfotos gepinnt, allesamt von ehemaligen Klientinnen. Vor den Fenstern hängen weiße Häkelgardinen, die die spektakuläre Aussicht auf einen Supermarktparkplatz verhüllen.

Erschöpft sinke ich auf einen der Stühle. Wird hier dein Kind aufwachsen, Juli? Sicher, die Wohnung ist gemütlich, du hast das Beste rausgeholt, aber wäre es nicht an der Zeit, dass du dein Leben gründlich umkrempelst? Ist eine WG mit Isabel und Richard die Lösung?

Plötzlich surrt mein Handy. Es ist eine Nachricht von Matteo.

Hi Juli, kriegst du das hin heute Abend?

Würg. Frag mich was Leichteres.

Kapitel 12

»Nimm noch ein paar von denen hier!« Neckisch zwinkernd schiebt mir Emily eine Schale mit Essiggürkchen über den Tisch. »Die sind doch ein Must-have in unserem Zustand. Wie nennt man so was wie uns beide eigentlich? Umstandsgefährtinnen? Schwangerschwestern?«

Alle lachen beifällig: Anett, die in einem ungewohnt tief ausgeschnittenen geblümten Kleid neben mir sitzt; Matthiesen, ohne Anhang am Tischende thronend, ganz der Oberarzt im korrekten dunkelblauen Zweireiher; Luca, lässig in Jeans und hellblauem Sweatshirt, der mir gegenüber platziert wurde und mich grinsend unter dem Tisch mit dem Fuß anstupst. Nur Matteo fällt aus der Rolle. Seine Reaktion beschränkt sich auf ein Hüsteln, das mehr peinlich berührt als erheitert wirkt.

In meinem Kopf beginnen alle Alarmlampen zu blinken. Das mit den Schwangerschwestern ist ganz, ganz dünnes Eis. Darauf sollte man keinesfalls Pirouetten drehen. Also schnell das Thema wechseln.

»Wie ist dir eigentlich die Yogastunde bekommen, Emily?«

»Super.« Vergnügt hebt sie einen Daumen. »Sogar das mit dem Stuhlgang hat danach viel besser geklappt.«

Haarklein erzählt sie nun von ihren hormonell bedingten

Verdauungsproblemen – Spitzenthema beim Essen, nebenbei bemerkt –, und erweitert die Schilderung ihrer notorischen Verstopfung, der sie mit Trockenpflaumen Herr zu werden versucht, um die Erläuterung verschiedener Blähungsvarianten.

»Mit meiner Verdauung stehe ich momentan auf Kriegsfurz«, kichert sie unbefangen. »Vor allem morgens ist es arg, da macht der Darm erst mal einen ausführlichen Soundcheck. Bisher war ich eher der Typ Knallfrosch. Mittlerweile kann ich auch die Hummel, den losgelassenen Luftballon und den seufzenden Stinker, von Matteo auch Engel des Todes genannt. Am besten kommt er an der Käsetheke. Da reden dann alle in der Warteschlange über das unvergleichliche Aroma gereifter Käsesorten.«

Am Tisch hingegen starren alle betreten vor sich hin, auch Matteo. Es ist ein klassischer Fremdschämmoment. Dennoch atme ich erleichtert auf. Gerade noch mal gut gegangen.

Bis jetzt lief der Abend einigermaßen unfallfrei. Abgesehen von kleinen atmosphärischen Störungen waren gottlob keine größeren Turbulenzen zu verzeichnen. Dass Luca und Matthiesen in diesem Leben keine Freunde mehr werden, ist wahrlich keine Überraschung, tut der Stimmung aber keinen Abbruch. Matteos brütendes Schweigen fällt auch nicht weiter auf, weil er dauernd in die Küche flitzt, um neue Getränke zu holen. Wenn er am Tisch sitzt, meide ich seinen Blick, damit ich bloß nicht ins Schleudern komme.

Mir reicht schon, dass es gewaltig zwischen uns knisterte, als ich mit Luca zur Tür hereinkam. Noch immer sterbe ich tausend Tode, wenn ich an diesen ebenso heiklen wie magischen Moment denke.

Es war der gleiche Zauber wie damals beim Rockkonzert. Blickkontakt. Gänsehaut. Herzstillstand. Für den Bruchteil einer Sekunde ertrank ich wieder in Matteos funkelnden Augen. Wenn es stimmt, dass Augen die Fenster zur Seele sind, dann offenbaren seine den Zugang zu einem Dimensionstor, das mich in einen wogenden Ozean aus Leidenschaft saugt, so verführerisch dunkel und unwiderstehlich, dass ich mich nur retten konnte, indem ich panisch auf Emily zustürzte, um ihr mein Gastgeschenk zu überreichen, einen rosa Frotteestrampler.

Danach habe ich mich ins Bad verzogen. Mein Gesicht mit kaltem Wasser abgewaschen, Atemübungen absolviert. Die Knöpfe an meiner weißen Bluse gezählt. Ja, ich trage unschuldiges Weiß zu einem braven rot-blau karierten Faltenrock, weil ich heute Abend bloß nicht sexy rüberkommen will.

Als es zu Tisch ging, hatte ich mich wieder etwas beruhigt. Etwas. Leicht macht es mir Matteo nun wirklich nicht. Er trägt dieselbe schwarze Jeans wie damals und auch dasselbe schwarze T-Shirt mit dem Aufdruck *Heavy Metal ist Gottes Entschuldigung für Volksmusik*. Zufall? Absicht? Keine Ahnung. Männer sind ja nicht unbedingt für textile Sentimentalitäten bekannt. Ich hingegen könnte niemals, wirklich niemals die Kombination aus durchlöcherter Jeans, rotem Spaghetti-Top und schwarzer Lederjacke vergessen, die ich damals anhatte. Schon allein deshalb nicht, weil mir Matteo diese Klamotten so aufreizend langsam ausgezogen hat.

Strange World. Zweieinhalb Monate später sitze ich nun an seinem Tisch, trinke Rhabarberschorle und widerstehe der Versuchung, mich schreiend auf den Boden zu werfen.

Wenigstens gestaltet sich die Unterhaltung weitgehend unverfänglich. Raclette ist ein kommunikatives Essen, der Großteil unserer Konversation dreht sich um die leckerste Zusammenstellung der Zutaten. Jeder hat sein Pfännchen, das er nach Belieben füllen kann: mit Champignons, Kirschtomaten, Schinkenwürfeln, Rinderfiletscheiben, gebratenen Putenstückchen, Zwiebelringen, Essiggürkchen, Zucchinistiften, Kidneybohnen, roten Paprikastreifen, blanchierten Brokkoliröschen. Und natürlich mit dem unvermeidlichen Schweizer Raclettekäse.

Letzterer macht mir etwas zu schaffen. Es ist eine Käsesorte mit hohem Fettgehalt, und der beißende Geruch, der beim Überbacken entsteht, ist mir zusätzlich auf den Magen geschlagen.

»Alles in Ordnung, Liebling?«, fragt Luca mit gerunzelter Stirn.

Sehe nur ich, dass es beim Wort *Liebling* in Matteos Gesicht zuckt? Hoffentlich.

»Ich fürchte, ich habe zu viel gefuttert«, seufze ich und schiebe mein Pfännchen beiseite. »Am besten, ich lege eine Pause ein.«

»Hier muss man ja auch einfach zugreifen, es schmeckt so köstlich«, schwärmt Anett. Kauend wendet sie sich an Emily, die zur Feier des Tages ein Kleid mit bunten psychedelischen Wabenmustern trägt. »Du hast das perfekt hinbekommen.«

»Danke schön.« Mit Daumen und Zeigefingern formt Emily ein Herz, dann erhebt sie ihr Glas Rhabarberschorle. »Auf uns! Auf den herrlichen Abend! Den sollten wir ganz bald wiederholen. Das nächste Mal vielleicht bei euch, Juli?«

Ich tausche einen schnellen Blick mit Luca. Es versteht sich von selbst, dass keiner von uns beiden auf eine Fortsetzung dieses falschen Films im falschen Kino erpicht ist. Erschwerend kommt hinzu, dass wir gar nicht zusammenwohnen und weder er noch ich genügend Platz für so eine Abendgesellschaft hätten.

Von meiner Mansarde muss ich gar nicht erst anfangen; ich denke ja sogar ernsthaft über eine WG mit Isabel und Richard nach. Lucas Junggesellenhöhle in einer stillgelegten Fabriketage ist zwar recht weitläufig, wird aber zum größten Teil von Computerkram, Videokonsolen, riesigen Flachbildschirmen und einem großen Billardtisch eingenommen. So was wie eine Essecke existiert nicht. Die Lieferpizzas, von denen sich Luca bevorzugt ernährt, nimmt er auf der Couch vor dem Fernseher ein.

»Gern das nächste Mal bei uns«, versichere ich dennoch, um nicht als Spielverderberin dazustehen.

»Du musst auch bestimmt nicht extra aufräumen, wenn Gäste kommen«, gluckst Emily. Mit einer ausladenden Geste deutet sie in den Wohnbereich, aus dem sämtlicher überflüssiger Krempel verschwunden ist. »Ehrlich gesagt, habe ich immer so lange ein Motivationsproblem, bis ich ein Zeitproblem kriege. Matteo und ich haben heute schwer geackert, sonst sähe es hier ganz anders aus. Schätze mal, bei euch ist immer alles picobello.«

»Ja, Juli ist eine tolle Hausfrau, schon deshalb wohne ich so gern mit ihr zusammen«, sagt Luca mit einer Unschuldsmiene, die einen Oscar verdient hätte.

»Matteo meint, ich wäre zu schusselig«, schmollt Emily. »Dabei ist er oberpingelig bis zur Spießigkeit. Stimmt's, Schatz?«

Alle schauen zu Matteo. Der holt tief Luft, nestelt an seinem Man Bun herum, zu dem er sein halblanges dunkles Haar heute hochgezwirbelt hat, und verlässt wortlos das Zimmer.

»Mach dir nichts draus, Emily, er hat gerade wahnsinnig viel um die Ohren in der Praxis«, verteidigt Matthiesen seinen Buddy. »Deine Qualitäten liegen ohnehin woanders. Liebe Gäste!« An dieser Stelle legt er eine effekthascherische Kunstpause ein. »Habt ihr überhaupt schon die Gemälde an der Wand gewürdigt? Sie stammen von unserer bezaubernden Gastgeberin!«

Jetzt schauen alle zu den Bildern, die mir gleich beim ersten Besuch ins Auge gesprungen sind. Die Motive ähneln einander: Putzige Männeken, die ein wenig aussehen, als hätten Dreijährige Playmobilfiguren gemalt, tummeln sich in knallbunten Phantasielandschaften. Mit Kunst kenne ich mich nicht sonderlich gut aus, aber meines Wissens nennt man so was naive Malerei.

»Sehr hübsch«, gebe ich mein wohlwollendes, wenn auch sicherlich unqualifiziertes Urteil ab.

»Sogar sehr, sehr hübsch«, echot Anett.

»Und äußerst dekorativ«, ergänzt Luca, was in seiner Welt so ziemlich das Todesurteil bedeutet, weil er auf anspruchsvolle abstrakte Kunst steht.

»Nein, nein, das trifft es alles nicht«, werden wir von Matthiesen gerügt. »Diese Werke sind genial in ihrer entwaffnenden Einfachheit: kindlich, ohne infantil zu sein, erfrischend, aber nicht banal, und so facettenreich wie die Künstlerin selber.«

»O, ich werde ganz rot«, säuselt Emily geschmeichelt.

»Steht dir«, lächelt Matthiesen.

Friede, Freude, bunte Bilder. Wenn man es nicht besser wüsste, könnte man fast denken, die beiden seien hier das glückliche Paar, nicht etwa Emily und Matteo, der bekanntlich die grauen Nuancen favorisiert.

»Sind wir nicht alle Kunstwerke, vom Leben gezeichnet?«, blödelt Luca, dem Matthiesens Lobhudelei offenbar mächtig auf den Zeiger geht. »Je älter wir werden, desto mehr sehen wir aus wie Picassos kubistische Köpfe.«

»Und mit achtzig wirst du dann ins Museum verfrachtet«, nehme ich den Faden auf und lache etwas hysterisch, weil mir jedes Thema recht ist, das weit, weit weg von Fragen zu unserer Beziehung führt.

Emily hingegen scheint sich brennend dafür zu interessieren. Neugierig mustert sie Luca, dann mich, dann wieder Luca, so, als grübele sie darüber nach, was uns verbindet.

»Ihr seid ein interessantes Paar«, sagt sie und knabbert an einem roten Paprikastreifen. »Wie habt Ihr euch eigentlich kennengelernt?«

Prompt spüre ich, wie sich Anett neben mir versteift. Am Nachmittag habe ich sie telefonisch in den Juli-&-Luca-Fake eingeweiht und sie inständig gebeten, mitzuspielen. Begründet habe ich unsere kleine Komödie damit, dass ich Matthiesen auf Distanz halten will, weil er mir neuerdings nachstellt. Das hat ihr eingeleuchtet. Toll findet sie es nicht.

»Ganz einfach.« Entspannt lehnt sich Luca auf seinem Stuhl zurück, weil er auf Emilys Frage vorbereitet ist. »Juli und ich sind schon zusammen zur Schule gegangen.«

»Tausendmal berührt und so weiter, wie süüüüß«, erwidert sie gedehnt. »Da muss man nur aufpassen, dass es nicht langweilig wird, wenn man sich schon seit Ewigkeiten kennt.«

Wie bitte? Was soll das denn? Will sie etwa einen Keil zwischen Luca und mich treiben? Oder mutiert sie gerade vom Engelchen zum Teufelchen, weil es mit Matteo unrund läuft?

Dass es in der Beziehung klemmt, ist kaum zu übersehen. Die beiden haben sich heute Abend noch nicht ein einziges Mal zärtlich berührt, geschweige denn das Wort aneinander gerichtet. Könnte natürlich auch am Stress liegen. Arbeitsstress plus Schwangerschaftsstress ergibt in der Summe eine Riesenpackung Megastress. Für einen zünftigen Zoff in Gegenwart der Gäste reicht es nicht, aber es sind die kleinen Spitzen, die darauf hindeuten.

»Bei uns kommt keine Langeweile auf«, sagt Luca. »Wir haben viele gemeinsame Interessen. Musicals zum Beispiel.«

»Lustig, ich kannte bislang keinen Hetero, der auf Musicals steht«, lästert unsere Gastgeberin taktloserweise.

Luca bleibt bewundernswert gelassen.

»Und ihr? Wie seid ihr ein Paar geworden?«, gibt er die notorische Kennenlernfrage an Emily zurück.

»Das sollte lieber Matteo erzählen«, zwitschert sie. »Da kommt er ja.«

Tatsächlich. In der einen Hand eine Mineralwasserflasche, in der anderen eine Glaskaraffe mit Rhabarberschorle, kehrt er an den Tisch zurück.

»*Was* soll ich erzählen?«, erkundigt er sich misstrauisch.

»Na, wie wir uns kennen- und lieben gelernt haben.« Aufgeregt schnipst Emily mit den Fingern. »Ist doch eine lustige Geschichte.«

Matteo erweckt keineswegs den Eindruck, als teile er ihre Meinung. Seine Lippen formen sich lautlos zu etwas, was ich als *what the fuck* interpretieren würde. Doch Emily bearbeitet ihn so lange, bis er sich geschlagen gibt.

»Also schön, es war bei einem, einem …«, er schluckt so angestrengt, dass sein Adamsapfel auf und nieder hüpft. »Rockkonzert.«

In mir gehen die Lichter aus. Das ist also seine Masche? Frauen bei Rockkonzerten aufgabeln? Und ich dachte, das mit uns sei einzigartig gewesen. Ja, Pustekuchen.

»Weiter, Schatz«, fordert Emily ihn auf.

»Ich, also, stand, ähm, ganz nah an der Bühne«, fährt er stockend fort, den Blick auf seine Hände gerichtet, die unsichtbare Stressbälle kneten. »Es war ohrenbetäubend laut, so, wie es sein soll, ich habe ein bisschen getanzt, na ja, was man so tanzen nennt, und auf einmal hat mir eine Frau ihr Bier über die Hose gekippt.«

»Das war ich Tollpatsch«, giggelt Emily. »Aber noch am selben Abend hat er mich abgeschleppt.«

Nun bin ich vollends bedient. Ein Mann, zwei Frauen, zwei identische Stories. Nur, dass Emily mehr Glück hatte als ich. Jetzt verstehe ich auch, warum Matteo nur ungern davon erzählen wollte. Seine Lider flattern, als er mich entschuldigend ansieht. Ich schaue weg. Peinlich ist gar kein Ausdruck für das, was mir hier zugemutet wird.

»Wo bleibt denn das Dessert?«, fragt Matthiesen, der dem Schwank mit ausdrucksloser Miene gelauscht hat. »Ich bin heute mit meinem High-End-Carbon-Rennrad gekommen, die Kalorien strampele ich später locker wieder ab.«

Der und sein superteures Rennrad. Immer muss er angeben.

»Matteo hat mir seine sagenhaften Crêpes Suzettes versprochen«, verkündet Emily fröhlich. »Ohne Alkohol, dafür mit toskanischer Orangenmarmelade.«

»Dabei sollte ihm aber jemand helfen, schließlich hat sich Matteo heute Abend schon genügend für uns abgerackert.« Suchend blickt Matthiesen in die Runde und bleibt bei mir hängen. »Frau Kemper, da Sie ja nichts mehr essen wollen, könnten Sie vielleicht …?«

Nee. Echt nicht. Bei aller Liebe. Allein zu zweit mit Matteo in der Küche ist das Letzte, was ich will.

»Ich glaube kaum, dass ich in kulinarischer Hinsicht eine große Hilfe wäre«, murmele ich bescheiden.

Anett, die schon des Öfteren bei mir zum Essen eingeladen war, schlägt entrüstet die Hände über dem Kopf mit den grauen Löckchen zusammen.

»Was redest du denn da? Du machst die besten Crêpes des Universums!«, fällt sie mir – unwissentlich natürlich, aber sehr überzeugend – in den Rücken. »Bei dir gelingen sie immer hauchdünn und mit einer so zarten Kruste, dass mir jetzt schon das Wasser im Mund zusammenläuft!«

»Juli, Juli!«, skandiert Emily.

Matteo macht ein Gesicht, als hätte man ihm gerade eine

ganze Kiste Bier über die Hose geschüttet, Luca zieht eine Autsch-Grimasse, Matthiesen klatscht in die Hände.

»Ich muss schon sehr bitten, Frau Kemper!«, ruft er emphatisch. »Solche Talente dürfen Sie uns doch nicht vorenthalten!«

Bleibt mir denn gar nichts erspart? Ich könnte mich natürlich weigern. Doch dann müsste ich rundheraus sagen, dass ich Abstand zu Matteo halten möchte, und auf dieses Minenfeld sollte ich mich nun wirklich nicht begeben. Bevor noch jemand Verdacht schöpft und mir das Juli-&-Luca-in-Love-Ding um die Ohren fliegt, erhebe ich mich lieber und stakse gottergeben in die Küche.

Dort herrscht das reine Chaos. Angebrochene Plastikverpackungen, leere Mineralwasserflaschen und Gemüseschnippelreste bedecken den Küchentisch, der Mülleimer quillt über, in der Spüle stapelt sich Geschirr. Falls Emily hier das Heft in der Hand hat, und danach sieht es aus, ist sie mit den hausfraulichen Herausforderungen eindeutig überlastet.

Aber Emily ist eben Emily. Was ihr an Struktur fehlt, macht sie durch ihre liebenswerte Art wett. Genau die hat heute allerdings eine Sollbruchstelle offenbart. Wie konnte sie nur so taktlos sein, Luca und mich vor einer langweiligen Beziehung zu warnen? Wären wir wirklich verliebt, wäre das ein Stich ins Herz gewesen.

Wesentlich mehr stört mich jedoch, dass ich nun gemeinsam mit Matteo die dämlichen Crêpes fabrizieren soll.

Mein Herz hämmert wie irre, als ich mich mit beiden Händen auf die Arbeitsfläche stütze. Es wird schlicht unmöglich sein, meine Gefühle zu bändigen, wenn ich erst einmal mit ihm allein bin. Die ohnmächtige Wut, die in mir tobt. Die unwiderstehliche Anziehungskraft, die Matteo auf mich ausübt. Der absurde Wunsch, ihn gleichzeitig anzuschreien und zu küssen.

Egal wie, dieses Zusammentreffen unter vier Augen muss unbedingt verhindert werden. Bitte lieber Gott, lass ein Wunder geschehen! Wie wäre es mit einem Blitzeinschlag? Oder wenigstens mit einem kleinen Wasserrohrbruch?

Kapitel 13

»Bereit für die Crêpes?«

Ich wirbele herum. Da steht er, Matteo, lässig an den Türrahmen gelehnt, als hätte er sich damit abgefunden, dass sein Fremdgeh-Abenteuer nicht nur am Tisch des Hauses sitzt, sondern auch noch das Dessert mit ihm zubereiten soll.

»Oder bist du sauer, weil ich …«, schuldbewusst reibt er sich das Kinn, das durch den Schatten eines Dreitagebarts noch männlicher wirkt als sowieso schon. »Okay, die Nummer mit dem Rockkonzert kam jetzt echt bekloppt rüber. Entschuldige.«

»Spar dir jede Erklärung«, zische ich halblaut. »Solche Festivals sind offensichtlich dein Jagdrevier, und da wird halt alles angebaggert, was weiblich und unter neunzig ist. Ungeachtet dessen, dass du in festen Händen bist.«

Zögernd löst er sich vom Türrahmen.

»Es ist nicht so, wie du denkst. Auch wenn das jetzt noch bescheuerter klingt.«

»Allerdings.«

Mit betretener Miene schleicht Matteo zu einem hohen Küchenschrank in Vintage-Weiß, holt eine Schüssel und einen Schneebesen heraus und stellt beides auf die zugemüllte Arbeitsfläche. Dann wirft er mir einen hilflosen Blick zu.

»Versteh doch, Juli. Als ich dich auf dem Konzert traf, waren Emily und ich gerade in einer dicken Krise. Wir hatten eine Trennung auf Zeit verabredet und …«

»Sorry, ich stehe nicht auf Gutenachtgeschichten«, unterbreche ich ihn unwillig. »Merkst du gar nicht, dass das lauter Standardsätze aus schlechten Filmen sind? Allein dieses: *Es ist nicht so, wie du denkst* ist doch mittlerweile so abgelutscht wie ein oller Knochen im Hundekörbchen.«

Fahrig nestelt er wieder an seinem Man Bun herum, bevor er einem der Hängeschränke eine Tüte Zucker entnimmt. Über die Schulter sieht er mich an.

»Gib mir doch wenigstens eine Chance, die Sache aufzuklären.«

»Deine Ausreden interessieren mich nicht, also lass es«, entgegne ich schroff. Endlich kann ich die aufgestaute Wut loswerden, die seit gestern Nachmittag in mir brodelt. »Männer, die keine monogame Beziehung auf die Kette kriegen, sind ein absolutes No-go. Und Frauen, die noch einen Rest Selbstachtung in sich haben, wollen auch gar nicht wissen, warum und wieso. Ich bin raus.«

All das meine ich so, Wort für Wort. Trotzdem möchte ich am liebsten in seine Arme fliegen. Weil mich alles an ihm magnetisch anzieht, sogar sein zerknautschter Gesichtsausdruck, den ich zum Verlieben finde. Blöd, ich weiß. Doch meinen Gefühlen ist es nun mal egal, ob sie blöd sind oder nicht. Die sind einfach da, machen sich in aller Frechheit breit und bringen mich noch an den Rand des Wahnsinns. Ich muss die Reißleine ziehen, sofort. Matteo weiter vor den

Kopf stoßen, klare Kante zeigen, um bloß nicht schwach zu werden.

»Du bist nicht der erste Mann, der ein Treueproblem hat«, wettere ich los. »Interessiert mich auch einen Scheiß, ob du unter moralischer Inkontinenz leidest oder einen Peter-Pan-Komplex hast, weil du nicht erwachsen werden willst. Man nennt es toxische Männlichkeit, Matteo. Oder, etwas unfeiner ausgedrückt: Unterm Strich bist du einfach nur ein Mistkerl.«

Betroffen starrt er mich an.

»Das nimmst du zurück.«

»Okay, den *Scheiß* nehme ich zurück, der steht mir nicht. Alles andere sind harte Fakten.«

Bingo, das hat gesessen. Wie ein geprügelter Hund tappt Matteo zum Kühlschrank, aus dem er eine Milchtüte und eine Zwölferpackung Eier zutage fördert. Fast tut er mir schon wieder leid. Doch solche Sentimentalitäten darf ich mir nicht gestatten.

»Wie gesagt, ich war gerade getrennt«, fährt er heiser fort, während er die Eier nacheinander an der Schüsselkante aufschlägt. »Du hast mich geflasht, und danach habe ich dich gesucht, ehrlich. Wenn ich gewusst hätte, dass du Hebamme bist, wäre es wesentlich einfacher gewesen. Warum hast du mir vorgeflunkert, du wärst Softwareentwicklerin?«

Innerlich krümme ich mich, weil er damit einen wunden Punkt getroffen hat. Verrückt, aber wahr: Viele Männer reagieren reserviert bis eingeschüchtert, wenn sie von meinem Beruf erfahren. Irgendwie ist er ihnen unheimlich. Auch im einundzwanzigsten Jahrhundert haftet Hebammen wohl noch der Ruch von Kräuterhexen an, die obskure Zaubertränke brauen, nachts nackt ums Feuer tanzen und sich mit den Frauen gegen die Männer verbünden. Aus reiner Vorsicht gebe ich deshalb beim ersten Kennenlernen meist irgendeinen harmlosen Beruf an: Softwareentwicklerin oder Verkäuferin im Bioladen beispielsweise.

Das will ich Matteo gerade sagen und mache einen Schritt auf ihn zu, damit wir nicht so laut sprechen müssen, als Emily zur Tür hereinschaut.

»Na, ihr Turteltäubchen? Wie läuft's mit den Crêpes?«

Erschrocken fahren Matteo und ich auseinander. So, als seien wir bei etwas Ungebührlichem ertappt worden und nicht mitten in einer Auseinandersetzung, bei der die Fetzen fliegen.

»Spitzenmäßig«, grummelt er. »Nur das Mehl habe ich nicht gefunden. Wo hast du das versteckt?«

Ahaaaa. Er kennt sich also nicht in Emilys Küche aus. Daraus kann man messerscharf schließen, dass er womöglich gar nicht hier wohnt, eine Vermutung, die ich ja schon gestern hatte.

»Du wirst alt, mein Lieber, demnächst vergisst du noch deinen eigenen Namen«, zieht Emily ihn auf. »Das Mehl ist, Moment«, sie kniet sich vor die Spüle, öffnet den Unterschrank und angelt zwischen Haushaltsreinigern und Waschpulverpackungen eine angebrochene Tüte Weizenmehl Typ 405 heraus, »genau hier.«

Skeptisch beäugt Matteo die Mehltüte.

»Kann man das noch verwenden?«

»Klar, das stammt aus einer Zeit, als es noch kein Verfallsdatum gab.« Lachend nickt Emily mir zu. »Pass gut auf ihn auf, sonst wird das nix mit den Crêpes!«

Eine Sekunde später sind wir wieder allein in der Küche. Schrecklich allein. Wie eine dunkle Wolke hängt das Streitgespräch über unseren Köpfen.

»Bevor du mich weiter fertigmachst, bringe ich die Geschichte zu Ende«, knurrt Matteo, der zu einem herumliegenden Esslöffel greift und großzügig Zucker in die Schüssel mit den Eiern gibt. »Wo waren wir stehen geblieben? Ach ja, ich habe dich gesucht und nicht gefunden. Einige Zeit später rief Emily an und eröffnete mir, sie sei schwanger. Das muss kurz vor unserer Trennung passiert sein. War wohl ein letzter Versuch, unsere Beziehung durch Versöhnungssex zu retten.«

»Geht's vielleicht noch detaillierter?«, raunze ich ihn an. »Verschon mich gefälligst mit solchen unappetitlichen Einzelheiten!«

»Aber so war's nun mal.« Gedankenverloren starrt Matteo in die Schüssel. »Ich bin nicht der Schuft, für den du mich hältst, Juli. Als ich wusste, dass ich Vater werde, habe ich beschlossen, für Emily da zu sein. Sie liebt mich. Da darf ich sie doch nicht im Stich lassen und unserem Kind eine intakte Familie verweigern. Ich möchte ein guter Vater sein. Demnächst auch ein guter Ehemann. Sobald das Kind auf der Welt ist, werden Emily und ich heiraten. Nix Peter-Pan-Komplex. Ich übernehme die volle Verantwortung. »

Das sind alles Sätze, die ich auch gern gehört hätte. Genau

die. Und wieder einmal frage ich mich, warum ausgerechnet über mich so ein Fiasko hereinbrechen musste. Warum habe ich Matteo zum falschen Zeitpunkt kennengelernt?

Karmisch ist das miese Timing jedenfalls nicht zu erklären, es sei denn, ich hätte in einem früheren Leben Mist gebaut. Aber vielleicht ist dieses ganze Karmagerede auch nur ein Riesenbetrug. Meine Oma Hilde sagt immer: Erwarte bloß nicht, vom Schicksal gut behandelt zu werden, nur weil du ein guter Mensch bist; das ist nämlich so realistisch wie von einem hungrigen Löwen verschont zu werden, nur weil du Vegetarier bist. So viel dazu.

Mein persönlicher karmischer Löwe hat inzwischen begonnen, Eier und Zucker zu verrühren. Und zwar mit einer fast aggressiven Entschlossenheit, als wollte er böse Geister vertreiben. Klirrend tanzt der Schneebesen durch die Schüssel, so dass ein paar Spritzer auf Matteos schwarzem T-Shirt landen. Auch ich kriege eine Ladung ab. Nur mit Mühe kann ich einen Aufschrei unterdrücken.

»Verflixt, Matteo, was soll das?«

»Sorry, war keine Absicht.« Irritiert schaut er auf meine befleckte Bluse. »Zieh sie einfach aus, ich wasche sie kurz durch und stecke sie in den Trockner.«

Jetzt bleibt mir doch wirklich die Spucke weg.

»Ich soll – meine Bluse ausziehen? Spinnst du?«

Ein feines Lächeln malt sich auf sein männlich schönes Gesicht.

»Vergiss nicht, ich habe dich schon nackt gesehen.«

»Ja, und das wird sich immer falsch anfühlen.«

Jetzt erreicht das Lächeln seine Augen.

»Ach, wirklich? Für mich nicht.«

Herrschaftszeiten, er flirtet mit mir! Stopp, Juli. Stopp! Bis hierhin und nicht weiter!

»Was mich ja mal interessieren würde«, sagt etwas, das nicht zu mir gehört, jedenfalls nicht zu der vernünftigen achtunddreißigjährigen Frau, die sich vorgenommen hat, diesen Abend bloß nicht eskalieren zu lassen. »Warum ich? Damals? In unserer Nacht?«

Mitten in der Bewegung hält seine Hand mit dem Schneebesen inne. Auf einmal ist es ganz still in der Küche, nur das Stimmengewirr aus dem Wohnzimmer weht wie aus weiter Ferne herein. Ein merkwürdig verklärter Ausdruck tritt in Matteos Bernsteinaugen.

»Es war deine Aura. Dein unwiderstehlicher Duft, deine sprühenden Augen, dein umwerfendes Lachen. Das alles hat sogar den Sex übertroffen. Wobei der Sex …«, kurz fährt er sich mit der Zungenspitze über die Lippen. »Wie soll ich das erklären – es war viel intensiver, leidenschaftlicher, überwältigender, als ich es mir je hätte vorstellen können. So, als hätten wir schon immer zusammengehört.«

Völlig unbeweglich stehe ich da. Es kommt mir vor, als würde gerade das gesamte Universum die Luft anhalten. Einen traumwandlerischen Augenblick lang halte ich für möglich, dass sich der Himmel öffnet, damit wir in eine andere Galaxie entschweben können, in der keine Emily existiert, kein mieses Timing, nicht das kleinste Hindernis.

Dann gebe ich mir einen Ruck.

»Du musst das alles nicht sagen, Matteo. Ich schlafe sowieso nicht noch einmal mit dir.«

Sarkastische Worte, mit voller Absicht gewählt, um mich von meiner kindischen Vision zu befreien. Auch auf Matteo haben sie die beabsichtigte Wirkung. Eine eiskalte Dusche könnte nicht durchschlagender sein. Das Lächeln auf seinen Lippen gefriert, und er zieht die Schultern hoch, als überlaufe ihn ein Frösteln.

»Schon klar.« Den Blick auf die Schüssel gerichtet, fängt er wieder an, die Zucker-Ei-Masse mit dem Schneebesen zu bearbeiten. Kurz gräbt er seine Zähne in die Unterlippe, bevor er weiterspricht. »Verrate mir nur bitte eins, Juli: Wie sollte ich damals ahnen, dass derartige Probleme auf mich zukommen? Ich war frei, ungebunden und mir deshalb keiner Schuld bewusst.«

Sofern seine Geschichte stimmt, muss ich ihm recht geben. Falls nicht, ist es eine verflixt raffinierte Verteidigung. Doch um nicht einzuknicken und ihm zu verzeihen – oder Schlimmeres! –, beschließe ich, bei meinem Sarkasmus zu bleiben.

»Jeder hat halt so seine Probleme«, erwidere ich leichthin. »Feuerspeiende Drachen können zum Beispiel keine Kerzen auspusten. Aber du kriegst dein Leben schon auf die Reihe, auch beziehungstechnisch, schließlich hast du das Casanova-Diplom ja mit links geschafft.«

Sein bitteres Auflachen schmerzt mich mehr, als ich gedacht hätte. Zum ersten Mal begreife ich, dass man sich selbst verletzt, wenn man einem Menschen wehtut, der einem etwas bedeutet.

Und ja, Matteo bedeutet mir etwas. Er ist kein primitiver Schuft, auch wenn das alles so viel einfacher machen würde. Zum Beispiel, die glatten dunklen Härchen auf seinen Unterarmen zu ignorieren. Die mega cute Art, wie er die Unterlippe vorschiebt, wenn er sich auf etwas konzentriert. Seine nackten Füße in den braunen Wildlederslippern, die seine wohlgeformten Knöchel betonen.

»Lass uns unseren Frieden mit der Situation machen«, sagt er nach einer Weile. »Wir sind einfach Sklaven der Umstände. Was ich allerdings nicht verstehe – worüber beschwerst du dich eigentlich? Luca ist ein prima Kerl, ihr werdet Eltern, damit ist doch alles in Butter.« Sein Blick wendet sich von mir ab und wandert durch die Küche. »Apropos: Hast du irgendwo die Butter gesehen?«

So, wie ich Emily inzwischen kenne, liegt sie wahrscheinlich in der Spülmaschine. Doch da mir die Lust auf sarkastische Bemerkungen vergangen ist, mache ich mich ohne ein weiteres Wort auf die Suche. Fündig werde ich in einem Hängeschrank, wo ganz hinten neben Wassergläsern und Eierbechern ein aufgeweichtes Butterpäckchen sein zweifelhaftes Dasein fristet.

Als hätten wir uns verabredet, kein Wort mehr über Emily zu verlieren – und schon gar kein negatives –, enthalten wir uns jeden Kommentars über diesen eigenwilligen Aufbewahrungsort. Schweigend stellt Matteo die Herdplatte an, auf der bereits eine Pfanne steht. Während er die Milch in das Eier-Zucker-Gemisch rührt, stelle ich mich dicht hinter ihn und schaue ihm über die Schulter. Ja, ich gebe es zu – weil ich auf diese Weise noch einmal aus nächster Nähe seinen berauschenden Duft inhalieren kann, bevor sich unsere Wege trennen, wie gestern telefonisch besprochen.

»Lass uns noch einen Spritzer Zitrone und etwas Vanillezucker hineingeben«, schlage ich vor. »Die Säure ergänzt die fruchtigen Aromen der Orangenmarmelade, die Vanillenote bildet ein schönes Pendant.«

»Wow, da spricht die Genießerin, was?«

Langsam dreht er sich zu mir um, so dass sich unsere Gesichter fast berühren. Ich müsste auf Abstand gehen. Sofort. Doch der Wunsch, seine verwirrende Nähe noch etwas auszukosten, nur ein winziges bisschen, ist übermächtig. Ihm scheint es genauso zu gehen. Seine Augen lodern, sein Mund ist halb geöffnet.

»Hey du«, flüstert er.

Mir wird heiß. Glühend heiß.

»Hey.«

Nur noch Nanosekunden trennen uns von einem Kuss.

»Sag ich's doch: Dreamteam!«, poltert Matthiesen dazwischen. Mit einer rosa Serviette im Hemdkragen steht er plötzlich an der Tür und schlägt lautlos die Handflächen ineinander. »Diese Pfannkuchen werden offenbar mit viel Liebe gemacht!«

»Crêpes«, brummt Matteo, der sich eiligst wieder über die Schüssel beugt. »Das werden *Crêpes.*«

»Aber wenn sie nicht bald fertig sind, crêpiere ich«, lässt Matthiesen einen seiner saudämlichen Kalauer vom Stapel. »Meine Portion gern mit Nutella, wenn ich bitten darf. In dieser Hinsicht zähle ich auf Sie, Frau Kemper.«

Wie vom Donner gerührt sehe ich ihn an, immer noch starr vor Glück, äh, Schreck. Beides. Ja, beides. Fast hätte Matteo mich geküsst. Oder ich ihn, was aufs Selbe rauskommt. Wie konnten wir uns nur so vergessen? Unser Moralkompass hat schändlich versagt, da gibt es nichts zu beschönigen. Damals wussten wir nicht, dass er ein zukünftiger Familienvater ist. Heute schon.

Ich fühle mich so elend wie eine Schülerin, auf deren Zwischenzeugnis *Versetzung stark gefährdet* steht. So ein Fehler darf mir kein zweites Mal unterlaufen.

»Für Extrawünsche wenden Sie sich bitte an Matteo, Herr Doktor Matthiesen«, erkläre ich mit mürber Stimme. »Mir ist etwas schwindelig, ich denke, ich sollte mich jetzt wieder rübersetzen.«

Das scheint Matteo ganz und gar nicht zu gefallen.

»Aber beim ersten Crêpe hätte ich dich noch gern dabei, Juli. Damit ich dein Geheimrezept kennenlerne.«

»Ja, bitte, Frau Kemper«, insistiert nun auch Jonas Matthiesen. »Danach können Sie so lange sitzen, wie Sie wollen.«

Okay. Müsste zu schaffen sein, wenn ich mich jetzt mal gehörig am Riemen reiße. Ich warte, bis sich Matthiesen verzogen hat, dann walte ich meines Amtes. Matteo hat gerade ein Butterstückchen in die Pfanne gleiten lassen und will nun das Mehl in den Teig rühren, als ich ihn zurückhalte.

»Warte, Crêpes gelingen besser, wenn man die zerlassene Butter direkt in den Teig gibt.«

»Aha, das ist also dein Geheimnis«, erwidert er, und der Anflug eines Lächelns schafft es in seine Mundwinkel. »Danke für den Tipp.«

Weiter geht's. Mit der bloßen Hand presse ich den Saft einer halben Zitrone in den Teig, Matteo fügt Vanillezucker hinzu, dann folgen die zerlassene Butter und zum Schluss das Mehl. Fertig. Die Pfanne ist inzwischen heiß genug.

»Jetzt den Teig dünn aufstreichen, bis der gesamte Pfannenboden bedeckt ist«, kommandiere ich wie eine Fernsehköchin. »Eine Minute warten, dann vorsichtig wenden.«

Matteo befolgt meine Anweisungen ohne Widerrede. Mithilfe einer Suppenkelle bugsiert er eine Portion Teig in die Pfanne und glättet ihn mit einem Esslöffel. Beide halten wir intuitiv Sicherheitsabstand. Nicht mal zu sprechen wagen wir, starren nur stumm auf den Küchenwecker, der neben dem Herd steht, und warten. Eine Minute lang. Noch eine. Wenden. Dasselbe Spiel. Ich zähle innerlich die letzten Sekunden runter.

»Hör mal, Juli«, sagt Matteo, als er den ersten wohlgeratenen Crêpe auf einen Teller befördert. »Gestern bei unserem Telefonat sagtest du, kurz nach unserer Nacht hättest du den Mann deines Lebens getroffen. Liebe auf den ersten Blick und so. Als ich vorhin aus der Küche kam, hörte ich, dass Luca und du euch schon seit Schulzeiten kennt. Könnte es sein, dass du uns alle nach Strich und Faden verlädst?«

Kapitel 14

Wenn Isabel zum Frühstück einlädt, sollte man sich auf hypergesunde Ernährung einstellen. Ihren phänomenalen Körper hält sie nicht nur mit täglichen Yoga- und Ballettübungen in Form, auch eine entsprechende Ernährung gehört dazu. Ihre Diätregel Nummer eins lautet: Wenn's schmeckt, spuck's aus. Von so viel eiserner Disziplin kann ich nur träumen. Das mit der gesunden Ernährung funktioniert bei mir immer nur so lange, bis ich Hunger kriege. Dann finde ich das Gewicht, das ich durch vorherigen Verzicht verloren habe, prompt im Kühlschrank wieder.

Heute freue ich mich allerdings auf leichte Kost. Wie ein Wackerstein liegt mir noch der Raclette-Käse des gestrigen Abends im Magen. Und nicht nur der Käse.

Als ich um Punkt halb neun bei Isabel auf der Matte stehe, hat sie bereits alles für unser Frühstück vorbereitet. Auf dem Küchentresen des offenen Wohn-Ess-Bereichs stehen zuckerfreier Obstsalat, fettarmer Joghurt, rohe Gemüsesticks nebst Kräuterquarkdip sowie ein selbstgemachtes Müsli aus Haferflocken, Kleie und Kürbiskernen.

So clean wie das Essen ist auch der Einrichtungsstil. Die cremeweiß gestrichenen Räume wirken luftig und planvoll untermöbliert. Eine große rote Couch sticht ins Auge, dazu gruppieren sich zwei elegante, mit karamellfarbenem Leder bezogene Stahlrohrsessel, die einen aparten Kontrast zum geschnitzten Wohnzimmerschrank im balinesischen Stil bilden. Für die persönliche Note sorgen Buddhafiguren in allen möglichen Größen und Farben, lauter Mitbringsel von den Ostasienreisen, die Isabel und Richard so gern unternehmen. Dezent dekorierte Lichterketten und Webteppiche in warmen Brauntönen runden den harmonischen Eindruck ab.

So sieht die Wohnung von Menschen aus, die mit sich im Reinen sind. Oder?

Rein äußerlich ist jedenfalls nicht erkennbar, ob Isabel ihrer Tochter Nanette hinterhertrauert. Ihre wasserblauen Augen strahlen, die rotblonde Mähne hat sie zu einem ordentlichen Knoten frisiert, der seidene Morgenmantel – himmelblau, mit bunten Blumen und Vögeln bedruckt – lässt ihren hellen Teint leuchten. Mit anmutigen Bewegungen steuert sie die große chromblitzende Espressomaschine an, die in der cremeweißen Küchenzeile zwischen Dampfgarer und Mikrowelle thront.

»Wie trinkst du noch mal deinen Kaffee, Juli?«

»Müde.« Ächzend ziehe ich meine neongrüne Fahrradweste aus und hänge sie über einen der Barhocker am Küchentresen. »Was du siehst, ist ein Wrack. Nach dem Kaffee allenfalls ein waches Wrack.«

»Das wird schon«, tröstet sie mich. »Ein vollwertiges Frühstück, und du bist topfit wie eine Zwanzigjährige.«

Ja, ja, auch mit Ende dreißig kann man noch mal zwanzig sein. Maximal eine halbe Stunde pro Tag. Heute bin ich so kraftlos, dass ich mich frage, ob ich den Herausforderungen einer Schwangerschaft in meinem Alter wirklich gewachsen bin. Ganz zu schweigen von meiner Zukunft als alleinerziehender Mutter. Buchstäblich über Nacht hat Matteo die ganz angenehme Dauerpauschalreise meines Lebens in ein knallhartes Überlebenstraining verwandelt.

Und dann wären da noch meine verworrenen Gefühle.

Man muss Emotionen auch mal zulassen, flüstert mein Herz. Genau, flüstere ich zurück, ich lasse sie zu: hinter Schloss und Riegel!

Kaum habe ich mich auf einen Barhocker gehievt und nippe mit aller gebotenen Vorsicht an dem Espresso, den Isabel mir hingestellt hat, als sie auch schon mit der Tür ins Haus fällt.

»Erzähl, ich will alles wissen, wie lief's gestern Abend? Das war doch bestimmt unheimlich aufregend.«

»Ja, spektakulär.« Mit Schaudern denke ich an den Beinahe-Kuss in der Küche und verschlucke mich fast an meinem Espresso. »Insgesamt lief es ganz gut, denke ich.«

»Vielen Dank für die faktenreiche Schilderung. Da hat man ja fast das Gefühl, dabei gewesen zu sein.« Isabel gießt sich eine Tasse grünen Tee ein, dann setzt sich neben mich auf einen Barhocker. »Ich will alles wissen, haarklein, bitte. Hat man dir und Luca das verliebte Elternpaar abgenommen?«

»Im Prinzip schon. Nur Matteo riecht wohl den Braten.«

»Matteo?« Ein spöttisches Lächeln legt Isabels makellos weiße Zähne frei. »Der soll mal schön die Füße stillhalten. Du bist ihm keinerlei Rechenschaft schuldig, schließlich ist er auch nicht gerade ein Engel.«

»Das mit uns war anders«, murmele ich verlegen, weil ich geneigt bin, ihm seine Version zu glauben und mich selber ein bisschen naiv dabei finde.

»Es ist *immer* anders, wenn ein Mann fremdgeht.« Isabels Stimme trieft vor Ironie. »Welche tränentreibende Story hat er dir denn aufgetischt? Den unverstandenen Mann? Den Mann mit der zerrütteten Beziehung? Den kurzfristig getrennten Mann?«

Aus ihrem Mund klingt das alles so lachhaft naheliegend, dass ich mich noch naiver, noch kläglicher in meiner Gutgläubigkeit fühle. Um Zeit zu gewinnen, tauche ich einen Möhrenstift in den Kräuterquarkdip und beiße ein Stück ab.

»Keine Antwort ist auch eine Antwort«, stöhnt Isabel. »Was hat dieser Typ bloß mit dir angestellt?«

Wie aufs Stichwort surrt mein Handy, und ich weiß, ja, ich weiß es einfach, dass er mir eine Message geschickt hat.

Juli. Hi.

Das war's? Nein, oben auf der App lese ich: *schreibt …* Ungeduldig beobachte ich das Display und werde schon wenige Sekunden später erlöst.

War strange gestern. Hoffe, du hast alles gut überstanden. Kuss, M

Ich schiebe das Handy so hastig von mir, als stände es in Flammen. Also bitte. Verfängliche Floskeln wie *Kuss* sind nun wirklich unangebracht. Isabel, die sich derweil Müsli, Joghurt und etwas Obstsalat auf ihren Teller gelöffelt hat, sieht mich argwöhnisch an.

»Das war *er*, stimmt's? Ach, sag nichts, du bist rot geworden wie ein verknallter Teenie.«

Der sich ehrlich bemüht, nicht an Matteo zu denken. Doch wie soll das gehen? Alles erinnert mich an ihn. Meine fleckige weiße Bluse, die ich heute Morgen nach dem Aufstehen in die Waschmaschine gepfeffert habe. Der wummernde Rocksong im Radio, als ich meine morgendliche Übelkeit mit geriebenem Apfel und Melissentee bekämpfte. Das Glas toskanische Orangenmarmelade, das mir Matteo zum Abschied geschenkt hat und nun als Souvenir meiner Kücheneskapade auf der Fensterbank steht.

Die Aufzählung ließe sich beliebig fortsetzen. Wie also sollte ich *nicht* an ihn denken?

»Morgen, Juli.« Im perlgrauen Businessanzug mit weißem Hemd und hellblauer Krawatte erscheint Isabels Mann hinter dem Küchentresen. »Bin spät dran, reicht nur noch für einen schnellen Kaffee.«

Richard ist etwas älter als Isabel, an seinen Schläfen zeigen sich erste graue Haare. Dass er dennoch ausgesprochen vital wirkt, hat er nicht zuletzt seiner Frau zu verdanken. Isabel achtet penibel auch auf seine Ernährung und geht morgens in aller Frühe mit ihm joggen. Für mich ist das momentan leider verboten. Schwangere sollten möglichst keinen Sport treiben, der den Bauchraum durchschüttelt, auch wenn manche Fachleute Sportarten wie Jogging und Tennis erlauben. Meiner Erfahrung nach kann das speziell im ersten Trimester riskant sein.

»Kein Problem, Richard«, sagt Isabel sanft. »Du weißt ja – Mädelstalk.«

»Klar.«

Der innige Augenkontakt, mit dem die beiden einander anlächeln, ist einfach nur wunderschön. Mir wird ganz warm ums Herz. Ist ja nicht selbstverständlich, auch nach achtzehn Jahre Ehe immer noch diese liebevolle Vertrautheit zu genießen.

Während Richard eine kleine braune Tasse unter das Auslaufrohr der Espressomaschine schiebt und den Startknopf drückt, schaut er auf seine Armbanduhr.

»Bin sofort weg, nur eins noch: Habt ihr schon über unseren Plan gesprochen, Isabel?«

»Euer WG-Projekt?«, antworte ich für meine Freundin. »Ich finde die Idee durchaus verlockend.«

»Das meine ich nicht.« Richard nimmt seine inzwischen dampfend gefüllte Tasse in die Hand und schlürft einen Schluck. »Es geht um unseren Familienzuwachs.«

»Himmel, ist Nanette etwa schwanger?«, schießt es aus mir heraus.

Die beiden fangen an zu lachen, und Isabel zwinkert mir zu.

»Hast du vergessen, dass es in unserer Kleinfamilie *zwei* Frauen im gebärfähigen Alter gibt?«

Vollkommen perplex starre ich sie an.

»Du? Du bist …?«

»Nein, wir arbeiten noch dran«, erklärt Richard lächelnd.

»Nanettes Auszug hat einige Fragen aufgeworfen.« Isabels Lachen verebbt, geistesabwesend betrachtet sie die Blumen und Vögel auf den Ärmeln ihres Morgenmantels. »Ich bin jetzt vierzig. Die Jahre sind nur so vorbeigerauscht. Ich habe immer gearbeitet und, das muss ich ehrlich gestehen, manchmal sind mir meine Mutterpflichten über den Kopf gewachsen. Besonders, als ich noch beim Ballett war.«

»Unsinn, du warst und bist eine großartige Mutter«, widerspricht ihr Mann.

Isabel wirft ihm einen dankbaren Blick zu.

»Ich habe mein Bestes gegeben, ja. Doch im Nachhinein sehe ich vieles kritischer. Bevor irgendwann Enkelkinder kommen, möchte ich deshalb noch mal ein eigenes Kind haben – und dann einiges anders machen. Beruflich kürzertreten, das Muttersein richtig auskosten, verstehst du, Juli?«

Sicher verstehe ich das. Das leere Nest soll wieder gefüllt werden, nachdem Nanette es verlassen hat. Meine Anwesenheit wäre nur ein unvollkommener Ersatz. Trotzdem bin ich immer noch ziemlich konsterniert. Ein zweiter Möhrenstick muss her, bevor ich etwas dazu sagen kann.

»Hast du dir das auch gut überlegt, Isabel?«

Doofe Frage, ich weiß. Über den Rand ihrer Teetasse hinweg blinzelt sie mich an.

»Es wäre auch ein Boost für unsere Beziehung. Schon jetzt fühlen wir uns wie Frührentner, irgendwie auf dem Abstellgleis. Wenn das so weitergeht, spielen wir demnächst noch Golf.«

»Deshalb ist jetzt deine Kompetenz in Sachen Empfängnis gefragt, Juli«, spricht Richard weiter. »Obwohl wir körperlich voll fit sind, hat uns Isabels Gynäkologin keine großen Hoffnungen gemacht. Die Wahrscheinlichkeit, in unserem Alter ein Kind zu zeugen …«

»… liegt bei unter zwanzig Prozent«, führe ich den Satz zu Ende. »Und das auch nur, wenn ihr, na ja.« Diesen Satz wiederum führe ich nicht zu Ende.

»Wenn wir es wie die Karnickel treiben«, grinst Richard.

»Das ist wie beim Ballett: üben, üben, üben«, kichert Isabel. »Von nichts kommt nichts. Ich habe mir sogar einen Zyklustracker besorgt, der meine Vaginaltemperatur ans Handy sendet und Alarm schlägt, wenn mein Körper Babys will.«

Ihr Mann verdreht in komischer Verzweiflung die Augen zur Decke.

»Stell dir vor, Juli, neulich hat sie mich mitten aus einem Meeting geholt: Los, ab nach Hause ins Bett, jetzt ist der beste Zeitpunkt!«

Klingt lustig. Ist es aber nicht. Stumm schaufele ich mir etwas Müsli auf meinen Teller. So schön ein später Kinderwunsch auch ist: Falls es nicht sofort klappt – und wie oft klappt das schon auf Anhieb? –, bedeutet das für die meisten Paare einen extremen Stresstest. Jede Menstruation eine Niederlage, jede enttäuschte Hoffnung ein Anlass für Sinnfragen, womöglich sogar für gegenseitige Schuldzuweisungen.

»Okay, Ladys.« Eilig trinkt Richard seinen Espresso aus. »Um halb zehn beginnt meine Konferenz, viel Spaß noch euch beiden.«

Nachdem er Isabel ein Küsschen auf die Wange gehaucht hat und gegangen ist, stützt sie ihre Ellenbogen auf den Küchentresen und legt fragend den Kopf schräg.

»Jetzt mal ganz ehrlich: Was hältst du von unserem Plan?«

»Der Plan ist super«, behaupte ich, wenngleich es einige Einwände gäbe. »Kommt nur auf die Umsetzung an.«

»Dann her mit den Fruchtbarkeits-Hacks!«

»Ich mache dir eine Liste, einverstanden?« Mein Blick schweift zur Küchenzeile, wo eine beeindruckende Sammlung von Schachteln und Dosen mit Nahrungsergänzungsmitteln steht, die jeder gut sortierten Apotheke zur Ehre gereichen würde. »Sag mal, wie viel Vitamin C nimmst du eigentlich pro Tag?«

»Raue Mengen, wieso? Schließlich spült der Körper ja alles raus, was er nicht braucht.«

»Völlig zutreffend«, gebe ich ihr recht. »Aber eine Überdosis Vitamin C soll das Vaginalsekret in ungünstiger Weise verändern. Zwar gibt es auch andere Meinungen, doch falls es stimmt, wäre das fatal. Drastisch formuliert, könnte es Richards Spermien killen.«

Ihre Augen werden groß wie Tennisbälle.

»Waaaas?«

Tja, Hebammenwissen, kombiniert mit Erfahrungswerten. Ich habe schon viele angehende Spätgebärende beraten. Nur nicht mich selbst. Was für ein geiler Gag.

»Im Übrigen machen viele Frauen den Fehler, nur an den eigenen Körper zu denken«, fahre ich profimäßig fort. »Geht Richard noch regelmäßig in die Sauna?«

»Immer nach dem Fitnesstraining.« Isabels Stimme bebt, wahrscheinlich ahnt sie bereits, dass hier was im Argen liegt. »Das ist kontraproduktiv, oder?«

»Die Temperatur der männlichen Kronjuwelen liegt durchschnittlich zwei Grad unter der Körpertemperatur«, fange ich an zu dozieren. »Warum? Weil die Evolution das Spermienreservoir mit Bedacht ausgelagert hat. Die Dinger vertragen keine Hitze. Gut, sie sterben nicht gerade wie die Fliegen – doch Sauna, Whirlpool, selbst zu heiße Duschen verringern die

Chance, dass ein Spermium überlebt, das es in deine Eizelle schafft.«

Isabel sieht vollkommen geplättet aus. Man kann förmlich hören, wie es in ihrem Kopf rattert.

»Ich könnte dir stundenlang zuhören«, seufzt sie schließlich.

»Und ich würde dir gern noch stundenlang erzählen, wie ihr eure Chancen auf ein Baby erhöht. Nur nicht jetzt. Auf mich warten einige Termine.«

Sofort kommt Leben in Isabels erstarrte Gestalt. Eifrig schiebt sie alle Schälchen und Schüsselchen, die auf dem Küchentresen stehen, in meine Richtung. Den Obstsalat, den Joghurt, die Gemüsesticks, den Dip, das Müsli.

»Vorher musst du aber richtig frühstücken. Du hast ja kaum etwas gegessen!«

»Ist vielleicht auch besser so.« Pantomimisch deute ich an, was ich damit meine, indem ich einen ausgestreckten Zeigefinger zu meinem geöffneten Mund führe. »Für den Fall, dass mein Magen etwas anderes damit vorhat.«

Eine reine Vorsichtsmaßnahme. Mir geht es schon wesentlich besser als heute früh. Sogar der Espresso ist mir gut bekommen, so dass ich meine Schwangerschaft während des Gesprächs weitgehend ausblenden konnte. Jetzt fällt sie mir wieder ein. Mit der dummen Nebenwirkung, dass ich an Matteo denken muss. Was er jetzt wohl tut? Allergietests durchführen? Antihistaminika verschreiben? Exotische Ausschläge begutachten?

»Du willst ihn doch wohl nicht wiedersehen«, grummelt Isabel, als könnte sie meine Gedanken lesen.

»Das werde ich zu vermeiden wissen«, erwidere ich so hoheitsvoll, dass ich es fast selber glaube.

»Bleib in deiner Mitte, halte dich von ihm fern.« Beschwörend ergreift Isabel meine linke Hand. »Dieser Mann ist dein Untergang, wenn du dir irgendwelche Hoffnungen machst. Alles, was du über ihn erzählst, deutet auf ein dysfunktionales Muster hin. Solche Typen sind wie ein Backofen: irre heiß, aber das Innenleben kriegst du nie mehr richtig sauber.«

»Matteo hat sich immerhin bei mir entschuldigt«, versuche ich, ihn in Schutz zu nehmen.

»Entschuldigungen sind keine Radiergummis, Juli. Damit macht er nichts ungeschehen. Bleib lieber offen für die richtig guten Männer.«

Toller Tipp. Wo sind sie denn, die *guten Männer*? Natürlich sehne ich mich nach jemandem, der mir das Frühstück ans Bett bringt, sich allen Ernstes für meine Kinderfotos interessiert und mich mitten in der Nacht weckt, nur um mir zu sagen, dass er mich liebt.

»Das Problem ist, dass ich ein kaputter Topf bin, auf den wohl nur noch ein verbeulter Deckel passt«, sage ich resigniert.

»So was Negatives darfst du nicht mal denken!« Empört schüttelt Isabel den Kopf. »Was ist überhaupt mit Luca? Ihr seid doch so eng, er ist ein cooler Typ, sieht gut aus, hat sein Leben im Griff. Wäre da nicht eine Annäherung möglich?«

O Mann, jetzt wieder diese Nummer. Seit Jahren liegt mir Isabel in den Ohren, dass Luca und ich füreinander bestimmt sind, es uns nur nicht eingestehen wollen. Genervt pieke ich mir ein Stückchen Banane aus dem Obstsalat.

»Das habe ich dir doch schon so oft erklärt, Isabel. Wir sind prima Buddies, doch für romantische Gefühle hat's nie gereicht.«

»Und er? Sieht er das genauso?«

Gute Frage. Ganz sicher bin ich nicht. Schon immer hat mir Luca das Gefühl gegeben, etwas Besonderes zu sein. Und gestern in Tommy's Tanke war er so zugewandt, so fürsorglich wie lange nicht. Habe ich womöglich ein meterdickes Brett vor dem Kopf?

Der Haken liegt wohl eher bei mir. Ich mag Luca, ich finde ihn wunderbar. Aber Gefühle? Dieses unglaubliche Herzkammerflimmern, das Matteo in mir auslöst, habe ich bei ihm nie empfunden. Oder nie zugelassen, wer weiß. Bei einer Freundschaft plus, auch wenn sie nun schon lange zurückliegt, gibt es strikte Regeln, an deren oberster Stelle *Bloß-nicht-verlieben* steht.

»Bevor du gehst, würde ich gern wissen, wer der Typ war, der Emily zum Yoga begleitet hat«, stoppt Isabel meine mäandernden Gedankengänge.

Puh, noch so ein heikles Thema. Ich genehmige mir erst mal einen ganzen Löffel Obstsalat aus Bananen, Blaubeeren und Erdbeeren.

»Das ist Doktor Jonas Matthiesen, ich habe dir schon von ihm erzählt.« Kauend senke ich einen Daumen. »Kaiserschnittfan, Obermacho, Riesenkotzbrocken. Momentan macht er einen auf nett, weil er mit Emily und Matteo befreundet ist. Wobei nett nicht ganz passend ist. Seit gestern folgt er mir quasi auf Schritt und Tritt. Wie ein Stalker.«

»So, so.« Isabel kneift ein Auge zusammen. »Offen gestanden hatte ich eher den Eindruck, dass er an Emily interessiert ist.«

Nachdenklich rühre ich in meinem Müsli. Tatsächlich sah es gestern Abend zeitweise so aus, als seien Emily und Matthiesen das Paar mit dem perfekten Match, während Emily und Matteo mehr so medium drauf waren. Doch in welcher Beziehung kommt es nicht zu Eiszeiten? Zumal die beiden ja schon eine Trennung hinter sich haben.

»Unwahrscheinlich«, entgegne ich. »Emily liebt Matteo, außerdem ist Matthiesen verheiratet.«

»Hat das notorische Schufte jemals davon abgehalten, nach rechts und links zu schauen?«

Nein. Hat es nicht. Aber welche Frau mit Augen im Kopf und einem Herzen in der Brust würde jemanden wie Matthiesen vorziehen, wenn sie Matteo haben kann? Das wäre doch komplett plemplem. Hallo? Wir reden hier von Matteo!

Das behalte ich aber lieber für mich. Bloß keine weiteren Diskussionen, mir schwirrt sowieso schon der Kopf. Nüchtern betrachtet, bin ich in einer zappendusteren Sackgasse gelandet. Beziehungsstatus: Ich geh mit meiner Laterne. Gefühle: im Vollrausch. Hirn: sendet Testbild. Dieser Tag kann ja nur gut werden.

Kapitel 15

Wenn ich jemals eine Medaille für sportliche Betätigungen verdiene, dann für meinen Supermarktsprint. Da ich eigentlich immer unter Termindruck stehe, verfolge ich eine effiziente Strategie, um beim Einkauf keine Zeit zu vergeuden: Ich notiere mir im Handy eine Liste, die exakt nach dem Warenparcours meines Stammsupermarkts neben der Christophorus-Klinik geordnet ist. Obst und Gemüse zuerst, dann die Milchprodukte et cetera. Spontankäufe verkneife ich mir grundsätzlich.

Heute muss ich besonders gut aufpassen. Bereits am frühen Morgen habe ich mir überlegt, was ich wirklich brauche, um bloß nicht den berüchtigten Schwangerschaftsgelüsten nachzugeben.

In dieser Hinsicht habe ich schon so einiges erlebt. Eine Klientin ernährte sich plötzlich nur noch von Donuts, eine andere schwor auf Matjes mit Vanilleeis. Crazy, aber normal: Wenn die Hormone Tango tanzen, ist so gut wie alles möglich. Sogar zwei Fälle des Pica-Syndroms musste ich schon an einen Psychologen weiterreichen. Dann wollen Schwangere plötzlich Dinge essen, die nachweislich nicht essbar sind – Kreide oder Waschpulver beispielsweise.

Selbstverständlich sind nicht alle absonderlichen Gelüste

schädlich. Wer Heißhunger auf Fettiges entwickelt, hat vermutlich ein Defizit an Omega3-Fettsäuren, das man mit Leinöl und Makrelen ausgleichen kann. Erhöhter Bananenkonsum deutet auf einen Kaliummangel hin, vermehrter Appetit auf Fisch wiederum auf Jodmangel. Das Wunderwerk des weiblichen Körpers macht's möglich, solche Defizite auf natürliche Weise auszugleichen.

Während ich an den bunten Regalreihen entlanghechte und meinen Wagen fülle, komme ich trotz aller guten Vorsätze immer wieder in Versuchung. Wäre Pizza mit Marshmallows vielleicht ein endgeniales Abendessen? Warum nicht mal diese asiatischen Trockensuppen probieren, die wahre Fans direkt aus der Tüte knabbern? Oder Schokolade mit roten Chilischotenstückchen?

Ganz ruhig, Rambo, führe ich ein stummes Selbstgespräch. Gefahr erkannt, Gefahr gebannt.

Aber dann holt mich der Wahnsinn doch noch ein. Auf einmal bekomme ich rückwirkend ungeheuren Appetit auf das Tiramisu, das mich vorhin im Kühlregal angelacht hat. Streng verboten für Schwangere, wegen der Keimgefahr in Produkten mit rohem Ei. Schnell vergessen, Juli. Schwer an mich halten muss ich auch an der Fleischtheke. Obwohl ich nie Tatar esse, starre ich das rohe Rinderhack an wie ein Junkie einen Haufen Koks.

»Nur nicht auf Abwege geraten«, werde ich gewarnt.

Huch. Bin ich etwa schon so durcheinander, dass ich jetzt auch noch Stimmen höre? Nein, lächelnd steht Anett in ihrer Schwesterntracht neben mir.

»Ich müsste eigentlich auf der Station sein, ist aber gerade nichts los, deshalb hole ich mir Kassler fürs Abendessen.« Kurz presst sie die Lippen aufeinander. »Gestern Abend ist mir so manches Licht aufgegangen. Willst du mir nicht mal langsam erzählen, was es mit Matteo auf sich hat?«

»Matteo?«, wiederhole ich lahm. »Was soll mit ihm sein?«

Vorwurfsvoll legt sie ihre Stirn in Falten.

»Manchmal höre ich nicht so gut, aber ich bin nicht blind, Juli. Ihr seid gestern umeinander herumgeschlichen wie Kater und Kätzchen.«

»Das, ähm, täuscht«, entgegne ich nicht minder lahm.

»Junge Frau, Sie sind dran!«, richtet der Verkäufer hinter dem Tresen das Wort an mich. »Was darf's sein?«

»Zehn Kilo Wahrheitsliebe und zwanzig Kilo Aufrichtigkeit für die Dame«, brummt Anett.

»Einstweilen tut's auch ein Pfund Bio-Hühnchenbrust«, wende ich mich an den Verkäufer, einen jungen Mann im blau-weiß gestreiften Kittelhemd.

»Sie sehen eher aus, als könnten Sie einen Schnaps gebrauchen«, sagt er breit grinsend. »Nicht Ihr Tag, was?«

Seine Kollegin, die gerade ein Schweinefilet in Scheiben schneidet, stößt ihn mit dem Ellenbogen an.

»Alkohol ist für Anfänger, wer cool ist, zieht sich die Realität rein.«

»Und wer richtig cool ist«, Anett bedenkt mich mit einem strafenden Seitenblick, »gibt unumwunden zu, was er in dieser Realität angestellt hat.«

Selten habe ich sie so verstimmt erlebt. Da ist wohl eine Beichte fällig, zeitnah und schonungslos.

Ich warte, bis Anett ihr Kassler bekommen hat, dann zuckele ich mit dem Einkaufswagen zur Kasse. In meinem Rücken spüre ich ihre bohrenden Blicke. Im Grunde verstehe ich Anett sogar. Freundschaft und Aufrichtigkeit gehören zusammen wie Fix und Foxi. Da bringt man weder windelweiche Ausreden noch verschweigt man Wesentliches.

Stumm stehen wir vor der Kasse an, bis wir an der Reihe sind. Nacheinander packe ich meine schwangerschaftsgerechten Einkäufe erst aufs Band und nach dem Bezahlen in meinen Rucksack. Anett verstaut ihr Kassler in der Tasche ihres Schwesternkittels. Die Stimmung zwischen uns ist eisig und aufgeheizt zugleich, so dass mir immer mulmiger wird.

Draußen zeigt Anett mit versteinerter Miene auf eine der grasgrünen Parkbänke, die zwischen Supermarkt und Klinik vor einem Azaleenbeet stehen.

»Aber ich muss zu Hannah, sie wartet schon auf mich«, versuche ich die drohende Aussprache noch ein wenig hinauszuzögern, obwohl ich schon ahne, dass ich damit bei einer resoluten Person wie Anett auf Granit beiße.

»Das hier ist wichtiger«, befindet sie denn auch knapp. »Setzen, erzählen. Ich höre zu.«

So bleibt mir nichts anderes übrig, als meine Geschichte in ihrer ganzen verzwickten Ausführlichkeit zu schildern. Anetts Augen weiten sich erschrocken, als ich zu Matteos Rolle in diesem Verwirrspiel zu sprechen komme. Anschließend sagt sie lange nichts. Dann faltet sie ihre Hände auf dem Schoß.

»Das ist doch vollkommen irre.«

»Du sagst es.« Mit der Spitze meines Sneakers kicke ich einen kleinen Kieselstein ins Azaleenbeet. »Wie man es auch dreht und wendet, ich muss mich damit abfinden, dass mein Kind vaterlos aufwächst. Oder hast du einen anderen Vorschlag?«

Aufstöhnend schiebt sie ein graues Löckchen zurück, das sich aus ihrer Frisur gelöst hat.

»Egal, wie es weitergeht, in dieser Situation wird es immer einen Verlierer beziehungsweise eine Verliererin geben. Verlässt Matteo Emily – was wir nicht hoffen wollen –, ist sie die Betrogene. Bleibt alles, wie es ist, bist du es.«

»Und mein Kind.«

»Ja, aber du hast Freunde, die zu dir halten«, entgegnet sie mit Nachdruck. »Isabel, Richard, Luca, ich, wir alle werden dich nach Kräften unterstützen. Du bist nicht allein, Juli. Übrigens fand ich Luca und dich gestern bei Emilys Raclette-Essen richtig süß. So, als wärt ihr ein echtes Paar. Könnte nicht eventuell mehr daraus werden? Ihr passt doch perfekt zusammen.«

»Komisch, Isabel meinte dasselbe. Aber …«

»Kein Aber«, winkt Anett ab, bevor ich aufzählen kann, was alles dagegenspricht. »Zieh es zumindest in Betracht. Ich denke schon, dass bei euch gewisse Gefühle im Spiel sind.«

Welche Gefühle denn? Andererseits sollte man vielleicht ins Grübeln kommen, wenn man zweimal am Tag dieselbe Diagnose hört. Wieder einmal horche ich in mich hinein. Doch alles, was ich spüre, ist zärtliche Wehmut, als ich feststelle, dass ich dabei in Matteo-Manier die Unterlippe vorschiebe. Große Gefühle für Luca kann ich immer noch nicht entdecken.

»Finde heraus, was das mit euch ist«, sagt Anett eindringlich. »Es heißt ja, Liebe ist manchmal so schüchtern, dass sie als

Freundschaft verkleidet daherkommt. Verbringt wieder mehr Zeit zusammen, unternehmt was, redet miteinander. Nur so kannst du dir darüber klar werden, wie es um euch steht. Und jetzt muss ich wieder hoch auf die Station. Kommst du mit?«

»Ja, bin schon spät dran.«

Während wir uns auf den Weg zur Klinik machen, kreisen meine Gedanken weiter um Luca. Wenngleich ich davon ausgehe, dass nie romantische Gefühle zwischen uns existierten, und obwohl mein Herz eindeutig für Matteo brennt, gibt mir ernsthaft zu denken, was Anett und Isabel gesagt haben.

Könnte ein Körnchen Wahrheit darin liegen?

Diese Frage bewegt mich immer noch, als ich Hannahs Zimmer betrete, in dem mittlerweile zwei weitere Frauen mit Neugeborenen liegen. Und nicht nur das: Der Raum platzt fast vor Besuchern. Überall wird geschwatzt, gelacht, fotografiert. Viel zu viel Unruhe, wie ich mal wieder finde.

»Hallo Juli, guck doch, wie niedlich Anton gähnt!«, schwärmt Hannah, die gerade ihren Kleinen anlegt. »Den ganzen Tag muss ich ihn ansehen und kann nicht damit aufhören. Wie bei diesen Netflix-Serien, die man auf ex durch suchtet.«

»Und das Stillen klappt?«, frage ich nach.

Behutsam fährt sie mit einem Finger über die kleine Stupsnase ihres Sohns.

»So einigermaßen, nur dass Anton meine Nippel ganz schön strapaziert. Die sind richtig wund. Doktor Matthiesen hat mir schon eine Salbe verschrieben.«

Das ist mal wieder typisch Matthiesen: Symptome behandeln, ohne die Ursachen zu bekämpfen.

»Womöglich saugt der Kleine so heftig, weil du einen Milchstau hast und er nicht genug zu trinken bekommt«, erkläre ich. »Da hilft es, wenn du dir vor dem Stillen warme Wickel machen lässt, um die Milchgänge zu öffnen. Außerdem ist es wichtig, dass du dich entspannst und intensiven Körperkontakt mit deinem Baby hast. Das fördert die Ausschüttung von Oxytocin, auch Kuschelhormon genannt. Sonst funktioniert der Milchspendereflex nicht.«

»Interessant, so was mal von der theoretischen Seite her erklärt zu bekommen.« Hannah senkt ihre Stimme zu einem Flüstern. »Aber Entspannung kannst du hier vergessen. Ich werde noch wahnsinnig. Fast rund um die Uhr Jubel, Trubel, Heiterkeit. Richtig relaxed bin ich nur tiefnachts, dann nuckelt Anton auch nicht so doll an mir.«

Das erstaunt mich keineswegs. Stillen ist etwas Hochintimes, bei Stress sind Komplikationen vorprogrammiert. Am liebsten würde ich alle Besucher auf der Stelle rausschmeißen. Hochkant. Mit Anlauf. Oder einen der Blumensträuße nehmen, hinter mich werfen und dabei rufen: »Wer ihn fängt, kriegt als Nächstes ein Kind«, was vermutlich dieselbe Wirkung hätte.

»Fokussiere dich hundertprozentig auf Anton«, gebe ich Hannah stattdessen meinen bewährten Tipp. »Blende alles um dich herum aus. So vermeidest du auch unbequeme Körperstellungen bei deinem Baby, denn darauf würde es mit noch heftigerem Saugen reagieren. Wegen der warmen Wickel sage ich Schwester Anett Bescheid.«

»Danke, Juli.« Hannahs Augen glänzen gerührt. »Sobald ich nach Hause darf und wieder fit bin, würde ich gern etwas für dich tischlern. Was kannst du gebrauchen? Ein Regal, einen Schrank, ein Bett?«

O ja, von einem schönen großen Doppelbett träume ich schon lange. Doch was nützt das, wenn ich mutterseelenallein darin liege?

Plötzlich muss ich an Lucas XXL-Bett denken. Oder eher XXXL. Sagen wir's mal so: Sein Bett ist größer als mein Schlafzimmer. Eine riesige Spielwiese, auf der wir viel Spaß hatten. Irgendwann war der Spaß vorbei. Warum eigentlich? Jedenfalls habe nicht ich unser erotisches Plus beendet, sondern Luca. Etwa drei, vier Jahre ist das her. Begründet hat er diese Entscheidung nie.

Wollte er etwa einen harten Schnitt, weil er sich doch in mich verliebt hatte? Und das nicht zugeben mochte, weil es keinerlei Anzeichen für erwiderte Gefühle gab?

Nun, eins steht fest: Sollten wir uns jetzt tatsächlich einander annähern, wäre das vermutlich die beste Methode, mir Matteo nach und nach aus dem Kopf zu schlagen. Klingt schräg, ist es auch, wäre aber immerhin eine Perspektive, mich von meinem fortschreitenden Liebeskummer zu kurieren. Es tut so verdammt weh, zu wissen, dass Matteo eine verbotene Frucht ist.

Zumindest sollte ich es mit Luca probieren. Oma Hilde sagt immer: Wenn dein Glas halb leer ist, schütte den Inhalt in ein kleineres Glas, und siehe da: Jetzt ist es voll. Wobei dann Matteo das große und Luca das kleine Glas wäre. Okay, klingt noch schräger.

Schwerer wiegt allerdings, dass es unsere Freundschaft gefährden könnte, wenn ich jetzt zu forsch vorgehe. Bislang hat das mit uns so gut funktioniert, weil wir immer locker geblieben sind. Außerdem ist Luca feinfühlig genug, um zu merken, dass es keineswegs das Kribbeln, sondern eher das Baby in meinem Bauch ist, das mich plötzlich in seine Arme treibt. So was kann zu ernsthaften Verstimmungen führen.

»Juli?«

Ich schaue Hannah an, als sei ich aus einem tiefen Traum erwacht. Ach ja, sie wartet noch auf eine Antwort.

»Auch wenn es eine wunderbare Geste ist, ein so großes Geschenk kann ich nicht annehmen. Der schönste Dank wäre, wenn du glücklich und zufrieden mit deinem Baby bist.«

Plötzlich geht ein Ruck durch die Besucher. Ohne anzuklopfen und mit wehendem Kittel kommt Matthiesen ins Zimmer marschiert. Offensichtlich nicht aus professionellen Gründen, denn er steuert direkt auf mich zu.

»Was für ein toller Abend gestern, vor allem Ihre Crêpes waren vorzüglich.« Jovial schlägt er mir auf die Schulter, so dass ich unangenehm berührt zusammenzucke. »Wenn Sie keine Lust mehr auf Ihr Hebammendingens haben, können Sie ja ein Restaurant eröffnen. Oder gleich eine Crêperie.«

Das hätte der Schwachmat wohl gern. *Hebammendingens.* Jo, das ist Jonas Matthiesen, wie ich ihn kenne. Und nicht schätze. Was er da absondert, ist ja nicht mal subtiler Sexismus, sondern offen ausgelebte Verächtlichkeit.

»Meine Frau kann leider überhaupt nicht kochen«, quasselt er munter weiter. »Ich sag immer: Die meisten Unfälle passieren in der Küche – und ich muss sie dann essen.«

Wie überaus witzig. Einige männliche Besucher lachen, die weiblichen Anwesenden verziehen das Gesicht. Kein Zweifel, Matthiesen ist ein klarer Fall von: Ich bin zu blöd für cool, ich zieh jetzt mal dieses peinlich durch.

Als habe der kleine Anton gespürt, dass die Atmosphäre im Zimmer unbehaglich geworden ist, fängt er bitterlich an zu weinen.

»Ist ja gut, mein Kleiner, du hast nur Hunger«, spricht Hannah beruhigend auf ihn ein. Dann blickt sie zu mir auf und deutet mit dem Kopf auf den Oberarzt. »Im Gegensatz zum Gehirn meldet sich der Magen, wenn er leer ist, gell?«

Falls Matthiesen diesen Seitenhieb gehört hat, verfügt er über die Gabe, ein freundliches, ach, was sag ich: übertrieben freundliches Pokerface aufzusetzen.

»Liebe, beste Frau Kemper«, orgelt er los, »haben Sie Zeit für einen Kaffee unten in der Klinik-Cafeteria? Wir wollten uns doch mal etwas eingehender unterhalten.«

Zeit hätte ich durchaus, meine nächsten Termine stehen erst am Nachmittag an. Doch seinen verunglückten Charmeoffensiven fühle ich mich momentan einfach nicht gewachsen.

»Wird heute leider etwas eng, Doktor Matthiesen.«

Dann doch lieber zu Hause in aller Gemütsruhe mein Mittagessen kochen: Hühnchenbrust, überbacken mit Tomaten-Sahne-Sauce, dazu Tagliatelle. Eins meiner kalorienreichen Leibgerichte. Früher habe ich es oft Luca serviert, der es genauso liebt wie ich.

Moment mal. Was, wenn ich mit meinen Einkäufen zu ihm fahre und das Essen bei ihm zubereite? Dann könnte ich ihm gleich ein bisschen auf den Zahn fühlen, ob emotional was bei ihm läuft. Nur als Testballon natürlich.

»Sie wissen ja, als Hebamme ist man immer auf dem Sprung«, kündige ich meinen Abgang an. »Hannah, melde dich gern, wenn du Hilfe brauchst. Doktor Matthiesen, wir können ja mal telefonieren.«

Mit diesem unverbindlichen Allerweltspruch lasse ich ihn stehen. Seinen Kaffee wird er allein trinken müssen, weil weder das Pflegepersonal noch die Kolleginnen und Kollegen freiwillig ihre Pausen für ihn opfern würden. Dass ich das bedauere, kann ich nicht behaupten.

Als ich wenige Minuten später aufs Fahrrad steige, das noch vor dem Supermarkt steht, gefällt mir meine Idee, unangemeldet bei Luca reinzuschneien, immer besser. Erst bei Überraschungsbesuchen zeigt sich doch, wie willkommen man wirklich ist. Ich trete kräftig in die Pedale. Es ist kurz nach zwölf, und wenn ich mich richtig erinnere, legt Luca gegen halb eins eine Snackpause ein.

Er wird Augen machen, wenn ich gleich wie aus heiterem Himmel vor ihm stehe: »Surprise, Surprise, ich koche uns was Schönes!«

Unaufhaltsam nähere ich mich meinem Ziel. Es liegt in einer Industriegegend, wo viele ehemalige Fabrikgebäude in Lofts umgewandelt wurden. Auf den ersten Blick ein trostloses Ambiente, beherrscht von leicht heruntergekommenen Zweckbauten, Tankstellen und Großmärkten. Luca gefällt's. Er war halt immer schon unkonventionell. In der Schule hat er damals Schlaghosen getragen, als die gerade absolut out waren, er war der Erste, der sich ein Tattoo stechen ließ, und beim Abiball erschien er mit Haaren in Neonpink.

Genau das mag ich an ihm. Stromlinienförmig ist keine Option für Luca.

Eine kribbelnde Aufregung erfasst mich, als ich mit meinem geschulterten Fahrrad die Innentreppe einer stillgelegten Schnapsbrennerei hinaufsteige. Im ersten Stock des altertümlichen Backsteingebäudes residiert Lucas IT-Firma, im dritten Stock befindet sich sein Loft. Seltsam, wie anders ich das alles unter dem Aspekt betrachte, Luca könnte Gefühle für mich hegen. Doch selbst, wenn meine Recherche ergebnislos verläuft, ist ein gemütliches Mittagessen unter Freunden immer noch besser, als daheim in meiner Mansarde zu hocken und Matteos Orangenmarmeladenglas anzustarren.

Im dritten Stock halte ich etwas atemlos inne. Hier ist es. Hunderte Male habe ich vor dieser massiven grauen Stahltür gestanden, auf die Luca in Signalrot *Home Office* sowie einen verwackelten Smiley gesprüht hat. Eine Klingel gibt es nicht. Man muss mit der Faust an die Tür bummern. Auch so ein Luca-Ding, eine handelsübliche Türklingel wäre ihm einfach zu spießig.

Nachdem ich mehrfach versucht habe, mich bemerkbar zu machen, höre ich, wie die Tür von innen entriegelt wird. Quietschend öffnet sie sich einen Spalt, in dem Luca erscheint, mit wirrem Haar und nackt bis auf eine lila Boxershorts.

»Ach, ist das deine neue Devise? Der späte Wurm überlebt den frühen Vogel?«, necke ich ihn. »Oder hast du dich gestern nach unserem Raclette-Essen noch so heftig abgeschossen, dass du um diese Uhrzeit einen Kater wegschlafen musst?«

»Hallo, Juli.« Sichtlich verlegen schaut er an sich herab. »Sorry, mit dir habe ich nun überhaupt nicht gerechnet.«

»Kein Problem«, zwitschere ich, während ich mich an ihm vorbei ins Loft schiebe. »Du kannst in Ruhe duschen, während ich das leckere Hühnchengratin vorbereite, das du so gerne isst.«

Ich will schon die improvisierte Küchenzeile ansteuern, wo ein teurer Profiherd in einem originellen Sperrmüllensemble steht wie eine Hollywood-Diva in einem Oxfam-Laden, als mich ein seltsames Geräusch aufhorchen lässt. Es kommt aus dem XXL-Bett auf der anderen Seite.

Ach, du grüne Neune, ich bin in ein mittägliches Schäferstündchen geplatzt!

»Ent-ent-ähm-schuldige«, stottere ich. »Hätte ich gewusst, dass du Damenbesuch hast ...«

In diesem Augenblick erhebt sich der Besuch und stolziert splitterfasernackt in Richtung Bad. Mein Herzschlag setzt aus. Diese Dame ist keine Dame, wie mir das fröhlich baumelnde Gemächt verrät. Alter Schwede! Das ist so, so – hä? Ich meine – häää?

Kapitel 16

Der Zufall beschreitet manchmal Wege, da käme die Absicht gar nicht hin. Wäre ich nicht rein zufällig hier reingestolpert, hätte ich womöglich nie erfahren, welche sexuellen Vorlieben mein bester Freund wirklich hat. Seit wann? Und warum hat er nie ein Sterbenswörtchen darüber verloren?

An meinem Toleranzlevel kann es eigentlich nicht liegen, der bewegt sich zuverlässig im oberen Bereich. Ich habe kein Problem damit, wenn jemand schwul, lesbisch, bisexuell, transsexuell, intersexuell, asexuell oder sonst was ist. Soll doch jeder für sich selbst entscheiden, wen und was er liebt. Aber Luca? *Mein Luca* steht auf Männer?

Das muss ich erst mal sacken lassen. Gerade habe ich noch Stillprobleme und die Anatomie der laktierenden Brust erörtert, jetzt bin ich plötzlich mit dem Doppelleben meines besten Freundes konfrontiert. Ein rasanter Switch.

»Sorry, das lief jetzt etwas, also, suboptimal«, druckst er herum.

Noch immer fehlen mir die Worte. Auch mein bemüht unbedarftes Lächeln – hey, ist doch nichts dabei, alles fein – will nicht so recht klappen.

»Ich hatte schon so oft vor, es dir zu erzählen«, erklärt Luca mit Blick auf seine nackten Zehen. »Aber lange war ich mir selbst nicht sicher. Erst dachte ich: Hm, vielleicht bist du bisexuell. Im Laufe der letzten Jahre habe ich dann gemerkt: Nee, nee, das mit den Frauen ist durch.«

Er verstummt, als sein nackter junger Gast aus dem Bad zurückkehrt. Ein wahrer Adonis, makellos wie eine griechische Statue und zart gebräunt wie ein vorschriftsmäßig zubereitetes Grillhähnchen. Ohne jegliche Verwunderung zu zeigen, dass immer noch eine Frau nebst geschultertem Fahrrad in Lucas Loft rumsteht, schlendert er zum Bett, schlüpft in eine Jeans und ein weißes T-Shirt und hebt lässig die rechte Hand.

»Man sieht sich. Ciao, Luca.«

»Ciao, Markus.«

Mir nickt der junge Mann nur beiläufig zu, bevor er das Weite sucht. Coole Socke, das muss man ihm lassen.

Quietschend fällt die schwere Metalltür hinter ihm ins Schloss. Dann ist es so still, dass mir mein eigener Puls wie eine Sambatrommel in den Ohren dröhnt. Dies ist wohl der Moment, in dem ich etwas sagen sollte.

»Also, Luca«, beginne ich mit einer hohen dünnen Stimme, die ich noch gar nicht an mir kenne. »Bin ich überrascht? Ja. Bin ich irritiert? Auch das. Trotzdem, denk bloß nicht, dass ich dir irgendetwas vorwerfe. Du hast dich sexuell neu orientiert, wir leben in toleranten Zeiten, und wenn du Unterstützung oder Rückendeckung brauchst, kriegst du sie jederzeit von mir.«

»Alles gut, Mutter Teresa.« Ein flüchtiges Grinsen überzieht sein jungenhaftes Gesicht. »Ich komme klar.«

»Bis auf das Outing«, entgegne ich. »Wenn du sogar deiner besten Freundin verschweigst, dass du schwul bist …«

Mit langsamen Schritten geht Luca zur Couch, wirft sich ein blau-braun kariertes Flanellhemd über, das darauf gelegen hat, und greift nach seiner Jeans, die – wohl im Eifer des Gefechts – auf dem riesigen Flatscreen gegenüber gelandet ist.

»Setz dich doch erst mal, Juli.«

»Sekunde.« Nachdem ich mein Fahrrad abgestellt und mich von meinem Rucksack befreit habe, lasse ich mich auf die große braune Ledercouch fallen. »Schieß los. Bin ganz Ohr.«

Tief Luft holend fläzt sich Luca neben mich.

»Du willst also wissen, warum ich so ein Geheimnis daraus mache? Kann ich dir sagen: Die meisten Leute denken, die Tech-Szene wäre voller Nerds, die locker drauf sind. Das stimmt zwar weitgehend, aber meine Kunden sind alles andere als locker.«

»Inwiefern?«

»Na, die leiten große Unternehmen, wo immer noch Heteros den Ton angeben, wie ich vor einiger Zeit erfahren musste.« In seine Erinnerungen versunken knöpft er sich langsam das Hemd zu, Knopf für Knopf. »Vor ein paar Jahren hatte ich eine Präsentation beim CEO einer großen Textilfirma: verheiratet, zwei Kinder, alles tippitoppi. Wir waren uns sofort sympathisch. Nach dem Meeting gingen wir noch was trinken, und glaub mir, ich war total von der Rolle, als er mir nach dem dritten Gin Tonic gestand, dass er auf Dienstreisen seine queeren Neigungen auslebt. *Nur* auf Dienstreisen.«

»Weil er sonst Ärger bekommt?«

»Ganz genau. Nicht offen natürlich, das wäre ja Diskriminierung. Aber wenn's um Beförderungen und Boni geht, kann es schnell eng werden. Da wusste ich: In dieser Welt sollte ich mich besser bedeckt halten.«

Gebannt hänge ich an seinen Lippen. Und ich habe von alldem nichts geahnt. Weil ich in die Falle meiner Klischees gelaufen bin, die uns blind für das Offensichtliche machen? Aber so was von. Dass ein kerniger Kerl wie Luca schwul sein könnte, wäre mir jedenfalls nie in den Sinn gekommen. Mit seinen Cowboystiefeln und karierten Holzfällerhemden wirkt er auf ein schlichtes Gemüt wie mich wie der Inbegriff des Heteros. Da sieht man mal, wie erfolgreich man sich selber an der Nase herumführen kann.

»Dennoch war es sicherlich befreiend«, spinne ich den Gedankengang weiter, »als du es dir eingestehen konntest, oder?«

»Ein unbeschreibliches Gefühl.« Versonnen verschränkt er die Arme hinter dem Kopf, »Als hätte ich ein Leben lang die Luft angehalten und könnte endlich durchatmen.«

Leider kann ich mir nur zu gut vorstellen, welche inneren Kämpfe er mit sich ausfechten musste. Die letzten Jahre müssen ein wahrer Hindernisparcours für ihn gewesen sein.

»Hör zu, Luca«, meine Stimme klingt jetzt wieder fest und entschlossen, »selbst, wenn du noch so vorsichtig bist, könnte das Ding eines Tages als Bumerang angeflogen kommen. Dann bin ich für dich da.«

»Danke, Juli.« Mit der rechten Hand fährt er mir sacht durch das vom Fahrradfahren strubbelige Haar. »Charakter ist das, was übrig bleibt, wenn es unbequem wird. Genau diese Charakterstärke hast du gerade bewiesen.«

»Was denkst denn du? Ich bin doch keine Schönwetterfreundin, mit der man nur Kaffeetrinken kann.«

»Apropos, willst du was trinken?«, erkundigt er sich. »Wasser, Kaffee, Tee, Cola?«

»Eigentlich wollte ich was essen.« Sehnsüchtig schweift mein Blick zum prall gefüllten Rucksack, den ich neben der Couch auf dem Boden abgestellt habe. »Wärst du einverstanden, wenn wir weiterreden, während ich das Hühnchen in die Pfanne haue?«

»Nicht nur einverstanden, begeistert«, antwortet er lächelnd. »Hühnchen à la Juli, fast wie in alten Zeiten.«

Das bringt mich auf einen weiteren Aspekt unserer neuen Konstellation.

»Hast du damals unser Plus gecancelt, weil du …«

»… ja, weil ich merkte, dass meine Präferenzen in eine andere Richtung gingen«, nimmt er mir das Wort aus dem Mund. »Das war kurz bevor ich diesen CEO traf. Er war mein erster Mann. So was zu akzeptieren ist besonders krass, wenn du vorher als Hetero gelebt hast. Doch irgendwann gab es keinen Zweifel mehr: Ich bin so hetero wie ein Glitzerfummel mit Federboa.«

Schade, dass er nie gewagt hat, sich mir anzuvertrauen. Sogar in den besten Freundschaften gibt es offenbar Tabuthemen, die weiträumig umfahren werden – bis das Ganze auffliegt.

So, und jetzt habe ich wirklich Hunger. Auf den Schock muss ich dringend etwas essen.

An den vielen Spielkonsolen, Computern und Servertürmen vorbei folgt mir Luca zur Küchenzeile, wo ich den Rucksack auspacke und meine Einkäufe neben dem Herd ausbreite: die Hühnchenbrust, zwei Tetrapacks passierte Tomaten, zwei Becher Sahne, eine Tüte grüne Tagliatelle. An den mannshohen Kühlschrank gelehnt sieht Luca zu, wie ich ein kurzes scharfes Messer aus dem Messerblock ziehe, um die Hühnchenbrustfilets von Sehnen und Fett zu befreien.

»Bist du wirklich okay mit der Situation?«, fragt er, als ich mit dem Fleisch loslege.

»Im ersten Moment war es ziemlich verstörend«, gebe ich zu. »Aber hey, irgendjemand hat gesagt: Jede Singlefrau über vierzig sollte einen schwulen Freund haben. Ich habe jetzt schon einen, juchhu.«

Erleichtert auflachend löst er sich vom Kühlschrank und nimmt mich in die Arme.

»Wir zwei, wir sind das perfekte Durcheinander, was, Juli? Der heimliche Schwule und die Frau, die vom Falschen schwanger ist ...«

Ich erwidere seine Umarmung, froh, dass sich kein Misston zwischen uns geschoben hat. Wie sehr ich doch unsere zwanglose Nähe genieße, die ich im Laufe der Jahre immer mehr schätzen gelernt habe.

»Jedenfalls werde ich nie wieder unangemeldet bei dir reinplatzen«, verspreche ich.

»Siehst du, man ist nie zu alt, um sich über eine sturmfreie Bude zu freuen.« Unvermittelt setzt er eine bedeutungsvolle Miene auf. »Aber jetzt mal ohne Flachs: Danke, dass du zu mir hältst, auch falls mein Geheimnis publik werden sollte.«

»Was uns zwei verbindet, müssen Dritte nicht verstehen.« Ich gehe in die Hocke, um eine Pfanne und einen Topf aus dem offenen Regal neben dem Herd zu holen, dessen Backofen bereits vorheizt. »Außerdem hilfst du mir ja auch mit meiner Matteo-Misere.«

»Ist mir eine Ehre. Hier, die kannst du gebrauchen.«

Mithilfe der Haushaltsschere, die Luca mir reicht, schneide ich die Ecken der Tetrapacks ab und befördere die passierten Tomaten in den Topf. Danach folgt der Inhalt der beiden Sahnebecher. Figurschonend wird dieses Essen definitiv nicht. Nachdem ich die Herdplatte angestellt habe, holt Luca einen hölzernen Rührlöffel aus der Besteckschublade, dann sieht er mich mit zusammengekniffenen Augen an.

»War ein ziemlich seltsamer Abend gestern, oder?«

»Kannst du das präzisieren?«

»Wenn du mich fragst, sind Matteo und Emily ein ungleiches Gespann«, antwortet er nach kurzem Überlegen. »Er wirkt sympathisch, strukturiert, weitgehend in sich ruhend. Sie ist ein verpeiltes Mäuschen, das bunte Bildchen anfertigt. Emily traue ich zu, dass sie beim Müller-Joghurt die große Ecke in die kleine kippt.«

Dazu sage ich mal lieber nichts. Wäre ja nicht gerade die feine Art, über sie herzuziehen. Doch auch mir sind gestern Abend ein paar Dinge aufgefallen. Die kleinen brodelnden Konflikte zwischen ihr und Matteo zum Beispiel. Die vergiftete Spitze gegen Luca und mich, die Ein-Herz-und-eine-Seele-Nummer mit Matthiesen.

Wenn ich jetzt mit einem halben Tag Abstand darüber nachdenke, frage ich mich, ob mein erster Eindruck von Emily vielleicht eine Spur zu positiv war. Es soll ja Frauen geben, die so gekonnt ihre vermeintliche Zartheit und Schutzbedürftigkeit ausspielen, dass sie immer alles kriegen, was sie wollen. Matteo hat sie sich schon mal zurückgeholt, und damit den zuverlässigen Gefährten und Ernährer. Was plant Emily als Nächstes? Oder sehe ich schon Gespenster? Was soll man denn bitte planen, wenn man alles hat, was das Herz einer Frau nur begehren kann?

»Kräuter wären schön«, wechsele ich abrupt das Thema, während ich großzügig Salz in die Tomaten-Sahne-Sauce rühre. »Aber als notorischer Pizza-Besteller hast du so was wahrscheinlich nicht im Haus.«

»Pass du mal lieber auf, dass du die Sauce nicht versalzt, so verschossen, wie du in Matteo bist.« Luca langt ins Regal und zaubert ein Glas mit einer italienischen Kräutermischung hervor. »Bitte sehr.«

»Jetzt sag nicht, dass du neuerdings kochst.«

»Ach, was, meine Talente liegen anderswo.« Grienend schraubt Luca das Glas für mich auf. »Seit Markus manchmal hier isst, hat er ein paar Änderungen eingeführt. Jetzt kommen halt Kräuter auf die Fertigpizza.«

Inzwischen verbreitet die Sauce einen herrlichen Duft, der sich noch verstärkt, als ich die Mischung aus getrocknetem Basilikum, Oregano, Thymian und Rosmarin hineinrühre. Der Sugo kann vor sich hin köcheln, bis das Fleisch und die Tagliatelle so weit sind. Luca, wie immer der clevere Mitdenker, hat schon einen großen Topf Nudelwasser aufgesetzt. Wir sind eben ein eingespieltes Team.

»Du würdest viel besser zu Matteo passen«, überrumpelt er mich plötzlich mit einem Satz, der mich mitten ins Herz trifft.

Und da ist er wieder, der sprichwörtliche Elefant im Raum. Matteo. Schlimmer noch: Luca spricht aus, was ich mir nicht zu fühlen erlaube und was im Übrigen auch keinerlei Bodenhaftung hat. Im Grunde kenne ich Matteo doch gar nicht. Eine heiße Nacht, ein unverhofftes Wiedersehen zwischen Tür und Angel, ein verklemmter Raclette-Abend, ein gestohlener Fast-Kuss in der Küche, das ist alles. Und er gehört Emily. Basta.

»Würde, hätte, könnte«, seufze ich. »Man muss die Dinge auch mal so ignorieren, wie sie sind.«

»Du findest dich also tatsächlich damit ab, dass du Matteo nicht haben kannst?«

»Was denn sonst?«

Verdrossen tröpfele ich Olivenöl in die mittlerweile heiße Pfanne und warte, bis das Öl zu rauchen anfängt. Auf der anderen Seite türmt sich natürlich ein Berg unbeantworteter Fragen: Wie soll ich als alleinerziehende Mutter weiterhin meinen Hebammenberuf ausüben? Was sage ich meinem Kind, wenn es wissen will, wer sein Vater ist? Egal, ich will nicht dauernd an Matteo denken müssen. Doch falsche Gefühle sind wie Fußpilz: Man sucht sie sich weder aus, noch wird man sie so schnell wieder los.

»Was hältst du von Matthiesen?«, versuche ich, das Gespräch in ein anderes Fahrwasser zu bringen.

Lucas Mundwinkel rutschen abwärts.

»Es gibt Menschen, die einem klarmachen, wie man nicht sein will.«

»Mit Selbstbewusstsein gesegnet, von Ahnung verschont?«

»Nicht nur das. So hormonell gesteuert, wie der mit Emily flirtet, käme man nie auf die Idee, dass er verheiratet ist.«

»Seine Ehe soll nicht sonderlich glücklich sein«, referiere ich die allseits kursierenden Klinikgerüchte, bevor ich die Hühnchenfilets in die Pfanne lege. »Mit so einem sparsam behirnten Typen würde ich es keine Sekunde aushalten.«

»Seiner Frau kann man wirklich nur wünschen, dass sie den Absprung schafft.« Todernst sieht Luca mich an. »Macht man den Mann eigentlich ab, bevor man den Ehering ins Klo schmeißt?«

Prustend lache ich los. Auch das mag ich so sehr an Luca: dass er nie seinen Humor verliert, selbst dann, wenn's mal dicke kommt. Gerade habe ich sein Doppelleben aufgedeckt, sicherlich keine angenehme Erfahrung für ihn, trotzdem schafft er es, mich aufzuheitern.

Immer, wenn du lachst, stirbt irgendwo ein Problem, sagt meine Oma Hilde. Hoffen wir, dass sie recht behält.

Kapitel 17

Ich habe es getan. Ich habe es tatsächlich getan! Endlich gönne ich mir die Auszeit, die mir zusteht, um nach den Turbulenzen der letzten Tage mal runterzukommen.

Anett hat mich darin bestärkt. Als sie gestern Abend anrief, meinte sie: »Wenn man anfängt, seinem Passfoto ähnlich zu sehen, ist man urlaubsreif.« Deshalb müsste ich verreisen oder mir zumindest ein Wochenende in einem Wellnesshotel leisten.

Leider bin ich an Stellen erschöpft, wo kein Wellness-Treatment hinkommt. Da fahre ich doch lieber zu Oma Hilde. Schon oft habe ich mit dem Gedanken gespielt, sie irgendwann zu besuchen. Doch erst nach meinem aufwühlenden Gespräch mit Luca und dem Telefonat mit Anett stand mein Entschluss fest: Ich mache aus dem Irgendwann ein Jetzt, bevor es ein Nie wird.

Wo, wenn nicht bei Oma Hilde, könnte ich mich wirklich fallen lassen? Meine Großmutter mütterlicherseits ist die Liebe und Güte in Person. Als ich gestern Abend telefonisch meinen Besuch ankündigte – ohne ein Wort über meine Gefühlsverwirrung oder meine Schwangerschaft zu verlieren – sagte sie nur: »Du bist kein Besuch, du bist Familie. Also komm so schnell wie möglich her.«

Gleich nach dem Frühstück bin ich heute losgefahren. Nun stehe ich nach zweimal Umsteigen und der Bekanntschaft mit unglaublich scheußlichen Zugtoiletten auf dem Bahnsteig jenes kleinen Ortes, in dem ich früher immer die Schulferien verbracht habe.

Mein Herz schlägt schneller, als ich Oma Hilde am Ende des Bahnsteigs entdecke. Wie sehr ich diese rundliche ältere Dame liebe, die gar nicht erst versucht, gegen die Zeichen des Alters mit neumodischen Eingriffen anzukämpfen. Botox, Hyaluron oder Haarefärben kommen für Oma Hilde nicht infrage. Als sie die ersten grauen Haare entdeckte, sprach sie von Weisheitssträhnen. Mittlerweile umweht schlohweißes Haar ihr altersschönes Gesicht, und sie ist stolz auf jede Falte. Alles hart erlacht, sagt sie immer.

Oma Hilde ist einfach Oma Hilde. Eine rundum geerdete Frau und ein emotionaler Fixstern in meinem unaufgeräumten Leben.

»Da bist du ja!«, ruft sie und breitet die Arme aus, als ich ihr entgegenlaufe. »Meine kleine Juli!«

Auf der Stelle schießen mir Tränen in die Augen und rollen meine Wangen hinunter. Eng presse ich mich an ihren grauen Wollmantel, der so wunderbar nach Oma riecht – ein unverwechselbarer Mix aus Lavendelparfum, Kuchenteig und Frischgewaschen. Nach unserer stürmischen Begrüßung tritt sie einen Schritt zurück.

»Lass dich mal ansehen. Hm. Ich hatte dich schlanker in Erinnerung.«

»Putzig, und ich hatte dich diplomatischer in Erinnerung.«

»Ehrlichkeit ist die Mutter des Vertrauens, Diplomatie braucht man nur, wenn man ablenken will«, entgegnet sie lächelnd. »Hast du es schon Caroline erzählt?«

»Was?«

»Dass du ein Kind erwartest und ziemlich aufgeschmissen bist.«

Wow. Zwei zu null für Oma Hilde. In Lichtgeschwindigkeit hat sie mich durchschaut: erstens meine Schwangerschaft, zweitens, dass ich keineswegs in ungetrübt froher Erwartung bin.

»Wie kommst du darauf?«, frage ich trotzdem.

»Früher hast du nie vor lauter Wiedersehensfreude geweint, in deinem Mundwinkel klebt ein Rest Schokolade, der unkontrollierten Heißhunger auf Süßes verrät, und deine Augen haben so einen seltsamen Glanz, halb freudig, halb traurig.«

Etwas belämmert spiele ich mit dem Riemen meiner Hebammentasche, die ich für diesen Wochenendausflug zur Reisetasche umfunktioniert habe.

»Ja, du hast recht, ich bin schwanger. Carmen weiß es aber noch nicht.«

Klingt das verwirrend? Nun, meine Mutter heißt Caroline. Weil sie ihren Namen jedoch zu trutschig findet, nennt sie sich seit kurzem Carmen. Angeblich, um ihr temperamentvolles Wesen zum Ausdruck zu bringen.

»Dann mal los.« In bemerkenswert flottem Tempo steuert Oma Hilde den Ausgang am Ende des Bahnsteigs an. »Hoffentlich hast du Hunger mitgebracht. Es gibt Hackbällchen mit Kartoffelbrei zum Mittagessen, das mochtest du doch als kleines Mädchen so gern. Außerdem habe ich Pflaumenkuchen für dich gebacken.«

Selig trabe ich neben ihr her. Selig und ungeheuer hungrig. Nichts könnte momentan gemütserhellender sein als ein kulinarischer Abstecher in meine Kindheit.

Auch viele meiner Klientinnen verspüren Appetit auf Gerichte, die sie als Kinder gegessen haben. Das ist sogar wissenschaftlich erwiesen. Schwangere sind besonders dünnhäutig, deshalb sie sehnen sie sich nach Gerichten, die mit positiven Erinnerungen aufgeladen sind und elterliche Geborgenheit vermitteln. Sogar eingefleischte Veganerinnen, die sonst nur an Kürbiskernen und Rucolablättchen knabbern, wollen auf einmal deftige Eintöpfe mit Wiener Würstchen oder Bratkartoffeln mit Speck, wenn sie schwanger sind.

Inzwischen haben wir den Bahnhofsvorplatz erreicht. Ergriffen schaue ich mich um. Wie klein die Gebäude rund um den Platz wirken, fast wie eine Puppenstube. Als Kind erschien mir alles viel größer: die schmucken Fachwerkhäuser, das zweistöckige, ochsenblutrot gestrichene Hotel »Zum Hirschen«, der Handy-Shop, einst ein Tante-Emma-Laden, in dem ich mein Taschengeld in Berge von Lakritz investiert habe.

»Wo Walter nur bleibt?« Oma Hilde schaut auf ihre Uhr. »Er wollte uns doch abholen?«

Ach ja, Onkel Walter. Ein Onkel ist er nicht gerade, vielmehr der in die Jahre gekommene Lover meiner vierundachtzigjährigen Großmutter. Nachdem sie bereits mit sechzig Witwe geworden war, wollte sie nicht unbemannt bleiben, aber auch nicht wieder heiraten. So purzelte Walter Dotzauer in ihr Leben, ein rüstiger Rentner in ihrem Alter, mit dem sie ab und an das Bett, jedoch keineswegs das gesamte Leben teilt.

Sagte ich schon, dass Oma Hilde eine erstaunlich unabhängige Frau ist?

In diesem Augenblick tuckert ein betagter vanillegelber Opel Kapitän heran. Hinter dem Steuer thront Walter, stilecht mit dunkelblauer Prinz-Heinrich-Kapitänsmütze, und hupt dreimal, bevor er den Wagen anhält und aussteigt.

»Juli, mein Mädchen. Na, komm her.«

Auch von ihm werde ich ausgiebig gedrückt. Sein wettergegerbtes Gesicht mit den buschigen weißen Augenbrauen kräuselt sich in tausend kleine Fältchen, als er mir danach den Wagenschlag des Fonds aufhält.

»Bitte einsteigen. Ich habe extra einen Wunderbaum gekauft, damit es in der ollen Kiste nicht so müffelt.«

Oha. Gerüche sind auch so ein Fall für sich, wenn man schwanger ist. Durch die hormonelle Umstellung riecht man alles viel intensiver. Das fiel mir schon gestern beim Kochen der Tomatensauce auf, vorgestern beim Raclette-Käse und vor allem, als ich hinter Matteo in der Küche stand, um seinen verführerischen Duft in mich einzusaugen. Der penetrant künstliche Fichtennadelgeruch im Inneren des Opels haut mich jedoch aus den Latschen. Kaum habe ich auf der Rückbank Platz genommen, da wird mir schon übel.

»Könnten wir vielleicht diesen, öh, Wunderbaum …«

»Natürlich, mein Schatzi.«

Oma Hilde, die vorn sitzt, reißt das stinkende Ding vom Rückspiegel und versenkt es in den Tiefen ihrer Handtasche.

Wäre Walter nicht dabei, hätte sie es vermutlich aus dem Fenster geworfen. Cool war sie schon, bevor das Wort erfunden wurde.

»Nun erzähl mal, meine Kleine, wie geht es denn immer?«, röhrt Walter los, der mit gefühlten zehn Stundenkilometern über den Asphalt schleicht.

»Das siehst du doch«, antwortet Oma Hilde für mich. »Ihre Augen sind verweint, sie nascht Schokolade, obwohl sie sonst immer eine Schwäche für Lakritze hatte, und es würde mich nicht wundern, wenn sie morgen früh über der Toilettenschüssel hängt.«

Warum sie nicht längst eine Karriere als Privatdetektivin gestartet hat, ist mir ein Rätsel. Nur Walter steht noch auf der Leitung.

»Und das bedeutet – was?«

»Hormone, Walterchen, es sind die Hormooone!«

Angestrengt denkt er nach, was dazu führt, dass er das Tempo weiter verringert, obwohl sein Fahrstil ohnehin schon mehr an Parken erinnert.

»Ach, ich hab's.« Mit der flachen Hand schlägt er sich vor die Stirn. »Juli kommt in die Wechseljahre!«

Klasse. Sofort fühle ich mich zwanzig Jahre älter.

»Papperlapapp«, lacht Oma Hilde. »Du wirst Stief-Uropa!«

»Donnerschlag.« Walter stellt den Rückspiegel so ein, dass er mich darin im Auge behalten kann. »Wo ist denn der Vater, Juli? Würde ja gern mal den Teufelskerl kennenlernen, der unseren kleinen Wildfang gezähmt hat.«

»Er ist leider – verhindert«, schwindele ich.

Was es ja letztlich auch trifft. Dauerverhindert wegen anderweitiger familiärer Verpflichtungen.

»Darüber reden wir gleich noch«, verkündet Oma Hilde. »Unter vier Augen.«

Walter, dessen Nase mittlerweile an der Windschutzscheibe klebt, weil er schlecht sieht, Brillen jedoch kategorisch ablehnt, gibt ein misslauniges Grunzen von sich.

»Hab mir schon gedacht, dass ihr unter euch bleiben wollt.«

»Nur bis heute Nachmittag, liebes Walterchen, ohne dich geht's doch gar nicht«, gibt Oma Hilde eine Kostprobe ihres fein dosierten diplomatischen Könnens. »Dann feiern wir selbstverständlich zu dritt das bevorstehende freudige Ereignis.«

Stillvergnügt in mich hineinlächelnd schaue ich aus dem Fenster. Obwohl Walter kaum vom Fleck kommt und noch dazu jedes Mal abbremst, wenn er von ungeduldig hupenden Autofahrern überholt wird, haben wir den übersichtlichen Ortskern bereits hinter uns gelassen.

Jetzt wird's ländlich. Rapsfelder und Rinderweiden wechseln mit kleinen Wäldchen ab, dazwischen tauchen vereinzelte Bauernhöfe auf, schließlich auch Oma Hildes winziges Häuschen. Früher habe ich es das Hexenhäuschen genannt, weil mich die braune Holzverschalung an Lebkuchen erinnerte. Eingerahmt von Apfel- und Pflaumenbäumen steht es in einem großen Obst- und Gemüsegarten.

Oma Hilde ist weitgehend Selbstversorgerin. Von A wie Apfel bis Z wie Zucchini kommt alles aus eigenem Anbau, für frische Eier ohne chemische Zusätze hält sie ein paar Hühner. Geschlachtet werden die allerdings nie. Jedes Huhn hat einen eigenen Namen und darf so lange in der Erde scharren, bis es wegen Altersschwäche ganz von selbst in den Hühnerhimmel flattert.

»Bitte sehr, euer Chauffeur hat seine Schuldigkeit getan«, brummt Walter, der vor dem holperigen Feldweg angehalten hat, über den man zum Haus gelangt. Nur Trecker können den mit tiefen Schlaglöchern übersäten Weg bewältigen, weshalb er seinen geliebten Opel Kapitän tunlichst am Straßenrand parkt. »Bis später dann.«

Oma Hilde wirft ihm eine Kusshand zu.

»Ich kann's kaum erwarten, mein Walterchen.«

Nachdem wir ausgestiegen sind, atme ich erst einmal tief durch. Ein bisschen Fichtennadelmief hängt mir immer noch in der Nase, da tut es gut, die Lunge gründlich durchzulüften. Währenddessen schaue ich hinüber zum Garten. Wie oft habe ich als Kind darin gespielt. Stundenlang geschaukelt, Gänseblümchenketten gebastelt oder vorwitzige Kaninchen dabei beobachtet, wie sie Möhren klauten und als Dankeschön kleine braune Köttel hinterließen.

In diesem Moment surrt das Handy in meiner Hosentasche. Schon allein das Geräusch genügt, um mich aus dem Wohlgefühl dieser nostalgieseligen Idylle zu reißen. Wer kann das sein? Matteo?

Ich widerstehe dem Reflex zu checken, wer mir schreibt. Jetzt bloß keine emotionalen Achterbahnfahrten. Beruflich ist schließlich alles geklärt. Aufgrund meiner langjährigen Erfahrung als Hebamme weiß ich, dass heute und morgen keine Geburten zu erwarten sind. Schon gestern Abend habe ich in meiner WhatsApp-Gruppe mit dem sinnigen Titel »Komm schon, Baby« eine Nachricht für meine Klientinnen hinterlassen.

Ihr Lieben, übers Wochenende bin ich verreist. In dringenden Fällen wendet euch bitte an den ärztlichen Notdienst oder an die entsprechenden Ansprechpartnerinnen und Ansprechpartner in der Christophorus-Klinik. Liebe Grüße, Juli

»Träumst du, Kind?«

Als sei ich noch das kleine Mädchen von einst, nimmt mich Oma Hilde an die Hand, öffnet das Gartentor und führt mich durch Gemüsebeete und gackerndes Federvieh zum Haus. Die hölzerne Eingangstür ist unverschlossen. Bei Oma Hilde gibt es nichts zu holen, das weiß jeder in der Gegend, und die Nachbarn achten aufeinander.

»Willkommen zu Hause«, sagt sie in diesem warmen Tonfall, der aus tiefstem Herzen kommt. »Du hast hier immer einen Platz.«

Ein, zwei Tränchen stehlen sich in meine Augenwinkel. So etwas Wunderbares würde meine Mutter niemals über die Lippen bringen. Ihre Familienpflichten hätten sie über Gebühr strapaziert, beschwert sie sich oft, jetzt stehe ihr ein eigenes Leben zu, frei und ungebunden. Ganz anders Oma Hilde. Im Grunde vermittelt sie mir ein Gefühl, das ich bei meiner Mutter schmerzlich vermisse: eine Heimat zu haben, in die ich jederzeit zurückkehren kann, wenn ich sie brauche.

»Wonach ist dir als Erstes?«, fragt sie, als wir in den Hausflur treten. »Soll ich dir einen Tee kochen? Oder möchtest du dich nach der Reise ein wenig hinlegen? Ich habe dir das Bett in deinem alten Zimmer unter dem Dach bezogen.«

»Warte.«

Mit geschlossenen Augen erschnuppere ich den charakteristischen Hausgeruch, den ich ebenfalls viel intensiver als sonst wahrnehme: rustikale Holznoten, die sich mit dem Duft von Lavendelsäckchen und frischgebackenem Pflaumenkuchen mischen. Mmhh, es ist der Pflaumenkuchen meiner Kindheit, mit Zimt, Vanille und knusprigen Streuseln. Als ich die Augen wieder öffne, ernte ich ein wissendes Lächeln von Oma Hilde.

»Kuchen zuerst? Und als Nachtisch die Hackbällchen mit Kartoffelbrei?«

»Genau«, seufze ich. »Wie machst du das bloß?«

»Vergiss nicht, ich kenne dich seit dem ersten Schrei«, erklärt sie augenzwinkernd, während sie ihren Mantel über einen Garderobenhaken hängt. »Außerdem ist das Leben zu kurz, um aufs Dessert zu warten.«

Nach dieser lehrreichen Lektion geht es in die Küche. Es ist eine geräumige Wohnküche, wie bei mir daheim. Als Blickfang springt ein großer Schrank mit bunter Bauernmalerei ins Auge, daneben steht ein aus Birnbaumholz gefertigter Tisch mit passenden Stühlen. Vor den Fenstern hängen die gleichen Häkelgardinen, die mir in meiner eigenen Küche den Anblick des Supermarktparkplatzes ersparen. Vermutlich habe ich mich unbewusst ganz ähnlich wie Oma Hilde eingerichtet, weil dieser Stil der Inbegriff eines gemütlichen Nests für mich ist.

Schmunzeln muss ich nach wie vor über den goldgerahmten Spruch, der seit Menschengedenken säuberlich gestickt an der

Stirnwand prangt: *Jeder spinnt auf seine Weise, der eine laut, der andere leise.*

Das Schmunzeln vergeht mir allerdings, als mein Handy in der Hosentasche wieder surrt. Mehrfach. Verflixt. Unruhig betaste ich das kleine Terrorgerät, das uns jederzeit und überall belästigen darf. Aber nichts kann so eilig sein, dass es durch konsequentes Beiseiteschieben nicht noch eiliger werden könnte. Oder sich von selbst erledigt.

»Was ist?« Oma Hilde, die gerade den prächtigen Pflaumenkuchen und eine Glasschale mit geschlagener Sahne auf den Tisch stellt, hebt eine Augenbraue. »Du wirkst auf einmal so nervös.«

»Nein, nein, ich bin die Ruhe selbst«, versichere ich.

»Klar, nur in hibbelig.« Besorgt schaut sie mich an. »Geht es um den Vater deines Kindes?«

»Ach, das ist eine ziemlich unerfreuliche Geschichte«, blocke ich eventuelle Nachfragen ab. »Zu unerfreulich, um uns diesen schönen Tag zu verderben.«

Das kommt gar nicht gut an. Entrüstet stemmt Oma Hilde ihre Hände in die Hüften.

»Du hast dich doch gewiss nicht auf die lange Reise begeben, um meinen Pflaumenkuchen zu futtern. Jetzt mal Butter bei die Fische, Kind. Was ist los mit dem Vater? Hat er sich aus dem Staub gemacht? Nein, lass mich raten: Er ist bereits gebunden.«

Drei zu null für Oma Hilde. Eine lebenskluge Hobbydetektivin wie sie wittert eben immer die richtige Spur. Auf einen Schlag fühle ich mich wieder wie das kleine Mädchen von einst, das beim Naschen erwischt wurde. Also setze ich mich an den gedeckten Tisch und schildere in groben Zügen, was sich zugetragen hat. Zu meiner größten Verwunderung scheint Oma Hilde nicht sonderlich überrascht zu sein.

»So was kommt vor«, sagt sie lapidar und nimmt neben mir Platz. »Was denkst du denn, wie viele uneheliche Kinder es hier auf dem Land gibt? Die werden auch alle groß, irgendwann spielt es dann keine Rolle mehr. So, und jetzt guckst du nach, ob du eine Nachricht von diesem Matteo bekommen hast, damit du sie absichtlich ignorieren kannst.«

Ich antworte ihr mit einem erlösten Seufzer, bin aber nicht ganz sicher, ob ich ihrem Rat folgen soll. Was, wenn es wirklich Matteo ist, der mir geschrieben hat? Was, wenn er mir eine Botschaft mit doppeltem Boden sendet, die mich noch tiefer in diesen Ozean aus Wahnsinn zieht?

»Wir haben beschlossen, Abstand zu halten«, sage ich leise. »Weil es für alle besser ist.«

»Aber du hast Gefühle für ihn, das sehe ich doch.«

»Gedanklich bin ich schon einen Schritt weiter.«

»Arme kleine Juli.« Liebevoll streichelt Oma Hilde meine Hand. »Wusstest du nicht, dass Gefühle einen längeren Bremsweg haben als Gedanken?«

Dem ist wohl nichts hinzuzufügen. Resigniert klaube ich mir ein paar gebräunte Streusel vom Pflaumenkuchen und lasse sie im Munde zergehen, woraufhin mir Oma Hilde ein ganzes Kuchenstück und einen großen Klecks Sahne auf den Teller packt.

»Abstand wird dir nicht unbedingt weiterhelfen, Juli. Damit kannst du vielleicht eine Umarmung oder einen Kuss verhindern, aber keine Gefühle. Manchmal ist Gewöhnung wirkungsvoller. Die faszinierendsten Männer verlieren ihren Zauber, wenn man sie erst mal näher kennenlernt.«

»Kann ich von Matteo nicht unbedingt behaupten.«

»Das kommt dann schon ganz von selbst«, beharrt Oma Hilde auf ihrem Standpunkt. »Was meinst du denn, warum ich nicht mit Walter unter einem Dach lebe? Wir sind jetzt über zwanzig Jahre zusammen und verabreden uns immer noch, als wären wir siebzehn. Das hält die Liebe jung. Wenn man sich dauernd sieht, verfliegt der Reiz.«

»Dein Wort in Gottes Ohr«, erwidere ich dumpf.

»Und jetzt schau auf dein Handy, Kind. Je länger du wartest, desto hibbeliger wirst du.«

Wo Oma Hilde recht hat, hat sie recht. Stöhnend ziehe ich das Handy aus meiner Hosentasche. Fünf Nachrichten sind eingegangen.

Du musst sofort herkommen! Emily hat Wehen! M

Wo bist du?? M

War total skurril gestern, aber auch sehr cosy. Danke, dass es dich gibt, Süße, dein (gar nicht so) alter Freund Luca

Es ist dringend!! M

Bitte melde dich!!! M

Kapitel 18

»Nein, Matteo, ich kann nicht. Versteh doch, es geht einfach nicht.«

Mannomann. Am ganzen Leib zitternd – vor Wut? Aufregung? Verknalltheit? – hocke ich auf meinem alten Kinderbett mit der bunten Bärchen-Bettwäsche und versuche Matteo beizubiegen, dass ich keineswegs mal eben schnell vorbeikommen kann. Davor habe ich es eine geschlagene Stunde lang mit Messages probiert. Weil die aber nur eine Flut weiterer Nachrichten produzierten, habe ich mich leise fluchend in mein altes Ferienkinderzimmer verzogen, um Matteo anzurufen.

Natürlich hätte ich das Handy auch einfach ausstellen können. Aber es ist eben Matteo. *Matteo.* Mein Handicap, meine Schwachstelle, mein wunder Punkt. Deshalb bin ich nun in diesem holzgetäfelten Raum direkt unter dem Dach gelandet, der immer noch so eingerichtet ist wie vor achtunddreißig Jahren. Samt Häschen-Mobile über dem Bett und Puppenhaus in der Ecke.

»Glaub mir, Emily steht die allergrößten Ängste aus«, beteuert Matteo. »Und das hat nichts mit Hysterie zu tun.«

»Emily hysterisch? Wer käme denn auf so was?«, zerpflücke ich ihn mit grimmigem Sarkasmus. »Entschuldige mal, schon vorgestern war es falscher Alarm, wie du dich vielleicht erinnerst. Drei Sanitäter sind umsonst in den Finkenweg gerast.«

»Bitte, Juli, Emily braucht dich.«

Nicht. Mein. Problem. Das rede ich mir jedenfalls ein. Doch so abwegig es auch sein mag, es fällt mir ungeheuer schwer, die Verantwortung für Emily von mir zu schieben. Egal, wie ich zu ihr und ihren exaltierten Launen stehe, die Gesundheit von Mutter und Kind hat für mich höchste Priorität. Sofern es tatsächlich Frühwehen sind, müsste sie auf der Stelle ins Krankenhaus. Also möchte ich wenigstens aus der Ferne helfen. Weil ich es mir und meinem Beruf schuldig bin.

»Noch mal von vorn, Matteo. Du sagst, Emily hat Wehen. Wie oft kommen sie? Häufiger als dreimal pro Stunde? Sind sie richtig schmerzhaft, oder ist es nur ein Ziehen im Bauch?«

»Tja, also …« Sein Atem wird schneller und flacher. »Es ist unser Kind, Juli! Wir wollen es nicht verlieren!«

»Niemand will das. Wenn Emily Schmerzen hat, hol sofort den Notarztwagen oder fahr sie selbst ins Krankenhaus. Euer Freund Matthiesen wird sich bestens um sie kümmern.«

»Nein, wird er nicht.« Matteo stöhnt so heftig ins Handy, dass es sich wie eine Windbö Stärke zwölf anhört. »Jonas ist übers Wochenende zum Segeln nach Mallorca geflogen, seine Vertreterin muss gerade zwei Geburten gleichzeitig stemmen.«

»Und ich bin leider weit weg, bei meiner Oma, wie ich dir bereits mehrfach mitgeteilt habe.«

Was ist nur so schwierig daran, meine Privatsphäre zu respektieren? Um meinen Unmut irgendwie loszuwerden, ziehe ich an dem Häschen-Mobile über dem Bett. Prompt setzt sich eine eingebaute Spieluhr mit der Melodie von *Lalelu, nur der Mann im Mond schaut zu* in Gang. Genauso fühle ich mich. Lalelu. Und Emily würde ich am liebsten auf den Mond schießen.

»Auch wenn Matthiesen nicht da ist, in der Christophorus-Klinik gibt es erstklassiges Personal«, setze ich von Neuem an, den Blick auf die tanzenden Bärchen über meinem Kopf gerichtet. »Ob es tatsächlich Grund zur Besorgnis gibt, findet ihr dort schnell heraus. Also, ob es harmlose Übungswehen sind oder vorzeitige Wehen, bei denen man auf der Stelle Gegenmaßnahmen ergreifen muss.«

»Übungswehen?«, wiederholt Matteo. »Was soll das sein?«

Langsam reißt mir mein ohnehin hauchdünner Geduldfaden. Ich sehe mich wirklich außerstande, jetzt auch noch einen telefonischen Grundkurs über die Unterschiede zwischen Alvarez-Wellen, Braxton-Hicks-Kontraktionen und zervixwirksamen vorzeitigen Wehen abzuhalten.

»Gib mir mal Emily, damit ich sie selbst fragen kann.«

Schweigen. Im Hintergrund höre ich durch das Geklimper der Spieluhr hindurch ein Motorengeräusch.

»Wo bist du, Matteo?«

»Äh, unterwegs.«

»Und Emily?«

»Zu Hause.«

Das ist ja ein starkes Stück. Emily hat angeblich Wehen, und Matteo juckelt fröhlich durch die Gegend?

»Wie soll ich das bitte verstehen? Warum bist du nicht bei ihr?«

»Weil …« Langes, langes Räuspern. »Weil ich schon auf dem Weg zu dir bin, um dich abzuholen.«

»Waaaas?« Ich schnappe nach Luft. »Wie denn? Du weißt doch gar nicht, wo Oma Hilde wohnt!«

»Nun ja, es ist so – als du dich nicht sofort gemeldet hast, hat Emily Anett angerufen, und Anett hat ihr dann die Adresse deiner Oma gegeben.«

Das darf ja wohl nicht wahr sein. Wie konnte Anett nur! Vor ein paar Jahren hat sie mich mal mit ihrem Käfer bei Oma Hilde abgesetzt, weil sie ganz in der Nähe eine Freundin besuchen wollte. Dass sie jetzt die Adresse verrät, statt mir eine echte Auszeit zu verschaffen, die sie mir auch noch höchstpersönlich empfohlen hat, ist einfach nur Panne.

»Laut Navi bin ich in etwa einer Stunde da«, sagt Matteo mit einer so blechernen Stimme, als sei ihm diese hirnrissige Aktion selber unangenehm.

»Kannst gleich wieder umdrehen!«, schäume ich. »Ich gehe nirgendwo hin. Außerdem wäre es dein Job gewesen, bei Emily zu bleiben!«

»Ich bin Allergologe, kein Gynäkologe. Keine Ahnung, ob das die Übungswehen sind, die du erwähnt hast, doch wenn es eine Frühgeburt wird, will Emily dich unbedingt dabeihaben.«

Na toll. Ginge es um eine andere Klientin, würde ich jetzt vielleicht einknicken. Doch irgendwas ist hier faul. Oberfaul. Es macht einfach keinen Sinn, dass Emily ausgerechnet Matteo losschickt, um mich von so weit her abzuholen. Jede Schwangere, die einigermaßen normal tickt, begibt sich bei einem echten Notfall unverzüglich in medizinische Obhut und möchte ihren Partner selbstverständlich dabeihaben.

»Mat-te-o.« Ich gestehe, dass ich seinen Namen gern ausspreche. Die drei kleinen Silben genügen schon, um die Raumtemperatur um ein paar Grade hochschnellen zu lassen. »Sag mal, könnte es sein, dass Emily sich das alles nur ausgedacht hat?«

»Wozu, verdammt?«

»Sag du's mir.«

Darüber scheint er in der Tat nachzudenken, wie mir sein neuerliches Stöhnen verrät.

»Tag der schlechten Laune vielleicht?«, ätze ich, obwohl ich mir fest vorgenommen hatte, nichts Unfreundliches über Emily zu äußern. »Schwangere neigen zu irrationalem Verhalten, was aber keineswegs heißt, dass man sich zum Clown ihrer Stimmungsschwankungen machen sollte.«

»Du redest, als wäre da gar nichts«, grummelt er.

»Was da ist oder nicht, kann nur ein Arzt feststellen. Damit wäre unsere kleine Konversation dann auch beendet. Ciao, Matteo. Grüß Emily von mir.«

»Du kannst doch nicht …«, will er protestieren, doch ich drücke das Gespräch weg, bevor er den Satz beendet.

Danach stelle ich das Handy aus. Endlich Ruhe im Karton. Ich hätte mich gar nicht erst auf diese völlig sinnlose Diskussion einlassen dürfen. Juli Kemper, die Übereifrige. Wie hat mich Luca noch genannt? Mutter Teresa? Juli Kemper, die heillos Verknallte, gehört allerdings auch zur Wahrheit dazu. Warum sonst hätte ich mit Matteo telefonieren wollen?

»Ich habe dir Rooibostee gekocht«, wispert Oma Hilde, die mit einem dampfenden Becher zur Tür hereinkommt. »Passt es gerade?«

»Es wird so lange passen, bis ich wieder abfahre, weil ich mein Handy bis dahin nicht mehr anrühre«, verspreche ich halb ihr, halb mir selbst.

Den eigentlichen Grund für meine verquere Gemütslage errät Oma Hilde natürlich mühelos.

»Man hat schon so vieles erfunden«, erwidert sie milde und reicht mir den Becher. »Kaffee ohne Koffein, Bier ohne Alkohol, BHs ohne Träger. Nur Liebe ohne Kummer gibt's noch nicht.«

Darauf einen Schluck Rooibostee. Mein Herz trommelt immer noch wie wild, meine Wangen glühen.

»Liebe wäre ein viel zu großes Wort, Oma Hilde.« Aufgebracht puste ich in den Tee, an dem ich mir nun auch noch die Zunge verbrannt habe. »So weit ist dieser Matteo-Murks ja gar nicht erst gediehen. Um es mal blumig zu formulieren: Vielleicht hätte er das Buch meines Lebens werden können, aber das Schicksal hat mir nicht mal ein anständiges Kapitel gegönnt.«

Das klingt abgeklärter, als ich es bin. Aufrichtig formuliert, hätte ich sagen müssen: Warum präsentiert mir das Schicksal einen Prinzen, um gleich darauf das Schloss abzufackeln?

Ich registriere, dass Oma Hilde gern etwas entgegnen würde, es sich jedoch verkneift.

»Magst du wieder in die Küche runterkommen? Du könntest deinen Kuchen aufessen, und bevor ich die Hackbällchen warmmache, wäre vielleicht ein kleiner Spaziergang gut.«

Nickend willige ich ein. Raus an die frische Luft ist eine exzellente Idee: runterkühlen und Matteo gedanklich zum Teufel schicken.

Zunächst geht es die enge Stiege mit den knarzenden Treppenstufen wieder hinunter in die Küche. Dort verschlinge ich den Pflaumenkuchen so schnell, als gäbe es dafür einen Preis zu gewinnen. Danach stellt mir Oma Hilde ein Paar flaschengrüner Gummistiefel vor die Füße. Sie selbst hat schon welche an.

»Hier, die sind für dich. Ich habe auch Semmelbrösel dabei, für die Enten.«

Der Ententeich im Wäldchen nebenan weckt sogleich Erinnerungen. In den vielen Sommern, die ich hier verbracht habe, bin ich oft darin geschwommen, auch wenn ich mächtig Respekt vor den glitschigen Wasserpflanzen hatte.

»Dann nehmen wir also den Märchenweg?«

»Ja, genau wie früher.«

Das ist auch so ein Special von Oma Hilde. Bei unseren Spaziergängen hat sie mir immer Märchen erzählt, abgestimmt auf die jeweilige Etappe. Hänsel und Gretel an ihrem Hexenhäuschen, Jorinde und Joringel im Wald, Rotkäppchen und der böse Wolf an einer verfallenen Hütte unweit des Sees.

Nachdem sie ihren Mantel angezogen hat und ich meine Jacke übergeworfen habe, geht's auch schon los. Heute gestaltet sich unsere Wanderung jedoch eher einsilbig. Offenkundig spürt Oma Hilde, dass ich das Thema Matteo nicht weiter vertiefen möchte, und streut nur kleine Bemerkungen über das Schützenfest ein, das an diesem Wochenende stattfindet, ein Großereignis in dem kleinen Ort.

Irgendwann verstummt sie ganz, taktvollerweise. Auch Schweigen will gelernt sein.

Umso mehr genieße ich die abwechslungsreiche Landschaft. Zwischen sanft ansteigenden Hügeln erstrecken sich sattgelbe Rapsfelder, mit knallrotem Klatschmohn gesäumt. Neu sind die riesigen Windräder am Horizont, die sich gemächlich drehen. Bald umfängt uns dichter Wald, angenehm kühl und von zwitschernden Vögeln bevölkert.

Mit jedem Schritt entferne ich mich ein bisschen mehr von meinen Leben daheim und den Fragen, die sich darin drängeln. Werde ich es als alleinerziehende Mutter schaffen? Soll ich bei Isabel und Richard einziehen, um meinem Kind eine schönere Wohnung und liebevollen Familienanschluss zu bieten? Ist es riskant, weiterhin mit Luca das liebende Paar zu spielen, wenn doch seine wahren Neigungen jederzeit publik werden könnten?

Und wie, verdammt, verbanne ich Matteo aus meinem kopflosen Herzen?

Von der Seite betrachte ich Oma Hildes Profil. Obwohl wir recht flott unterwegs sind, merkt man ihr keinerlei Anstrengung an. Wie immer ist sie die Ruhe selbst. Das hat auch auf mich einen beruhigenden Einfluss. Vielleicht wird ja doch noch alles gut, wie im Märchen, flüstert eine tröstende Stimme in mir. Und wenn nicht, ist diese Illusion so wertvoll wie tausend Wahrheiten, weil sie mich wenigstens mal durchatmen lässt.

Als wir alle vertrauten Stationen abgeklappert haben, Ententeich und verfallene Hütte inklusive, und eine knappe Stunde später zum Haus zurückkehren, fühle ich mich weitgehend gefestigt. Und habe schon wieder Hunger. Der bloße Gedanke an Oma Hildes Hackbällchen lässt mir das Wasser im Mund zusammenlaufen.

Ich muss wirklich aufpassen, dass ich nicht den berüchtigten Fressattacken im ersten Schwangerschaftstrimester erliege. Allein mein Schokoladenkonsum ist bedenklich gestiegen, wie Oma Hilde im Handumdrehen ermittelt hat. Auf der Zugfahrt musste eine ganze Tafel Vollmilch-Nuss dran glauben, doch ich hätte auch zwei oder drei verdrückt, wenn ich mehr dabeigehabt hätte. Ab jetzt werde ich immer einen Apfel parat haben, nehme ich mir vor, um Heißhungeranfälle künftig zu vermeiden.

»Sieh mal.« Mit einer Hand zeigt Oma Hilde auf ein braunweiß gesprenkeltes Huhn, das mit gesenktem Kopf quer durch den Garten angelaufen kommt. »Das ist Gunilla, ein entzückend anhängliches Wesen. Wenn ich die Tür offen stehen lasse, flattert sie immer in meine Küche.«

»Oder Gunilla will sich bei dir vor dem Hahn in Sicherheit bringen.«

»Interessant.« Lächelnd streicht Oma Hilde ihr duftiges weißes Haar glatt. »Sprichst du jetzt als selbsternannte Tierpsychologin oder in eigener Sache?«

Ich will gerade antworten, als plötzlich ein Motorengeräusch die ländliche Stille zersägt, gefolgt von einem mordsmäßigen Krach. Beide fahren wir erschrocken herum und spähen in die Richtung, aus der der Krach gekommen ist. Verursacht wurde er von einem silberfarbenen Smart, der mit Schlagseite und durchdrehenden Rädern auf dem Feldweg hängt.

»Ach, du liebe Liese!«, ruft Oma Hilde aus. »Wer ist denn so verrückt, hier reinzufahren und sich einen Achsenbruch einzufangen? Ein Einheimischer ganz bestimmt nicht.«

Nein. Es ist kein Einheimischer. Starr vor Schreck beobachte ich den schlanken dunkelhaarigen Mann, der aus dem Smart klettert und sich die Bescherung ansieht.

»Oma«, meine Stimme versagt fast, so dick ist der Kloß in meinem Hals. »Ich fürchte, ich kenne den Verrückten.«

Kapitel 19

»Tja, da kann man nichts machen«, befindet Walter, der eilends von Oma Hilde herbeordert wurde und nun mit einem großen Stück Pflaumenkuchen am Küchentisch sitzt. »Ich sag nur: Schützenfest. Da sind sie jetzt alle.«

»Wie – alle?«, hakt Matteo nach. »Auch die Leute vom Abschleppdienst?«

»So was gibt's hier gar nicht, Junge.« Walter lacht sein gutmütiges Tausend-Fältchen-Lachen, bevor er sich ordentlich Sahne auf seinen Kuchen löffelt. »Da müsste schon einer der Nachbarn mit dem Trecker kommen und deinen Wagen aus dem Dreck ziehen. Doch die haben alle schon reichlich Schnäpse intus, hinters Steuer klemmt sich jetzt keiner mehr.«

»Mit einer gebrochenen Vorderachse kommst du sowieso nicht weit«, fügt Oma Hilde hinzu. »Setz dich doch. Ein Stückchen Pflaumenkuchen vielleicht?«

Was für ein unfassbares, unfassbares Desaster. Schockverstummt drücke ich mich an den Fensterrahmen und pule in den Löchern der Häkelgardinen herum. Noch immer kann ich nicht fassen, dass Matteo in Oma Hildes Küche gelandet ist wie ein Wesen vom anderen Stern. Matteo! Hier! In unserer Küche!

Es hätte gar nicht erst so weit kommen dürfen. Aber nun ist auch noch sein Smart im Eimer, samstags halten kaum Züge in diesem kleinen Kaff, der letzte ist lange weg – was in der Summe bedeutet, dass Matteo erst mal hier festsitzt. Und wofür das Ganze? Für nichts. Absolut gar nichts.

Wie kaum anders zu erwarten, haben sich Emilys Unpässlichkeiten in Luft aufgelöst. Einfach so. Das heißt, ganz so einfach auch wieder nicht. Als sie erfuhr, dass Matteo den Smart geschrottet hat, ist es ihr angeblich gelungen, per Handy ihren geschätzten Hausfreund Matthiesen auf Mallorca zu erreichen, der ihr ein Rezept für Wehen hemmende Tabletten gemailt hat. Wiederum angeblich. Was bei Emily echt ist und was nicht, unterliegt gewissen Zweifeln meinerseits.

In jedem Falle kann man allerseits beruhigt sein. Könnte. Denn als Kollateralschaden dieses ganzen Irrsinns sitzt Matteo nun in einer hippen Kombi aus grauer Jeans, grauem Sweatshirt und perlweißen Sneakers an Oma Hildes Küchentisch, mampft fröhlich Pflaumenkuchen und tut so, als sei es das Normalste der Welt, mit Walter über Abschleppmethoden zu fachsimpeln.

Mir reicht's. Ich halte das nicht länger aus.

Ohne ein Wort verlasse ich den Schauplatz dieser grauenvollen Zusammenkunft, schleppe mich die Treppe hoch in mein altes Kinderzimmer und werfe mich aufs Bett, wo ich das Kopfkissen als Punchingball missbrauche. Obwohl es ja gar nichts dafür kann.

Das Dumme am Leben ist, dass auch Blödmänner mitmachen dürfen. Gerade hatte ich etwas Abstand zu Matteo gewonnen, jetzt ist er mir wieder dazwischen gerasselt. Ich kann gar nicht so oft »Mist, verdammt« sagen, wie es meinem Ärger angemessen wäre. Hallo Schicksal! Was ist bloß los mit dir? Ich wäre dann mal langsam bereit für eine Verkettung glücklicher Umstände!

Es dauert nicht lange, bis ich eilige Schritte auf der Treppe höre und Oma Hilde ins Zimmer schaut.

»Geht's dir gut, Kind?«

Matt hebe ich eine Hand.

»Spitzenmäßig. Wenn ich nicht aufpasse, wächst mir gleich noch ein Partyhütchen.«

Ihre Mundwinkel zucken, doch als sie sich zu mir aufs Bett setzt, wird sie wieder ernst.

»Komm bitte zu uns in die Küche, Juli. Wolltest du nicht Hackbällchen essen?«

»Lass mal, ich bleibe lieber im Bett. Traurig, aber warm.«

»Es ist wegen Matteo, richtig?« Mit zwei Fingern zeichnet Oma Hilde das bunte Bärchenmuster auf der Bettwäsche nach. »Also, ich finde ihn eigentlich sehr nett.«

»Na, und? Man wird ja wohl auch mal schwierig sein dürfen«, brumme ich.

»Sicher, mein Schatz.«

»Siehst du, deshalb gehe ich mit abschreckendem Beispiel voran.«

Um meine Entschlossenheit zu demonstrieren, ziehe ich mir die Bettdecke über den Kopf. Soll Matteo doch warten, bis er schwarz wird. Ich werde keinesfalls so tun, als würde mir seine Anwesenheit nichts ausmachen. Das könnte ich auch gar nicht.

Die Galle steht mir bis zum Zäpfchen. Wie aufdringlich muss man sein, um mich an meinem freien Wochenende aufzustöbern? Und das nur, weil Madame Emily davon ausgeht, ich sei so was wie ihre persönliche Sklavin?

Aber jetzt ist Schluss damit. Ich werde diese unselige Kooperation aufkündigen. Kommentarlos. Soll sie doch zusehen, wie sie jemanden findet, der ihre bekloppten Anwandlungen mit einer ebenso bekloppten Allzeit-bereit-Haltung belohnt.

Auf der Matratze bewegt sich was. Oma Hilde? Vorsichtig luge ich unter der Decke hervor und springe fast aus dem Bett.

»Matteo! Was machst du in meinem Zimmer?«

»Dasselbe könnte ich dich fragen.« Mit den Ellenbogen auf seinen Knien, das Kinn auf die Hände gestützt, hockt er am Fußende und starrt das Puppenhaus an. »Okay, war jetzt vielleicht nicht die beste Idee, dich bei deiner Oma zu überfallen.«

»Eine reichlich späte Einsicht.«

»Ich wollte mich auch nur von dir verabschieden«, erwidert er und dreht mir den Kopf zu. »Onkel Walter bringt mich gleich ins Hotel Zum Hirschen, morgen nehme ich den ersten Zug.«

»Dann gute Reise.«

»Juli.« Gequält sieht er mich an. »Irgendwie werde ich das Gefühl nicht los, dass du mir sehr viel mehr nachträgst als unseren One-Night-Stand.«

Wenn du wüsstest. So viel Kummer hat mir noch kein Mann bereitet, aber das würde ich nicht mal unter schlimmsten Torturen gestehen.

»Deine Gefühle kannst du gern für dich behalten«, lasse ich

ihn stattdessen abblitzen. »Oder spar sie dir für Emily auf. Und jetzt raus hier.«

Leider läuft vor meinem geistigen Auge ein ganz anderer Film ab. Matteo, wie er sich sacht zu mir vorbeugt, um mein Gesicht mit tausend kleinen Küssen zu bedecken. Meine Hände wühlen in seinem schönen braunen Haar, zärtlich streift er mit den Lippen meine Wangen, um nach dieser süßen Folter endlich, endlich meinen Mund mit seiner Zunge zu öffnen. Puh, nee. Manchmal wünschte ich, ich hätte Hausverbot in meinem eigenen Kopfkino.

»Warum hasst du mich?«

Seine Frage trifft mich wie eine Faust in den Magen. Verwirrt setze ich mich auf. Los, Juli, überleg dir was. Aber dalli, bitte. Er darf nicht merken, was für einen Tsunami der Emotionen er in dir auslöst. Immer wieder.

»Ich, ähm, hasse dich doch nicht«, antworte ich verräterisch reaktionsverzögert, während ich nach einem Ausweg aus dieser Fangfrage suche. »Ich, ich … egale dich.«

Vielleicht nicht die genialste Wortschöpfung, aber zumindest ein Versuch, das schwankende Schiff auf Kurs zu halten. Unterdessen ist Matteo etwas näher an mich herangerückt, als wolle er sichergehen, dass ihm nicht das kleinste Detail meines Mienenspiels entgeht.

»Soso. Ich bin dir also egal.«

»Komplett«, bekräftige ich, wohl wissend, dass ich noch nie eine überzeugende Lügnerin war.

Aber was sollte ich denn anderes tun? Ich habe kein Recht, mich über meine wahren Gefühle auszulassen – weil ich mir nie verzeihen würde, wenn irgendwelche Herzensergüsse oder die Tatsache, dass Matteo gleich zweimal Vater wird, seinen Weg ins Eheglück überschatten. Auch in Beziehungsdingen gilt: Wer zuerst kommt, mahlt zuerst. Emily hat die älteren Rechte. Punkt.

»Sag mal …«, eigentümlich in sich gekehrt reibt er sich das Dreitage-Bart-Kinn. »Ist Wir-kennen-uns-seit-Schulzeiten-Luca beziehungsweise Es-war-Liebe-auf-den-ersten-Blick-Luca wirklich der Vater deines Kindes?«

Wo kommt das denn jetzt her? Offenbar bin ich nur noch von Gedankenlesern umgeben.

»So was fragt man keine Lady!«

»Du bist keine Lady.«

Hammer. Ich weiß genau, was er meint. In unserer Nacht, *der* Nacht, hat er mich als wilde zügellose Frau erlebt, die sich spontan einer himmelstürmenden Leidenschaft hingeben konnte.

»Luca und ich, wir gehören zusammen«, erkläre ich innerlich bebend. »Er ist ein toller Mann und wird garantiert ein toller Vater.«

Etwas glimmt in Matteos Augen auf. Belustigung? Argwohn?

»Dann stelle ich die Frage anders: Ist er auch der Erzeuger?«

»Hast du was an den Ohren? Oder liegt das Problem *zwischen* deinen Ohren?«, fauche ich ihn an.

»Kinder, nicht streiten«, geht Oma Hilde dazwischen, als seien wir noch im Spielplatzalter. Wie aus dem Nichts steht sie plötzlich im Zimmer. »Essen ist fertig.«

»Schade, Matteo wollte gerade gehen«, erwidere ich eisig.

»Daraus wird so schnell nichts«, entschuldigend dreht sie die Handflächen nach oben, »Walterchen möchte unbedingt vorher mit uns essen, aufgewärmt schmeckt der Kartoffelbrei nur halb so gut.«

»Dann bestelle ich mir eben ein Taxi«, knurrt Matteo.

»Bis eins kommt, könnte es allerdings Stunden dauern«, entgegnet Oma Hilde. »Alle Taxen im Umkreis von fünfzig Kilometern sind mit dem Schützenfest beschäftigt. So ist das eben auf dem Land. Macht aber nichts. Wir essen gemütlich, danach bringt Walter dich ins Hotel.«

Hat sich denn heute alles gegen mich verschworen? Ich bin schon drauf und dran, Oma Hilde zu fragen, ob sie mir das Essen vielleicht ans Bett bringen könnte, als ich ihren Blick auffange. Einen eindringlich bittenden Blick. Wie sehr sie unter jeglichem Unfrieden leidet, weiß ich seit Kindertagen, deshalb gebe ich klein bei und steige aus dem Bett.

»Okay, lass uns zusammen essen.« Finster funkele ich Matteo an. »Aber komm bloß nicht auf die Idee, mir meine geliebten Hackbällchen wegzufuttern.«

»Es ist genug für alle da«, sagt Oma Hilde beschwichtigend. »Auch für dich, Matteo.«

»Danke für die Einladung.« Neugierig betrachtet er noch einmal das Puppenhaus, dann das Bärchenmobile und die vielen hellgelben Sternchen, die Walter einst an die spitz zulaufende Decke geklebt hat. »Schönes Zimmer. Bestimmt hat sich Juli hier immer sehr wohlgefühlt.«

Ich fasse es nicht. Jetzt wanzt er sich auch noch an Oma Hilde ran!

»Ja, Juli war früher oft hier«, bestätigt sie lächelnd. »Ich freue mich schon auf ihr Kleines. Wenn es alt genug ist, kann Walter den Sandkasten frisch befüllen und die Schaukel wieder aufhängen.«

»Vielleicht besuche ich euch mal, wenn mein Kind auf der Welt ist«, sagt Matteo. »Ich finde es richtig idyllisch hier.«

Also, in seiner Kindheit hat die Schaukel ja wohl eindeutig zu nah an der Hauswand gestanden. Was soll das werden? Die große glückliche Familie inklusive One-Night-Stand? Geht's noch?

Wenn ich jetzt noch weiter darüber nachdenke, drehe ich durch.

Bevor das geschehen kann, poltere ich den beiden voran die Treppe hinunter in die Küche, wo Walter schon erwartungsvoll am Tisch sitzt. Er ist heute im Freizeitlook unterwegs, einer gewagten Zusammenstellung aus hellblauer Adidas-Gymnastikhose, weißem Oberhemd und erbsengrünem Hoodie. Oma Hilde hingegen trägt seit Ewigkeiten Kleider in gedeckten Farben, die ebenso dezent wie figurschmeichelnd sind.

»So, hier kommt Julis Leibgericht«, kündigt sie das Essen an.

Mit Topflappen bewehrt, öffnet sie den Backofen, dem ein glühender Hitzeschwall entweicht, und holt eine feuerfeste Form mit einem ganzen Berg Hackbällchen heraus. Walter kann noch gerade einen hölzernen Untersatz in die Tischmitte rücken, bevor die Form ihren Platz findet. Es folgt der Kartoffelbrei, von Hand gestampft, mit viel Butter und Sahne, dem eine Spur Muskatnuss das unwiderstehliche Aroma verleiht. Zusätzlich hat Oma Hilde einen Salat mit

Tomaten, Gurken und Endivien aus eigener Produktion vorbereitet.

»Das ist ja ein Festessen!«, frohlockt Walter.

»Ich liiiebe solche Mini-Frikadellen«, beteuert Matteo.

»Und Hildes sind die besten.« Walter langt zu, bis man vor lauter Hackbällchen den Boden seines Tellers nicht mehr erkennt, um sein Werk mit einer dicken Schicht Kartoffelbrei zu krönen. »Man sieht meiner Hilde ja auch an, dass sie gut kocht, nicht wahr? Wie man sich futtert, so wiegt man.«

Für diese doofe Anspielung hätte er eine gepfefferte Antwort verdient, doch Oma Hilde lächelt gelassen.

»Weißt du, Walterchen, eine Studie hat herausgefunden, dass übergewichtige Frauen länger leben als Männer, die ihnen das unter die Nase reiben.«

Elegant pariert. Dennoch entsteht eine kleine verspannte Pause. Ich würde gern etwas sagen, um die Stimmung zu lockern, wenn nicht ein flappendes Geräusch mich davon abhalten würde. Ich kenne alle Geräusche in diesem Haus. Das Summen des alten Kühlschranks, das Gluckern der Heizkörper, das Knarzen der Treppe. Daher weiß ich, dass soeben die Eingangstür zugefallen ist.

»Erwartest du noch einen Gast, Oma Hilde?«

»Es sollte eine Überraschung für dich werden, Kind, nachdem ihr euch so lange nicht gesehen habt …«

Im selben Moment wird die Küchentür aufgestoßen, und eine stark gebräunte Frau in den beginnenden Sechzigern fegt herein. Sie trägt ein rot-weißes Kleid im folkloristischen Ibiza-Style, ihr sonnengebleichtes welliges Haar ist da und dort mit

Zöpfchen verziert, in die bunte kleine Plastikperlen hineingeflochten sind. Doch damit nicht genug. An ihren Handgelenken klirren unzählige bunte Armreifen, wie sie einer Carmen würdig sind – sofern man etwas klischeehafte Vorstellungen von einer »echten« Carmen hat.

»Hi folks, holà, namasté«, begrüßt sie die staunende Runde. »Ich hoffe, ihr habt nicht ohne mich angefangen.«

Kapitel 20

Es gibt Menschen, die sind unkonventionell, und es gibt Menschen, die wollen unbedingt hochoriginell unkonventionell rüberkommen. Bei meiner Mutter war ich nie ganz sicher, welche der beiden Varianten auf sie zutrifft.

Jedenfalls betreibt sie einigen Aufwand, um nur noch entfernt der braven Anwaltsgattin von einst zu ähneln. Zuvorderst durch ihren selbstgewählten Namen, zu dem mir nur einfällt, dass ich bereits jetzt die nächsten Generationen bedauere, deren Großeltern nicht mehr Hilde und Walter heißen, sondern Chantal, Kevin oder eben Carmen. Sogar ich muss mir eine neue Anrede gefallen lassen: Jules, was meine Mutter englisch »Dschuuuls« ausspricht.

Dazu unterstreicht sie ihr neues Ich durch theatralische Temperamentsausbrüche. Überschwänglich umarmt sie Oma Hilde, Walter und mich, haucht schmatzende Mmmuuuua-Küsschen in die Luft und hüllt uns in eine Wolke schweren Parfüms.

»Hast ganz schön zugelegt, Dschuuuls«, gurrt sie mit diesem subtilen mütterlichen Sadismus, der sich als Besorgnis tarnt. »Der Sommer kam wohl fünf Kilo zu früh, was?«

Peng. Mauseloch, wo bist du? Danach wendet sie sich an Matteo, der sie mit offenem Mund anstarrt.

»Ja, wen haben wir denn da Hübsches?«, juchzt sie in den höchsten Tönen. »Du bist bestimmt der glückliche Vater von Dschuuuls Kind! Kompliment an meine Tochter, da hat sie sich ja was ganz, ganz Apartes ausgesucht. Und wie hübsch erst euer Baby wird!«

Ein kalter Hauch streift meinen Nacken. So was darf sie nicht mal denken! Woher weiß sie überhaupt, dass ich schwanger bin?

»Es war meine Idee, Caroline einzuladen«, werde ich von Oma Hilde aufgeklärt, die etwas kleinlaut das Wort an mich richtet. »Als sie mich nach unserem Spaziergang anrief, um ihre ungefähre Ankunftszeit durchzugeben, ist mir irgendwie die frohe Nachricht rausgerutscht, dass du im dritten Monat bist.«

Tief atmen, Juli. Dass Oma Hilde deine Schwangerschaft ausgeplaudert hat, kannst du ihr leichten Herzens verzeihen.

Doch die Bemerkung meiner Mutter über den glücklichen Vater geht in die ganz, ganz falsche Richtung. In eine brandgefährliche Richtung. Ohne zu ahnen, dass sie an ein heikles Geheimnis rührt, hat sie ausposaunt, was nur zwei Personen hier am Tisch wissen: dass Matteo tatsächlich der Vater meines Kindes ist.

Muttermund tut Wahrheit kund, kalauere ich still vor mich hin. Ein übles Wortspiel, das man mir als Hebamme nachsehen möge, aber leider den Nagel auf den Kopf trifft. Und umgehend dementiert werden muss!

Wenn ich denn zu Wort kommen würde. Mir wird abwechselnd heiß und kalt, während unser weitgereister Gast Caroline alias Carmen munter weiterplappert: über ihren Yoga-Workshop auf La Gomera, über den phantastischen Joint, den sie dort geraucht hat, über die Sonnenaufgänge und die Sonnenuntergänge, über alle möglichen *einmaligen Erfahrungen* und *lebensverändernden Erkenntnisse*. Als sie kurz Atem schöpft, ergreife ich die Chance, ihren Redeschwall zu stoppen.

»Mutter, ich würde gern …«

»Sei so nett, und sag doch Carmen«, fordert sie mich wimpernklimpernd auf. »Mutter klingt so altbacken.«

»Also schön, Carmen, ich muss zunächst ein Missverständnis ausräumen. Das hier«, mit einer Hand deute ich auf Matteo, »ist der Partner meiner Klientin Emily, und nicht«, ich lege alle zehn Fingerspitzen aneinander, um diesem eminent wichtigen Wort die entsprechende Bedeutung zu verleihen, »*nicht* der Vater meines Kindes.«

»Ach nein?« Enttäuscht mustert sie Matteo ein weiteres Mal. »Er wäre aber ein sehr ansprechender Schwiegersohn. Und, wie erwähnt, wäre euer Baby …«

»Auf die Gefahr hin, mich zu wiederholen: *nicht unser* Baby«, betone ich die entscheidenden Worte.

Daraufhin geschieht etwas Sonderbares mit Matteos Gesicht. Seine Augen weiten sich, seine Lippen werden schmal, dann bewegen sie sich plötzlich lautlos, als ob er eine Kopfrechenaufgabe lösen müsste. Das Ergebnis scheint ihn komplett umzuhauen. Seine Hände umklammern die Tischkante, und seine Haut wird aschfahl, als hätte er einen Geist gesehen.

Im Bruchteil einer Sekunde, begreife ich, was los ist. Es ist so verflucht paradox: Manchmal kommen wir erst durch eine Lüge auf die Wahrheit.

Mein übertriebenes Dementi hat genau das Gegenteil von dem bewirkt, was es bewirken sollte. Ohne dass Matteo irgendetwas sagen muss, weiß ich, dass er es jetzt weiß – und zwar alles. Die Luca-Lovestory hat er mir nie richtig abgekauft, durch Oma Hilde hat er erfahren, dass ich im dritten Monat bin, die Gesetze der Arithmetik anzuwenden, war nur noch ein Kinderspiel. Und das alles, weil meine überaus redselige Mutter mich quasi gezwungen hat, Matteos Vaterschaft zu leugnen.

Ich bin so ein dösiges Schaf. Meine heftige Gegenwehr war in etwa so schlau wie Leute, die immer doller auf den Tasten ihrer Fernbedienung rumdrücken, bis auch der Letzte merkt, dass die Batterien alle sind.

»Nun setz dich doch erst mal, Caroline«, vernehme ich Walters dröhnenden Bass. »Die Hackbällchen sind vorzüglich, der Kartoffelbrei ist ein Traum.«

»Carmen«, berichtigt sie ihn mit einem feinen Lächeln. »Fleisch esse ich übrigens schon lange nicht mehr. Und im Kartoffelbrei verstecken sich doch bestimmt die kleinen Laktosemonster Butter und Sahne.«

»Was sonst? Die fühlen sich da ausgesprochen wohl.« Ohne eine Miene zu verziehen, rückt Oma Hilde einen zusätzlichen Stuhl für ihre Tochter an den Tisch. »Der Salat ist übrigens gluten-, laktose- und zuckerfrei.«

Scheu sehe ich zu Matteo. Sein Blick geht immer noch ins Leere, doch seine Hände krampfen sich derart heftig an die Tischkante, dass die Knöchel weiß hervortreten.

»Als Babysitter werde ich ja leider nicht zur Verfügung stehen«, trällert meine Mutter, die mit bloßen Fingern – wie unkonventionell! – ein Stück Tomate aus der Salatschüssel fischt und in ihrem Mund verschwinden lässt. »Für solche Verpflichtungen ist mein eigenes Leben viel zu aufregend. Aber keine Sorge, Dschuuuls, dafür veranstalte ich die ul-ti-ma-ti-ve Babyshower-Party. Alle meine Freundinnen werden kommen, es wird Geschenke regnen, mach am besten jetzt schon eine Liste, was du dir wünschst.«

Nichts leichter als das. Eine gute Fee, die mich aus diesem Alptraum erlöst. Einen Matteo-Klon, der Emily nie getroffen hat. Ein Leben, in dem ich mich ohne Vorbehalte auf mein Kind freuen kann. Eine Familie ohne eine Mutter, die meine Notlüge zertrampelt hat wie der sprichwörtliche Elefant im Porzellanladen.

»Was machen Sie eigentlich beruflich, Matteo?«, eröffnet sie nun auch noch kauend die übliche Kennenlernkonversation.

Doch Matteo starrt nur weiter apathisch vor sich hin, als habe er die Frage gar nicht mitbekommen. Sein Gesicht ist noch fahler geworden, seine Kiefernmuskeln spannen sich an.

»Allergologe«, antworte ich für ihn.

»Ein Arzt! Ich bin begeistert!« Meine Mutter schenkt mir einen vielsagenden Der-wär's-gewesen-Blick. »Und seine Frau?«

»Lebensgefährtin«, hüstelt Oma Hilde.

»Kommt aufs Selbe raus.« Mit einer koketten Kopfbewegung wirft meine Mutter ihren gewellten Haarschopf mit den vielen kleinen Zöpfchen von links nach rechts. »Warum ist sie eigentlich nicht dabei?«

»Schwangerschaftsbeschwerden«, erwidere ich heiser, während ich ängstlich Matteo beobachte. Wie ähnlich wir uns doch sind.

Auch ich werde immer ganz still, wenn ein Sturm in mir tobt. Doch mittlerweile wirkt er so geladen, als ob die Bombe jeden Moment platzen könnte. Um sie zu entschärfen, füge ich hinzu: »So was belastet selbstverständlich auch den werdenden Vater.«

»Er isst ja auch gar nichts.« Mit dem Ellenbogen stupst Walter Matteo an und zeigt auf seinen gefüllten Teller, der so gut wie unberührt ist. »Schmeckt es dir nicht?«

»Wie?« Matteos Kopf schießt hoch. »Was hast du gesagt?«

»Das Essen«, hilft Walter nach. »Schmeckt's dir?«

»Ähm, ja, sehr gut. Oma Hilde ist eine Meisterköchin.« Um sein Kompliment glaubhaft zu machen, spießt Matteo mit der Gabel ein Hackbällchen auf, das er jedoch sogleich wieder zurück auf den Teller legt. »Entschuldigung, ich müsste mir mal kurz die Beine vertreten.«

Sein Stuhl erzeugt ein kreischendes Geräusch auf dem Küchenboden, als er aufspringt und fluchtartig aus der Küche rennt. Danach sehen sich alle betreten an. Nur meiner Mutter liegt etwas auf der Zunge. Natürlich.

»Was hat er denn?« fragt sie indigniert. »Unaufgelöste Traumata? Blockierte Chakren?«

»Matteo möchte bestimmt nur mit seiner schwangeren Lebensgefährtin telefonieren«, versucht sich Oma Hilde an einer Erklärung, obwohl ich ihrer gefurchten Stirn entnehmen kann, dass auch sie nun begreift, welch eine Katastrophe sich soeben ereignet hat. »Juli, willst du ihm nicht hinterhergehen? Falls Emily eine Frage an dich als Hebamme hat?«

»Also, die jungen Leute heutzutage kleben ja nur noch an ihren Handys«, schnauft Walter, der sich zielstrebig durch seine

Hackbällchen pflügt. »Nicht mal bei Tisch können sie die Dinger weglegen. Und dauernd diese Textnachrichten mit den vielen Smileys. Früher haben wir noch selber gelacht.«

»Jaja, die besten Dinge passieren offline«, zirpt meine Mutter.

Wenn's doch nur so wäre. Mit einem ganz, ganz eierigen Gefühl erhebe ich mich. Ich muss mit Matteo sprechen, daran geht wohl kein Weg vorbei. Die Lügen beenden. Mich der Wahrheit stellen. Reinen Tisch machen. Und dann nicht weiterwissen.

Wackelig durchquere ich die Küche, wanke in den Flur und öffne die Haustür. Die Sonne scheint immer noch so blendend grell vom Himmel, dass ich die Lider zukneifen muss. Bis auf das Gackern der Hühner ist es ganz still. Nachdem ich mich an die Helligkeit gewöhnt habe, suche ich mit den Augen die Erdbeerbeete ab, die Tomatenstauden, die Brombeersträucher, den Kartoffelacker, das Zucchinibeet. Wo ist Matteo?

Schließlich entdecke ich ihn hinter einem mannshohen Spalier, an dem sich grüne Bohnen hochranken. Stocksteif steht er da, die Hände in den Hosentaschen vergraben, den Rücken zum Haus gekehrt. Es muss ihm wirklich nahegehen, was sich ihm gerade offenbart hat. Aus Versehen. Weil ich's versemmelt habe.

Am liebsten würde ich weglaufen wie ein kleines Kind. Doch wenn mich Oma Hilde etwas gelehrt hat, dann mit geradem Rückgrat zu meinen Fehlern zu stehen.

Nur zu, Juli. Er wird dir schon nicht den Kopf abreißen.

Trotzdem kostet mich jeder Schritt ungeheure Überwindung. Lügen haben ja auch kurze Beine, haha. Als ich es bis zum Bohnenspalier geschafft habe, bestehe ich nur noch aus schlechtem Gewissen.

»Matteo?«

»Juli.« Er dreht sich nicht mal um. »Was willst du?«

Aha, er zeigt mir also die kalte Schulter. Auf einmal packt mich eine Riesenwut.

»Was ich will, hat doch nie eine Rolle gespielt«, stoße ich erbittert hervor. »Okay, ich hatte meinen Spaß, du hattest deinen Spaß. Aber alles, was danach kam, habe ich nur getan, um Emily und dich zu beschützen.«

Jetzt dreht er sich doch noch zu mir um. Mit einem Gesicht, das um Jahre gealtert scheint.

»Du? Wolltest uns beschützen? Indem du mir verheimlichst, dass du, dass ich, dass wir …« Unversehens hat er sich in seinen eigenen Gedankengängen verheddert, was ihn sichtlich ärgert. Mit einer Hand zerrt er an einer Bohnenranke herum, die sich selbstständig gemacht hat, statt brav am Spalier hochzuwachsen. »Lass mich das mal zusammenfassen. Du bekommst ein Kind von mir und drückst mir rein, es wäre ausgerechnet von Luca, dem man die Neigung zum eigenen Geschlecht zehn Kilometer gegen den Wind ansieht?«

»Wie bitte?«

Ein gewieftes, aber keineswegs heiteres Lächeln umspielt Matteos schönen Mund.

»Vergiss nicht, ich bin Allergologe. Ich schaue genau hin. Luca hatte an unserem Raclette-Abend eine getönte Creme aufgetragen, und sein Eau de Toilette roch penetrant nach Puff.«

»Nein, das war Matthiesen, kennst ihn doch, der riecht immer so penetrant.«

»Aber Luca steht auf Musicals, die so gut wie keinen Heteromann interessieren.«

»Was bist du eigentlich für'n Knallkopp?«, rege ich mich auf, bevor Matteo noch weitere vollkommen überflüssige Stereotype aufzählen kann, die eher an einen Stammtisch gehören. »Ich höre ja wohl nicht richtig. Lucas sexuelle Orientierung ist Privatsache! Oder bist du etwa homophob?«

»Er ist also tatsächlich schwul.«

Mann! Ich könnte mir den Popo beißen, dass ich auf Matteos raffinierte Fragetaktik reingefallen bin. Juli Kemper, wenn du das nächste Mal mit deinem Herzen unterwegs bist, nimm gefälligst dein Hirn mit!

»Luca ist homosexuell, ja.« Unwirsch zupfe nun auch ich an einer Bohnenranke herum. »Aber nicht geoutet, also behalte es um Himmels willen für dich. Zufälligerweise ist er auch mein bester Freund. Wir haben das werdende Elternpaar nur gespielt, damit weder du noch Emily auf blöde Ideen kommen.«

»Bläöööd«, parodiert Matteo meinen Tonfall. »So nennst du es, wenn in einer leidenschaftlichen Liebesnacht ein Kind entsteht?«

»Wie sollte ich es denn sonst nennen? Glücksfall? Feenstaub? Hauptgewinn?« Ich lasse die Bohnenranke fallen und setze mich neben dem Spalier auf eine umgedrehte Kartoffelkiste. »Du bist gebunden, unser Kind wird vaterlos aufwachsen. Nicht zuletzt steht meine berufliche Zukunft auf der Kippe, meine gesamte Existenz. Erwartest du da etwa, dass ich die

Konfettikanone raushole und hüftwackelnde Freudentänze aufführe?«

»Aber so ein Kind ist eine große Sache!«

Ich gebe es auf, ihm meine Perspektive zu verdeutlichen. Genauso gut könnte ich in der Wüste staubsaugen.

»Jepp, total supi«, erwidere ich nur. Und, nach kurzem Überlegen: »Wirst du es Emily sagen?«

Zerstreut, geradezu bedeppert sieht er mich an. Wenn es nicht vollkommen absurd wäre, könnte ich schwören, dass er bis zu diesem Moment gar nicht daran gedacht hat, dass es ja auch noch eine andere Frau gibt, die ein Kind von ihm erwartet.

»Von mir aus musst du das nicht tun«, rede ich weiter. »Deine Entscheidung, ob du es ihr sagst oder nicht. Diese dusselige Doppeldate-Nummer ist für mich allerdings durch. Keine gemeinsamen Treffen mehr. Auch als Hebamme bin ich raus.«

»Juli …«

»Nix Juli«, würge ich ihn ab. »Denk doch mal nach, wieso du überhaupt hier bist: Weil Emily dich in die Pampa geschickt hat, obwohl es nun schon zum zweiten Mal falscher Alarm war. Ich kann keine Klientin gebrauchen, die doofe Spielchen spielt.«

Und im nächsten Leben werde ich auch so eine anstrengende Frau, für die alle Männer springen sollen, damit bloß die Laune hält. Jawohl.

Matteo lässt sich viel Zeit mit dem Ausatmen. Sein Blick wandert durch den Garten und weiter über die Rapsfelder bis zu den Windrädern am Horizont.

»Stimmt, dass sie mich hierhergeschickt hat, war voll daneben.«

So weit sind wir immerhin. Das ermutigt mich, noch etwas weiterzugehen.

»Sei mir nicht böse, wenn ich das frage, aber was bezweckt Emily eigentlich damit?«

»Wie meinst du das?«

Das weiß ich ja selber nicht. Aber es gibt so einige Ungereimtheiten, die sich angesammelt haben.

»Fangen wir mit uns an.« Die Kartoffelkiste ist ziemlich unbequem, weshalb ich mein Gewicht etwas verlagere und erst danach hoch zu Matteo schaue, der mich abwartend ansieht. »Wir beide haben eine gemeinsame Vorgeschichte, um es mal dezent auszudrücken. Eine liebende Frau checkt so was sofort. Trotzdem legt es Emily geradezu darauf an, dass du mir auf die Pelle rückst.«

»Auf die … hm, verstehe ich nicht.«

Männer. Immer wenn es kompliziert wird, werden sie zu Verdrängungskünstlern. Gibt es etwa ein Problem? Schnell Alufolie drüber und ab in den Kühlschrank.

»Matteo.« Mit dem Kopf deute ich zum Feldweg, wo immer noch der gestrandete Smart im Schlagloch hängt. »Wenn dein Wagen nicht seinen Geist aufgegeben hätte, wären wir über zwei Stunden lang zusammen Auto gefahren. Hätten über Gott und die Welt geredet. Wären uns womöglich nähergekommen, so wie vorgestern in der Küche. An Emilys Stelle hätte ich das niemals zugelassen.«

»Ach.«

»Ja, ach.«

»So habe ich es noch gar nicht betrachtet.« Zaudernd nimmt er die Hände aus den Hosentaschen, greift sich eine zweite Kartoffelkiste, die er neben meine stellt, und sinkt wie ein Stein darauf. »Aber warum bloß?«

Dazu fällt mir auch nichts ein. Ratlos sitzen wir da, Seite an Seite in Oma Hildes Garten, und schweigen so ausgiebig, dass sich ein Kaninchen aus dem Gebüsch wagt. Mit ein paar geschickten Sprüngen huscht es durch die Beete, gräbt ein bisschen herum und mümmelt ein paar Sekunden später auch schon an einer Möhre.

»Hey.« Sacht stößt Matteos Knie an meins. »Siehst du das Kaninchen? Erinnert mich irgendwie an Walter.«

Seine Berührung hat die Wirkung eines Stromschlags. Alles in mir fängt an zu kribbeln, von den Fußsohlen bis zu den Haarwurzeln. Auch dazwischen. Besonders dazwischen.

»Vor Kaninchen sollte man sich in Acht nehmen«, erwidere ich mit trockenem Hals. »Die haben oft eine Hoppelmoral.«

Endlich kehrt das Lächeln in Matteos Gesicht zurück, das ich schon ein bisschen vermisst habe. Er beugt sich ein wenig zu mir vor.

»Aber das gefährlichste Tier ist immer noch der Schmetterling im Bauch, oder?«

Kapitel 21

Sanftes Kerzenlicht hüllt den Raum in einen zauberischen Schimmer. Aus unsichtbaren Lautsprechern sickert sinnlich pulsierende Loungemusik. Eng umschlungen liegen wir auf dem Bett, die Gesichter einander zugewandt. Unsere Lippen berühren sich. Wir sind vollständig angezogen, doch da ist es wieder, dieses Kribbeln und Prickeln, das sich unaufhaltsam zum Pochen des Begehrens steigern wird. Ich weiß es. Ich spüre es. Mein Herz schlägt bis zum Hals, vor meinen Augen tanzen tausend Sternchen.

»Willst du es auch?«, flüstert Matteo.

Seine Hand streichelt meine Hüfte, eine Woge der Erregung rollt heran. Unsere Blicke verschmelzen.

»Ich will, dass du glücklich bist«, hauche ich.

»Ich will auch, dass du glücklich bist, Juli. Und vielleicht ein bisschen nackt.«

Mein Puls schießt in schwindelnde Höhen.

»Wir sind hier in einem Paralleluniversum«, raunt Matteo, »es gibt niemanden außer uns, mach dir keine Gedanken. Komm schon, Baby.«

Wohlig aufstöhnend schließe ich die Augen. Dann öffne ich meine Lippen für den überwältigendsten Kuss, der jemals im bekannten Universum ausgetauscht worden ist, als mir jemand auf die Schulter klopft.

»Guten Morgen!«

Panisch reiße ich die Augen auf. Oma Hilde hat uns erwischt! In flagranti!

Aber nein, da ist kein Matteo, kein Kerzenlicht, keine Musik. Alles nur geträumt. Jeder Psychologe würde jetzt die Champagnerkorken knallen lassen, so durchschaubar ist mein Unterbewusstsein.

»Wie – wie spät ist es?«, frage ich heiser und täusche ein Gähnen vor, um meine aufgewühlte Verfassung zu überspielen.

»Fast Mittag.« Mit ihrem gütigsten Lächeln stellt mir Oma Hilde einen Becher Tee auf den Nachtschrank. »Wie schön, dass du so einen gesegneten Schlaf hast. Genieße es, solange du noch kannst. Ich sag immer: Ausschlafen ist für Leute, die keine Kinder haben – und keine schwache Blase. Meine holt mich meist schon um sechs aus dem Bett.«

Ein harter Themenwechsel. Benommen taste ich nach dem Teebecher, während mein erotischer Traum so schnell verblasst wie mein gestriger Wunschtraum, auf märchenhafte Weise könnte doch noch alles gut werden.

Eins steht mal fest: Seit ich Matteo kenne, habe ich mehr Träume, als die Realität zerstören kann.

»Worauf hast du denn heute Lust?«, erkundigt sich Oma Hilde. »Ein kleiner Ausflug vielleicht? Wir könnten zum Tierpark wandern, wo du früher so gern die Wildziegen gefüttert hast. Oder möchtest du zum Schützenfest? Heute findet der große Trachtenumzug statt, mit Freibier und Blaskapelle.«

Tschingderassabum. Genauso fühlt es sich an, wenn man aus einem Traum gerissen wird, der ruhig noch etwas länger hätte dauern dürfen.

»Ach, wir müssen gar nichts Besonderes unternehmen«, erwidere ich mit einem weiteren Gähnen. »Am schönsten ist es hier bei dir. Gibt es eigentlich noch das kleine Gemüsebeet, in dem ich früher rumgewerkelt habe?«

»Natürlich.« Oma Hilde fängt an zu lachen. »Jetzt sag nicht, du willst an deinem freien Wochenende im Garten buddeln.«

»Ob du's glaubst oder nicht, darauf hätte ich Riesenlust.« Nach einem großen Schluck Tee schwinge ich meine Beine aus dem Bett. »Nur eine schnelle Dusche, dann lege ich los.«

»Aber vorher isst du etwas, darauf bestehe ich«, entgegnet Oma Hilde. »Siehst ein bisschen mitgenommen aus, Kind. Deine Mutter müsste jeden Moment hier sein, dann können wir alle zusammen Mittag essen.«

Herrje. Meine Mutter ist ja auch noch da. Mit Grausen denke ich an den gestrigen Abend zurück, den sie mit Berichten über ihre traumhaften Reisen und diversen Erleuchtungen überschwemmt hat, bevor sie endlich mit Matteo ins Hotel abgedampft ist. Wenigstens ist der schon weg. Um viertel nach acht müsste der erste Zug abgefahren sein, womit ich von einer weiteren Begegnung verschont bleibe. Und das ist auch gut so.

Unser gestriges Gespräch am Bohnenspalier habe ich abrupt beendet, damit bloß nicht noch was Verfängliches passiert. Den Rest hat dann mein Unterbewusstsein erledigt. Was für ein heißer Traum. Wenn ich nur dran denke, werde ich ganz wuschig. Es war alles so real. Und es fühlte sich so gut an. Als ob Matteos

Hände, seine Lippen, sein ganzer Körper wüssten, was mich heiß macht.

Alles in mir bebt und vibriert. Vielleicht sollte ich kalt duschen, um mich abzukühlen?

Erst nachdem ich es die Treppe hinunter geschafft habe, geht's wieder. Keine kalte Dusche heute. Aus der Küche duftet es wunderbar nach Oma Hildes Sonntagssuppe mit Sternchennudeln und Markklößchen, eine Spitzenmotivation, jetzt mal ein bisschen Gas zu geben. Den halben Tag habe ich schon mit Schlafen verbummelt.

In Oma Hildes altertümlichem Badezimmer mit den fast schon antiken ockerfarbenen Kacheln muss man allerdings ein bisschen warten, bis der Boiler genug warmes Wasser hinkriegt. Währenddessen putze ich mir die Zähne und mustere dabei mein Gesicht. Sieht man mir die Schwangerschaft wirklich schon an?

Sonderlich strahlend finde ich meinen Teint ja nicht. Vielleicht ein wenig praller, wegen der vermehrten Wassereinlagerung im Gewebe. Auf jeden Fall muss ich ab morgen eine Tagescreme mit hohem UV-Schutz verwenden, weil Schwangere leichter Pigmentflecken bekommen. Überhaupt sollte ich allmählich eine Einkaufsliste anlegen. Außer der UV-Creme brauche ich ein spezielles Körperöl, um Dehnungsstreifen vorzubeugen, dazu einige Nahrungsergänzungsmittel wie Omega3-Kapseln für Herz, Hirn und gutes Sehvermögen meines Babys sowie Folsäure-Tabletten, die Blutbildung und Plazentawachstum fördern.

Ich warte, bis das rote Lämpchen am Boiler aufhört, zu blinken, dann dusche ich ruckzuck. Fünf Minuten später verlasse ich das Badezimmer mit einem Handtuchturban um den Kopf.

»Dschuuuls«, tönt es mir vorwurfsvoll entgegen. »Wie siehst du denn aus? Es ist halb eins, und du duschst? Bist du etwa gerade erst aufgestanden?«

Ja, und wenn dieser Tag nicht langsam besser wird, gehe ich gleich wieder ins Bett. Außerdem bin ich aus dem Alter raus, in dem man sich von der eigenen Mutter so einen Quark anhören muss.

»Ich habe nicht geduscht, ich habe nur den Duschkopf getröstet, damit er aufhört zu weinen«, witzele ich so doof, wie ich nur kann.

»Also, ich habe schon Kualini-Yoga gemacht und bin zehn Kilometer gejoggt!« Wie zum Beweis ihrer bewunderungswürdigen Fitness streckt sie mir ein nacktes braunes Bein entgegen, das erst in Schenkelhöhe von einem orangefarbenen Folklore-Kleidchen mit tausend kleinen Troddeln bedeckt wird. »Du solltest auch etwas mehr für dich tun, besonders in deinem Zustand. Nimm dir ein Beispiel an mir, ich entwickele mich stetig weiter. Neuerdings kann ich sogar Handstand!«

»Sagenhaft. Wenn ich demnächst einen Zirkus aufmache, rufe ich dich an.«

Jeder andere Mensch würde sich daraufhin mit weiteren neunmalklugen Ratschlägen zurückhalten, aber mein Sarkasmus perlt an ihr ab wie Regentropfen an einem Gummimantel.

»Oder kauf dir ein Trampolin«, fährt sie unbeirrt fort. »Ich habe mir vor Kurzem auch eins zugelegt und absolviere mindestens dreihundert Sprünge täglich!«

Hach, immer wieder schön, als Fachfrau von Ahnungslosen beraten zu werden.

»Springen darf ich erst mal nicht, wegen der Gefahr einer Fehlgeburt, die besonders in den ersten Monaten, aber auch danach noch droht«, setze ich ihr geduldig auseinander. »Geh doch schon mal in die Küche, Mutter, äh, Caroline, äh, Carmen. Bin in fünf Minuten fertig.«

Kichernd wirft sie ihr sonnengebleichtes gewelltes Haar in den Nacken, dass die Zöpfchen mit den bunten Plastikperlen nur so durch die Luft fliegen.

»Wusstest du, dass das weibliche *Bin-in-fünf-Minuten-fertig* ungefähr so lange dauert wie das *Bin-gleich-zu-Hause* eines Mannes?«

So viel dazu. Bevor ich weitere mütterliche Weisheiten über mich ergehen lassen muss, verschwinde ich nach oben in mein Zimmer.

Während ich meine Jeans und meinen Lieblingspullover in zartem Violett anziehe, komme ich aus dem Kopfschütteln gar nicht wieder raus. Es ist aber auch zu krass, wie unterschiedlich Mütter und Töchter sein können. Wer uns nicht kennt, käme wohl kaum auf den Gedanken, dass ich das Produkt dieser exaltierten Carmen bin.

Andere Kinder rebellieren gegen ihre Spießereltern. Ich grenze mich von meiner Mutter ab, indem ich bewusst bodenständig bleibe. In dieser Hinsicht ähnele ich Oma Hilde, die so viel mehr für mich ist als eine Großmutter. Im Grunde hat sie mir all die Werte vermittelt, die ich bis zum heutigen Tag beherzige. Dazu gehören auch unantastbare moralische Grundsätze –

für die sich mein Unterbewusstsein allerdings nicht die Bohne interessiert. Woher sonst sollte dieser superheiße Traum von Matteo kommen?

Eilig frottiere ich mein Haar, kämme es durch und vollende mein morgendliches Programm mit ein bisschen Lippenbalsam. Danach checke ich mein Handy. Fünf verpasste Anrufe von Matteo. Dazu kann ich nur sagen: Gute Reise.

Als ich wenig später in die Küche komme, steht Oma Hilde in einem grau-braun gemusterten Kleid am Herd und streut gehackte Petersilie in die Suppe. Daneben köchelt ein Hühnerfrikassee. Plötzlich befällt mich ein derartiger Heißhunger, dass ich zum Kühlschrank gehe, die Tür aufreiße und mir in Windeseile alles Mögliche reinstopfe, was ich darin finde: ein Würstchen, ein kleines Stück Goudakäse, vier Scheiben Mortadella. Zusätzlich gönne ich mir noch zwei Esslöffel Nutella direkt aus dem Glas.

Zutiefst befriedigt, wenn auch höchst unzufrieden, dass ich dieser schrecklichen Fressattacke nachgegeben habe, drehe ich mich um. Der Tisch ist bereits gedeckt. Für fünf. Nanu?

»Ist das nicht ein Gedeck zu viel?«, frage ich Oma Hilde.

»Nein, wieso?«

»Aber wir sind doch nur zu viert mit Walter und, äh, Carmen.«

Oma Hilde sieht vom Topf auf.

»Du hast Matteo vergessen, Kind.«

»Ma …«, ich schlucke. »Der ist doch längst über alle Berge.«

»Weit gefehlt, Dschuuls!« Tänzelnd kommt meine Mutter aus dem Badezimmer, wo sie sich offensichtlich eine Extraportion Lippenstift in schreiendem Orange gegönnt hat. »Stell dir vor, meine Überredungskünste waren erfolgreich! Beim Frühstück im Hotel habe ich Matteo vorgeschlagen, den Tag noch hier zu verbringen. Heute Abend fahren wir dann alle drei in meinem Wagen nach Hause. Wundervoll, oder?«

Nein. Nicht wundervoll. Der pure Horror ist das. Doch bevor ich protestieren kann, öffnet meine Mutter das Küchenfenster und formt ihre Hände zu einem Trichter.

»Matteee-ooo! Waaalteeer! Mittagessen!«

»Die beiden flicken gerade den Zaun hinten bei den Tomatenstauden«, erklärt Oma Hilde. »Walter sagt immer, theoretisch kann er praktisch alles, dabei hat er zwei linke Hände mit vier Daumen. Doch Matteo ist ein richtiger Heimwerker. Ihr glaubt gar nicht, wie geschickt er sich anstellt.«

Mit einem breiten Strahlen ihres tiefgebräunten Gesichts schließt meine Mutter das Küchenfenster.

»Da kannst du mal sehen, Dschuuls, ein Traummann ist er, dein Matteo, und sogar handwerklich begabt!«

»Er ist nicht *mein Matteo«,* widerspreche ich heftig.

Und bewirke damit mal wieder das genaue Gegenteil.

»Was nicht ist, kann ja noch werden«, flötet meine Mutter. »Wir leben im einundzwanzigsten Jahrhundert, da ist man dem Erzeuger eines Kindes nicht mehr auf Gedeih und Verderb ausgeliefert. Wer auch immer der Vater ist, betrachte ihn einfach als Samenspender und denk noch mal über Matteo nach.«

Da hilft wohl nur eine Ebay-Kleinanzeige: Mutter günstig abzugeben, Top-Zustand, sollte aber von anderen Menschen ferngehalten werden.

»Hast du den Verstand verloren?«, explodiere ich. »Matteo ist in einer festen Beziehung und wird selbst bald Vater! Wie konntest du ihn bloß überreden, hierzubleiben? Sein Platz wäre an der Seite der werdenden Mutter!«

In diesem Moment kommt Walter aus dem Garten herein, gefolgt von Matteo, an dessen weißen Sneakers kleine braune Erdklümpchen hängen.

»Keine Sorge, Juli«, spricht er mich gut gelaunt an, während er die Sneakers abstreift und ordentlich neben die Tür stellt. »Emily hat heute ihren Mädels-Beautytag, mit Gurkenmaske, Maniküre und so Zeugs. Als Mann habe ich da nichts zu suchen.«

Ein Mädels-Beautytag. Und das, nachdem Emily gestern angeblich so schlimme Wehen hatte, dass sie Matteo hierhergeschickt hat. Ich könnte schon wieder explodieren.

»Setzt euch doch«, sagt Oma Hilde. »Ich trage jetzt die Suppe auf.«

»Ahh, deine leckere Sonntagssuppe!« Walter klatscht in die Hände. »Die mag ich am liebsten!«

Nun ja. Was mag Walter *nicht* am liebsten?

»Meine Dschuuuls ist bedauerlicherweise der geborene Single«, plappert meine Mutter weiter, als alle Platz genommen haben. »Jedenfalls denkt sie das. Für meine wertvollen Beziehungstipps ist sie leider unzugänglich.«

»Genau, ich bin vollkommen ahnungslos.« Aufstöhnend nehme ich von Oma Hilde meinen Suppenteller in Empfang. »Ich sollte dich wirklich mal fragen, wie das eigentlich mit Partnern ist, was die so essen und wie alt die überhaupt werden.«

Höchst interessiert, wie es scheint, hat Matteo zugehört. »Das heißt, du hattest nie längere Beziehungen?«

Was ist das denn für eine Frage? Ich tue so, als hätte ich sie überhört, und fange an, meine Suppe zu löffeln. Oma Hildes Sonntagssuppe ist aber auch sensationell. Köstlich, diese fein abgestimmten Geschmacksnuancen einer selbstgekochten Rinderkraftbrühe, ergänzt mit kleingewürfeltem Gemüse, Sternchennudeln und Markklößchen.

»Längere Beziehungen sind nichts für Juli, sie ist halt ein Wildfang«, steuert Walter schlürfend etwas zur Konversation bei. »Die braucht ihre Freiheit.«

»Da kommt sie eben ganz nach der Mutter.« Auch Caroline-Carmen widmet sich nun ihrer Suppe – das heißt, sie fischt erst einmal die Klößchen heraus und legt sie nebeneinander auf den Tellerrand. »Aber einmal im Leben sollte man eine anständige Beziehung geführt haben. Später kann man sich dann immer noch austoben. Wenn man will. Und wenn man dann noch ansehnlich genug ist.«

»Mutter.« Mit mühsam unterdrücktem Zorn schaue ich sie an. »Hör bitte auf mit dem Thema, ja?«

»Ich finde, wir sollten uns einfach freuen, dass wir hier alle beisammen sind«, greift Oma Hilde vermittelnd ein.

»Nun habt euch doch nicht so«, schmollt meine Mutter. »Wer ist denn nun eigentlich der Vater von Dschuuls Kind? Hat ihn schon mal jemand gesehen? Existiert er überhaupt? Oder war das eine künstliche Befruchtung?«

Matteo verschluckt sich an seiner Suppe, Oma Hilde bedenkt ihre Tochter mit einem vernichtenden Blick, ich bin so fassungslos, dass mir der Löffel aus der Hand fällt. Klappernd landet er in meinem Suppenteller. Egal, wie tief ich bei meiner Mutter die Messlatte für Taktgefühl lege, irgendwie schafft sie es immer noch, fröhlich pfeifend darunter hindurchzumarschieren.

Als Erster findet Walter seine Sprache wieder.

»Das nehm ich übel, sprach der Dübel«, flachst er, offenbar in der Hoffnung, damit die komplett gekippte Stimmung wieder aufzurichten.

Ich kenne den Spruch von früher. Walters Repertoire ist überschaubar. Völlig bedient stehe ich auf.

»Richtig, Walter, du hast nur den Rest vergessen: Das nehm ich übel, sprach der Dübel, und verschwand in der Wand, wo ihn keiner wiederfand.«

Danach laufe ich aus der Küche und weiter in den Garten. Am besten, ich stelle mich mit einem Schild an die Straße: Suche Mitfahrgelegenheit, Ziel egal, Hauptsache weit, weit weg!

Kapitel 22

Das Schlimme an Müttern ist: Sie kennen dich so gut, dass sie punktgenau deine Schwachstellen treffen. Immer schön mitten rein, und dann das Messer noch mal in der Wunde umdrehen, damit's so richtig wehtut.

Dabei glaube ich nicht einmal, dass meine Mutter es böse meint. Sie ist einfach nur … ach, ich weiß auch nicht.

Die Knie dicht unters Kinn gezogen, hocke ich auf einer kleinen wackeligen Holzbank hinter dem Brombeergebüsch, gut versteckt vor den Blicken der anderen, und grübele über den Vorfall in der Küche nach. Okay, es stimmt, mit kurzen Unterbrechungen bin ich der *ewige Single*. Warum, darüber kann ich nur Mutmaßungen anstellen. Bindungsangst? Zu wenig Kompromissbereitschaft? Trauma wegen der Trennung meiner Eltern?

Bislang hat mich das Thema nie sonderlich belastet. Durch meine Schwangerschaft ist es nun akut geworden, und genau deshalb ist jetzt der ungünstigste Zeitpunkt, es mit Exitstrategien wie Last-Minute-Online-Dating zu versuchen. Selbst den mutigsten Mann würde ich doch in die Flucht schlagen, wenn er meine Torschlusspanik wittert, weil ich ein Kind erwarte.

Wie auch immer, es tut weh, wenn einem der Singlestatus

derart um die Ohren gehauen wird wie eben gerade. Das kann man nicht einfach wegtuppern. Und dann noch diese Unverschämtheit mit der künstlichen Befruchtung! Als ob es keine Männer gäbe, die mit mir ins Bett wollen!

»Juli?«

Ich zucke zusammen. Plötzlich steht meine Mutter vor mir, sichtlich durch den Wind und mit bebenden Lippen, von denen das schreiende Orange abblättert. Es ist lange her, dass sie mich Juli genannt hat.

»Hier bist du also.« Das Schuldbewusstsein steht ihr förmlich ins Gesicht geschrieben. »Ich habe dich gesucht.«

Missmutig blinzele ich zu ihr hoch.

»Was willst du, Mutter? Mich noch weiter runterziehen?«

»Was? Nein.«

»Und warum bist du dann hier?«

Eine vernünftige Antwort scheint ihr nicht ohne Weiteres einzufallen. Ich warte schweigend, während sie ihre orangegelackten Zehennägel in den silbernen Sandaletten betrachtet, als suche sie dort nach Erklärungen.

Hier draußen sieht man ihr das Alter deutlicher an als in der Küche. Das Sonnenlicht offenbart die Falten rund um ihre Augen, die beiden tiefen Furchen zwischen Nasenflügeln und Mundwinkeln, den abgespannten Gesichtsausdruck einer Anfang Sechzigjährigen, die zwar behauptet, ein Leben voller Abenteuer und Erleuchtungen zu führen, in Wahrheit aber den Eindruck einer erschöpften einsamen Frau vermittelt. Auf einmal wirkt sie wie ein undichter Ballon, aus dem seit Langem die Luft entweicht, so erschlafft sind ihre Gesichtszüge.

»Okay, setz dich«, murmele ich.

»Danke.« Nachdem sie so vorsichtig auf der Bank Platz genommen hat, als sei sie aus Glas, pflückt sie eine unreife grüne Brombeere vom Strauch und sieht sie an wie etwas, in dem die Lösung aller Probleme liegt. »Also, das eben mit der künstlichen Befruchtung und so weiter … das habe ich nicht so gemeint.«

»Aber gesagt.«

Mit einem Ächzen, das nach einer Hundertjährigen klingt, lehnt sie sich auf der Bank zurück, schlägt die braungebrannten Beine übereinander und zuppelt an den Troddeln ihres orangefarbenen Kleids herum.

»Was denkst du denn, warum ich dein Singledasein überhaupt angesprochen habe, Juli?«

»Eine hervorragende Frage.«

»Ich – ich mache mir Sorgen um dich. Ehrlich. Gut, mir ist schon klar, dass ich nicht gerade die Eins-a-Mutter mit Fleißsternchen bin, dennoch bist du mir alles andere als egal.«

»Tatsächlich.«

»Und ich möchte deinem Kind eine gute Oma sein.«

»Etwa mit dieser dämlichen Babyshower-Aktion?« Unwillig rücke ich ein Stückchen von ihr ab und schlinge die Arme um meine Knie. »Das ist doch nur eine Party mehr, auf der du mit deinen Freundinnen quatschen und Prosecco trinken kannst. Und ich sitze mit lauter überflüssigen Verlegenheitsgeschenken in der Ecke und nippe an einer Apfelschorle.«

»Nein, ich möchte mehr tun. Vertrau mir.«

»Danke, kein Bedarf. Immer, wenn ich dir vertraut habe, war das ein kompletter Reinfall.«

»Aber …«

»Bitte lass mich ausreden, Mutter.« Mit einer energischen Handbewegung bringe ich sie zum Schweigen, um endlich loszuwerden, was mir so schwer auf der Seele liegt. »Meine Freundin Isabel, vielleicht erinnerst du dich noch an sie, hat mir angeboten, zu ihr und ihrem Mann zu ziehen. Als eine Art Dreier-WG, in der mein Kind das warme Nest hat, das du ihm niemals geben würdest. Nicht mal für ein Wochenende. Nicht mal für einen einzigen Abend! Du musst ja dauernd durch die Weltgeschichte juckeln, weil das so viel wichtiger ist!«

Sie erwidert nichts darauf, beißt sich nur auf ihre trockenen Lippen. Dabei könnte ich ihr noch sehr viel mehr an den Kopf werfen. Zum Beispiel die endlosen Streitereien mit meinem Vater, die ich mir immer anhören musste, die ausgebliebene Unterstützung für meine Hebammenausbildung, das völlige Desinteresse daran, was ich tue und wie ich lebe.

Es funktioniert einfach nicht mit uns beiden. Wozu dann noch reden?

Stumm beobachten wir durch das Gebüsch hindurch Walter und Matteo, die sich ganz in der Nähe wieder am kaputten Zaun zu schaffen machen. Walter hält ein loses Brett zwischen zwei Pfosten, Matteo haut mehrere Nägel rein. Danach ist das nächste Brett dran. Sie sind schon ein eingespieltes Team, das sieht man sofort.

»Ich finde es sehr nett von Matteo, dass er mithilft«, sagt meine Mutter leise.

Ein Gesprächsangebot, das ich ausschlage.

»Juli.« Mit einer fahrigen Geste streicht sie sich ihren fluffigen Haarschopf aus dem Gesicht. »Immer wollte ich mir selbst und anderen beweisen, wie supertaff ich bin: Denkt bloß nicht, ich bin die brave Hausfrau. Deshalb konnte ich auch nie etwas mit der Mutterrolle anfangen. Aber heute habe ich leider völlig danebengegriffen, und als du eben aus der Küche liefst, ist mir klar geworden, dass ich mir eine Zukunft ohne dich und dein Kind nicht vorstellen kann.« Ihre Stimme beginnt zu zittern. »Ich möchte wieder an deinem Leben teilnehmen, Juli. Wenn ich darf. Und wenn du mir verzeihst.«

Betroffen schaue ich zu ihr hinüber. Tränen stehen in ihren Augen, eine einzelne rollt ihr über die Wange, und plötzlich ist mein Ärger komplett verraucht. Alles, was ich fühle, ist Liebe zu dieser einsamen erschöpften Frau, die einen langen Umweg genommen hat, um dann doch noch den Weg zu mir zurück zu suchen.

»Mama«, flüstere ich. »Natürlich verzeihe ich dir. Und natürlich kannst du jederzeit an meinem Leben teilnehmen.«

»Ach, meine Juli.«

Erleichtert fallen wir einander in die Arme und halten uns ganz fest. Es ist wie ein Wunder. Nie hätte ich für möglich gehalten, dass es noch einmal eine Annäherung zwischen uns geben könnte, und im Stillen danke ich dem kleinen Wesen in meinem Bauch, das uns wieder zueinander geführt hat. Wobei sich natürlich erst noch erweisen muss, ob der Sinneswandelt meiner Mutter anhält.

Eine Weile sitzen wir so da, Arm in Arm. Dann setzt sich meine Mutter sehr gerade hin und schaut wieder zu Walter und

Matteo, die unermüdlich Holzlatten anschleppen und an den schadhaften Zaun nageln.

»Sag mal, dieser Matteo …«

»Kein Wort mehr, Mama!«, warne ich sie. »Mach das hier nicht gleich wieder kaputt!«

»Ich meine ja bloß …«, sie greift sich an den Hals, an dem eine silberne Herzkette baumelt, »irgendwie habe ich das Gefühl, da stimmt was nicht mit Matteo und seiner Frau.«

»Lebensgefährtin«, korrigiere ich sie und merke im selben Augenblick, dass Oma Hilde gestern das Gleiche getan hat.

»Von mir aus auch Lebensgefährtin. Worauf ich hinauswill: Wenn ein Mann eine Frau liebt und Vater wird, hat er doch nur ein Thema, nämlich die werdende Mutter, oder?«

»Könnte hinkommen.«

»Aber weißt du, was das Komische ist?« Ihre Finger spielen mit dem Herzanhänger, als sie weiterspricht. »Heute beim Frühstück im Hotel, das immerhin eine Stunde dauerte, hat Matteo nicht ein einziges Wort über diese Emily verloren.«

Verblüfft sehe ich meine Mutter an.

»Worüber habt ihr denn die ganze Zeit gesprochen?«

»Über dich. Nur über dich.«

Eine Gänsehaut überläuft mich, obwohl mein lila Lieblingspullover eigentlich viel zu warm für den heutigen Tag ist. Eine sommerliche Hitze durchglüht den Garten, trotzdem sehen meine Unterarme aus wie eine Raufasertapete. Reflexhaft schaue ich zu Matteo. Gerade zieht er sein Sweatshirt aus und hängt es über einen Zaunpfahl, um mit nacktem Oberkörper weiterzuarbeiten. Ein umwerfender Anblick. Und eine verbotene Frucht, wie ich mir ja nun bereits mehrfach eingeschärft habe.

»Er wollte alles über dich wissen«, berichtet meine Mutter weiter. »Wie du so als Kind warst, was du als Teenager angestellt hast, welche Musik du magst, ob du gern Italienisch isst. Richtig ausgequetscht hat er mich.«

Aber wozu, verdammt?

»Ich will mich wirklich nicht einmischen, Juli.« Auch die Augen meiner Mutter saugen sich jetzt an Matteos Muskelspiel in der hellen Mittagssonne fest. »Doch wenn da was faul ist, würde ich es gern herausbekommen.«

»Du?« Obwohl mir wahrlich nicht nach Lachen zumute ist, gluckse ich wie ein Schulmädchen. »Klar, als Privatdetektivin eignest du dich natürlich blendend, so unauffällig, wie du rüberkommst.«

Verschwörerisch legt sie einen Finger an ihre Lippen.

»Lass mich nur machen. Ich weiß, wie ich das anstellen muss, vorausgesetzt, du gibst mir die Lizenz zum Spionieren.«

Hm. Wohl fühle ich mich nicht dabei. Es ist sowieso schon extrem kompliziert mit Matteo, und wie ich meine Mutter kenne, würde sie alles noch wesentlich komplizierter machen. Andererseits ... die Idee hat was. Schließlich kommt mir die Beziehung von Matteo und Emily ja selber etwas merkwürdig vor.

»Aber wenn du tätig wirst, dann dezent, ja?«

»Dezenz ist meine Stärke«, kichert sie, um gleich darauf eine ungewohnt nachdenkliche Miene aufzusetzen. »Ich würde das nicht tun, wenn mir nicht gewisse Schwingungen zwischen dir und Matteo aufgefallen wären. Außerdem hat er das Herz auf dem rechten Fleck. Nenn es Mutterinstinkt oder Intuition – der wäre was für dich.«

»Ach nee. Erzähl mir was Neues.«

Nervös wippt sie mit dem Fuß ihres übergeschlagenen Beins, was blinkende Sonnenreflexe auf den Silberriemchen erzeugt.

»Ich sag dir mal was, Juli. Männer verlieben sich in das, was sie sehen, Frauen in das, was Männer von sich geben. Deshalb tragen Frauen Push-up-BHs, und Männer flunkern das Blaue vom Himmel runter. Matteo ist anders. Ich habe ihm sehr genau zugehört.«

»So, hast du das.«

»Er ist echt, Juli. Authentisch. Kein Flunkerer, kein Schaumschläger. Und je länger ich ihn beobachte«, mit einem orange manikürten Zeigefinger deutet sie durch das Brombeergebüsch auf Matteo, »desto besser gefällt er mir.«

»Ja, weil er sein Sweatshirt ausgezogen hat.«

Unvermittelt lachen wir beide so laut los, dass Walter und Matteo zu uns herüberschauen.

»Wollt ihr mithelfen?«, ruft Walter uns zu. »Wir könnten noch Verstärkung gebrauchen!«

»Nein, eher nicht!« Wie ein Fluglotse rudert meine Mutter mit den Armen. »Aber ich könnte deine Hilfe gebrauchen, Walter. In meinem Auto liegen noch ein paar Geschenke für Oma Hilde, Juli und dich. Die kann ich nicht allein schleppen. Würdest du mein Ritter sein?«

Die Wörter *Geschenke* und *Ritter* zeigen sofortige Wirkung. Erfreut wischt sich Walter die schmutzigen Hände an seiner Hose ab und kommt zu unserer Bank gelaufen.

»Was macht ihr überhaupt hier im Gebüsch?«

Kokett spielt meine Mutter mit dem Saum ihres Kleids.

»Wir haben ein Gespräch über etwas geführt, das Männern relativ fremd sein dürfte: Gefühle.«

»Wieso?«, fragt Walter und kratzt sich am Kopf. »Auch Männer haben Gefühle.«

»Ja, Hunger und Durst.«

Walter ist erst mal platt. Dann gibt er ein trotziges Knurren von sich.

»Selbstverständlich haben Männer eine romantische Ader. Nur, dass die eben im besten Stück untergebracht ist.«

Meine Mutter lacht pflichtschuldigst, vielleicht als kleine Wiedergutmachung für ihre Bemerkung über männliche Gefühle.

»Nichts für ungut, Walterchen«, imitiert sie den Tonfall von Oma Hilde und erhebt sich von der Bank. »Wie schön, dass du mein Ritter sein willst.«

»Stets zu Diensten.« Er salutiert spaßhaft, indem er seine flache Hand an die Schläfe legt. »Wo steht das Klavier?«

»Mein Auto steht an der Straße, gleich hinter deinem Oldtimer-Schlitten. In der Zwischenzeit kann dich Juli am Zaun vertreten.«

So ein raffiniertes Biest. Das macht sie mit voller Absicht. Ist doch sonnenklar, dass es gar nichts zu schleppen gibt. Sie will nur, dass ich mit Matteo rede, ich wiederum weiß nicht, ob ich das wirklich will. Es ist alles so verwirrend.

»Nun geh schon«, werde ich von ihr ermuntert.

Also gut. Während sie mit Walter den Feldweg ansteuert, der

zur Straße führt, schlendere ich betont langsam zu Matteo. Gerade hebt er mit der linken Hand eine Holzlatte hoch, in der rechten Hand hält er den Hammer.

»Hi«, sage ich. »Soll ich dir helfen, oder kriegst du das allein kaputt?«

»Ha-ha-ha«, muffelt er. »Könntest du mir bitte einen großen Nagel aus dem Werkzeugkasten da vorn geben? Und danach das Brett festhalten?«

Sekunde. Ich muss mich erst mal beruhigen. Matteos nackter Oberkörper ist von einem dünnen Schweißfilm bedeckt, der sämtliche Muskeln und Sehnen nachmodelliert wie bei einer Skulptur. Und nicht nur das. Sein Schweiß duftet himmlisch. Durch mein hormonell gesteigertes Riechvermögen wirkt sich das ziemlich fatal auf meine Contenance aus. Ohnehin finde ich es irre sexy, wenn ein Mann Zäune reparieren kann. Das heißt, ich finde es irre sexy, wenn Männer überhaupt mal was können. Und dann auch noch so gut dabei aussehen.

Leicht schwankend beuge ich mich zu dem Werkzeugkasten hinunter, fische einen großen Nagel heraus und reiche ihn Matteo, nachdem ich ihm das Brett abgenommen habe. Dabei vermeide ich jeden Augenkontakt.

»Besten Dank.« Mit kraftvollen Bewegungen fängt er an, zu hämmern. »Ich habe dich mehrfach angerufen, Juli.«

»Hab's gesehen.«

»Stell dir vor, mein Handy reagiert auch auf Rückrufe. Sofern denn jemand zurückruft.«

»Phänomenal, dein Handy«, heuchele ich Begeisterung.

Der Nagel ist drin, und Matteo lässt den Hammer sinken.

»Glaub bloß nicht, du bist hier die Einzige, die ein Problem mit unserer Situation hat. In der letzten Nacht konnte ich kaum schlafen, weil ich immer daran denken musste, dass wir ein Kind bekommen. Das alles ist verflixt vertrackt, aber noch lange kein Grund, meine Anrufe wegzudrücken.«

Wieder beuge ich mich über den Werkzeugkasten, um einen Nagel herauszuholen. Und um meine Befangenheit zu kaschieren.

»Ich will meine Zeit nun mal nicht mit einem Mann verschwenden, der einer anderen gehört.«

»Definiere verschwenden.«

»Warte.« Etwas schwerfällig richte ich mich auf, weil mir auf einmal schwindelig wird. Auch mein Magen meldet sich. Wie konnte ich mir bloß dieses hirnverbrannte Durcheinander aus Würstchen, Käse, Mortadella und Nutella vor dem Mittagessen reinziehen? »Ich ... äh, entschuldige, mir ist total schlecht, ich müsste mal kurz reingehen.«

Erschrocken legt mir Matteo eine Hand auf den Rücken.

»Schaffst du das? Oder soll ich dir helfen?«

»Es ist nur eine Übelkeitsattacke, kein Sudokurätsel«, stöhne ich. »Ich komme allein zurecht.«

»Wenn du es sagst ...«

In diesem Augenblick wird der Würgreiz stärker, und mein Schwindelanfall steigert sich dermaßen, dass ich fast das Gleichgewicht verliere.

»Juli!«

Geistesgegenwärtig schiebt Matteo seine Arme unter meine Achseln, dann geht es taumelnd und stolpernd zum Haus, wo wir gerade rechtzeitig das Badezimmer erreichen, bevor mein Magen fontänenartig alles ausspuckt, was ich ihm zugemutet habe. Matteo hält mir dabei den Kopf und streicht mein Haar zurück, damit es nichts abbekommt.

»Geh weg«, keuche ich zwischen zwei Fontänen. »Das da ist voll eklig.«

In der Toilettenschüssel schwimmen mittlerweile lauter unverdaute Reste meiner Fressorgie. Mortadellastückchen zum Beispiel.

»Nein«, widerspricht er sanft, »das ist nicht eklig, nur visuell herausfordernd.«

Von immer neuen Kontraktionen geschüttelt klammere ich mich am Toilettenrand fest, vergesse aber keineswegs, wer mir hier beisteht.

»Jaja, du bist ein Top-Typ, sogar mein Essen kommt wieder hoch, um dich zu sehen. Doch jetzt verschwinde. Bitte.«

»Pscht, Juli. Nicht reden, lass es einfach raus. Ich bin für dich da. Ich gehe auch nicht weg. Ist doch alles total normal.«

Ein neuer Schwall meines Mageninhalts sucht sich einen Weg ins Freie, Matteo hält weiterhin meinen Kopf, und plötzlich durchzuckt mich eine deprimierende Erkenntnis: Er gehört zu dieser ganz, ganz seltenen Spezies Mann, bei dem einem nichts peinlich sein muss und bei dem auch nicht zu befürchten steht, dass er kneift, wenn es schwierig wird. Wie hat es Luca noch gesagt? Charakter ist das, was übrig bleibt, wenn es unbequem wird?

Matteo ist alltagstauglich. Ein Pfundskerl, wie Oma Hilde sagen würde. Und das ist weit tragischer als die ungeheure Anziehungskraft, die er auf mich ausübt. Das ist absolut niederschmetternd. Weil es sich um einen Mann handelt, mit dem ich niemals den Alltag teilen werde.

Kapitel 23

»Gut, dass du dich ein bisschen hingelegt hast«, wispert Oma Hilde und stellt mir einen Teller Zwieback ans Bett. »Wie geht es dir jetzt?«

Diesmal ist mein Gähnen echt. Danach rolle ich mich vorsichtig auf die Seite und reibe mir die Augen.

»Danke, ganz gut. Wie lange habe ich geschlafen?«

»Zwei, drei Stunden ungefähr.«

»Und Matteo?«

»Ist schon mit deiner Mutter weggefahren.« Unergründlich lächelnd hält mir Oma Hilde einen Zwieback hin, bevor sie sich auf die Bettkante setzt. »Caroline wollte irgendetwas erledigen, Matteo musste zurück zur werdenden Mutter, weil sie wieder ihre, na ja, Schwangerschaftsbeschwerden hat.«

Das kleine *na ja* genügt mir vollauf, um zu wissen, dass sie Emilys Angewohnheit, Matteo nach ihrer Pfeife tanzen zu lassen, genauso durchschaut hat wie ich. Während ich von dem Zwieback abbeiße, wandert mein Blick zum Handy, das auf dem Nachtschrank liegt. Sechs verpasste Anrufe. Von Matteo, was sonst. Wesentlich mehr beunruhigt mich allerdings die Zeitangabe auf dem Display. Ich höre auf zu kauen.

»Kurz vor halb sieben schon? Mein Zug fährt um zwanzig

nach sieben! Und bei Walters rasantem Tempo brauchen wir mindestens eine halbe Stunde zum Bahnhof!«

»Da ist was dran.« Immer noch lächelnd zeigt Oma Hilde auf meine Hebammentasche. »Ich habe schon alles für dich gepackt und auch zwei Rosinenbrötchen dazugelegt, damit du unterwegs versorgt bist.«

»Danke, Oma.« Tränen der Rührung steigen mir in die Augen. »Du bist so lieb.«

»Ich *habe* dich halt lieb«, erwidert sie weich und haucht mir ein Küsschen auf die Stirn. »Wie gesagt, du hast hier immer einen Platz. Ein Zuhause. Komm so oft, wie du möchtest.«

Schluchzend umarme ich sie. Bei Schwangeren weiß man ja nie so genau, ob ihre Tränenausbrüche emotional oder hormonell bedingt sind, doch in diesem Fall sind es die ganz großen Gefühle, die mich überwältigen.

»Ich hab dich auch lieb, ganz, ganz doll lieb«, schniefe ich, das Gesicht an ihre Schulter gepresst. »Du bedeutest mir alles. Ohne dich hätte ich dieses Wochenende niemals durchgestanden.«

Sacht streicht sie mir übers Haar.

»Und du bist mir nicht böse, dass ich deine Mutter eingeladen habe?«

»Nein, wie sollte ich? Wir haben uns sogar ausgesöhnt, auf der Bank hinter den Brombeerbüschen.«

»Ach, da fällt mir ein Stein vom Herzen.« Mit einem tiefen Seufzer drückt mich Oma Hilde noch fester an sich. »Ich habe so sehr darunter gelitten, dass ihr euch nicht versteht. Meine Einladung war ein Versuch, die Wogen zu glätten, wenn ihr mal ein ganzes Wochenende miteinander verbringt. Wobei der Anfang ja eher unerfreulich ausfiel.«

»Das kannst du laut sagen.« Nur widerstrebend löse ich mich von ihr, ziehe meine Sneakers an und stehe auf. »Wollen wir?«

Auch Oma Hilde erhebt sich.

»Wird dir die Reise denn nicht zu viel, Juli? Möchtest du lieber noch eine Nacht hierbleiben?«

»Ich bin schwanger, nicht krank«, gebe ich den Standardsatz für solche Gelegenheiten zum Besten. »Das wird schon. Ich muss ja nichts weiter tun, als im Zug rumsitzen.«

Als wir wenig später die Haustür öffnen, wartet Walter schon in einem auffallend geschmackvollen dunkelblauen Polohemd auf uns, umringt von einigen Hühnern, die offenbar Essbares von ihm erwarten. Auch Gunilla ist dabei.

»Wie ihr seht, bin ich der Hahn im Korb, aber meine beiden Lieblingsfrauen haben ja auch immer was zu gackern«, röhrt er mit jenem etwas grenzwertigen Humor, den ich trotzdem irgendwie an ihm mag. Dann wirft er sich in Positur. »Schickes Hemd, was? Ist von Caroline.«

»Sie hat uns allen etwas mitgebracht«, ergänzt Oma Hilde. »Für dich war auch etwas dabei, Juli. Ich habe dir das Geschenk in deine Tasche gelegt, dann kannst du es ganz in Ruhe auf der Zugfahrt auspacken.«

Die Zugfahrt, ja. Eigentlich müssten wir uns jetzt schleunigst auf den Weg machen. Dennoch verharre ich wie angewurzelt auf der Türschwelle und schaue in den Garten, mit dem mich so viele Erinnerungen und Gefühle verbinden. Heimat ist da, wo das Herz wohnt, sagt Oma Hilde immer. Hier hat sie mich zum Spaß in einer Schubkarre umhergefahren und mir Ahornnasen ins Gesicht geklebt. Hier habe ich die ersten Erdbeeren meines Lebens gepflückt, süß und saftig auf der Zunge, und ganze Nachmittage mit Phantasien von heldenhaften Prinzen verträumt. Vor allem konnte ich mich immer darauf verlassen, von Oma Hilde in den Arm genommen zu werden, wenn ich hingefallen war oder Bauchweh hatte.

Nun sind einige Erinnerungen hinzugekommen, von denen ich mich nur schwer trennen kann. Es ist so viel Denkwürdiges passiert an diesem Wochenende. Mein schönstes Erlebnis war verrückterweise, als ich mir die Seele aus dem Leib gekotzt habe – mit Matteo, der mir das sichere Gefühl vermittelte, dass er für mich da ist. Hach, Matteo. Verdammt, Matteo!

»Bereit zur Abfahrt?«, fragt Walter.

»Äußerlich ja, innerlich nicht,«, antworte ich wahrheitsgemäß.

»Dann komm bald wieder, Mädel. Du bringst richtig Leben in die Bude! Und der Zaun ist auch repariert!« Bevor er mir die Tasche abnimmt, wechselt er einen Blick mit Oma Hilde. »Ich muss schon sagen, ich bin schwer beeindruckt, dass sich Matteo dafür nicht zu schade war. Andere hätten nur ihren Bauch in die Sonne gehalten.«

»Hast recht, Walterchen«, stimmt Oma Hilde ihm zu. »Man muss ihm hoch anrechnen, dass er mit angepackt hat.«

»Tja, Juli, ein toller Junge, dein Matteo«, setzt Walter noch einen drauf.

»Nicht mein …«, will ich ihn zurechtweisen, unterbreche mich jedoch.

Höchstwahrscheinlich weiß er doch eh schon, wie verworren mein Verhältnis zu Matteo ist. Oma Hilde hat viele Qualitäten, sonderlich verschwiegen ist sie nicht. Jeder seinen eigenen Gedanken nachhängend, stapfen wir durch den Garten und dann den Feldweg entlang, auf dem nach wie vor Matteos Smart feststeckt wie ein gestrandeter Wal.

»Morgen früh kommt Oma Hildes Nachbar Johann«, erklärt Walter. »Der holt die Karre mit seinem Trecker aus dem Dreck, danach übernimmt der ADAC.«

Die Matteo-Episode wäre damit abgeschlossen. Ich muss ihn nicht wiedersehen, und ich werde ihn auch nicht wiedersehen. Schließlich besteht ja kein Grund mehr dazu. Emilys weitere Betreuung wird eine andere Hebamme übernehmen, auch wenn es nicht leicht sein wird, eine neue zu finden. Und falls ich jemals unter einer Allergie leiden sollte, gehe ich garantiert nicht zu Doktor Matteo. Mist. Warum macht mich dieser Gedanke so traurig?

Als wir Walters Opel Kapitän erreicht haben, entdecken wir einen funkelnagelneuen Aufkleber am Heck: *Fahrschule*.

»Alle Achtung, Walter«, staunt Oma Hilde. »Willst du in deinem Alter etwa noch unter die Fahrlehrer gehen?«

»Nee, ich ab mir das Schild besorgt, damit ich nicht so oft angehupt werde.« Mit großen Gesten öffnet er nacheinander die Wagentüren, setzt seine Prinz-Heinrich-Mütze auf und verbeugt sich feierlich. »Einsteigen, werte Damen.«

Oma Hilde setzt sich zu mir auf die Rückbank, nicht etwa nach vorn. Die ganze Fahrt über hält sie meine Hand. Wir reden nur über Belanglosigkeiten – das heiße Sommerwetter, die üppige Tomatenernte, die San-José-Schildlaus, die Oma Hildes Apfelbäumen fast zum Verhängnis geworden wäre. Erst als das Bahnhofsgebäude in Sichtweite ist, kommt sie wieder auf jenes Thema zu sprechen, das wir wegen der hohen Verletzungsgefahr planvoll vermieden haben.

»Lass wegen Matteo nicht den Kopf hängen«, raunt sie mir zu. »Man darf nie das Wünschen verlernen.«

»Lass mal, Oma Hilde, das wird nix mehr«, flüstere ich zurück.

»Wart's ab.« Bedächtig fährt sie sich mit einer Hand durch ihr schlohweißes Haar. »Ein kluger Mann hat mal gesagt: Liebe ist der stille Triumph über die Lautstärke des Zweifels.«

Das geht mir so nahe, dass ich schon wieder mit den Tränen kämpfe. Jetzt bloß nicht sentimental werden, ermahne ich mich, sonst heulen wir gleich beide.

»Mir gefällt der Spruch in deiner Küche besser«, lächele ich tapfer. »Auf drei? Eins, zwei, drei.«

»Jeder spinnt auf seine Weise, der eine laut, der andere leise«, rezitieren wir im Chor.

»Meint ihr etwa mich?«, meldet sich Walter von vorn.

»Auch wenn es dir unwahrscheinlich vorkommen mag, es geht nicht immer nur um dich, Walterchen«, erwidert Oma Hilde.

»Aha.« Ruckartig nimmt er eine Hand vom Steuer, um den Rückspiegel auf uns zu richten, was dem Wagen ein kurzfristiges Schleudermanöver beschert. »Dann sprechen wir doch mal über dich, Hildchen. Was kochst du uns heute Abend?«

Allmählich verstehe ich, warum sie diesen Mann nur ambulant aufnimmt, nicht stationär.

»Es hat keinen Sinn, Walter noch ändern zu wollen«, flüstert Oma Hilde mir zu. »Irgendwann muss man mit dem vorhandenen Material arbeiten.«

Inzwischen haben wir den Bahnhof erreicht. Wie immer stellt Walter seinen Wagen direkt vor dem Eingang ab, nicht ohne sich über eine junge Frau aufzuregen, die ihn durchs geöffnete Seitenfenster anzischt: »Warum parken Sie nicht gleich auf dem Gleis?«

»Nächstes Jahr mache ich alles anders falsch, versprochen!«, ruft er ihr hinterher. »Wenn ich dann noch lebe!«

Obwohl das lustig gemeint ist, bekomme ich einen Riesenschreck. Oma Hilde und Walter sind beide über achtzig. Ewig werden sie nicht leben, und die Vorstellung, dass sie irgendwann … nein, das will ich mir nicht vorstellen. Auf keinen Fall. Schnell wische ich mir eine Träne aus dem Augenwinkel.

Ein kurzer schmerzloser Abschied wäre mir jetzt am liebsten. Aber Oma Hilde besteht darauf, mich zum Zug zu bringen – ohne Walter und gegen meine Beteuerung, dass ich schon ein großes Mädchen bin. Resolut schnappt sie sich einfach meine Hebammentasche vom Beifahrersitz und marschiert los, sehr flott, sehr aufrecht, wenn auch mit einem Gesicht, in dem sich mein eigenes Gefühlschaos spiegelt.

Mir bricht fast das Herz, als wir auf dem Bahnsteig stehen und mit viel Gedröhn und Gequietsche der Zug einfährt. Selten ist mir ein Abschied so schwergefallen. Früher hat Oma Hilde immer auf meine Hände gezeigt und gesagt: »Erst die rechte, dann die linke, beide machen winkewinke.« Heute schweigt sie. So, als sei es überflüssig, ihren vielen guten Ratschlägen weitere hinzuzufügen. Oder weil es keinen Rat mehr für mich gibt. Für Juli, den hoffnungslosen Fall.

Nach einer stummen Umarmung, in die wir noch einmal all unsere Liebe legen, steige ich ein und sinke völlig fertig auf einen Sitz am Fenster. Der Zug fährt an. Hinter der Glasscheibe erblicke ich Oma Hilde, die sich schon umgedreht hat und dem Ausgang zustrebt. Vielleicht, weil ich ihren Abschiedsschmerz nicht sehen soll. Unverwandt betrachte ich ihren kaum gebeugten Rücken, das weiße Haar, die schnellen Schritte. Oma Hilde wird immer kleiner, das Loch in meinem Herzen immer größer.

Gleich daneben befindet sich das Riesenloch, das Matteo hinterlassen hat.

Stöhnend dehne ich meinen Rücken und versuche, es mir auf dem Sitz einigermaßen bequem zu machen, damit ich besser nachdenken kann. Die Sache muss ein Ende haben. Vielleicht sollte ich Matteo eine finale Nachricht schreiben, damit seine vielen Anrufe aufhören. Genau. Ich werde mich von ihm verabschieden, einen Schlussstrich ziehen und darauf warten, dass ich ihn vergesse. Auch wenn Letzteres höchst unwahrscheinlich ist.

Was soll's. Man kann doch jemanden wie Hölle vermissen und ihn trotzdem nicht zurückwollen, oder? Wobei ja schon das *zurück* nicht ganz zutrifft. Wir waren nie ein Paar. Nur – tja, was eigentlich?

Meine Hände zittern, als ich das Handy heraushole und über das Display wische. Mittlerweile sind es neun verpasste Anrufe von Matteo. Neun! Er lässt einfach nicht locker. Wäre seine Hartnäckigkeit nicht völlig unangebracht, würde ich mich darüber freuen.

Auch mehrere Textnachrichten sind im Laufe des Tages eingetrudelt. Eine von Anett, eine von Hannah, eine von Luca, eine von Emily. Sogar eine von meiner Mutter, die mir seit Ewigkeiten nicht geschrieben hat. Na, denn.

Hallo Süße, hattest Du ein schönes Wochenende? Liebe Grüße, Anett (Ich hoffe, es war okay, dass ich Emily die Adresse von Oa Hilde gegeben habe)

Nein, war es nicht. Darüber reden wir noch. Nächste Nachricht.

Liebe Juli, tausend Dank für Deine Tipps! Das Stillen klappt jetzt viel, viel besser. Im Laufe der Woche darf ich nach Hause, vielleicht besuchst du uns vorher? Bis bald und noch mal ein großes dickes Dankeschön, Hannah und Anton

Wie lieb sie schreibt. Und wie wertschätzend. Mir geht das Herz auf, wenn sich ein so freundschaftliches Verhältnis mit einer Klientin entwickelt. Dritte Nachricht.

Na, wie läuft's bei Dir? Was ist mit MATTEO? Denke viel an Dich und wünsche Dir nur das Allerbeste. Hugs, Dein oller Stromer Luca

Nett. Richtig nett. Vierte Nachricht.

Hallo Juli, ich weiß gar nicht, wo mir der Kopf steht. Erst diese schrecklichen Wehen, dann hatte ich so ein komisches Kribbeln in den Händen, nun blubbert es auch noch im Bauch, und irgendwie zwickt es am Busen. Vielleicht sitzt mein BH zu eng? Brauche ich etwa schon so einen potthässlichen Still-BH? Ein paar Freundinnen sind bei mir, sonst wäre ich längst zusammengeklappt. Ich warte dringend auf Deine professionelle Hilfe. Bist du schon zurück? Du musst unbedingt kommen! Sofort!

Nein, muss ich nicht. Der Drops ist gelutscht. Blubbern im Bauch, dass ich nicht lache. Heute sind Gurkenmaske und Maniküre angesagt. Nicht mein Zirkus, nicht mein Äffchen, um es mal ganz deutlich zu sagen. Fünfte Nachricht.

Melde dich unbedingt, wenn du wieder da bist. Hab eben etwas Interessantes rausgefunden. 😊 In der Liebe ist es halt wie bei einem Banküberfall: Alles hängt davon ab, dass man die richtigen Komplizen hat. Kuss, Mama

What? Sie hat schon was rausgefunden? Elektrisiert starre ich auf das Display. Säße ich nicht im Zug, ich würde sie auf der Stelle anrufen. Doch ich gehöre nun mal nicht zu jenen auskunftsfreudigen Zeitgenossen, die ihre geplagten Mitreisenden mit jedem noch so unwichtigen Detail ihres Lebens belästigen. Daher kann ich jetzt nur Vermutungen anstellen. Hat Mama Aufschlussreiches von Matteo erfahren? Oder hat sie ihn direkt zu Emily gebracht und dabei etwas Brisantes aufgeschnappt?

Nun, ich werde mich noch ein wenig gedulden müssen. Bis zur nächsten Umsteigestation sollte ich allerdings meine Nachricht an Matteo fertig haben. Schieb es nicht auf, Juli. Ja, doch. Mit einem spitzen Zeigefinger fange ich an zu tippen.

Lieber Matteo.

Nein, falsch. Viel zu freundlich. Neutraler, bitte.

Hallo Matteo. Danke für deine Anrufe, die ich leider verpasst habe.

Auch falsch. Kein Dank, kein Bedauern. Streng dich an, Juli!

Konzentriert beginne ich noch mal von vorn, wäge jedes Wort und jedes Komma ab, ändere die eine Passage, verwerfe die andere, lösche am Ende wieder alles, was zu emotional oder gar ermutigend klingen könnte, und lese mein Werk anschließend fünfmal durch.

Hallo Matteo. Wie ich gerade feststellen musste, hast Du mich neunmal angerufen. Das ist genau neunmal zu viel. So, wie die Dinge liegen, gibt es nichts mehr zu besprechen. Deshalb macht es auch keinen Sinn, dass wir uns wiedersehen. In etwa einem halben Jahr werde ich Dich informieren, ob die Geburt gut gelaufen ist. Danach löschst du meine Nummer. Alles Gute, J

Zu hart, zu kühl? Ach, was. Ich tippe auf *Senden*, danach lehne ich mich erschöpft zurück. Gut gemacht, eine sehr erwachsene Nachricht, lobe ich mich selbst. Dumm nur, dass ich mich überhaupt nicht besser fühle.

Vielleicht sollte ich ein Nickerchen einlegen. Das ist allerdings leichter gesagt als getan, denn im Waggon herrscht der übliche Sonntagabendtrubel. Familien in knallbunten Freizeitlooks kehren von ihren Wochenendausflügen zurück, Businesstypen in grauen Anzügen hacken auf ihre Laptops ein, zwei stark geschminkte junge Mädchen erzählen sich kichernd ihre Flirts vom gestrigen Abend.

Nur direkt neben mir geht es ruhig zu. Auf dem Gangplatz sitzt eine sympathische Frau meines Alters, die ganz versunken in einem Roman liest. Von der Seite spähe ich unauffällig auf das bunte Cover. Der Vorname der Autorin lautet Ellen, hübscher Name eigentlich. Falls ich ein Mädchen bekomme, käme Ellen durchaus in Betracht.

Danach schaue ich nach draußen, wo wechselnde Landschaften vorüberflitzen, von der rötlichen Abendsonne in weiches Licht getaucht, und habe mal wieder Hunger. Zwei Rosinenbrötchen warten auf mich. Danke, Oma Hilde, denke ich gerührt. Und: Nein, nicht schon wieder weinen, Juli. Deine Hormone wollen es zwar so, aber du bist hier nicht allein.

Als ich meine Tasche öffne, fällt mir als Erstes eine kleine Box in die Hand, hübsch verpackt in cremefarbenes Geschenkpapier und rotes Schleifenband. Stimmt ja, Oma Hilde sprach von einem Präsent, das mir meine Mutter dagelassen hat. Behutsam löse ich zunächst die Schleife, dann entferne ich das Papier, und ein weinrotes Kästchen kommt zum Vorschein. Ich klappe es auf.

Ohne dass ich mich dagegen wehren könnte, schießen mir ganze Sturzbäche von Tränen in die Augen. In dem Kästchen liegt ein Silberkettchen mit Herzanhänger, das Gleiche, das meine Mutter heute getragen hat. Wäre ich doch bloß nicht so nah am Wasser gebaut! Verflixte Hormone! Mit bebenden Fingern pfriemele ich mir das Kettchen um den Hals und schluchze dabei so hemmungslos vor mich hin, dass meine Sitznachbarin anteilnehmend von ihrem Buch aufblickt.

»Ist die wunderschöne Kette von Ihrem Mann?«, erkundigt sie sich. »Zum Hochzeitstag vielleicht?«

Toll. Jetzt heule ich erst richtig los. Weil es verdammt noch mal keinen Mann in meinem Leben gibt, keine Hochzeit, geschweige denn einen Hochzeitstag und schon gar keinen Gatten, der mir so etwas schenken würde.

»Neei-hein«, schluchze ich, »die Kette ist von meiner Mu-hutter.«

»Warum weinen Sie denn? Ist Ihre Mutter krank? Oder gestorben?«

»Schlimmer. Sie liebt mich.«

»Interessant.« Leicht verunsichert verzieht die Frau den Mund, was ich ihr nun wirklich nicht verdenken kann. »Dann alles Gute für Sie. Entschuldigung, ich muss weiterlesen, es ist gerade so spannend.«

Schnell steckt sie ihre Nase wieder zwischen die Buchdeckel, weil sie wohl ahnt, dass weitere Einzelheiten meiner tränentreibenden Mutter-Tochter-Story sehr, sehr anstrengend und sehr, sehr langatmig werden könnten.

Um mich abzulenken, will ich mir nun endlich ein Rosinenbrötchen aus meiner Tasche holen – nie braucht man Rosinenbrötchen dringender als in solch hochemotionalen Momenten! –, als mein Handy surrt. Könnte mir ja egal sein. Ist es aber nicht. Aller Wahrscheinlichkeit nach kommt nur ein ganz bestimmter Absender infrage. Schließlich habe ich bislang auf keine der eingegangenen Nachrichten reagiert, nur selbst eine versendet. An Matteo.

Große Erwartungen hege ich keineswegs. Wenn Frauen einem Mann eine lebenswichtige WhatsApp schreiben, nehmen sie sich dafür viel Zeit, lassen ihr ganzes Herzblut hineinfließen, legen jedes Wort auf die Goldwaage, ändern den Text ungefähr dreiundzwanzigmal, löschen das Ganze, denken noch mal nach, schreiben einen neuen Text, ändern ihn ungefähr vierundzwanzigmal. So wie ich. Und als Antwort bekommen sie dann ein äußerst inspiriertes: Okay.

Ich tippe die Nachricht an. Sie ist lang. Sehr lang. So lang, dass ich mehrfach runterscrollen muss.

Danach fühlt es sich an, als ob der Boden unter mir nachgibt. Ich befinde mich quasi im freien Fall. Und es gibt nur einen Menschen, der mich jetzt auffangen könnte, doch der ist nicht da, und er wird nie mehr da sein, wenn ich ihn am Dringendsten brauche.

Warum in aller Welt fühlt es sich trotzdem fast wie Glück an?

Kapitel 24

»Nun sag schon, Juli, was hat er dir geschrieben?«

Es ist sieben Uhr morgens, Anett ist putzmunter. Mit einem frischen Espresso lehnt sie an meinem Küchenschrank und knabbert an den selbstgebackenen Keksen, die ich gestern Abend in den Tiefen meiner Tasche gefunden habe. Oma Hildes Spezialkekse mit kandierten Ingwerstückchen.

»Anett«, seufze ich. »Der Tag hat gerade erst angefangen. Ehrlich gesagt, bin ich ein bisschen überfordert.«

Schon seit sie mich vor einer halben Stunde mit frischen Brötchen aus dem Bett geklingelt hat, nimmt sie mich gnadenlos in die Mangel. Erst hat sie sich lange darüber beschwert, dass ich nicht auf ihre WhatsApp geantwortet habe. Als Nächstes hat sie mich über Matteo ausgefragt. Und weil ich unvorsichtigerweise eine gewisse Nachricht erwähnt habe, ist sie nun gar nicht mehr zu bremsen.

»Was er dir schreibt, geht mich auch was an! Jawohl!« Mit ihrer linken Hand, in der sie einen angebissenen Keks hält, fuchtelt Anett wild in der Luft herum. »Immerhin habe ich die Juli-Luca-Komödie am Raclette-Abend mitgespielt. Dir zuliebe. Da wusste ich ja auch noch nicht, dass Matteo dich geschwängert hat.«

»Und ich wusste noch nicht, dass du dich auf Emilys Seite

schlägst, statt mir eine Auszeit zu gönnen«, drehe ich den Spieß um. »Es war absolut nicht okay, dass du ihr die Adresse von Oma Hilde gegeben hast.«

»Aber sie war so hilflos.«

»Hast du das mit eigenen Augen gesehen?«

»Na jaaa«, Anett nippt an ihrem Espresso und schiebt sich ein grau meliertes Löckchen aus der Stirn, »als ich gestern Nachmittag bei ihr war, hatte sie sich schon ein wenig erholt.«

»Als du …« Mir stockt der Atem. »Jetzt sag nicht, du warst bei diesem albernen Mädelstag mit integrierter Gurkenmaske.«

»Warum denn nicht?«, entgegnet sie reserviert. »Emily ist zauberhaft. Sie hat mir sogar eines ihrer Bilder geschenkt. Ein kleines. Eine Miniatur. Da entsteht gerade eine schöne Freundschaft.«

Schöne Bescherung wäre wohl der treffendere Ausdruck. Verstimmt stochere ich in den geriebenen Apfelstückchen herum, die meiner Morgenübelkeit vorbeugen sollen.

Mit Frauenfreundschaften ist es halt so eine Sache. Da wird es schnell hochkompliziert. Wer kennt das nicht? Du hast eine beste Freundin, stellst sie einer Bekannten vor und bist happy, wenn sich alle prima verstehen. So weit, so erfreulich. Doch wenn sich dann zwischen den beiden eine Freundschaft entwickelt, während du stillschweigend aufs Abstellgleis geschoben wirst, ist das ausgesprochen unerfreulich.

Die neue Emily-Anett-Allianz geht mir jedenfalls mächtig auf den Senkel. Nicht, weil ich eifersüchtig wäre. Sondern weil ausgerechnet Emily die Auserwählte ist. Und weil es hier um Anett geht.

Neben Isabel war sie bisher die zuverlässigste Freundin in meinem kleinen Kosmos. Wie konnten uns alles erzählen, vertrauten einander blind. Auch unser gemeinsames Singledasein hat uns zusammengeschmiedet. Nachdem Anetts Mann vor einigen Jahren an einer schweren Krankheit gestorben ist, wollte sie keine neue Beziehung. Wir haben einander getröstet, wenn wir einsam waren, und wir haben uns zusammen scheckiggelacht, wenn uns der Übermut packte. Das macht Freundschaft aus.

Doch dass sie nun ausgerechnet mit Emily anbandelt, empfinde ich als Vertrauensbruch. Ein großes Wort, ich weiß. Aber hey, wir sprechen hier von *Emily*! Durch meine Mutter – also, die schrille Carmen-Version, die hoffentlich Vergangenheit ist – bin ich eine Extraportion Theatralik gewohnt; was sich aber Emily in den letzten Tagen geleistet hat, lässt nur einen Schluss zu: Sie ist eine Meisterin der Manipulation. Tut hilfsbedürftig und erwartet, dass alle für sie springen. Spielt das zarte Reh, hat aber einen beinharten Willen.

Allein, wie sie Matteo herumkommandiert, spricht Bände. Und mit so einer Frau will Anett eine *schöne Freundschaft*?

»Warum stört es dich, dass ich Emily mag?«, fragt sie angepiekt. »Bist du etwa neidisch?«

»Nein, es ist nur wegen …«

»Matteo. Richtig?« Unsanft stellt Anett ihre Espressotasse ab und nimmt sich noch einen Ingwerkeks. »Das zeugt nicht gerade von menschlicher Größe, Juli. Ich verstehe ja, dass du dich in einer Ausnahmesituation befindest. Andererseits kann Emily nun wirklich nichts dafür.«

Ist das so? Sehnsüchtig schaue ich zu meinem Handy. Gestern Abend habe ich meine Mutter telefonisch nicht mehr erreichen können, und auch, als ich es eben vom Badezimmer aus versucht habe, ist sie nicht ans Handy gegangen. Vielleicht, weil sie meditiert oder joggt oder sich nicht bei ihren Handstandkünsten stören lassen will. Schade. Ich brenne darauf, zu erfahren, was sie herausbekommen hat. Doch erst einmal muss ich das mit Anett hinbiegen.

»Hör mir bitte, bitte zu«, sage ich beschwörend. »Auf den ersten Blick ist Emily ein süßes Persönchen. Auf den zweiten – keine Ahnung, ganz aufrichtig scheint sie mir nicht zu sein.«

»Wie kommst du denn darauf?«

»Denk doch mal nach.« Mit der Gabel male ich eierige Achten in die Apfelfitzelchen auf meinen Teller. »Kannst du nachvollziehen, warum sie Matteo den weiten Weg zu Oma Hilde fahren lässt? Hallo? Ich kenne nur Schwangere, die wie Pattex an ihren Partnern kleben, wenn sie vorzeitige Wehen bekommen. Emily schickt Matteo weg. Das ist doch vollkommen unlogisch.«

Anett sagt nichts dazu. Vermutlich, weil sie insgeheim derselben Meinung ist, es aber nicht zugeben mag. Lieber hält sie zu ihrer neuen Freundin.

»Matteo fand es im Nachhinein auch ziemlich gaga«, füge ich hinzu. »Na, wenigstens war es dann doch noch ein ganz angenehmes Wochenende. Matteo hat sogar einen Zaun repariert, richtig hilfsbereit war er, und auch sonst hat es gepasst. Oma Hilde und Walter sind richtig begeistert von ihm.«

Ein weiterer Keks verschwindet zwischen Anetts Lippen.

Dann streicht sie ihr Hemdblusenkleid glatt, dessen Hellgrün in etwa die Farbe meiner Wände trifft, und sieht mich skeptisch an.

»Für jemanden, der nichts mehr mit Matteo zu tun haben will, redest du ganz schön viel über ihn.«

Ertappt. Ich könnte stundenlang über ihn reden. Über die freundliche Art, wie er mit Oma Hilde und Walter umgegangen ist, über die Nonchalance, mit der er meine Mutter ertragen hat, über unsere Kotz-Würg-Romanze im Badezimmer. Doch all das und noch viel mehr, was ich Gutes von ihm berichten könnte, muss ich natürlich für mich behalten. So, wie ich abstreiten muss, dass er immer noch in meinem Herzen herumtanzt. Sonst erzählt Anett es womöglich Emily.

»Das Ding mit Matteo ist durch, komplett«, beteuere ich. »War sowieso keine große Sache, unser One-Night-Stand. Und falls irgendwelche Gefühle für ihn aufpoppen, lasse ich sie nicht zu.«

Damit ernte ich nur ein mitleidiges Lächeln von Anett.

»Wenn man Gefühle nicht zulassen will, sind sie längst da, Juli.«

Leider gut beobachtet. Genau das ist auch der Grund für mein akutes Schlafdefizit. Nachts werden die Gedanken lauter, die Probleme größer, die Gefühle überwältigender. Stundenlang habe ich mich im Bett herumgewälzt, ohne ein Auge zuzutun. Auch wegen Matteos Nachricht. Bis gestern dachte ich noch, ich hätte mich in das alte Spiel »Ich fühle was, was du nicht fühlst« verrannt. Dann las ich seine Nachricht. Und plötzlich war alles anders.

»Wie soll es denn nun weitergehen?« Anett deutet auf die vielen Babyfotos, die ich an den Kühlschrank gepinnt habe. »In einem halben Jahr wirst du Mutter. Auf mich wirkst du total planlos.«

»Keine Sorge, ich bin nicht planlos, nur …«, von innerer Unruhe getrieben stehe ich auf und wandere in der Küche auf und ab, »na ja, nennen wir es erlebnisoffen. Auch andere Wege haben schöne Steine, über die ich stolpern kann.«

Wobei es sehr hilfreich für mein zukünftiges Leben wäre, wenn sich vergebene Männer netterweise ein Schild mit der Aufschrift *Sackgasse* an die Stirn pappen würden.

Auf meiner Wanderung bin ich inzwischen am Fenster mit den Häkelgardinen angelangt, wo immer noch Matteos Orangenmarmelade auf dem Fensterbrett steht. Wie eine Aufforderung: Denk an mich! Anett folgt meinem Blick, und da sie eine unüberwindliche Schwäche für Süßes hat, glätten sich ihre Züge.

»Was haben wir denn da? Ist das etwa Emilys leckere toskanische Orangenmarmelade?«

Eigentlich ist es Matteos. Doch ich wage gar nicht mehr, seinen Namen auszusprechen.

»Ja, Emilys superleckere Spitzenmarmelade«, bekräftige ich deshalb, froh, dass wir so elegant die Kurve bekommen haben, bevor dieses Gespräch noch eskaliert. »Möchtest du sie auf den Brötchen probieren, die du mitgebracht hast?«

»Liebend gern.« Anett schaut auf ihre Armbanduhr. »Ich darf nur nicht zu spät zum Dienst kommen. Matthiesen ist heute Morgen extrem mies drauf, das hat mir Schwester Therese gerade geschrieben. Er führt sich mal wieder auf wie ein Tyrann.«

Noch besser. Ein gemeinsames Feindbild ist immer perfekt, um die kleinen Risse zu kitten, die durch Meinungsverschiedenheiten entstehen.

»Der gehört halt zur Bruderschaft Dunkle Triade: selbstverliebt, despotisch, rücksichtslos«, baue ich das Thema weiter aus, während ich versuche, das Marmeladenglas aufzuschrauben. »Mann, sitzt der Deckel fest.«

»Stell dir einfach vor, du erwürgst Matthiesen«, kichert Anett.

Plopp. Wie von selbst habe ich den Deckel in der Hand. Synchron fangen wir an zu lachen, womit sich unsere Auseinandersetzung wie von selbst in Luft aufgelöst hätte. Gott sei Dank. Anett schneidet die Brötchen auf und bestreicht sie mit Butter, ich kröne die Hälften mit einer dicken Schicht Orangenmarmelade. Dann setzen wir uns an den Tisch und machen uns über unser zucker- und kohlehydratreiches Frühstück her.

»Mmmhh, meine Geschmacksknospen explodieren«, stöhnt Anett verzückt. »Wenn ein Tag so losgeht, überlebe ich sogar unseren Tyrannen. Muss wohl ein ziemlich nerviges Wochenende gehabt haben, der arme, arme Matthiesen.«

»Er war zum Segeln auf Mallorca, stimmt's?«

»Ach was«, winkt Anett kauend ab. »Therese hat gelauscht, als er heute vor der Frühschicht mit seiner Frau telefonierte. Und zwar ziemlich laut. Musste wohl daheim im Garten ackern, obwohl er eigentlich Golfspielen wollte.«

Mir bleibt der Brötchenbissen im Halse stecken. Habe ich mich etwa verhört?

»Er war – nicht auf Mallorca?«, vergewissere ich mich.

»Frag Therese. Matthiesens Frau hat ihn daheim zu Hausmeisterdiensten verdonnert. Rasenmähen, Poolreinigen, Laubharken, solche Sachen. Ich finde ja, wenn man sich eine Luxushütte mit Pool und Garten zulegt, sollte man auch das nötige Kleingeld für Personal erübrigen. Aber angeblich hat seine Frau das Vermögen mit in die Ehe gebracht, und da heißt es eben: Wer die Kapelle zahlt, bestimmt die Musik. Oder, Juli? Juli?«

Ich bin so entgeistert, dass Anetts letzte Worte völlig an mir vorbeigerauscht sind.

»Ja, ähm, genau«, murmele ich, bin aber mit den Gedanken ganz woanders.

Wieso faselt Emily etwas von einem Mallorca-Trip, wenn Matthiesen gar nicht verreist war? Das passt doch nicht zusammen. Warum macht sie das?

Man soll nie Raffinesse unterstellen, wo Dummheit als Erklärung ausreicht, sagt Oma Hilde immer. Doch Emily ist alles andere als dumm. In meinen Augen hat sie sich jetzt endgültig disqualifiziert. Die liebe süße Emily – bröckel, krümel, schrumpf – ist absolut nicht das, was sie zu sein vorgibt.

»Könnte ich bitte noch einen Espresso haben?«, fragt Anett, die sich mit großem Appetit das nächste Brötchen genehmigt. »Und könntest du mir langsam mal erzählen, was es mit Matteos Nachricht auf sich hat?«

Sie hat es also doch nicht vergessen. Mist. Wie winde ich mich da bloß wieder raus? Einfach wird das nicht. Anett gehört jetzt zum Team Emily. Hätte ich das vorher gewusst, wäre ich niemals so leichtsinnig gewesen, Matteos Nachricht zu erwähnen.

Warum habe ich nicht kommen sehen, dass Anett mit fliegenden Fahnen zu Emily überläuft? Von der ersten Sekunde an war sie über die Maßen von ihr fasziniert. Alles fand sie toll, alles wurde beklatscht. Anett ist Ende fünfzig und hat keine Kinder. Da weckt so ein zartes Wesen wie Emily womöglich Beschützerinstinkte. Ging mir anfangs ja genauso. Doch das ist vorbei. Und nun muss ich mir eine Antwort auf die Frage überlegen, was Matteo mir geschrieben hat.

Vorsicht, Juli, jedes einzelne Wort, das du jetzt von dir gibst, könnte früher oder später bei Emily landen!

Um Zeit zu schinden, stehe ich erst mal auf und hantiere an der Espressomaschine herum. Umständlich leere ich den Behälter für den Kaffeesatz, spüle ihn aus, setze ihn wieder ein, reibe alle Chromteile mit einem Lappen ab, prüfe den Wasserstand. Währenddessen überlege ich, was ich sagen soll.

»Ich warte«, brummt Anett. »Und nicht nur auf meinen Espresso.«

»Also, letztlich war es eine Abschiedsnachricht«, erkläre ich, was im Großen und Ganzen auch zutrifft. »Für mich ist das sehr positiv. Klare Verhältnisse sorgen für einen glasklaren Verstand und final geklärte Gefühle.«

Ganz offensichtlich nicht die Antwort, auf die Anett gewartet hat. Finster hält sie mir ihre leere Tasse in.

»Willst du mich veräppeln? Wir wissen doch beide: Gefühl gegen Verstand ist wie Bulldozer gegen Dreirad.«

»Mag sein.« Ohne mir größere Gemütsregungen anmerken

zu lassen, nehme ich ihr die Tasse ab und schiebe sie unter das Auslaufrohr. »Der springende Punkt ist allerdings, dass Matteos Herz für Emily schlägt. Und ich habe nicht die Absicht, mich da irgendwie reinzudrängeln.«

Wird eine Lüge besser, wenn man sie mit einer Wahrheit garniert? Das würde mein schlechtes Gewissen ein wenig beruhigen. Wahr ist nämlich nur, dass ich nicht zwischen Matteo und Emily stehen will. Das war von Anfang mein fester Vorsatz. Was jedoch keineswegs der Wahrheit entspricht, ist meine Behauptung, Matteos Herz schlage ausschließlich für Emily. Zweimal hat er den Begriff *Verantwortung* in seiner Nachricht verwendet. Den Begriff *Liebe* in Bezug auf Emily gar nicht. Nur in einem anderen Zusammenhang …

»Wie überaus großmütig von dir«, ledert Anett los. »Dass du überhaupt darüber nachgedacht hast, in Emilys Beziehung reinzufunken, ist doch schon das Allerletzte.«

»Bitte dreh mir nicht das Wort im Munde um.«

»Und du sei gefälligst ehrlich zu mir. Das bist du auch Emily schuldig.«

Rumms, unversehens sind wir wieder im Streitmodus. So, wie beim Computer ein einziger falscher Tastendruck zum Systemabsturz führen kann, hat der Name Emily ausgereicht, dass unsere Freundschaft plötzlich auf Messers Schneide steht. Niemand könnte unglücklicher darüber sein als ich.

»Anett, ich habe weder die Lust noch die Absicht, Emilys Beziehung in irgendeiner Weise zu torpedieren«, verteidige ich mich. »Ich werde Emily auch nicht weiter betreuen, damit jeder Kontakt zu Matteo ausgeschlossen ist.«

»Alles, was ich höre, sind Absichtserklärungen«, wischt sie meine Worte kalt beiseite. »Was du wirklich willst, was du wirklich tun wirst, ist damit lange noch nicht gesagt. Tut mir leid, aber wenn du so unklar bleibst, sehe ich nicht, wie ich dir da vertrauen könnte.«

»Waaas?« Mein Herz rutscht in die Hose. »Anett! Wir kennen uns seit so vielen Jahren, du weißt, wer ich bin und wie ich ticke, aber jetzt *traust* du mir nicht mehr?«

Stille. Man könnte die berühmte Stecknadel fallen hören. Sekundenlang starren wir uns mit angehaltenem Atem an, dann reckt Anett angriffslustig ihr Kinn vor.

»Ich soll dir also vertrauen. Gut. Vorschlag: Als Vertrauensbeweis zeigst du mir auf der Stelle die Nachricht von Matteo.«

Nein. Nein! Mir wird ganz schlecht bei dem Gedanken, jemand anderes könnte diese sehr persönlichen und deshalb auch nur an mich persönlich gerichteten Sätze lesen. Kommt überhaupt nicht infrage. Nur – wie soll ich das begründen? Am besten gar nicht.

»Ich glaube, du musst gehen«, murmele ich. »Dein Dienst fängt gleich an.«

»Verstehe.« Steif erhebt sie sich und schnappt sich ihre Handtasche. »Überleg es dir. Entweder zeigst du mir die Nachricht, oder … tja, andernfalls sollten wir eine Pause einlegen.«

Als Ersatz hast du ja auch deine Emily, könnte ich nachtarocken, bin aber viel zu traurig und enttäuscht, um überhaupt noch etwas zu sagen.

Anett ist längst gegangen, als ich immer noch am Küchentisch sitze, das Marmeladenglas anstarre und gegen den Schmerz ankämpfe, womöglich eine Freundin verloren zu haben. Aber habe ich das wirklich? Wenn es hart auf hart kommt, verliert man keine Freunde. Man erkennt nur, ob es wahre Freunde sind.

Eigentlich sollte ich froh sein, dass Anett es mir so einfach macht. Wenn falsche Freunde aus deinem Leben verschwinden, ist es schließlich, als ob der Müll sich selbst rausbringt. Nur – trifft das auch auf Anett zu? Sie ist kein schlechter Mensch. Eher irgendwie fehlgeleitet. Und weshalb? Wegen Emily! Letztlich natürlich auch wegen Matteo.

Seufzend greife ich zum Handy, um noch einmal seine Nachricht zu lesen.

Kapitel 25

Liebe Juli – das heißt, darf ich das überhaupt noch sagen? Oder wäre dir was anderes lieber? Hi Juli? Hallo? Gar keine Anrede?
Ja, ich habe dich angerufen. Schuldig im Sinne der Anklage. Mitgezählt habe ich allerdings nicht. Neun Mal also, soso. Ehrlich gesagt, hätte ich es auch hundert Mal versucht, in der Hoffnung, dass Du doch noch irgendwann rangehst. Weil ich Dich sprechen wollte. Deine Stimme hören wollte. Weil man sich an Deiner Stimme wärmen kann, wusstest Du das?
Sorry, ich schweife ab. Ist ja auch nicht gerade einfach, wenn man unfassbar viel sagen will, aber keine Ahnung hat, wo man anfangen soll.
Was Du mir geschrieben hast, ist völlig in Ordnung. (Auch wenn ich beim Lesen ein bisschen gefroren habe.) Du hast recht. Wir sollten uns nicht mehr sehen. Ich sollte dich auch nicht mehr anrufen. Doch schon während ich diese Worte tippe, hämmert so ein komisches Ding in meinem Brustkorb rum, und zwar so laut, dass ich mein eigenes Wort nicht verstehe. (Hüstel, ich spreche ja gar nicht, trotzdem kommt es mir so vor.)
Glaub mir, nicht alle Männer sind Idioten. Manche sind Vollidioten. Ich zum Beispiel. Damals nach unserer Nacht hätte ich dich länger suchen müssen. Viel länger. Ich habe zu früh aufgegeben. Viel zu früh. Mein einziger Trost ist, dass es vermutlich Tausende, wenn nicht Millionen Obertrottel wie mich gibt: einmal kurz am Glück genippt, zack, vorbei. Und dann keine Eier in der Hose, um

für dieses Glück zu kämpfen – zu suchen, weiterzusuchen, zu finden.
Irgendwie bin ich über Dich hinweggekommen. Fast. Na ja, eher weniger. Eigentlich gar nicht. Um den Kopf freizukriegen (nur den Kopf, das Ding in meinem Brustkorb macht da leider nicht mit), habe ich getan, was Kerle eben tun, wenn sie nicht weiterwissen: mich in Arbeit gestürzt. Noch mehr Patienten aufgenommen, Überstunden geschoben, sogar den ganzen Abrechnungskrempel übernommen, der eigentlich Aufgabe der Praxisassistentinnen ist.
Dann sagte mir Emily, dass sie ein Kind von mir erwartet. Game over. Das mit uns war damit für mich erledigt (wenn auch nicht vorbei): Verantwortung übernehmen, Familie gründen, Vaterpflichten erfüllen.
Ich fürchte, ich wiederhole mich. Das habe ich Dir so ähnlich schon erzählt, oder? Gehört aber der Vollständigkeit halber hierher.
Wie gesagt, für mich lag der Fall klar. Dachte ich jedenfalls. Denn auf einmal bist Du ein zweites Mal vom Himmel gefallen wie eine funkelnde Sternschnuppe. Es war die berühmte zweite Chance. Nur mit dem absolut falschen Timing. Also habe ich mich zusammengerissen. Ich hab's jedenfalls versucht. Echt. Funktionierte aber nicht so doll. Nach dem bescheuerten Raclette-Abend habe ich mich komplett abgeschossen und bin auf der Couch eingepennt. Am nächsten Morgen ging's so einigermaßen.
Ich nahm mir vor, Dich nie wiederzusehen. Obwohl ich es wollte. Verdammte Axt, ich wollte es so sehr! Einmal noch mit Dir in der Küche … (Am liebsten hätte ich Dir diese sexy weiße Bluse mit den Teigspritzern vom Leib gerissen. Soll ich das löschen? Unbedingt. Mache ich später.)
Womit ich nicht gerechnet habe, war unser Wochenende bei Oma Hilde. (Grüß sie schön, sie ist der Hammer.) Da habe ich Dich erst richtig kennengelernt (Shit, gerade hatte ich schon geschrieben: kennen UND LIEBEN gelernt, aber auch so was muss natürlich gelöscht werden).

Es war so, so – mir fehlen die Worte. Nein, warte, ich sag Dir, was mir durch den Kopf ging: Mit Juli könnte ich alles sein. Sogar ich selbst. Das kannte ich noch gar nicht. Ich kenne nur Beziehungen, in denen man sich dauernd ändern soll. Bei Dir fühlte ich mich richtig. Ein scheißgutes Gefühl. (Entschuldige meine Ausdrucksweise).
Langweile ich Dich schon? Soll ich aufhören? Wahrscheinlich hätte ich gar nicht erst anfangen dürfen. Ehrlich, ich bin drauf und dran, diesen ganzen unsinnigen Text zu löschen. Das heißt, halt, ich sag Dir noch was: Wir kennen uns zwar erst ganz kurz, aber ich weiß (woher? frag mich nicht): Wir passen wunderbar zueinander. Nur nicht unsere Leben.
Wann ich gemerkt habe, dass es passt? Lach nicht: als du dir die Seele aus dem Leib gereihert hast. True. Sogar in dieser Situation, nein, ganz besonders in dieser Situation, fand ich Dich anziehend. Mehr als das. Zum Verlieben. Es war eines dieser Erlebnisse, an die sich Paare noch bei der Goldenen Hochzeit erinnern. Ein Weißt-du-noch-Moment. Ich glaube, mit uns beiden würden ganz viele solcher Weißt-du-noch-Momente entstehen. Wenn wir denn die Chance dazu hätten.
Aber es geht nicht. (Bei Gelegenheit sollte ich mal all meine Abers fragen, wovor sie eigentlich Angst haben.)
Am liebsten würde ich Emily sagen: Hey, kann ich mal kurz unseren Status quo abspeichern und was anderes ausprobieren? Aber so läuft das nun mal nicht. Ich habe Verantwortung für Emily und unser gemeinsames Kind (siehe oben).
Nächste Woche geht das volle Programm los: Babybettchen kaufen, Babybadewanne, Babyklamotten, Babyphone, Babyschnuller, Babyspieluhr, und die ganze Zeit werde ich an Dein Zimmer bei Oma Hilde denken, an das Puppenhaus und das Bärchenmobile. Nein, gelogen. Ich werde die ganze Zeit an UNSER Kind denken. Und an DICH (gehört ja irgendwie zusammen).

Nerve ich Dich schon mit meinem Texterguss? Ich wollte Dir nur erklären, was los ist. Kurz und knackig. Doch meine Nachricht wird immer länger. Zu viel? Zu wenig? Vermutlich hätte ich Dir einfach zurückschreiben sollen: Okay. Denn darauf läuft es schließlich hinaus: Okay, hast recht, ciao.
Total strange war die Rückfahrt mit Deiner Mutter. Sie hat mich derartig mit Fragen gelöchert, als wollte sie einen zukünftigen Schwiegersohn auf Herz und Nieren prüfen. Meinen Nieren geht's prima. Bei meinem Herzen bin ich nicht so sicher. Geschenkt. Das macht sowieso, was es will. Ich hingegen darf nicht machen, was mein Herz will.
Deine Mutter ist übrigens sensationell. Am Anfang dachte ich: Was für eine überkandidelte Schnepfe (sorry, aber so war's). Auf der Rückfahrt fand ich sie dann überraschend sympathisch. Und klug. Ich glaube, sie hat mich voll durchschaut, was meine Gefühle für Dich angeht. Mütter. Meine ist genauso. Nie dürfte sie uns zusammen erleben, denn danach würde sie mich ins Gebet nehmen: Matteo, geht's noch? Du brennst ja für diese Frau! (O Gott, habe ich das jetzt wirklich geschrieben?)
Ich wäre jetzt gerne da, wo meine Gedanken sind. Du weißt, was ich meine.
Und jetzt lösche ich diesen ganzen Sermon. Emily kommt gerade ins Bad und fragt, warum ich stundenlang auf der Toilette sitze. Also: löschen. Wenn ich denn so schnell die richtige

Hier bricht der Text ab. Offensichtlich hat Matteo nur aus Versehen auf *Senden* gedrückt, statt wie beabsichtigt auf *Löschen*. Für mich ist das ein Segen. Wie sonst hätte ich erfahren, was ihn bewegt, wie er zu mir steht? Bei aller Verzagtheit löst seine Nachricht immer wieder kleine Glücksgefühle in mir aus. Weil sich zwischen den Zeilen noch so viel mehr entdecken lässt als in den schon recht unverblümten Worten.

Zärtlich streiche ich über das Display. Dann lese ich die Nachricht ein weiteres Mal.

Kapitel 26

»Siehst du dein Baby? Schau doch, es lutscht am Daumen.«

»Abgefahren – ist das etwa normal?«, fragt Kylie und schiebt ihren Kaugummi mit der Zunge von der rechten Backe in die linke. »Ich meine, ist doch nicht pervers oder so was?«

»Überhaupt nicht, dein Kind fühlt sich einfach nur pudelwohl in deinem Bauch«, beruhige ich sie.

Das heißt, ich versuche es zumindest. Nervös rutscht sie auf der mit weißem Papier bespannten Liege herum, ein bedripster Blick gleitet zu ihrem Freund, der teilnahmslos danebensteht.

»Krass, oder?«, haucht sie.

Es ist unser erster Ultraschalltermin. Für die meisten werdenden Eltern ein erhebender Moment. Selten verlassen sie die Praxis ohne Ausdrucke der Bilder, manche lassen sie sogar vergrößern und hängen sie sich an die Wand. Doch Kylie Ingstädt ist siebzehn, ihr Freund Tarek Grasser achtzehn, und erhebend finden sie das hier nicht gerade. Leicht verstört starren sie auf den Monitor.

»Irgendwie gruselig«, meint Tarek, ein schmächtiger junger Mann in einer viel zu großen zerfetzten Jeans, die ihm fast in den Kniekehlen hängt. »Wie so'n Alien aus'm Horrorfilm.«

Kylie fährt sich nur stumm durch ihre pechschwarz gefärbte

Kurzhaarfrisur. Das Baby bezeichnet sie als »Unfall«. Kein schönes Wort, aber eine verständliche Reaktion, wenn man noch keine achtzehn ist, gerade eine Friseurinnenlehre angefangen hat und in einem Alter ist, in dem Clubnächte verlockender sind als der Gedanke ans Muttersein.

Den obligatorischen Ultraschalltermin Ende des ersten Schwangerschaftstrimesters hat sie geschwänzt. Kein Interesse. Nur auf mein Drängen, und weil ich mich angeboten habe, sie ausnahmsweise zu begleiten, sind wir heute hier. Inzwischen ist sie in der zwanzigsten Woche, und man sieht schon, dass es ein Junge wird.

»Alles im grünen Bereich«, sagt Frau Doktor Seibert, die mit einem Ultraschallsensor über Kylies gelglänzenden Bauch fährt. »Scheitel-Fersen-Länge, Kopfumfang, Femurlänge, Abdomen-Umfang und so weiter sind dieser Schwangerschaftsphase angemessen. Ich bräuchte dann gleich noch eine Urinprobe, damit ich die Werte für Eisen, Zucker und Eiweiß überprüfen kann, Frau Ingstädt.«

»'kay«, nickt sie kauend.

Behutsam, fast zartfühlend wischt die Ärztin Kylies Bauch mit Zellstofftüchern ab. Dann streift sie sich die Latexhandschuhe von den Händen und öffnet den oberen Knopf ihres weißen Kittels.

»Sie können sich freuen, die Entwicklung Ihres Babys verläuft völlig normal. Ein gesunder kleiner Junge wächst da in Ihnen heran. Nur Ihr Blutdruck ist leicht erhöht, ich verschreibe Ihnen gleich etwas Pflanzliches. Hatten Sie das auf dem Schirm, Frau Kemper?«

»Sicher, ich messe bei jedem meiner Besuche den Blutdruck«, erwidere ich und zeige auf das zerfledderte Mäppchen in Kylies rechter Hand. »Steht auch im Mutterpass.«

»Natürlich, dumme Frage«, lächelt Doktor Seibert. »Ich weiß doch, Sie gehören zu den äußerst gewissenhaften Hebammen. Noch irgendwelche Anmerkungen?«

»Ja, mehr Bewegung wäre gut für Kylie. Mein Schwangeren-Yoga zum Beispiel oder Schwangerenschwimmen.«

»Bullshit«, grunzt Tarek. Mit beiden Daumen deutet er zu Boden. »Kylie hat schon genug Bewegung im Friseursalon. Ich meine, wer muss sie denn hinfahren zum Yoga und zum Schwimmen? Ich. Das stresst.«

Es ist ziemlich klar, was hier läuft. Ich weiß es, die Ärztin weiß es. Mit einem gekonnt neutralen Gesichtsausdruck wendet sie sich ein weiteres Mal an mich.

»Frau Kemper, würden Sie vielleicht mit Herrn Grasser nach nebenan gehen, während ich noch ein paar Dinge mit Frau Ingstädt kläre?«

Diplomatisch gelöst. Was für eine tolle Frau. Seit Langem arbeite ich mit Doktor Andrea Seibert zusammen, weil sie eine ebenso erfahrene wie einfühlsamen Ärztin ist. Im Übrigen auch meine eigene Gynäkologin. Die Ärztin meines Vertrauens sozusagen, denn obwohl es naheliegt, mich in der Christophorus-Klinik in gynäkologische Behandlung zu begeben, ziehe ich es vor, Berufliches und Privates zu trennen.

Mit ihren Ende vierzig hat Doktor Seibert so einiges in ihrer Praxis erlebt, auch die Probleme Frühgebärender. Tareks Abwehrhaltung ist kein Einzelfall. Schon einer minderjährigen werdenden Mutter fällt es schwer, ihre ungeplante Schwangerschaft zu akzeptieren, noch schwerer fällt es in der Regel dem jugendlichen Partner.

Während die Ärztin mit Kylie die nächsten Maßnahmen erörtert, verziehe ich mich mit Tarek in das Nebenzimmer. Es ist ein sparsam möblierter, eher nüchterner Besprechungsraum, dessen Minimalismus mir gut gefällt. Ein Schreibtisch nebst Laptop und ergonomisch geformtem Drehstuhl, zwei zitronengelbe Sessel, ein Beistelltischchen aus weißem Kunststoff, das ist alles.

Tarek betrachtet erst einmal schweigend einige Bilder, die an der kalkweißen Wand hängen. Es sind Darstellungen der weiblichen Anatomie. All die Zeichnungen von Gebärmüttern, Eierstöcken und Feten scheinen ihn ziemlich anzuwidern. Am liebsten möchte er sich verpieseln, das ist offensichtlich. Erst nach zwei Aufforderungen meinerseits setzt er sich in einen der beiden gelben Sessel, ich nehme auf dem anderen Platz.

»Na, Tarek«, eröffne ich das Gespräch, »wie fühlen Sie sich?«

Wir kennen uns bereits seit ein paar Wochen. Trotzdem bleibe ich bewusst beim förmlichen Sie plus Vorname, damit ich nicht anbiedernd oder gar bevormundend rüberkomme.

»Ich?« Genervt kratzt er an seinem linken Unterarm, auf dem sich die Narben eines frischen Tattoos abzeichnen. »Wer fragt mich denn? Dreht sich doch alles nur noch um Kylie.«

»Deshalb frage ich Sie ja jetzt.«

Skeptisch sieht er mich an.

»Ach, echt?«

Ich könnte ihm erklären, dass Hebammen nicht nur für Frauen da sind, sondern auch für deren Partner, für eventuelle ältere Geschwister des Babys sowie weitere Familienangehörige. Mein Beruf ist vielfältig. Die pränatale, perinatale und postnatale Bindungsförderung gehört ebenfalls dazu. Auf Deutsch: Vor, während und nach der Geburt unterstütze ich die Eltern dabei, ein positives Verhältnis zu ihrem Kind aufzubauen. Das passiert nämlich nicht immer automatisch. Vor allem nicht bei ungeplanten Babys. Da muss man dann etwas nachhelfen, oder, wie es im Fachjargon heißt: die Voraussetzungen für ein emotionales Bonding schaffen.

Doch all diese Informationen erspare ich Tarek. Zu viel Theorie.

»Erzählen Sie mal. Wie geht es Ihnen mit Kylies Schwangerschaft?«

»Ganz ehrlich?« Er schiebt die Unterlippe vor, was mich natürlich gleich wieder an Matteo erinnert. »Das ist voll creepy. Kylie heult dauernd, feiern ist auch durch, und wenn ich mal mit den Jungs rausgehe, zofft sie sich am nächsten Tag mit mir.«

»Verstehe. Was machen Sie denn noch gemeinsam?«

»Wer – Kylie und ich?« Seine verknautschte Grimasse ist im Grunde schon Antwort genug. »Eigentlich nix.«

Mein Handy surrt. Ich habe es auf den weißen Beistelltisch gelegt, weil meine Klientin Samira täglich ihre Zwillinge bekommen könnte. Doch es ist nicht Samira, sondern Emily, die mir schreibt. War ja klar. Direkt nach dem verunglückten Frühstück mit Anett habe ich sie aus meiner WhatsApp-Gruppe entfernt und ihr meine Kündigung übersendet.

Liebe Emily, aufgrund einer Vielzahl anderer Verpflichtungen muss ich Dir leider mitteilen, dass ich Dir nicht mehr zur Verfügung stehen kann. Wegen der Vermittlung einer zertifizierten Kollegin wende Dich bitte an den Hebammenverband. Alles Gute und viele Grüße, Juli

Damit gibt sie sich natürlich nicht zufrieden. Tja. Ihr Problem. Das hier, das ist mein Beruf. Und nicht die Bespaßung einer durchgeknallten Diva, die ihre Launen an mir auslässt.

»Also, Tarek, ich muss Ihnen nicht sagen, wie viel sich gerade in Ihrem Leben ändert, auch in Ihrer Beziehung«, führe ich ihm seine Situation noch einmal vor Augen. »Es ist absolut menschlich, dass Ihnen das nicht gefällt. Es ist jedoch keineswegs so, dass Sie außen vor sind.«

»Bin ich aber. Total.«

»Was haben Sie denn früher unternommen, Kylie und Sie?«

»Früher?« Trocken lacht er auf. »Welches Früher? Wir sind ja erst ein paar Monate zusammen. Haben bisschen rumgemacht, bisschen gechillt, alles easy. Aber Kylie ist so verpeilt, die hat irgendwann die Pille vergessen. Easy ist jetzt durch.«

»Haben Sie gemeinsame Hobbys?«

Er sieht mich so konsterniert an, als hätte ich ihn gefragt, ob er gelegentlich einen Puff aufsucht.

»Bisschen Netflix und Videogames«, sagt er schließlich.

Immerhin ein Anfang. Luca ist passionierter Gamer, deshalb habe ich ein paar Dinge bei ihm aufgeschnappt, wenn wir es uns abends auf seiner Couch gemütlich gemacht haben.

»World of Warcraft zum Beispiel?«, hake ich fachmännischer nach, als ich es bin.

Kurz reißt Tarek die Augen auf, weil er so etwas wohl nicht von mir erwartet hat. Danach nimmt er wieder seine Abwehrhaltung ein, indem er die Arme vor seinem schwarzen T-Shirt verschränkt.

»Zum Beispiel, ja.«

Das war's, mehr kommt nicht. Eine harte Nuss, dieser Tarek. Sein störrischer Trotz ist halt größer als seine gerade mal achtzehnjährige Lebenserfahrung. Doch ich muss ihn irgendwie knacken. Und das werde ich wohl nur schaffen, wenn ich noch etwas Luca-Wissen anwende.

»World Of Warcraft also. Azeroth oder Allianz?«

»Allianz, was sonst.«

»Gnome, Nachtelfen, Pandaren?«

»Draenei.« Endlich kommt Leben in sein Gesicht. »Daddeln Sie auch?«

»Ab und an«, antworte ich vage. »Bei den Draenei gibt es eine Volksfähigkeit, wie heißt die noch? Heldenhafte …«

»… Präsenz«, vervollständigt er den Begriff.

»Okay, heldenhafte Präsenz. Fällt Ihnen dazu was ein? Im wahren Leben?«

Wieder surrt das Handy. Diesmal ist es meine Mutter, die mich bestimmt an unser Mittagessen erinnern will. Um dreizehn Uhr sind wir in Tommy's Tanke verabredet.

»Im wahren Leben …«, demonstrativ gelangweilt streckt Tarek die Beine in den zerfetzten Jeans von sich und guckt zur Zimmerdecke. »Also, in meinem beschissenen wahren Leben mache ich eine Ausbildung bei einem oberbeschissenen Schreiner. Mehr Held geht nicht.«

»Vielleicht ja doch.« Bemüht, mir nicht anmerken zu lassen, dass ich bei seinen Kraftausdrücken ein wenig gezuckt habe, beuge ich mich freundlich lächelnd zu ihm vor. »Sie haben ein Kind gezeugt. Wissen Sie eigentlich, wie viele Männer das versuchen und nicht auf die Reihe kriegen?«

Überrascht zieht er die Nase kraus.

»Was, echt?«

»Ja, die stärksten Kerle sind oft die größten Rohrkrepierer. Die rödeln und rödeln, trotzdem kommt nichts dabei rum. Außer natürlich zwei bis sechs Milliliter von dem alkalischen Zeug, in dem Millionen Spermien krepieren, weil sie nicht zum Schuss gekommen sind.«

Tarek muss grinsen. Sehr gut.

»Gratulation, ein Kind zeugen haben Sie schon mal hingekriegt«, lobe ich ihn. »Erstes Level completed. Jetzt geht es um das zweite Level: Draenei-mäßige heldenhafte Präsenz.«

»Äh ...« Sein Grinsen verschwindet. »What?«

»Ohne Action läuft das nicht, Tarek. Mit Rumsitzen besiegt man nicht die Brennende Legion bei World of Warcraft und reißt auch nichts, wenn man auf das zweite Level namens Schwangerschaftsheld kommen will.«

Erneut surrt mein Handy. Herrje, schon wieder Emily. Wird ignoriert, aber so was von.

»Jetzt ist Helden-Action angesagt«, fahre ich fort. »Zum Beispiel mit Kylie zum Power-Karaoke gehen oder auf die Bowlingbahn. Quality Time. Zusammen Spaß haben.«

Merke: Eine gute Bindung zum Kind entsteht umso leichter, je besser die Bindung der Eltern ist. Gemeinsame Aktivitäten sind da ein wichtiger Baustein, und für Tarek hat es den Vorteil, dass er dabei auch auf seine Kosten kommt.

»Nächster Punkt«, mache ich weiter. »Ölmassagen, gegenseitig, damit das Sexleben nicht den Bach runtergeht.«

Beim Stichwort Sex kehrt das Grinsen in sein Gesicht zurück, wenn auch ein leicht verunsichertes Grinsen.

»Öl? Finde ich eklig.«

»Noch nie gemacht?« Ich schlage die Beine übereinander. »Eine Schwangerschaft ist die ultimative Gelegenheit, slow sex kennenzulernen. Der gibt den ultimativen Kick, sagen alle Experten. Also Handtücher aufs Bett, Öl rausholen, viel Zeit nehmen. Sie zögern ES«, mit den Fingern male ich Gänsefüßchen in die Luft, »immer weiter raus. Satisfaction guaranteed.«

An seinem beschleunigten Lidschlag erkenne ich, dass er darüber nachdenkt. Wunderbar.

Ich gebe so was nicht zum Vergnügen von mir. Die Bindungsqualität eines Paars hängt nun mal wesentlich davon ab, ob der Mann die körperlichen Veränderungen seiner Partnerin positiv erlebt. Und nicht etwa als Hinderungsgrund für Zärtlichkeit und Sex. Wird ihm ihr Körper jedoch immer fremder, immer unheimlicher, bis er sich ganz zurückzieht, kann das eine dauerhafte Entfremdung zur Folge haben. Nach der Geburt verstärkt sich die Distanz meist noch und führt zu ernsthaften Schwierigkeiten. Auch für das Neugeborene.

»Die nächste Challenge lautet: Kohle beschaffen«, ziehe ich einen weiteren Trumpf aus dem Ärmel.

Tarek beugt sich nun seinerseits zu mir vor. Zwischen seinen Augenbrauen bilden sich zwei Falten.

»Moment – Kohle?«

»Sie sind beide in der Ausbildung. Da gibt's jede Menge Zuschüsse, für Essen, Fahrgeld, Körperpflege, Unterkunft, Heizung, auch für Babyklamotten und die Erstausstattung.«

»Wo denn?«

»Jobcenter.« Ich verdrehe die Augen wie eine Comicfigur. »Nichts für Weicheier, klar. Aber wenn erst mal die Kohle aufs Konto rasselt, sind Sie der Held.«

»Okaaayy ...«

»Noch etwas, Tarek. Ihr Sohn«, ich verwende das Wort *Sohn* mit Absicht, weil ich damit an seinen noch nicht vorhandenen Vaterstolz appelliere, »ist jetzt noch winzig. Doch eines Tages werden Sie mit ihm auf den Bolzplatz gehen. Oder World of Warcraft spielen. Er hat Ihre Gene, Tarek. Er wird Ihr kleiner Buddy sein, Ihr cooles Mini-Me.«

»Mein Mini-Me«, wiederholt er beeindruckt.

Man sieht ihm deutlich an, dass er noch gar nicht so weit gedacht hat. Gerade für einen jungen Mann wie Tarek ist das kleine schwarzweiße Klümpchen, mit dem er auf dem Ultraschallmonitor Bekanntschaft gemacht hat, noch gar kein menschliches Wesen. Nur ein pulsierender Zellhaufen, von dem er sich bedroht fühlt. Genau das möchte ich ändern. Dem kleinen Wesen ein Gesicht geben, eine Identität.

Selbstverständlich geschieht das nicht aufgrund eines einzigen Gesprächs. Aber wenn es mir gelungen ist, Tarek wenigstens den Hauch einer neuen Sicht auf sein Baby zu vermitteln, bin ich schon glücklich. Habe ich nicht einen ungeheuer sinnvollen Beruf?

»Frau Kemper«, werden wir von Doktor Seibert unterbrochen, die die angelehnte Tür aufschiebt und zu uns hereinschaut. »Wollten Sie nicht auch eine Ultraschalluntersuchung?«

»Ja, kann direkt losgehen.« Ich strecke Tarek meine erhobene Hand hin, die er lässig abklatscht. »Nächste Woche komme ich bei Ihnen vorbei. Bis dann.«

»Jo, man sieht sich.«

Wir warten, bis er gegangen ist, dann setzt sich Doktor Seibert an ihren Schreibtisch und klappt den Laptop auf.

»Und, was erreicht?«, erkundigt sie sich.

»Ein bisschen, denke ich.«

»Dieser Junge hatte ja die emotionale Bandbreite einer Tiefkühltruhe. Kompliment, dass Sie ihn etwas auftauen konnten. Ich bewundere immer wieder, wie gut Sie mit den unterschiedlichsten Menschen umgehen können. Sogar mit diesem Eiswürfel.«

»Na ja, jeder hat seine eigene Geschichte, seine eigenen Erfahrungen, und nicht immer nur gute«, verteidige ich Tarek. »Jedenfalls sind wir ein Stückchen vorwärtsgekommen.«

»Auch einen Marathon läuft man nur Schritt für Schritt.« Aufmunternd zwinkert Doktor Seibert mir zu, um sich gleich darauf wieder ihrem Laptop zu widmen. »Augenblick, ich will nur schnell die Ergebnisse der Untersuchung in Frau Angstädts Patientenakte eintragen. Der Nachname schreibt sich doch mit A am Anfang? Und hinten mit Ä? Oder mit E? Und am Ende ein D, ein T oder beides?«

»Sie müssen nicht unter A, sondern unter I suchen. Warten Sie, ich helfe Ihnen.«

Da wir uns ganz gut kennen, umrunde ich den Schreibtisch, stelle mich hinter die Ärztin und spähe über ihre Schulter. Unter dem Buchstaben I erscheinen mehrere Namen. Gleich hinter Ingstädt, Kylie entdecke ich Ingwersen, Emily. Sowie die Notiz *Amniozentese, inkl. Vaterschaftstest.* Das Datum liegt gut drei Wochen zurück. Mir wird kalt. Eiskalt.

»Emily, ähm, Ingwersen ist – ist Ihre Pa-pa-tientin?«, stottere ich.

»Darüber darf ich Ihnen keine Auskunft geben, wie Sie wissen.« Resolut klappt Doktor Seibert den Laptop zu. »Patientenschutz geht vor.«

»Schon klar. Es ist nur so, dass ich Frau Ingwersens Hebamme bin.«

War, um genau zu sein. Doch das ist jetzt unwichtig, denn was ich gerade erfahren habe, lässt mir das Blut in den Adern gefrieren. Anlässlich der Fruchtwasseruntersuchung hat Emily also zusätzlich einen Vaterschaftstest durchführen lassen. Einen Vaterschaftstest! Was ja wohl bedeutet, dass sie gar nicht sicher ist, ob es sich bei Matteo tatsächlich um den Erzeuger handelt. Die Ergebnisse dürften Anfang der vergangenen Woche vorgelegen haben. Ungefähr zu dem Zeitpunkt, als Emily mich erstmals kontaktiert hat.

»Ist Ihnen nicht gut, Frau Kemper? Wollen Sie sich vielleicht setzen? Oder sollen wir noch den Ultraschall machen?«

Keine Ahnung, was ich will. In meinem Kopf herrscht das übelste Chaos.

»Ein andermal«, krächze ich. »Ich melde mich.«

Dann laufe ich aus der Praxis, während alle möglichen Fragen wie Flummis durch mein Hirn kobolzen. Warum hat mich Emily erst nach den Untersuchungsergebnissen kontaktiert? Besteht da irgendein Zusammenhang? Aber welcher? Und falls Matteo nicht der Vater ist, wer dann? Und was würde das für uns bedeuten?

Kapitel 27

Um die Mittagszeit ist es in Tommy's Tanke immer rappelvoll. Kein Wunder. Von zwölf bis zwei wird ein preiswerter Mittagstisch angeboten, der hier vollmundig Business Lunch heißt. Nach sonderlich anstrengendem Business sehen die meisten Gäste zwar nicht aus, eher nach geübtem Chillen. Andererseits kann man sich auch leicht täuschen. Bei Luca, der nie etwas anderes als Jeans und Sneakers trägt, würde man ja auch nicht unbedingt darauf tippen, dass er ein erfolgreicher Unternehmer ist.

Überhaupt kann das Äußere gewaltig täuschen. Siehe Emily Ingwersen, die XXL-Wundertüte der abseitigen Überraschungen.

Ein komisches Gefühl hatte ich ja schon früh. Doch dass sich hinter der Fassade einer zarten werdenden Mutter eine Frau verbirgt, die Matteo womöglich ein Kuckuckskind unterschieben will, ist dann doch ein starkes Stück. Selbst wenn Matteo tatsächlich der Vater sein sollte: Offensichtlich gibt es einen zweiten Mann in Emilys Leben. Einen, mit dem sie nicht nur Kaffee trinkt.

Apropos. Ein Latte mit einem doppelten Espresso wäre jetzt sensationell, denn ich bin so runter, dass ich mich kaum auf den Beinen halten kann. Was stand noch auf dem Plakat an der Wand? *Life sucks, coffee helps?* Nie war der Spruch so wertvoll wie heute.

Schwer hängt die Hebammentasche an meiner Schulter. Heute habe ich zusätzlich Gymnastikklamotten eingepackt, weil am Nachmittag eine weitere Yoga-Session stattfindet. Doch erst einmal ist meine Mutter dran. Suchend schaue ich mich in dem kleinen Lokal um. Auch zur Mittagszeit wird es von dem Glühbirnen-Sternenhimmel erleuchtet, der die Gesichter in weiches Licht taucht. Kosmetisches Licht, wie ich es nenne. Da mein Gesicht nach einer schlaflosen Nacht, dem Streit mit Anett und dem Schock in Doktor Seiberts Praxis ganz bestimmt nicht taufrisch wirkt, bin ich ausgesprochen dankbar dafür.

Ob meine Mutter schon da ist? Erst nach mehreren Anläufen finde ich sie in einer Ecke, weit entfernt vom Tresen, wo sie an einem Zweiertisch sitzt. Fast hätte ich sie nicht erkannt, so auffallend unauffällig ist sie heute gekleidet. Zu einer asphaltgrauen Stoffhose trägt sie eine eng anliegende hellgraue Bluse, die ihren Busen betont, ansonsten aber sozusagen im unsichtbaren Bereich liegt. Ihr sonnengebleichtes Haar hat sie aufgesteckt und mit einer rot-weiß gemusterten Bandana verwurstelt.

»Hallo Mama.«

Wie sehr ich es genieße, sie wieder Mama zu nennen. Fragt sich nur, ob unsere Versöhnung hält. Sie scheint dasselbe zu denken, als sie aufsteht, um mich zu begrüßen. Etwas unbeholfen drückt sie mich an sich, so, als sei sie nicht ganz sicher, ob mir das recht ist.

Nachdem ich ihr gegenüber Platz genommen habe, mustere ich sie aufmerksam. Hatte sie schon immer so einen großen Busen? Meine Mutter ist nicht gerade zimperlich mit Beauty-Treatments. Im Gegensatz zu Oma Hilde hat sie Botox-Injektionen ausprobiert und bereits eine Bauchdeckenstraffung hinter sich.

»Sag mal«, mit den Augen deute ich auf ihre Bluse, »hast du was machen lassen?«

Verblüfft schaut sie an sich herab, dann fängt sie an zu lachen.

»Nein, nein, wozu die Brüste vergrößern? Sollen sich die Männer doch ihre Hände verkleinern lassen!«

Ihr Lachen ist so ansteckend, dass auch ich lospruste. Herrlich. Wann habe ich das letzte Mal so ausgelassen mit meiner Mutter gelacht? Darüber könnte ich fast das Chaos in meinem Kopf vergessen. Doch es ist noch da. Und es wird immer größer.

»Ist hier eigentlich Selbstbedienung?«, erkundigt sie sich, als wir wieder in einer einigermaßen normalen Verfassung sind. »Bisher habe ich noch keine Kellner gesehen.«

»Die gibt's hier auch nicht. Ich hole uns was vom Tresen, was möchtest du?«

Ihr Blick schweift über die Köpfe der anderen Gäste hinweg zu einer der Schiefertafeln, auf denen mit Kreide die Mittagsangebote geschrieben stehen.

»Einen Quinoasalat, dazu Wasser. Aber ich lade dich ein.«

»Nee, lass mal, heute bin ich dran.«

»Einverstanden, dafür revanchiere ich mich gleich mit Neuigkeiten«, sagt sie geheimnisvoll.

Aha. Spannend. Auf dem Weg zum Tresen werde ich immer zappeliger. Gleich erfahre ich, was meine Mutter herausgefunden hat. Etwas Gutes? Oder etwas, das die heimlichen Hoffnungen meines schrecklich unvernünftigen Herzens endgültig begräbt?

Fast habe ich mich schon durch die vollbesetzten Tische hindurch zum Tresen geschlängelt, als mich jemand am Arm festhält.

»Hey Juli, Süße, du auch hier?«

Ich drehe mich um. In einem seiner karierten Holzhackerhemden – heute in Blau und Gelb – steht Luca vor mir. Wir umarmen uns flüchtig, danach sieht er mich neugierig an.

»Hab ich was mit den Augen, oder ist das deine Mutter da hinten am Tisch?«

»Um deine Augen musst du dir keine Sorgen machen«, schmunzele ich. »Ist so einiges passiert am Wochenende. Unter anderem eine ganz und gar unwahrscheinliche Mutter-Tochter-Annäherung.«

»Was du nicht sagst.« Über unsere unfallträchtige Beziehung ist Luca natürlich im Bilde, weshalb er anerkennend grient. »Sonst noch bedeutsame Vorfälle?«

Unsichtbar, aber wie mit Händen zu greifen, schwebt der Name Matteo zwischen uns in der Luft.

»Das eine oder andere, ja«, halte ich mich bedeckt.

Mein Kopf ist einfach zu voll, und es hat sich auch zu viel Widersprüchliches ereignet, um irgendeine bündige Zusammenfassung hinzukriegen.

»Frag nicht, wieso«, sagt er leise, »irgendwie glaube ich, Matteo und du, ihr seid füreinander bestimmt.«

Ein Anflug von Mitgefühl, ja, sogar etwas Feuchtes schimmert in seinen Augenwinkeln. Noch nie habe ich ihn so sanft, so sentimental erlebt. Vielleicht, weil er seit meinem letzten Besuch von der Last befreit ist, immer den coolen Hetero-Macker spielen zu müssen.

»Schön, dass du das glaubst, aber da kannst du auch gleich an den Weihnachtsmann glauben«, erwidere ich flapsiger, als ich mich fühle.

Auch mir sind Tränen in die Augen gestiegen, und um bloß nicht von meiner eigenen Rührung übermannt zu werden, haue ich lieber einen blöden Spruch raus. Feinfühlig, wie Luca ist, begreift er sofort, warum ich so reagiere. Sein Mitgefühl weicht einem amüsierten Grinsen.

»Nee, der Weihnachtsmann ist mir viel zu unzuverlässig. Ich glaube lieber an alles, was mir das Gewünschte nach Hause liefert: DHL, Hermes, Pizzaservice zum Beispiel. So, und jetzt lasse ich dich mal wieder zu deiner Mutter. Sag ihr einen Gruß von mir.«

»Mach ich.« Zum Abschied umarme ich ihn noch einmal. »Danke für alles.«

»Für nichts, leider«, entgegnet er bedauernd. »Schade, dass ich dir nicht helfen kann. Oder fällt dir etwas ein?«

Ich will seine Frage schon verneinen, als mir plötzlich eine Idee in die Quere kommt, die so absurd, so schräg und so verboten ist, dass ich sie nicht einmal auszusprechen wage. Oder doch? Schließlich hat sie etwas Unwiderstehliches. Und für mich etwas Überlebenswichtiges.

»Nur mal so ins Blaue gefragt, kannst du – also, ähm, kannst du hacken?«

»Nicht dein Ernst.« Entrüstet schüttelt er den Kopf. »Wofür hältst du mich? Für einen blutigen Anfänger? Worum geht's denn? Eine Bank? Ein Unternehmen? Das FBI?«

»Arztpraxis«, wispere ich und vergehe vor Scham, dass ich auf einen derart schuftigen Gedanken kommen konnte.

»Kinderspiel«, grinst Luca. »Melde dich jederzeit. Bin ja mal gespannt, welche hochgeheimen Informationen du brauchst.«

Die hochgeheimste brisanteste Information meines Lebens, könnte ich antworten, lasse es aber. Noch bin ich ja nicht sicher, ob ich mich zu einer derart illegalen Aktion hinreißen lassen würde. Emilys Patientenakte zu hacken wäre ein dickes Ding. Privatsphäre ist ein hohes Gut, theoretisch würde ich sie jederzeit verteidigen, vor allem dann, wenn es um die Intimsphäre meiner Klientinnen geht. Was Emily nicht mehr ist. Trotzdem.

Nachdem ich eine Weile am Tresen angestanden habe, kehre ich mit einem Riesenpaket Bedenken und einem vollbeladenen Tablett an den Tisch zurück. Unterdessen hat sich meine Mutter mit ihrem Handy beschäftigt. Offenbar ging es um etwas Unangenehmes, denn sie legt es geradezu mit Abscheu beiseite.

»Schlechte Nachrichten, Mama?«

»Dein Vater.«

Oje. Vermintes Gelände. Seit er mit seiner fünfundzwanzig Jahre jüngeren Anwaltsgehilfin durchgebrannt ist, steht es nicht zum Besten zwischen meinen Eltern. Stumm stelle ich zwei Gläser Wasser, einen Latte macchiato mit doppeltem Espresso, einen Quinoasalat und eine Ricotta-Tomaten-Pasta auf den Tisch.

»Ich fühlte mich verpflichtet, ihn darüber in Kenntnis zu setzen, dass er demnächst ein Enkelkind sein Eigen nennen wird«, imitiert meine Mutter das gestelzte Juristendeutsch ihres Ex-Manns. »Und weißt du, was er mir gerade zurückschrieb?«

»Nein?«

»Dass er selber noch mal Vater wird.«

Wow. Papa ist Mitte sechzig. Entweder ist die Liebe sehr groß oder seine Standfestigkeit rekordverdächtig. Von Klientinnen mit deutlich älteren Partnern weiß ich, dass der Kinderwunsch oft schon daran scheitert, dass man mit gekochten Spaghetti nicht Mikado spielen kann. Oder hat mein Vater die Dienste einer Fruchtbarkeitsklinik in Anspruch genommen? Auch das setzt eine sehr, sehr große Liebe voraus. Welcher Mann, der auf die Rente zusegelt, tut sich denn freiwillig noch mal durchwachte Nächte, quäkende Babyphones und den durchdringenden Geruch von Windeleimern an?

Langsam verstehe ich die Welt sowieso nicht mehr. Wo ich auch hinschaue, überall wimmelt es auf einmal vor Babys. Ich bekomme eins, Emily bekommt eins, Isabel wünscht sich eins, nun wird mir auch noch ein Geschwisterchen beschert.

»Stell dir vor, er hatte sogar die Stirn zu fragen, ob du dich als Hebamme um seine kleine Geliebte kümmern kannst.« Meine Mutter zittert vor Empörung. »Er sagt, du seist die Beste.«

»Ach, wie das?«

»Er hat im Internet recherchiert. Bei den Bewertungen hast du zu achtundneunzig Prozent fünf Sterne bekommen, außerdem jede Menge begeisterter Kommentare.«

»Das – das wusste ich gar nicht.«

Ich bin ehrlich überrumpelt. Bislang habe ich mich nie für irgendwelche Rankings interessiert, die im Netz kursieren. Ich habe ja nicht mal eine Website. Bei mir läuft alles über Mundpropaganda.

»Was macht dich so besonders als Hebamme, Juli?«

Innerlich jubelnd atme ich aus. Auf diese Frage warte ich seit vielen, vielen Jahren. Nie hat sich meine Mutter für meinen Beruf interessiert, nie eine sachliche Frage gestellt, nie versucht, zu verstehen, was mich so sehr daran fasziniert.

»Das erzähle ich dir unheimlich gern«, antworte ich bewegt. »Danke, dass du fragst, das freut mich mehr, als ich sagen kann. Aber sei mir bitte nicht gram, wenn ich vorher wissen möchte, was deine Spionageaktivitäten ergeben haben. Sonst platze ich noch vor Neugier.«

Mit einem gänzlich neuen Ausdruck mütterlicher Milde greift sie über den Tisch hinweg nach meiner Hand.

»Kann ich gut verstehen. Darf ich dir vorher noch eine Frage stellen?«

An meinem Latte macchiato nippend nicke ich.

»Juli, Kind, das war doch eben Luca, dein alter Freund aus Schulzeiten, mit dem du gesprochen hast. Ihr wirkt wie ein Paar, richtig süß. Ist er der Vater deines Kindes?«

Seufzend stelle ich das Glas Latte macchiato ab. Es wäre so einfach, zu lügen. Diese Variante ist ja gewissermaßen schon in der Welt. Dennoch bringe ich es nicht übers Herz.

»Jede Frau sollte ein Geheimnis haben, sogar vor der eigenen Mutter«, weiche ich aus. »Du erfährst es früh genug. Und jetzt bitte deine Geschichte.«

»Wie du willst.« Meine Mutter trinkt einen großen Schluck Wasser, bevor sie loslegt. »Bitte anschnallen, es wird spooky. Die Fahrt gestern dauerte elend lange, wegen der üblichen Sonntagabendstaus. Als wir dann endlich bei Matteos Lebensgefährtin ankamen, war es schon gegen sieben. Nach all den Stunden im Auto hatte ich da selbstverständlich ein dringendes Bedürfnis.«

»Selbstverständlich«, echoe ich ironisch, weil ich schon ahne, worauf sie hinauswill.

»Und wenn nicht, hätte ich trotzdem gefragt, ob ich mal die Toilette benutzen darf«, bestätigt sie meine Ahnung.

»Du wolltest ermitteln.«

»Als Miss Shirley Holmes, genau.« Eilig verdrückt sie eine Gabel Quinoasalat und tupft sich die ungeschminkten Lippen mit einer Papierserviette ab. »Deshalb ging ich mit Matteo ins Haus. Im Erdgeschoss war niemand, seine Emily schien oben im ersten Stock zu sein. War mir nur recht. Matteo zeigte mir dann den Weg zur Toilette, und was meinst du, was ich sah, als ich dort aus dem Fenster schaute?«

»Was?«

»Einen Mann. Leider nur von hinten.«

»Wie, einen Mann?«

»Einen Kerl, der vom Haus weg durch den Garten rannte, sich auf ein Rad schwang, so ein teures Rennrad, und wie der Teufel davonraste.«

»Du meinst, Emily hatte – Herrenbesuch?«, frage ich atemlos.

»So was sieht man einfach.« Ein listiges Lächeln kräuselt die Augenpartie meiner Mutter. »Im Laufen hat er sich sein Hemd zugeknöpft und ist zweimal gestolpert, weil seine Schuhe nicht zugebunden waren.«

Unter meiner Kopfhaut beginnt es zu kribbeln. So, als würden zehn Milliarden Synapsen Pingpong spielen.

»Kombiniere, Miss Holmes: Matteo wird fortgeschickt, Emily veranstaltet einen Mädelstag. Und sobald ihre Freundinnen weg sind, schleicht sich der Geliebte ins Haus.«

»Schlaues Mädchen.« Komplizenhaft grient meine Mutter mich an. »Matteo hatte sie noch von unterwegs angerufen. Da standen wir gerade im dicksten Stau, weil die Autobahn wegen eines Unfalls gesperrt war. Er meinte vor acht, halb neun sei er nicht zu Hause.«

»Und dann seid ihr doch eher dagewesen.« Nachdenklich starre ich auf meinen Teller, in dem die Pasta mit Tomaten und Ricotta erkaltet. »Es heißt aber, im Zweifel für den Angeklagten, Mama. Könnte ja auch irgendwer gewesen sein. Ein Nachbar. Ein Gärtner. Oder ein Spanner.«

»Könnte, ja.«

Während ich ein paar Ricottakrümel vom Teller picke, gehe ich in Gedanken noch einmal alles durch. Doch, doch, die Version mit dem heimlichen Geliebten ergibt durchaus Sinn. Das würde nämlich auch erklären, warum Emily einen Vaterschaftstest wollte. Sehr wahrscheinlich fährt sie zweigleisig.

»Und du konntest wirklich nichts weiter erkennen?«, frage ich nach.

»Nur riechen.« Meine Mutter hält sich pantomimisch die Nase zu. »Unten im Flur hing so ein stechender Geruch, irgendein penetrantes After Shave der Marke Möchtegern-Tarzan. Nicht von Matteo. Mit dem habe ich ja Stunden im Auto verbracht, und er duftet eher unaufdringlich. Übrigens auch sehr gut.«

Das kann ich nur bestätigen. Aber noch etwas anderes geht mir durch den Kopf.

»Hast du Emily kennengelernt?«

»Nein, nur ein Handyfoto von ihr gesehen. Matteo hat es mir gezeigt, allerdings auch nur, weil ich ihn darum gebeten habe.«

Für einen winzigen Augenblick beneide ich meine Mutter darum, dass sie so viel Zeit mit ihm verbracht hat. Ja, so weit ist es schon mit mir gekommen. Man nennt es auch Sehnsucht.

»Er schrieb mir gestern, du hättest ihn auf der Fahrt gelöchert wie eine zukünftige Schwiegermutter. Lustig, nachdem du dich als Mutter eher zurückgehalten hast.«

»Ach, Juli«, bedrückt zuppelt sie an ihrem Bandana. »Sprich es ruhig aus: Ich war eine miserable Mutter. Ist wirklich alles gut mit uns?«

Schon allein, dass sie diese Frage stellt, spricht für sie. Es scheint ihr eine Herzensangelegenheit zu sein, unser Verhältnis ein für alle Mal zu klären.

Überfällig ist das definitiv. Unser gemeinsamer Weg war bislang mit vielen unschönen Erlebnissen gepflastert. Als ich klein war, hat sie oft gestöhnt, ihr Dasein als Hausfrau und Mutter wäre wesentlich einfacher ohne Haushalt und ohne Kind. Als ich älter wurde, fingen die Streitereien an. Damals habe ich sie im Stillen Momster genannt, eine Mischung aus Mom und

Monster. Aber all das sollte ich jetzt wohl besser nicht erwähnen.

»Weißt du noch, Mama, welcher Spruch damals in unserer Küche hing?«

»Nein, welcher?«

»Hast du eine Supermutti, ist im Leben alles tutti.«

»Dabei war gar nichts tutti bei uns, absolut gar nichts.« Schuldbewusst schaut sie mich an. »Als Mutter war ich die absolute Fehlbesetzung. Also, wenn du nicht weißt, wie du dein Kind erziehen sollst, frag bloß nicht mich.«

»Nein, ich frage Leute, die keine Kinder haben. Die wissen alles.« Gedankenversunken male ich mit einem Finger kleine Kreise auf die Tischplatte. »Es stimmt, du warst keine Supermutti. Aber inzwischen habe ich gelernt, Menschen so zu nehmen, wie sie sind. Das bringt schon mein Beruf mit sich. Deshalb …«

Ich zögere, während ich meine Mutter betrachte, die vor mir sitzt wie eine arme Sünderin. Was nicht gerechtfertigt ist und was ich auch gar nicht möchte.

»Es gibt keine perfekten Mütter, Mama. Nur Frauen, die ihr Bestes geben. Auch wenn das manchmal zu wenig scheinen mag, weil sie nicht dem Klischee einer Übermutter entsprechen.« Mit einer kleinen Geste deute ich auf ihre Bluse. »Für mich musst du dich jedenfalls nicht als graue Maus verkleiden. Ich mag dich auch, wenn du deine verrückten bunten Kleidchen trägst, und hundert Armreifen, und Silbersandaletten, und schreiorangefarbenen Lippenstift. Sei einfach du. Und sei sicher, dass ich dich dafür«, ich atme einmal ein und aus, »liebe.«

Kapitel 28

»Herzlich willkommen!«, begrüße ich die Teilnehmerinnen des Schwangeren-Yogas. Wartend sitzen sie auf ihren hellblauen Gymnastikmatten und unterhalten sich halblaut. So wie jeden Montagnachmittag steht eine meiner beiden wöchentlichen Sessions auf der Agenda. »Namasté. Ich wünsche uns allen eine Stunde der inneren und äußeren Balance. Bitte erhebt euch, danke.«

Nachdem das allgemeine Murmeln und Flüstern verebbt ist, ergreife ich erneut das Wort.

»Wir beginnen mit meinem Sonnengruß Light für Schwangere: Beine etwa hüftweit auseinander, mehrmals einatmen und ausatmen, Arme vor dem Körper zusammenführen, bis sich die Handflächen berühren, wieder ruhig atmen, dann die Arme in großen Bewegungen seitlich kreisen lassen und anschließend weeeiiit nach oben strecken, um die Handflächen über dem Kopf zusammenzuführen.«

Ich demonstriere die einzelnen Positionen, indem ich voller Elan meine eigenen Anweisungen befolge. Mit erhobenen Händen stehe ich auf meiner Matte und spüre, wie sich mein Inneres gleichzeitig entkrampft und aufrichtet. So was kann nur Yoga – für Entspannung sorgen und gleichzeitig neue Energie schenken. Nach den aufreibenden Ereignissen der letzten Tage ist diese Session auch für mich ein heiß ersehnter Ruhepol. Durchatmen, mich selbst spüren, Kontakt mit meinem ungeborenen Kind aufnehmen. Das hat mir gefehlt.

Mit allen Sinnen inhaliere ich die wohltuende Atmosphäre. Schon das zarte Apricot der Wände hat eine harmonisierende Wirkung, hinzu kommt ein unaufdringlicher Raumduft mit warmen Vanillenoten. Und dann diese himmlische Ruhe. Abgesehen von der indisch angehauchten Loungemusik hört man nur die regelmäßigen Atemzüge der Frauen. Die beste Voraussetzung, um loszulassen. Als ich mich eben umgezogen habe, hatte ich noch ein unangenehmes Ziehen im Bauch, doch das ist jetzt verschwunden.

Aufmerksam schaue ich zu den Schwangeren, ob sie den Baum hinbekommen. Auch Kylie ist erstmals dabei. Im neongrünen Muscle-Shirt zu durchlöcherten schwarzen Leggins versucht sie sich etwas wackelig an einer geraden Haltung. Tarek, der mit den anderen Vätern vor der Fensterfront hockt, nickt mir zu und hebt einen Daumen. Das sind die kleinen Erfolgserlebnisse, die mich beflügeln.

Es gibt einen weiteren Neuzugang. Meine Mutter. Obwohl Außenstehende ja eigentlich nicht zugelassen sind, hat mich ihr neues Interesse an meinem Beruf dazu bewogen, eine Ausnahme zu machen. Man merkt sofort, dass sie ein Yoga-Ass ist. In einem türkisfarbenen Body, den sie sich von Isabel geliehen hat, mimt sie den besten Baum, den ich jemals gesehen habe.

Gerade erreiche ich den Punkt, an dem ich vollkommen in meiner Mitte bin, als auf einmal ein kleiner Tumult an der Tür entsteht. Ich schaue genauer hin. O nein. Es ist Emily, ganz in Rosa, die erregt mit Isabel diskutiert.

Vor der Yogastunde hatte ich Isabel auf den neuesten Stand gebracht und ihr auch erzählt, dass Emily nicht mehr zu meinen Klientinnen gehört. Nun will sie den ungebetenen Gast offenbar geräuschlos hinauskomplimentieren. Aber so geräuschlos klappt das eben nicht bei einer Emily Ingwersen. Da muss Getöse her.

»Bitte wartet einen Moment, bin gleich wieder bei euch«, rufe ich in die Runde.

Dann laufe ich verärgert zur Tür. Warum können manche Menschen nicht begreifen, dass ein Nein ein Nein bedeutet?

»Du musst leider gehen, Emily«, sage ich so freundlich wie möglich. »Wie du weißt, gehörst du nicht mehr zum Kreis meiner Klientinnen. Außerdem haben wir bereits mit dem Yoga begonnen, da sind Störungen kontraproduktiv.«

»Ach, ich störe?« Zornentbrannt wirft sie ihren geflochtenen Zopf mit einer rosa Schleife auf den Rücken. »Dann sag ich dir mal, was *mich* stört: dass du mich einfach abserviert hast.«

»Wir sollten diese Unterhaltung draußen weiterführen«, schaltet sich Isabel ein, die ungehalten ihre Hände in die Hüften stemmt. »In meinem Studio dulde ich keinen Krawall.«

»Wieso?« Emilys Stimme nimmt eine schrille Färbung an. »Kann doch jeder hören, was für eine miese Hebamme Juli ist!«

»Stopp.« Wie eine angriffslustige Löwin taucht plötzlich meine Mutter neben uns auf. »Sie sind Emily Ingwersen, richtig? Na, Sie haben es gerade nötig, hier so einen Aufstand zu machen. Raus jetzt! Sonst werde ich ungemütlich!«

»Wer sind denn Sie?«, fragt Emily und mustert sie abschätzig von oben bis unten. »Die durchgeknallte Oma mit der heftigen Muttivation?«

Interessant, wie viel Gehässigkeit in dem zarten Persönchen steckt. Ich wünschte, Anett könnte sie so erleben. Kaum zu glauben, dass wir uns wegen dieser rosa Kampfhenne zerstritten haben.

»Müssen Sie nicht los, Prinzessin?«, giftet meine Mutter zurück. »Draußen wartet doch bestimmt schon Ihr Einhorn auf Sie.«

»Juli, was hältst du davon, wenn ich deine Yogastunde übernehme?«, schlägt Isabel mit dieser engelhaften Gelassenheit vor, die ich so an ihr schätze. »Dann könnt ihr euch in Ruhe aussprechen. Aber nicht hier, bitte.«

»Danke, Isabel.«

Um die Umsetzung ihres Vorschlags muss ich mich gar nicht weiter kümmern. Mit einer Verve, die ich meiner Mutter niemals zugetraut hätte, schiebt sie Emily einfach zur Tür hinaus. Kurz überlege ich, ob wir unsere Auseinandersetzung in Isabels Büro verlegen sollten, entscheide mich aber für den Parkplatz vor dem Studio. Neutrales Terrain, sozusagen.

Draußen regnet es in Strömen. Der gesamte Parkplatz ist mit riesigen Pfützen gepflastert, heftige Windböen peitschen uns Wassermassen ins Gesicht. Das hält jedoch weder Emily davon ab, weiter rumzukrakeelen, noch meine Mutter, ihre Krallen rauszufahren.

»Schwangerschaft hin oder her, Sie haben hier keinen Freifahrtschein für Ihre Sperenzchen«, faucht sie.

»Aber ich habe einen Anspruch darauf, dass Juli meine Hebamme bleibt!«, hält Emily dagegen.

»Kann ich nicht beurteilen, müsste mich interessieren«, sagt meine Mutter kalt. »Sie sollten sich übrigens in Acht nehmen. Ich bin bereits seit achtunddreißig Jahren Mutter. Wissen Sie, was man da kann? Rektal Fieber messen zu Beispiel. Und noch ein paar andere Sachen, die Ihnen nicht gefallen werden.«

»Hilfe!«, quiekt Emily. »Ich werde bedroht!«

»Bitte beruhigt euch, wir wollen doch alle nur Frieden«, versuche ich den völlig aus dem Ruder gelaufenen Streit zu schlichten.

Vergebens. Die beiden sind voll in Fahrt. Nass wie die Pudel stehen sie einander gegenüber und liefern sich einen Schlagabtausch, der sich gewaschen hat.

»Als Kind haben Sie wohl zu lange auf dem Töpfchen gesessen!«, dreht meine Mutter weiter auf.

»Und Sie sind ja wohl nicht ganz knusper!«, kreischt Emily.

Was für eine unterirdische Szene. Mir wird richtig schlecht, gleichzeitig kann ich mir nur mit Mühe das Lachen verkneifen. Mama ist aber auch zu komisch mit ihrem frisch erwachten Supermutti-Löwinnen-Instinkt. Sie übertreibt es mal wieder völlig. Ganz dicht tritt sie an Emily heran, so dicht, dass sich ihre nässetriefenden Nasen fast berühren.

»Wenn die Dinge nicht so laufen, wie Sie sich das vorstellen, Fräulein, müssen Sie sich eben etwas anderes vorstellen. Wir sind hier nicht in Wunschhausen!«

»Soll das ein Witz sein?«

»Dann sind Sie die schlechteste Pointe ever.«

»Unverschämtheit!« Außer sich vor Wut ballt Emily die Fäuste. »Aber jetzt ist Schluss! Da vorn kommt nämlich der Vater meines Kindes!«

Ach du große Güte. Bitte nicht auch das noch. Mit hastigen Schritten läuft Matteo durch den Regen auf uns zu, völlig durchnässt und sichtlich von schlechtem Gewissen getrieben.

»Entschuldige, Emily«, keucht er, »hab's nicht eher geschafft. Bin ich noch rechtzeitig fürs Yoga?« Erst danach realisiert er, dass etwas nicht stimmt. Mit einem klassischen Hä?-Gesicht mustert er unsere klatschnassen Sportklamotten. »Wieso steht ihr hier draußen im Regen?«

»Weil diese gemeine Frau mich beleidigt hat«, jammert Emily, die übergangslos vom Kreisch-Modus in ihren Kleinmädchen-Singsang wechselt. »Die da in Türkis.«

»Aber das ist Carmen, äh, Caroline«, entfährt es Matteo.

»Carmen – wer?«

Zur Hölle, ich kann nicht mehr. Schon seit wir nach draußen gegangen sind, fühle ich wieder dieses Ziehen im Bauch. Allerdings stärker als vorhin, eher wie bei einer Regelblutung. Für Übungswehen ist es eigentlich noch zu früh. Reflexhaft schaue ich an mir herab.

Und dann sehe ich ihn. Den roten Fleck im Schritt meiner weißen Gymnastikhose. Panik überkommt mich.

»Ich muss schnell, ganz schnell …«

Die Worte ersterben mir auf den regennassen Lippen. Angst legt einen eisernen Ring um meinen Brustkorb, lähmt mich, knockt mich aus. Ich kann nicht mehr atmen, nicht mehr sprechen. Nur verzweifelt beten. Lieber Gott, bitte nimm mir nicht mein Kind. Bitte.

»Einen Krankenwagen!«, schreit meine Mutter. »Sie blutet! Womöglich vorzeitige Wehen!«

Matteo hat schon das Handy am Ohr.

»Juli macht mich nur nach«, mault Emily. »Ich hatte als Erste vorzeitige Wehen.«

In diesem Moment kippe ich um. Fast. Matteo fängt mich auf. Ganz fest presst er mich an sich.

»Keine Angst, Juli, du stehst das durch. Wir stehen das durch.«

Mir schwinden die Sinne. In der Ferne höre ich noch eine Sirene, dann bin ich weg.

Wie lange, weiß ich nicht. Ich komme erst wieder zu mir, als ich spüre, wie man mich im strömenden Regen auf einer Trage festschnallt und in den Rettungswagen schiebt. Danach steigt meine Mutter ein. Matteo springt hinterher.

»Ich will auch mit!«, heult Emily wie ein Kleinkind.

»Achten Sie bloß nicht auf das dumme Ding«, herrscht meine Mutter die Sanitäter an, die noch draußen stehen. »Zu mit der Tür, ab durch die Mitte. Klar so weit?«

»Zur Christophorus-Klinik!«, ruft Matteo.

Knallend werden die Hecktüren zugeworfen. Mit quietschenden Reifen fährt der Wagen an, und das erneut einsetzende Sirenengeheul gellt in meinen Ohren, als ein Sanitäter im orangefarbenen Overall den linken Ärmel meines Shirts hochzieht, um mir eine Blutdruckmanschette anzulegen.

Wieder überkommt mich diese schreckliche Angst. Matteo

kniet neben mir. Zärtlich streichelt er mein Gesicht, das nass vom Regen und von meinen Tränen ist.

»Nicht weinen, Juli, ich bin da. Und ich gehe auch nicht weg.«

Dasselbe hat er gesagt, als ich über Oma Hildes Toilettenschüssel hing. Doch dies hier, dies ist etwas ganz anderes. Ich kann meine Tränen nicht zurückhalten, sie strömen aus mir heraus wie ein Wolkenbruch.

»Sie ist schwanger«, spricht meine Mutter den Sanitäter im orangefarbenen Overall an.

»Hat mir der junge Mann schon telefonisch mitgeteilt. Welche Woche?«

»Erstes Trimester«, schluchze ich. »Da ist das Risiko einer Frühgeburt …«

»Juli, nein, sag das nicht.« Auch Matteo fängt an zu schluchzen. »Das wird nicht geschehen. Niemals. Wir behalten das Kind. Wir bekommen das Kind. Ein gesundes liebes süßes Baby.«

Mit dem Handrücken wischt er sich die Tränen von den Wangen. Gleich danach reißt er sich jedoch wieder zusammen und legt mir eine Hand auf die Stirn.

»Ich bin an deiner Seite, auch gleich im Krankenhaus. Du darfst loslassen, ich kümmere mich um alles.«

»Juli, du musst jetzt atmen.« Meine Mutter, die neben Matteo kniet, drängt ihn mit einem beherzten Hüftschwung ein Stück beiseite. »Wie beim Yoga. Langsam ein, halten, langsam aus.«

Als sie nach meiner Hand greift, spüre ich, dass ihre eiskalt ist.

»Mama …«

Mehr geht nicht. Kein Wort. Wimmernd winde ich mich auf der Trage. In diesem Moment legt sich der Rettungswagen in die Kurve und bremst so hart, dass Matteo und meine Mutter erst nach vorn und dann nach hinten geschleudert werden. Jemand reißt die Hecktüren auf, hektisch wird die Trage auf ein Rollgestell bugsiert.

Am Eingang zur Notaufnahme steht schon Schwester Therese bereit, um uns in Empfang zu nehmen. Als sie sieht, wer da eingeliefert wird, weicht alle Farbe aus ihren Wangen. Schreckensbleich wendet sie sich an Matteo.

»Sie sind der Vater?«

»Nein«, stöhne ich, weil die Christophorus-Klinik Hoheitsgebiet von Matthiesen ist, der alles brühwarm Emily erzählen würde.

»Doch, der bin ich«, antwortet Matteo.

»Nein, ist er nicht!«, protestiere ich mit brechender Stimme.

»Ja, was denn nun?«, fragt Schwester Therese irritiert.

»Also, ich bin die Mutter«, raunzt Mama los.

»Die Mutter von …?«

»Von Juli, verdammt! Und wenn Sie meine schwangere Tochter nicht sofort retten, vergesse ich mich!«

Schwester Therese gibt es auf, unsere verworrenen Familienverhältnisse zu ergründen.

»Sie kommt direkt auf die Gyn«, weist sie zwei grünlich gekleidete Pfleger an, die nur darauf gewartet haben, endlich loszulegen.

Hechelnd läuft sie neben dem rollenden Gestell her, als ich durch lange graue Gänge zum Lastenaufzug befördert werde.

Die stählernen Türen gleiten zur Seite, vorsichtig werde ich hineingeschoben. Im letzten Augenblick hechten auch Matteo und meine Mutter in den Aufzug.

»Was ist denn nun eigentlich passiert?«, fragt Schwester Therese, die immer noch kreidebleich ist.

»Juli hat sich völlig übernommen, weil sie immer nur an andere denkt, nie an sich selbst«, grollt meine Mutter. »Und dann erscheint auch noch diese unmögliche Zicke beim Yoga und macht einen Riesenaufriss.«

Sie spricht den Namen nicht aus, doch es ist klar, dass sie Emily meint.

»Juli«, mit tropfenden Haaren beugt sich Matteo über mich. »Wie geht es dir? Hast du noch Schmerzen?«

Ich kann nicht antworten. Ja, die Schmerzen sind noch da, doch meine Stimme versagt, und alles verschwimmt vor meinen Augen. Ich wage auch gar nicht, zwischen meine Schenkel zu schauen. Ist der Fleck größer geworden? Ist es nur eine harmlose Blutung oder die größtmögliche Katastrophe?

Los, nutze deinen Verstand, Juli! Sonst wirst du noch wahnsinnig!

Okay, mein Verstand sagt mir, dass Blutungen im ersten Trimester etwa zwanzig bis fünfundzwanzig Prozent aller Schwangeren betreffen. Neben einem ungewollten Abgang des Fetus kommen noch weitere Ursachen infrage: Blasenentzündungen zum Beispiel, Polypen am Gebärmutterhals oder eine Entzündung der Vagina. Blutungen wegen leidenschaftlichen Geschlechtsverkehrs scheiden in meinem Falle ja aus. Seit dem One-Night-Stand lebe ich wie eine Nonne.

Aber so sehr ich auch an mein Fachwissen appelliere, um mich zu beruhigen, am Ende siegt doch die Angst. Und der Schmerz.

Halb ohnmächtig vor Panik bäume ich mich unter den Gurten der Trage auf, denn auf einmal durchzuckt mich eine schreckliche Erkenntnis: Dieses Kind in meinem Bauch, *unser* Kind, ist das Einzige, was mir von Matteo bleiben wird, wenn er seine eigene Familie hat.

Verliere ich unser Kind, verliere ich alles.

Kapitel 29

»Endlich in Sicherheit«, verkündet meine Mutter, als wir die gynäkologische Station erreicht haben und unsere kleine Reisegesellschaft den Aufzug verlässt. »Jetzt wird alles gut.«

Daran glaube ich immer weniger. Zu stark ist das Ziehen in meinem Unterleib, zu groß die Furcht, dass dieser Tag der schwärzeste meines Lebens werden könnte.

Wie durch einen Schleier nehme ich wahr, dass uns ein paar Besucher auf dem Flur neugierig beäugen. Alle sind wir patschnass. Insbesondere meine Mutter ist ein echter Hingucker in ihrem hautengen Yogaanzug und mit der verwurstelten Bandana-Frisur, die nach dem Regenguss helmartig an ihrem Kopf klebt. Auch einige Krankenschwestern werden nun auf uns aufmerksam. Ich bin hier bekannt wie der sprichwörtliche bunte Hund – allerdings nicht als Patientin.

»Frau Doktor Lindström ist informiert«, sagt Schwester Therese. »Schau, da kommt sie schon.«

Wenigstens ein kleiner Lichtblick. Die junge Gynäkologin arbeitet erst seit wenigen Wochen auf der Station und genießt einen exzellenten Ruf. Jonas Matthiesens gebräunte Visage hätte ich jetzt nicht ertragen. Nicht in meinem desolaten Zustand.

Mit präzisen Fragen erkundigt sich die Ärztin, was vorgefallen ist, danach begutachtet sie den Blutfleck zwischen meinen Beinen. Er ist deutlich größer geworden, wie ich jetzt erschrocken feststelle.

»Sofort in den Untersuchungsraum«, ordnet sie an. »Frau Kemper, ich werde Ihren Muttermund mit einem Spekulum auf etwaige Anzeichen eines bevorstehenden Aborts überprüfen. Anschließend nehme ich eine fetale Auskultation vor.«

Dürre Worte. Überhaupt wirkt Doktor Lindström, eine hochgewachsene Erscheinung mit brünetter Raspelfrisur, sehr kühl und professionell. Doch das ist in meiner Verfassung eher hilfreich. Zu viele Emotionen würden mich nur noch tiefer in den Strudel meiner Ängste ziehen.

»Könnten Sie das noch mal für Leute ohne Medizinnobelpreis wiederholen?«, fragt meine Mutter aufgebracht.

»Die Ärztin ermittelt durch die Begutachtung des Muttermunds, ob eine Frühgeburt bevorsteht, und horcht die Herztöne meines Babys ab«, erkläre ich mit schwacher Stimme.

»Es ist *unser* Baby«, flüstert Matteo dicht an meinem Ohr, unhörbar für die anderen.

Aus dem Augenwinkel gewahre ich, wie Anett aus dem Schwesternzimmer tritt. Abrupt bleibt sie stehen. Noch gestern wäre sie auf mich zugelaufen, hätte mir Mut zugesprochen, meine Hand gehalten. Heute beobachtet sie mich nur aus sicherer Entfernung. Es tut weh, sie so distanziert zu erleben. Als sei ich auf einmal eine Fremde für sie.

Wieder spüre ich das Ziehen im Bauch, das jetzt eher einem Druckgefühl ähnelt, und stöhne unwillkürlich.

»Geht sofort los«, sagt Doktor Lindström. »Ihre Angehörigen können so lange hier im Gang warten.«

»Nein, nein!« Wie eine Ertrinkende klammert sich meine Mutter plötzlich an die Gurte, mit denen ich auf der Trage festgeschnallt bin. »Du sollst wissen, Juli, dass ich für dich da bin, was auch immer passiert. Du bist stark. Du bist die stärkste Person, die ich kenne, du bist sowieso unglaublich, doch ich werde …«

»Das reicht«, wird sie von der Ärztin angeblafft. »Ihre verbale Diarrhoe heben Sie sich mal bitte für später auf.«

»Nein«, ächzt meine Mutter. »Juli, ich …«

Matteo muss ihre Finger einzeln von den Gurten lösen, bevor es in rasantem Tempo in einen nüchternen fensterlosen Raum geht, der mir als Beleghebamme der Klinik wohlvertraut ist. Weiße Kacheln, ein gynäkologischer Stuhl, ein paar Messgeräte, keine Bilder an den Wänden. Schwester Therese hakt die Gurte auf, dann hilft sie mir auf den Untersuchungsstuhl. Sie ist es auch, die mir die blutgetränkte weiße Gymnastikhose und meinen ebenfalls blutigen Slip auszieht.

»Nicht hinsehen, Juli«, raunt sie mir zu.

Das hätte ich mir an ihrer Stelle auch geraten. Also zwinge ich mich, die Augen zu schließen, und halte sie während der Untersuchung weiterhin fest geschlossen. Ohnehin weiß ich ja, was da unten geschieht, weil ich solche Untersuchungen unzählige Male selber vorgenommen habe.

Alle möglichen Bilder gondeln mir währenddessen durch den Kopf. Ich sehe mich als Kind auf der Schaukel in Oma Hildes Garten. Mit Matteo am Gartenzaun, im strahlenden Sonnenschein. In meinem alten Kinderbett, über dem das Bärchenmobile baumelt. Währenddessen krampft sich mein Herz immer mehr zusammen. Bitte, lieber Gott. Lass mir dieses Kind.

Erst als ich etwas Kaltes, Nasses zwischen meinen Schenkeln spüre, öffne ich die Augen wieder.

»Sie machen einen vaginalen Ultraschall?«

»Muttermund geschlossen, fetale Auskultation ohne Auffälligkeiten«, erwidert die Ärztin kurz und knapp. »Deshalb versuche ich etwas anderes.«

Ganz, ganz zaghaft schöpfe ich Hoffnung.

»Das heißt, es sind keine Wehen? Und meinem Baby geht es gut?«

»Korrekt. Haben Sie Myome?«

»Nicht, na ja, dass ich wüsste.«

»Wie oft waren Sie denn seit Schwangerschaftsbeginn bei der Vorsorge?«

»Gar nicht, ich weiß es ja erst seit letzter Woche«, gestehe ich kleinlaut. »Heute Morgen wollte ich mich von meiner Gynäkologin untersuchen lassen, aber …«

»… dann hatten Sie etwas Besseres vor?«

Und da ist sie wieder, die Geschichte vom Schuster mit den schlechtesten Schuhen. Ich komme mir so blöd vor. So verantwortungslos. Betreten schaue ich in das straffe Gesicht der Ärztin, aus dem mich zwei blassblaue Augen anstarren.

»Achten Sie bitte mehr auf sich«, werde ich von ihr ermahnt. »Ab jetzt verpassen Sie keinen Vorsorgetermin, okay? Einen Mutterpass bekommen Sie im Schwesternzimmer – den haben sie ja wahrscheinlich auch noch nicht.«

Nein, habe ich nicht. Aber das wird sich jetzt ändern. Überhaupt muss sich einiges ändern.

Mit ruhigen Bewegungen lässt Doktor Lindström den Sensor in mein Inneres gleiten, ihren Blick konzentriert auf den Monitor geheftet.

»Hallo, da ist ja der Übeltäter.« Mit zwei Fingern zeigt sie auf eine dunkle Stelle. »Ein Gebärmuttermyom. Übrigens eine weitverbreitete Problematik bei Spätgebärenden: Durch den schwangerschaftsbedingt erhöhten Östrogenspiegel wird das Wachstum bislang unentdeckter Myome stimuliert. Deshalb fühlen Sie auch dieses Ziehen und das Druckgefühl im Bauch.«

»Und mein Baby?«, frage ich angstvoll.

»Wie gesagt, dem geht's gut.« Sie verschiebt den Sensor ein wenig. »Schauen Sie, es ist noch nicht viel zu erkennen, aber die Einnistung in die Plazenta zeigt keinerlei Anomalien. Ihre Blutung ist ausschließlich auf das Myom zurückzuführen.«

Gebannt sehe ich zum Monitor. Das kleine Wesen da, das ist mein Kind. Es geht ihm gut, und so wird es auch bleiben! Es dauert ein paar Sekunden, bis diese Information mich wirklich erreicht. Dann durchströmt mich ein Gefühl grenzenloser Erleichterung, so übermächtig, so überwältigend, dass ich neuerlich in Tränen ausbreche.

»Hey, Juli, alles gut«, wispert Schwester Therese und drückt meine Hand.

»Frau Kemper, Sie sollten über Nacht hierbleiben.« Federnd steht Doktor Lindström auf. »Sofern es nicht zu weiteren Komplikationen kommt, werden Sie morgen im Laufe des Vormittags entlassen.«

»Aber kann man denn gar nichts gegen das Myom unternehmen?«, frage ich unter Tränen, obwohl ich die Antwort kenne.

»Ein operativer Eingriff wäre zu riskant. Die Verödung mit MRgFUS-Ultraschall ebenfalls, weil man sie unter CT-Bedingungen vornehmen müsste. Auch eine medikamentöse Therapie durch entsprechende Hormongaben verbietet sich während einer Schwangerschaft. Doch wie Sie sehen, Frau Kemper«, die Ärztin zeigt noch einmal auf den Monitor, »hat sich das Myom durch die Blutung bereits verkleinert. Außerdem liegt es am oberen Rand der Gebärmutter. Somit ist weitgehend ausgeschlossen, dass es die Entwicklung des Fetus beeinträchtigt oder später den Geburtskanal blockiert.«

All diese Fakten höre ich, verstehe ich, doch mein Herz ist schon wieder bei meinem Kind.

»Dem Baby passiert also nichts?«, vergewissere ich mich.

»Sie werden ab und an noch ein Druckgefühl haben, vielleicht auch Blutungen. Doch das ist nach jetzigem Erkenntnisstand nicht besorgniserregend für ihr Baby, nein. Alles Gute, ich muss jetzt in den Kreißsaal.«

Nachdem sie gegangen ist, gibt es kein Halten mehr. Schwester Therese umarmt mich, ich vergieße Tränen der Erleichterung, selig lassen wir unseren Gefühlen freien Lauf.

»Mensch, Juli, gerade noch mal gut gegangen«, schnieft sie mit feuchten Augen.

»Ja, mein Schutzengel hat ganze Arbeit geleistet.«

Eine Weile liegen wir einander in den Armen, dann richtet sich Schwester Therese auf und schenkt mir ein aufmunterndes Lächeln.

»In Hannahs Zimmer sind heute Morgen zwei Betten frei geworden. Möchtest du mit ihr zusammen liegen?«

»Sehr, sehr gern.«

»Warte, ich hole einen Rollstuhl für dich. Ist nur eine Vorsichtsmaßnahme.«

Mit flinken Schritten läuft sie hinaus. Im Gegenzug stürmt meine Mutter herein. Ihre Wimperntusche ist verlaufen, ihre Augen sind stark gerötet. Wie ein Pfeil fliegt sie auf mich zu und drückt mich so fest, dass ich kaum Luft bekomme.

»Dieser Kühlschrank von Ärztin sagte mir, alles ist in Ordnung«, sagt sie mit tränenerstickter Stimme. »Stimmt das?«

»Ja, es ist nur ein Myom. Gott sei Dank.«

Unauffällig schaue ich über ihre Schulter durch die halb geöffnete Tür. Offenbar ist Matteo schon gegangen. Nun, heute ist ja auch Montag, da sind die Praxen immer besonders voll.

»Matteo habe ich in die Cafeteria geschickt, damit er uns etwas zu trinken holt«, beantwortet meine Mutter die unausgesprochene Frage in meinem Gesicht. »Der Gute war völlig durch.«

»Matteo, ja.«

»Juli.« In ihre verweinten Augen tritt auf einmal ein äußerst wachsamer Ausdruck. »Was ist das mit euch beiden?«

Wie viel Zeit hast du? Eine Stunde, einen Tag, eine Woche? Es ist so irre kompliziert. Und längst nicht mehr nur, weil ich mich so stark zu ihm hingezogen fühle. Er berührt eine Seite in mir, die noch kein Mann berührt hat: die Sehnsucht, endlich anzukommen, das Gefühl, ich könnte bei ihm ein Zuhause finden.

»Freundschaft«, fasse ich die vielen Erläuterungen, die mir dazu einfallen, in einem tiefstapelnden Begriff zusammen.

»Schwindele doch bitte etwas raffinierter, sonst ist mein IQ beleidigt«, entgegnet meine Mutter verstimmt. »Schon bei Oma Hilde fiel mir auf, wie ihr euch anseht. Innig, vertraut, um nicht zusagen: verliebt. Und heute hat er sich so verzweifelt aufgeführt, als wäre er der Vater deines Babys.«

Soll ich es leugnen? Nein, hat ja sowieso keinen Sinn mehr. Matteo selbst hat sich schließlich bei unserer Ankunft als Vater zu erkennen gegeben.

»Das ist er auch«, flüstere ich. »Wir hatten nur eine einzige Nacht, Mama, damals war er gerade von Emily getrennt. Dann erfuhr er, dass sie schwanger ist ...«

»... und ist als treusorgender Mann zu ihr zurückgedackelt.«

»So in etwa.«

»Ach, meine arme kleine Juli, das war die schlechteste Idee, die er je hatte. Ihr gehört zusammen. Und Emily gehört mal gehörig die Meinung gegeigt. Allein die Sache mit ihrem mutmaßlichen Lover ist doch die Höhe.«

Wohl wahr. Was mir jedoch schleierhaft ist: Falls Emily einen Lover hat – wofür einiges spricht, nicht zuletzt der Vaterschaftstest –, warum führt sie dann ein Doppelleben? Sie könnte sich doch von Matteo trennen und mit dem anderen Mann so oft ins Bett steigen, wie sie lustig ist. Ohne jede Geheimnistuerei.

»Denkst du, was ich denke?«, fragt meine Mutter eine Spur spöttisch.

»Was denkst du denn, was ich denke?«

»Sollte es einen Geliebten geben, wäre es das Einfachste, wenn Emily Matteo gehen lässt. Tut sie aber nicht, weil ihr Lover …«

»… verheiratet ist!«, rufe ich so laut, dass ich mich selber erschrecke.

»Weil er verheiratet ist«, wiederhole ich flüsternd, als könnte ich damit meinen vorherigen Ausbruch ungeschehen machen. Logik war nie meine Stärke.

»Jedenfalls irgendwie gebunden. Vielleicht hat er ja auch eine tyrannische Mutter, die ihm nicht erlaubt, sich auf eine Frau einzulassen.«

»Eine sehr, sehr wahrscheinliche Erklärung.« Ironisch ziehe ich eine Augenbraue hoch. »Shirley Holmes hat's drauf.«

Bevor wir dieses Thema weiter erörtern können, kommt Schwester Therese mit dem angekündigten Rollstuhl zurück. Auch ein Kliniknachthemd hat sie für mich mitgebracht. Meine blutbesudelte Yogahose entsorgt sie stillschweigend in einem großen weißen Mülleimer, der in der Ecke steht. Der Anblick des Bluts ist immer noch schockierend für mich. Binnen Sekunden sinkt meine Stimmung wieder in den Keller und wird auch nicht besser, als mir Therese einen unförmigen Baumwollschlüppi mit einer extragroßen Binde reicht.

»Wow, sexy«, versucht meine Mutter, meine trübe Stimmung aufzuhellen.

»Danke, Mama, ich denke schon die ganze Zeit darüber nach, welchen Pfleger ich als Nächstes verführe«, gehe ich auf ihren Spaßton ein, weil ich spüre, dass sie nach den durchgestandenen Ängsten am liebsten losheulen würde.

»Verführ doch Doktor Matthiesen«, gluckst Schwester Therese. »Alle hier sagen, dass er neuerdings auf dich steht, Juli.«

»Wer ist Matthiesen?«, will meine Mutter wissen.

Kingkongmäßig trommele ich mir auf die Brust.

»Unser Oldschool-Obermacker in Weiß und präpotenter Schrecken der Christophorus-Klinik. Sei froh, dass er keinen Dienst hat, Mama. Den sollte man besser verpassen. Und so, wie du heute Emily rundgemacht hast, ist es auch besser für ihn.«

»Na jaaaa, könnte sein, dass ich bei Emily ein winziges Bisschen übertrieben habe«, schmunzelt sie. »Hat aber gutgetan. War mir ein inneres Schützenfest.«

Zusammen mit Schwester Therese hilft sie mir, das Nachthemd überzustreifen, danach bugsieren mich die beiden in den Rollstuhl. Nötig ist das eigentlich nicht mehr. Ich fühle mich wieder kräftiger, auch das Ziehen und Drücken in meinem Bauch hat nachgelassen. Wahrscheinlich eine psychosomatische Reaktion: Sobald die Seele Entwarnung gibt, entspannt sich der Körper.

Obwohl ich das auch Schwester Therese mitteile, besteht sie darauf, mich per Rollstuhl aus dem Zimmer und danach den langen ockerfarbenen Gang hinunterzuschieben. Meine Mutter weicht uns nicht von der Seite. Staunend registriert sie, dass sämtliche Schwestern, denen wir begegnen, laut applaudieren und mir nette Worte zurufen.

»Kopf hoch, Juli! Wir freuen uns! Unsere Daumen sind gedrückt!«

»Du hast hier ja einen Ruf wie Donnerhall«, sagt sie mit unverhohlenem Stolz.

»Den hat sich Juli aber auch hart erarbeitet«, merkt Schwester Therese an. »Wer sie als Hebamme engagiert, kann sich glücklich schätzen.«

Zweimal klopft sie an Hannahs Tür, bevor wir eintreten. Das heißt, ich werde reingerollt.

»Da bist du ja, Juli!«, begrüßt mich Hannah überschwänglich. Mit Anton im Arm sitzt sie in einem grauen Jogginganzug auf der Bettkante. »Hab schon alles gehört, der Flurfunk funktioniert hier bestens. Schön, dass es nichts Ernstes war.«

»Ja, ich bin auch zutiefst erleichtert. Darf ich dir meine Mutter vorstellen? Das ist Carmen, äh, Ca … wie möchtest du denn jetzt genannt werden, Mama?«

»Caroline Kemper.« Lächelnd streckt sie Hannah die rechte Hand hin. »Sagen Sie einfach Carmen. Ist es okay, wenn ich noch ein bisschen bei Juli bleibe?«

»Nur zu, uns kann nichts mehr erschüttern«, versichert Hannah und streichelt Antons Köpfchen. »Die Rushhour nach der Geburt war echt anstrengend. Aber Juli hat mir gute Tipps gegeben, und«, mit dem Kopf deutet sie auf die beiden leeren Betten im Zimmer, »die anderen Mütter sind ja inzwischen wieder zu Hause. Wir haben sturmfrei, Juli!«

»Yeah-i«, markiere ich teenagerhaften Überschwang.

Wir zucken zusammen, als mit einem Knall die Tür auffliegt, und Matthiesen wie gewohnt ohne anzuklopfen hereinmarschiert kommt.

»Schwester Therese, was machen Sie hier? Dies ist eine Krankenstation, kein Kaffeekränzchen!«, faltet er die arme Therese zusammen, die sogleich aus dem Raum huscht. »Und Sie, Frau

Kemper? Was haben Sie denn nun wieder für einen Heckmeck angestellt?«

Jetzt wäre eigentlich meine Mutter dran. Auf Machos reagiert sie zuverlässig allergisch, weshalb ich mich schon auf ihr geharnischtes Kontra freue. Doch da kommt nichts. Gar nichts. Sie starrt ihn nur an, als hätte ein Zombie den Raum betreten. Also übernehme ich ihren Part.

»Sehr geehrter Herr Doktor Matthiesen, egal, welche Laus über Ihre Leber spaziert ist, so spricht man nicht mit Patientinnen«, wehre ich mich gegen seinen übergriffigen Ton. »Im Übrigen ist Doktor Lindström für mich zuständig. Sie können also gleich wieder gehen.«

Das verzeiht er mir nie. Taktisch war es unklug, emotional notwendig, sonst wäre ich geplatzt. Blanke Wut verzerrt sein Gesicht, in seinen Augen lodert das Höllenfeuer. Wären nicht Hannah und meine Mutter zugegen, müsste ich mich auf ein Donnerwetter gefasst machen. So wird es nur ein laues Lüftchen.

»Wir sprechen uns noch, Frau Kemper!«

Mit dieser lächerlichsten aller leeren Drohungen verzieht er sich. Danach ist es erst einmal mal still. Verwundert schaue ich zu meiner Mutter, die immer noch vollkommen erstarrt neben Hannahs Bett steht. Nur ihre Nasenflügel beben.

»Mama? Was ist los? Das war doch nur der bekloppte Matthiesen.«

»Sein Geruch«, murmelt sie wie in Trance. »Es ist derselbe Geruch.«

»Ich fürchte, ich kann dir nicht ganz folgen. Matthiesen hat immer so ein penetrantes Zeug drauf.«

»Ja, sogar im Kreißsaal roch er wie eine ganze Parfümerie«, pflichtet Hannah mir bei.

Mit einer Hand stützt sich meine Mutter auf dem Fußteil des Betts ab, bevor sie weiterspricht.

»Gestern bei Emily im Flur, erinnerst du dich, Juli, was ich dir erzählt habe? Da hing doch so ein abartiges After-Shave in der Luft.« Tief atmet sie ein, wieder beben ihre Nasenflügel. »Irrtum ausgeschlossen: Es war dasselbe After-Shave, das dieser Mann benutzt.«

Kapitel 30

Wie es manche Leute schaffen, mit sich selbst zu leben, wird mir ewig ein Rätsel bleiben. Doch zu Matthiesen fällt mir nun gar nichts mehr ein. Klebt der sich morgens Glitzersteinchen auf den Spiegel, damit er seinen eigenen Anblick erträgt?

Bisher hatte ich ihn immer nur für einen hirnlosen Macho gehalten. Für den Chefarzt mit dem Riesenego, der mich weder als Mensch noch als Frau oder als Hebamme respektiert. Vor allem fachlich stellt er ja konsequent auf Durchzug. Konfrontiere ich ihn mit einem guten Argument oder einer neuen Studie, ist seine Reaktion stets dieselbe: Kritik zur Kenntnis nehmen, Ignoriervorgang einleiten, weitermachen wie bisher.

Damit gehört er zu jenen Männern, über die sich abschließend sagen lässt: Das Blöde daran ist das Dumme darin. Doch eine Affäre mit Emily anzufangen, mit der Lebensgefährtin seines Kumpels Matteo, das toppt alles. Sofern denn die Indizien diesen Schluss zulassen.

»Bist du dir auch ganz sicher?«, frage ich meine Mutter ungefähr zum hundertsten Mal und drehe mich zu ihr um.

Sie hat mich kurzerhand wieder in den Rollstuhl verfrachtet. Nun sind wir auf dem Weg zur Klinikcafeteria, um ungestört weiterreden zu können. Energisch schiebt sie mich durch die Gänge.

»Was den Geruch betrifft, bin ich tausendprozentig sicher.«

»Und wenn es nun noch mehr Männer mit so einem grässlichen Parfum gibt?«

»Theoretisch bestimmt.« Sie beschleunigt ihren Schritt und biegt schwungvoll um eine Ecke. »Praktisch würde ich sagen, dass Männer stinkefaul sind. Die suchen sich immer ein Betthäschen in ihrer allernächsten Umgebung.«

Da spricht sie natürlich aus eigener leidvoller Erfahrung. Mein Vater hat ja auch mit einer Anwaltsgehilfin angebandelt, die direkt vor seiner Nase saß. Ebenso könnte es Matthiesen zupassgekommen sein, dass sein Kumpel Matteo eine Frau an seiner Seite hat, die Begehrlichkeiten in ihm weckte. Plus unglückliche Ehe, plus Casanova-Gen könnten das die klassischen Voraussetzungen für einen Seitensprung gewesen sein.

Inzwischen haben wir die Cafeteria erreicht. Kurz müssen wir warten, bis die Sensoren der Glasschiebetür uns erfasst haben, dann fahren wir hindurch.

»Ach, du Elend«, stöhnt meine Mutter.

Ich weiß, was sie meint. Vermutlich gibt es kaum einen trostloseren Ort als diese Klinikcafeteria. Ein unguter Mief schlägt uns entgegen, die Wände sind deprimierend bunt gestrichen wie in einem Kindergarten für Erwachsene. An den Tischen hocken Patientinnen und Patienten jeden Alters, wahlweise in schlabbrigen Schlafanzügen, speckigen Bademänteln oder verwaschenen Jogginganzügen. Da und dort auch in Begleitung relativ normal gekleideter Besucher, die so aussehen, als hätten sie nur einen Wunsch: so schnell wie möglich wieder zu verschwinden.

Okay, ich sehe auch nicht viel besser aus in meinem weißen Kliniknachthemd, und der türkisfarbene Gymnastikanzug meiner Mutter ist ebenfalls alles andere als alltagstauglich.

»Da hinten sind ein paar freie Tische, Mama. Vor der Kuchenvitrine.«

»Du hast doch wohl nicht etwa vor, in dieser komischen Hütte etwas zu essen«, sagt sie empört.

»Nein, habe ich nicht. Alles, was ich möchte, ist ein großes, großes Wasser. Und eine kleine Cola für den Kreislauf.«

Nach den soeben durchgestandenen Ängsten brauche ich jetzt ein bisschen braune Blubberbrause. Natürlich ist mir bewusst, dass man als Schwangere die in Cola enthaltene Phosphatsäure nur in Maßen genießen sollte, gelobe mir aber, dass es eine Ausnahme bleiben wird.

Körperlich geht es mir erstaunlich gut. Ein leichtes Ziehen im Bauch spüre ich noch, doch es ist nur ein schwaches Echo jener Schmerzen, die ich bei meiner Einlieferung hatte. Wie froh ich bin, dass Mama und Matteo mir so zur Seite gestanden haben, bevor Doktor Lindström Entwarnung geben konnte.

Wo ist Matteo überhaupt? Wollte er hier nicht Getränke für uns besorgen? Irgendetwas scheint ihm dazwischen gekommen zu sein.

Was das *Irgendetwas* ist, wird offensichtlich, als ich mich in der Cafeteria umschaue. Ganz hinten, nahe dem Ausgang zur Toilette, hockt er an einem winzigen Tisch. Mit Anett. Heftig gestikulierend redet sie auf ihn ein, er sitzt ihr mit hochgezogenen Schultern gegenüber, als müsse er sich vor einer Attacke schützen.

»Wer ist denn die Schreckschraube im Schwesternkittel, die Matteo verhört?«, erkundigt sich meine Mutter, die ihn nun ebenfalls entdeckt.

»Das ist Anett, sie ist meine Freundin. *War* meine Freundin«, korrigiere ich mich. »Wir haben uns gerade zerstritten, aber eigentlich ist sie ein Schatz, mit dem Herzen auf dem rechten Fleck.«

»Wenn man schon das Wörtchen ›eigentlich‹ verwenden muss, kann man die Lobhudeleien auch gleich sein lassen«, befindet meine Mutter. »Was hat sie überhaupt mit Matteo zu schaffen?«

»Neuerdings ist sie eng mit Emily befreundet.«

»Was zusätzlich gegen sie spricht.«

Leider ja. Dennoch bin ich geneigt, zu Anetts Entschuldigung anzuführen, dass sie halt auf Emilys gekonnte Ich-bin-die-süße-kleine-Maus-Performance reingefallen ist. Wer Emily wirklich ist, muss Anett schon selbst herausfinden. Würde ich versuchen, sie darüber aufzuklären, wäre das nur ein Grund mehr für sie, ihre neue Freundin zu verteidigen.

»Festhalten, Juli!« Geschickt rangiert meine Mutter den Rollstuhl quer durch die Cafeteria in Richtung Kuchenbüffet, wo sie mein Gefährt an einem der freien Tische parkt. Dort sinkt sie auf einen dazugehörigen Stuhl und kommt direkt wieder zur Sache. »Was kannst du mir noch über diesen Matthiesen erzählen? Ich schätze, er ist verheiratet?«

»Ja, mit einer vermögenden Frau, wie man hört. Warum?«

»Weil er damit haargenau zu unserer Arbeitshypothese passt.« Aufgeregt schnippt meine Mutter mit den Fingern. »Er ist verheiratet, will sich aber nicht scheiden lassen, weil er finanziell garantiert leer ausgehen würde. Also verlustiert er sich heimlich mit Emily. Die wiederum klettet Matteo an sich, damit sie ihren zuverlässigen Ernährer behält.«

Klingt einleuchtend. Neben dem After-Shave-Geruch wäre das dann ein weiteres Puzzlestückchen, das passt. So wie auch Matthiesens Verhalten am Raclette-Abend. Aufseufzend fege ich mit dem Handrücken ein paar Krümel vom Tisch.

»Was ist nur aus dieser Welt geworden?«

»Die Welt war schon immer so«, antwortet meine Mutter mit einer wegwerfenden Handbewegung. »Was denkst du denn, wie lange dein Vater seine Affäre vor mir verheimlicht hat, weil ihm vor einer Scheidung graute? Trotzdem konnte er sich nicht zurückhalten. So ist das halt. Mutter Natur hat Männern Hirne und Penisse verpasst, aber nicht die Fähigkeit, beides gleichzeitig mit Blut zu versorgen. Und am Ende gewinnt immer der Zauberstab.«

Wir schweigen einen Augenblick. Dann steht meine Mutter auf, um uns etwas zu trinken zu holen. Langweilig wird's trotzdem nicht. Am Nebentisch sitzt ein älterer Herr in abgelatschten Adiletten und blau-weiß gestreiftem Schlafanzug, der seine Besucherin – höchstwahrscheinlich die werte Gattin – lang und breit in die Einzelheiten seiner Prostataoperation einweiht. Bis hin zur detailverliebten Schilderung gewisser Pinkelprobleme. Unterdessen surft seine Frau, eine korpulente ältere Dame in hautengen pinkfarbenen Leggins, hingebungsvoll auf ihrem Handy.

»Bitte sehr, einmal Wasser, einmal Cola nach Art des Hauses.« Mit einem mokanten Gesichtsausdruck stellt meine Mutter eine große und eine kleine Flasche vor mich hin. Sich selbst hat sie einen Cappuccino gegönnt, den man hier im Plastikbecher kredenzt. Bevor sie sich setzt, streift ihr Blick den Nebentisch. »Als Kind wollte ich ja nie in den Zirkus, jetzt bin ich mittendrin. Sei's drum. Wo waren wir noch mal stehen geblieben?«

»Redet Anett immer noch mit Matteo?«, stelle ich die Frage, die mir am meisten auf der Seele brennt, weil ich ihn von hier aus nicht im Auge behalten kann.

»So ist es. Deine Eigentlich-Freundin quasselt wie ein Wasserfall. Uaahh, grauenvoll, dieser Cappuccino.« Naserümpfend schiebt sie den Becher beiseite. »Juli, wenn wir hier irgendwie weiterkommen wollen, musst du dich an alles erinnern, was irgendwie aufschlussreich sein könnte. Auch an scheinbar Unwichtiges. Was weißt du noch über Matthiesen?«

Erst mal drehe ich den Verschluss der Cola auf. Zischend entweicht die Kohlensäure, dann trinke ich einen Schluck. Die Cola ist handwarm. Na ja, unwichtig.

»Abgesehen von seinen ärztlichen Aktivitäten und dem Klinikklatsch ist mir nichts weiter über Matthiesen bekannt.«

»Da muss doch noch irgendetwas sein«, insistiert meine Mutter. »Hat er Kinder? Laster? Hobbys?«

Von Kindern weiß ich nichts. Genauso wenig von Lastern – seine angebliche Neigung zu Seitensprüngen mal ausgenommen. Nur über Hobbys könnte ich vielleicht etwas sagen, auch wenn uns das nicht weiterbringen wird.

»Er segelt und spielt Golf«, breite ich mein spärliches Wissen aus.

»Noch etwas?«

Angestrengt denke ich nach, während ich einen weiteren Schluck von der warmen Cola trinke.

»Letzte Woche waren wir gemeinsam bei Emily zum Raclette eingeladen. Da erwähnte er, dass er mit einem edlen Rennrad gekommen ist.«

»Rennrad!« Mit der flachen Hand schlägt meine Mutter so temperamentvoll auf die Tischplatte, dass das ältere Paar vom Nebentisch vorwurfsvoll zu uns herüberschaut. »Der Typ, der gestern aus Emilys Haus kam, hat sich auch mit einem Rennrad in die Büsche geschlagen! Juli? Was ist denn?«

Ich habe gerade eine Vision. Ein konkretes Bild, besser gesagt, das plötzlich aus den Tiefen meiner Erinnerung hochsteigt.

Der Schauplatz meiner Nacht mit Matteo, *unserer* Nacht, war eine verkramtes winziges Appartement, und jetzt erinnere ich mich wieder lebhaft an das Fahrrad neben dem Bett. Ein dunkelgraues Rennrad aus Carbonfaser, ultimativ Hightech und so teuer, dass ich es mir niemals leisten könnte. Als passionierte Radfahrerin merkt man sich so was. Manchmal schaue ich mir solche Räder im Internet an, sie können locker zehntausend Euro kosten. Das zahlt man nicht aus der Portokasse. Dafür braucht man ein dickes Portemonnaie.

»Juli, ist dir nicht gut? Mute ich dir zu viel zu? Soll ich dich vielleicht wieder aufs Zimmer bringen, damit du dich ausruhen kannst?«

»Nein, lass mal«, murmele ich, »ich habe nur gerade einen neuen Puzzlestein entdeckt. Sei so lieb und gib mir bitte eine Minute, um zu checken, ob er in unsere Theorie passt.«

Unterdessen schlagen meine Gedanken Purzelbäume. Noch komme ich nicht dahinter, wie das alles zusammenhängt. Und einstweilen bewege ich mich ja auch noch auf dem reichlich unsicheren Terrain der Spekulation.

Also noch mal von vorn. Gesetzt den Fall, es war Matthiesens Rad neben dem Bett, was machte es da? Matteo ist kein Radfahrer, soweit ich weiß, und ein sündteures Profirennrad würde sowieso nicht zu ihm passen. Außerdem habe ich nie begriffen, warum wir überhaupt in dieser Junggesellenhöhle gelandet sind. Matteo wohnt bei Emily. Das ist mittlerweile klar. Hat er weiterhin eine eigene Wohnung behalten, um sich ab und an aushäusig zu amüsieren? Nein, auch das passt nicht zu Matteo. Aber zu jemand anderem. Matthiesen.

»Bitte, Juli, sag doch was«, fleht meine Mutter. »Ich mache mir Sorgen, es war alles viel zu viel heute. Du wirkst richtig weggetreten!«

»Nein, ich bin hochkonzentriert.« Auf einen Rutsch trinke ich den Rest der Cola aus. Nervennahrung. Gleich darauf öffne ich die Wasserflasche. »Hör dir bitte einmal an, was ich denke, und dann sag mir, was du davon hältst.«

So übersichtlich wie möglich referiere ich meine Gedankengänge. Sie klingen etwas abenteuerlich, aber dann doch überraschend schlüssig. Nachdem ich meinen kleinen Vortrag beendet habe, hebt meine Mutter wieder eine Hand, um sie auf die Tischplatte sausen zu lassen, bremst sich aber im letzten Moment.

»Kombiniere: Matthiesen verfügt über ein Liebesnest«, fasst sie meinen Bericht zusammen und legt die Hand ganz artig auf den Tisch. »Dort trifft er sich mit Emily, wenn die gerade keine sturmfreie Bude hat. Vielleicht empfängt er dort auch noch andere Frauen, wer weiß. Und für euren One-Night-Stand hat er dieses Liebesnest seinem Buddy Matteo überlassen. Richtig so?«

Ich nicke. Sie hat meine Schlussfolgerungen perfekt auf den Punkt gebracht.

»Aber hilft uns das jetzt weiter?«, überlege ich laut.

»Im Prinzip ja, allerdings brauchen wir mehr«, erwidert meine Mutter, die wieder ihr Shirley-Holmes-Gesicht aufsetzt. »Ich könnte mich auf die Lauer legen. Das Liebesnest überwachen.«

»Lustige Idee, leider weiß ich nicht, wo es ist.«

»Du warst aber doch da?« Ein durchtriebenes Lächeln verdrängt ihre Detektivmiene. »Gut, sag nichts, du warst damals umnachtet. Und vielleicht auch ein bisschen beschickert.«

»Nicht sehr, Mama.«

»Das würde jede normale Tochter behaupten.«

»Nicht, wenn sie eine unnormale Mutter hat.«

Darüber müssen wir beide lachen. Wie rasch sich doch alles zwischen uns verändert hat seit der Aussprache in Tommy's Tanke. Wir haben uns gefunden. Wir stehen zusammen. Ein bisschen Carmen blitzt bei meiner Mutter immer noch durch, jedoch in einer Dosis, die mir richtig gut gefällt.

»Und jetzt, Juli? Wie gehen wir weiter vor?«

»Ich bin tatsächlich etwas müde«, gebe ich zu. »Bringst du mich zurück auf die Station?«

»Selbstverständlich. Nur eins noch: Wir haben viele spannende Fakten, können sie aber erst richtig auswerten, wenn sich Matteo dazu äußert – ob es damals wirklich Matthiesens Wohnung war, zum Beispiel. Meinst du, du könntest ihn dazu bewegen, auszupacken?«

Unentschlossen zucke ich die Schultern. Es behagt mir nicht, Matteo in unsere »Ermittlungen« reinzuziehen.

Dabei könnte ich sogar noch viel mehr tun: Luca grünes Licht geben, sich in Frau Doktor Seiberts Patientendaten zu hacken, um eventuell mehr über die Vaterschaft von Emilys Baby zu erfahren. Doch vor dieser Grenzüberschreitung schrecke ich zurück. Ich bin eine verliebte Frau, die bereit ist, für den Mann ihres Herzens zu kämpfen. Mit legalen Mitteln. Nicht mit illegalen Methoden. Da bin ich eben ganz die Enkelin von Oma Hilde: Schlau darf man sein, auch frech, aber nie kriminell, hat sie mir eingetrichtert.

»Ich sehe, was ich tun kann, Mama«, antworte ich, ohne irgendetwas zu versprechen. »Und danke, dass du so unverbrüchlich auf meiner Seite stehst.«

»Danke, dass ich im Team Juli sein darf«, revanchiert sie sich. »Ehrlich, es macht Spaß, dieser Emily auf die Schliche zu kommen. Warte kurz, ich schaue mal nach, ob Matteo noch da ist.«

Energiegeladen steht sie auf, läuft ein paar Schritte und späht um die Ecke des Kuchentresens. Schon nach wenigen Sekunden ist sie zurück.

»Leider vom Erdboden verschluckt, dein Matteo. Vielleicht auch besser so, du brauchst Ruhe.« Auf einmal macht sie ein Gesicht wie früher vor der Weihnachtsbescherung, dann zieht sie ein Handy aus der Tasche. Mein Handy. »Simsalabim! Sieh mal, ich habe Isabel gebeten, per Kurier deine Sachen aus dem Umkleideraum herzuschicken. War das eine gute Idee, oder war das eine gute Idee?«

»Eine phantastische Idee! Danke!«

So wie bei den meisten Leuten heutzutage befindet sich mein ganzes Leben im Handy. Vor allem Matteos Nachricht …

»Dann bringe ich dich jetzt auf die Station.«

Vorher wischt sie den Tisch mit einer Papierserviette ab, entsorgt den Cappuccinobecher und bringt brav die Pfandflaschen zurück zum Verkaufstresen. Als sie mich danach mit der Präzision eines Rennfahrers durch den Parcours der Tische zum Ausgang schiebt, haucht sie mir einen Kuss aufs Haar.

»Hach, Juli, dafür, dass ich heftig einen an der Bommel habe, schmeiße ich den Laden doch ganz gut, oder?«

»Besser geht's nicht, Mama.«

Und das meine ich wirklich so.

Kapitel 31

In Krankenhäusern wird bekanntlich enorm früh zu Abend gegessen. Oft kommt das Essen schon um siebzehn Uhr, hier auf der gynäkologischen Station meist um halb sechs. Jetzt ist es halb sieben. Somit hätte ich die Essensausgabe verpasst – wenn nicht Hannah mithilfe von Schwester Therese gleich zwei Tabletts für mich gebunkert hätte.

»Gern geschehen«, lächelt sie, als ich mich dafür bedanke. »Ist doch toll, dass wir ein bisschen Zeit zusammen verbringen können.«

»Finde ich auch.«

Mit ungeheurem Appetit verdrücke ich die nach Sägemehl schmeckenden Brotscheiben, den plastikartigen Käse, die etwas angeschrumpelten Gürkchen, also das, was hier als Abendessen firmiert. Warum man ausgerechnet kranken Menschen keine vollwertigere Kost anbietet, gehört wohl zu den ewigen Geheimnissen des Gesundheitswesens. Beklagen möchte ich mich aber keineswegs. Vielmehr habe ich allen Grund zur Dankbarkeit: Meinem Kind geht es gut, mir geht es schon viel besser, und bis morgen Vormittag habe ich nichts weiter zu tun, als mich von den Strapazen dieses denkwürdigen Tages zu erholen.

Denkwürdig auch wegen Matteo. Mein Herz schlägt immer noch schneller, wenn ich mir in Erinnerung rufe, wie er um mich gebangt hat, wie selbstverständlich er für mich da war. Und das, nachdem ich ihm gestern diese polarkalte Nachricht gesendet habe.

Was wohl Anett von ihm wollte? Bestimmt hat sie ihm gehörig die Leviten gelesen, weil er mit mir in die Klinik gefahren ist, statt bei Emily zu bleiben. Tja. Anett und Emily, das neue Herzensgespann. Alles in mir läuft Sturm, weil ich nichts gegen diese feindliche Allianz tun kann.

»Wie ist das mit so einem Myom?«, holt mich Hannah aus meinen Gedanken. »Tut das weh?«

»Für gewöhnlich nicht, nein.« Immer noch hungrig, reiße ich den Deckel eines Erdbeerjoghurts ab, der hier zum Abendessen gereicht wird. »Mein Myom ist nur wegen der Schwangerschaftshormone so rasant gewachsen. Klientinnen mit Kinderwunsch empfehle ich deshalb, die Dinger lange vor einer geplanten Schwangerschaft entfernen zu lassen, damit das schon mal erledigt ist.«

»Verstehe. Und warum hast du das nicht getan?«

»Es war eine, nun ja, ungeplante Schwangerschaft, und auf Myome habe ich mich schon länger nicht mehr untersuchen lassen.« Während ich den viel zu süßen Joghurt löffele, betrachte ich aufmerksam Mutter und Kind. »Wie fühlst du dich, Hannah?«

Eine rhetorische Frage. Ich mache mir große Sorgen um sie. Anton schläft in seinem angehängten Bettchen und sieht wohl und rosig aus, Hannah hingegen wirkt restlos erschöpft. Ihre karottenroten Haarsträhnen sind ungekämmt, unter ihren Augen liegen bläuliche Schatten, noch immer ist sie sehr blass.

»Ich weiß, ich sehe aus wie der berühmte Schluck Wasser in der Kurve«, seufzt sie, als sie meinen besorgten Blick auffängt. »Mir fehlt einfach Schlaf.«

Das ist das eine. Dramatischer wirkt sich vermutlich der Blutverlust aus. Bei einem Kaiserschnitt verlieren Gebärende im Schnitt doppelt so viel Blut wie bei einer Vaginalgeburt, manchmal mehr als einen halben Liter. Das steckt man nicht einfach so weg.

»Hat man dir Flüssigkeitsinfusionen gegeben? Und dich auf die Möglichkeit einer Bluttransfusion hingewiesen?«

»Nein, bislang nicht.« Bekümmert kaut sie auf der Innenseite ihrer Wange herum. »Es dauert wohl noch eine Weile, bis ich wieder in Form bin. Dabei werde ich dringend daheim im Betrieb gebraucht. Meine Tischlerei hat mehr Aufträge, als wir bewältigen können.«

»Vorsicht, schwer heben darfst du erst einmal nicht«, warne ich sie. »Auch Sport ist erst frühestens in sechs Wochen erlaubt.«

»Hab ich mir schon gedacht. Wie geht es denn jetzt mit uns weiter, Juli?«

Vorsichtig hieve ich mich aus dem Rollstuhl und setze mich zu ihr aufs Bett.

»Ich bin natürlich weiter an deiner Seite. Frag mich jederzeit, wenn irgendetwas sein sollte. In etwa zehn Tagen wird deine Narbe verheilt sein, dann beginne ich mit gezielten Bauchmassagen, um die Rückbildung deiner Gebärmutter zu unterstützen.«

»Danke dir.« Kraftlos lehnt sie sich an meine Schulter. »Wenigstens auf dich kann ich mich verlassen. Im Betrieb geht es momentan drunter und drüber, und jetzt hat auch noch der Azubi hingeschmissen.«

Beim Stichwort Azubi klingelt etwas bei mir. Nur was? Ich muss zunächst die vielen Erlebnisse dieses turbulenten Tages sortieren, bevor ich darauf komme.

»Da fällt mir etwas ein, Hannah: Tarek, der Partner einer jungen Frau, die ich betreue, ist mit seiner Schreinerlehre unzufrieden. Es gibt Probleme mit dem Chef. Würde es helfen, wenn er sich mal bei euch vorstellt?«

»Das wäre phantastisch!« Hannahs Augen leuchten auf. »Ich suche händeringend einen neuen Azubi!«

So mag ich es am liebsten: Fügungen, von denen alle etwas haben. Meiner Einschätzung nach würden Hannah und Tarek gut zusammenpassen. Seine Motivation scheint jedenfalls hoch zu sein, sonst hätte er die Lehre sicherlich schon abgebrochen.

»Entschuldige, Juli«, mit einer Hand zeigt Hannah auf den schlafenden Anton. »Ich werde ein bisschen die Augen zumachen, solange der Kleine mich lässt.«

Wieder mustere ich ihr abgekämpftes Gesicht, die tiefen Schatten unter ihren Augen. Es muss dringend etwas geschehen. Sie braucht eine Auszeit, sonst droht ein Burnout.

»Möchtest du nicht lieber etwas länger als ein paar Stunden schlafen, Hannah?«

»Möchten schon, können nicht. Ich muss ja Anton stillen.«

»Es gäbe eine Alternative«, erwidere ich und hoffe, dass sie darauf eingeht. »Wir lassen uns eine Milchpumpe bringen, ich zeige dir, wie man abpumpt, und dann kümmere ich mich heute Nacht um Anton, wenn er wach wird. Bei Zimmertemperatur hält sich Muttermilch etwa vier bis sechs Stunden, im Kühlschrank hier auf der Station auch länger.«

Ungläubig schaut sie mich an.

»Das würdest du für mich tun?«

»Mit großer Freude. Außerdem kann ich bei der Gelegenheit gleich schon mal üben, ein Baby zu versorgen. Am lebenden Objekt sozusagen.«

Nachdem mir Hannah nickend ihr Einverständnis signalisiert hat, läute ich nach der diensthabenden Schwester. Therese hat offenbar schon Feierabend, denn es ist Lernschwester Karina, die zur Tür hereinkommt. Kurz erläutere ich, was wir vorhaben, wenig später bringt sie uns auch schon eine Milchpumpe.

»Vorsicht, meine Nippel sind noch empfindlich«, sagt Hannah ängstlich, als sie das Gerät sieht.

»Wenn du den Bogen erst mal raus hast, ist das sogar nippelschonender als das Saugen deines Babys.«

Bis es funktioniert, braucht man allerdings etwas Geduld, klar. Ich zeige ihr, wie sie ihre Brust am besten abstützt, wie sie den Trichter richtig ansetzt, und gebe ihr noch ein paar Tipps.

»Viel trinken ist wichtig, zum Beispiel Anis- oder Fencheltee. Finger weg von Salbei- und Pfefferminztees, die können die Milchbildung hemmen. Vor dem Abpumpen hilft es, die Boobies ein wenig zu massieren und warme Wickel zu machen, wie vor dem Stillen. Und immer dran denken: Nur in stressfreien Situationen klappt es mit dem Milchspendereflex.«

Wir nehmen uns viel Zeit, die haben wir hier ja schließlich in rauen Mengen. Als sich genügend Muttermilch in dem kleinen Tank gesammelt hat, sind wir beide ein bisschen stolz.

»So eine Pumpe ist auch ideal für zu Hause«, erkläre ich, während ich die Milch in sterilisierte Fläschchen umfülle. »Auf diese Weise kann Henning immer mal wieder eine Nacht für dich übernehmen. Oder du pumpst Milch ab, wenn du einen beruflichen Termin hast.«

Zweifelnd betrachtet sie das Gerät.

»Ist so was nicht furchtbar teuer?«

»Viele Apotheken verleihen gute Milchpumpen. Nach dem Abstillen gibt man sie einfach wieder zurück. So, und jetzt mach bitte die Augen zu, der Rest ist mein Job. Entspann dich.«

Damit überlasse ich sie ihrer wohlverdienten Ruhe und wechsele in das Nebenbett, das frisch bezogen auf mich wartet.

Bereits eine Minute später ist Hannah eingeschlafen. Sie wird auch nicht so schnell wieder aufwachen, weil sie weiß, dass für Anton gesorgt ist. Nach der Geburt haben Mütter einen sehr, sehr leichten Schlaf, auch Ammenschlaf genannt: Schon beim kleinsten Geräusch schrecken sie hoch. Dieser Standby-Modus des Gehirns ist ein Schutzmechanismus, damit dem Baby nichts passiert, für Mütter allerdings sehr anstrengend. Doch wenn tief im Unterbewusstsein die Gewissheit verankert ist, dass sie Verantwortung abgeben können, und sei es nur für eine Nacht, fallen sie quasi ins Koma.

Während ich den Atemzügen von Hannah und Anton lausche, schaue ich lange nur die weißen Wände an. Dabei streichele ich intuitiv meinen Bauch. Wie geht's dir, Mäuschen? Hast du alles gut überstanden?

Fast bin ich weggenickt, als mein Handy surrt. Schlagartig erinnert es mich daran, dass meine Welt ja nicht nur aus diesem weißgetünchten Krankenzimmer besteht. Ich schaue nach rechts zum Nachttisch, wo meine Mutter das Handy deponiert hat, bevor sie gegangen ist. Munter surrt es vor sich hin wie ein quengelndes Kleinkind: Na, los doch, worauf wartest du, ich bin auch noch da!

Unzählige Nachrichten sind eingegangen. Vor allem in meiner WhatsApp-Gruppe *Komm schon, Baby* schlägt meine heutige Schwangerschaftskomplikation hohe Wellen. Tief gerührt lese ich die vielen lieben Wünsche, spüre die lebhafte Anteilnahme an meinem Leben, das Wohlwollen, das Mitfiebern.

Auch Emily hat mehrfach geschrieben. Aber ich werde einen Teufel tun und ihre Nachrichten lesen. Man muss wahrlich kein Hellseher sein, um zu wissen, dass sie mir wieder alles Mögliche und Unmögliche reinzwiebeln will. Ihre miese Masche habe ich mittlerweile durchschaut: Sie verletzt andere und lässt es dann so aussehen, als ob sie selbst verletzt worden wäre. Ganz ehrlich, ich habe ein großes Herz, und es passen eine Menge Menschen hinein, doch bei Emily ist mein innerer Türsteher konsequent: Hausverbot! Du kommst hier nicht mehr rein!

Suchend scrolle ich weiter. Isabel erkundigt sich, wie es mir geht und ob sie noch etwas für mich tun kann. Desgleichen Schwester Therese, obwohl sie bereits Feierabend hat. Keine Nachricht von Matteo. Dafür eine von Oma Hilde.

Sogleich vollführt mein Herz einen kleinen Hüpfer. Oma Hilde hat mir noch nie eine WhatsApp geschrieben, weil sie mit der modernen Kommunikationstechnik so ziemlich auf Kriegsfuß steht. Sie bekommt es gerade mal hin, mit ihrem Handy zu telefonieren. Wahrscheinlich musste sie sich von Walter helfen lassen.

Kind, Kind, was machst Du für Sachen? Ich habe einen Riesenschreck bekommen, als Caroline eben anrief. Auch Walter ist in größter Sorge. Bitte ruh Dich gut aus, ja? Du bist stark, meine Kleine. Wahre Stärke beweist man jedoch erst, wenn man sich gestattet, auch mal schwach zu sein. Also schalte bitte einen Gang runter und denk an mein Urenkelchen (auf das ich mich schon unsagbar freue). Ich drücke Dich ganz fest, Deine Dich liebende Oma Hilde.
PS Auch Matteo hat angerufen, was ich sehr nett fand. Er ist wirklich ein guter Junge.
2. PS Viele Grüße von Walter.

Stirnrunzelnd lese ich den vorletzten Satz noch einmal. Matteo hat Oma Hilde angerufen? Ist ja fast, als fühlte er sich schon als Teil der Familie! Das erstaunt und freut mich zugleich – obwohl es zu nichts führt außer zu noch mehr Herzeleid. Da lerne ich einmal in meinem Leben einen Mann kennen, den sogar meine Familie mag, und dann ist es der Falsche.

Ein zartes Maunzen lässt mich aufhorchen. Anton ist wachgeworden. Schlaftrunken blinzelt er in das spärliche Licht, das durch die heruntergezogenen Jalousien hereindringt, und strampelt mit seinen Beinchen. Bevor er sich noch lauter bemerkbar machen kann und womöglich Hannah aufweckt, stehe ich rasch auf, um ihn aus seinem Bettchen zu holen.

Wie gut Babys doch riechen, kommt es mir in den Sinn, als ich ihn in meinen Armen wiege. Irgendwie duften die Kleinen nach Liebe. Sogar die erste volle Windel – im Volksmund Kindspech genannt – riecht angenehm. Kein Vergleich mit dem, was Erwachsene so ausscheiden. Babys sind einfach kleine Wunder. Alles an ihnen ist darauf angelegt, dass man sie immerzu knuddeln möchte. Das Fläschchen mit Muttermilch stößt allerdings nicht sofort auf Gegenliebe. An die Brustwarzen seiner Mama gewöhnt, verzieht Anton das Gesichtchen wie ein Gourmet, dem man eine Currywurst vorsetzt.

Also muss ich mich auch jetzt wieder in Geduld üben. Langsam, ganz langsam findet Anton Geschmack an dem Sauger und beginnt, daran zu nuckeln. Als es an der Tür klopft, hat er das Fläschchen schon fast leer getrunken.

»Herein«, rufe ich leise.

Ich habe Lernschwester Karina erwartet, die die Milchpumpe abholen will. Doch es ist nicht Karina. Es ist überhaupt keine Krankenschwester.

»Matteo, was …?«

Er legt einen Finger an die Lippen und sieht mich nur an, so, als wolle er nicht dabei gestört werden, dieses Bild in sich aufnehmen: wie ich hier im Bett sitze, mit einem neugeborenen Baby im Arm.

Ich möchte ihn so vieles fragen. Was er wirklich von Emily hält. Ob er jemals den Verdacht gehegt hat, sie könnte ihn betrügen. Ob er seinem Buddy Matthiesen über den Weg traut. Was es mit der verkramten Bude auf sich hat, in der wir unsere

Nacht verbracht haben. Daneben würde ich ihm auch gern einiges mitteilen: die Sache mit Emilys Vaterschaftstest, die Indizien, die für Matthiesens außereheliche Aktivitäten mit Emily sprechen, die Beobachtungen meiner Mutter anlässlich ihres vermeintlichen Toilettenbesuchs.

Stattdessen schweige ich. Wer bin ich, dass ich mich einmischen darf? Falls meine Theorie nicht stimmt und ich nur Gespenster sehe, wäre es geradezu frevelhaft, den Widerhaken eines Zweifels in Matteos' Herz zu senken.

Schon jetzt sieht er reichlich angeschlagen aus. Müde, ausgepowert, komplett zerschossen. Das Haar hängt ihm in die Stirn, seine Augen sind etwas glasig. Mit einer kleinen Geste gibt er mir zu verstehen, dass ich zu ihm an die Tür kommen soll. Offenbar will er mir etwas sagen. Also lege ich Anton behutsam zurück in sein Bettchen und tapse auf Zehenspitzen zur Tür.

»Ja, bitte?«

Eingehend mustert er das doofe Kliniknachthemd, danach meine Frisur, die nach diesem Tag keine mehr ist, schließlich meinen Mund, zuletzt meine Augen.

»Was ist bloß aus der guten alten Romantik geworden?«, frage ich, um einen kleinen Scherz zu machen. Heißt es nicht, Humor ist, wenn man trotzdem lacht?

»Darauf erwartest du keine Antwort.« Er schwankt ein wenig. »Ich liebe dich.«

Mein Herz steht still. Das ist der Satz, auf den jede, absolut jede verliebte Frau sehnlichst wartet. Ein Satz, den sie sich hunderte Male in immer neuen, immer kitschigeren Szenarios ausmalt: an einem südlichen Traumstand, vor dem knisternden Kaminfeuer einer Berghütte, in einem verwunschenen Park voller roter Rosen. Doch hier passt gar nichts. Weder die Location, ein nüchterner Krankenhausflur mit Neonbeleuchtung, noch der Absender, ein zwischen zwei Frauen taumelnder Mann, der noch dazu eine mächtige Fahne hat.

»Hast du was getrunken, Matteo?«

»Ja.«

Was soll man darauf erwidern?

»Für mich bitte dasselbe!«, rufe ich einem imaginären Kellner zu. »Ach, Mist, geht ja nicht. Bin ja schwanger.«

»Ich muss mein Leben ändern«, sagt er mit schwerer Zunge.

»Wie – dein Leben ändern? Bauernhof statt Arztpraxis?«

»Es dürfte wohl etwas dazwischen geben.«

»Matteo.« Ich versuche, sehr erwachsen zu klingen. »Erstens bist du betrunken. Zweitens gehörst du zu Emily. Bevor du hier also irgendwelche Liebeserklärungen absonderst, solltest du deinen Rausch ausschlafen und dir dann überlegen, was du eigentlich willst.«

»Wenn ich dein Leben verpfusche, darf ich dann bei dir einziehen?« Seine Augen flackern, seine Lippen zucken ein wenig. »Nee, Spaß. Eins ist mir heute klar geworden: Ich habe nichts zu verlieren außer der Zeit, die wir noch gemeinsam verbringen können.«

Auch das ist ein Satz, der jede verliebte Frau glücklich machen würde. Aber nicht so. Nicht in unserer ungeklärten Situation, nicht in Matteos Zustand.

»Okay.« Ich trete einen Schritt zurück. »Jetzt denken wir alle noch mal darüber nach, mit wem wir einschlafen wollen, und dann machen wir das Licht aus. Jeder in seinem Bett. Gute Nacht, Matteo.«

Kapitel 32

Es ist die Ruhe nach dem Sturm. Eine tiefe, allesumfassende Ruhe, die sich in mir ausbreitet wie ein träge dahinströmender Fluss. Ich bin wieder zu Hause. Mucksmäuschenstill liege ich in meinem Bett, obwohl draußen die helle Nachmittagssonne scheint, habe die Hände über dem Bauch gefaltet und versuche, an nichts zu denken.

Vielleicht warte ich aber auch insgeheim darauf, dass das Glück mir leise zuflüstert: Jetzt bist du mal dran. Schön wär's. Offensichtlich ist das Glück anderweitig beschäftigt. Also nicht mehr dran denken.

Atmen, Juli, einfach nur atmen. Atme alles weg. Vor allem Matteos drei magische Worte.

Das ist natürlich genauso illusorisch wie mein Vorsatz, die vielen Erinnerungen zu verdrängen, die sich mit ihm verknüpfen. Obwohl wir uns erst seit wenigen Tagen näher kennen, hatten wir schon erschreckend viele Weißt-du-noch-Momente. Erschreckend deshalb, weil es bei aller Dramatik lauter Momente waren, in denen sich Matteo so mitfühlend, so loyal verhalten hat, wie man es sich nur von einem Mann wünschen kann.

Tja. Da das mit dem *Nicht-Denken* in etwa so gut klappt wie mein Versuch, Matteos Liebeserklärung wegzuatmen, beschließe ich, den Vormittag Revue passieren zu lassen. Der Abschied von Hannah war herzzerreißend. Wieder und wieder hat sie sich bedankt und mir versichert, sie fühle sich vollkommen fit.

Dennoch werde ich sie weiter unter Beobachtung halten. Hannah muss momentan ungeheuer viel verkraften: den ungewollten Kaiserschnitt, den Wundschmerz, die Ohnmachtsgefühle, weil Henning sie im entscheidenden Moment nicht in ihrem Wunsch nach einer natürlichen Geburt unterstützt hat. Fremdbestimmt zu sein bedeutet für eine taffe Frau wie Hannah eine große seelische Belastung. Neben der körperlichen Erschöpfung kann das dazu beitragen, in eine postnatale Depression zu schlittern. Meine Aufgabe ist es, möglichst früh die Vorzeichen zu erkennen.

Wenigstens habe ich ihr eine ordentliche Mütze Schlaf verschafft. Dreimal bin ich noch aufgestanden in der vergangenen Nacht, um Anton das Fläschchen zu geben. Zuletzt hat er kaum noch etwas getrunken, wollte nur den beruhigenden Körperkontakt spüren. Hannah hat von all dem nichts mitbekommen, so fest war ihr Schlaf. Auch Matteos' Auftritt ist völlig an ihr vorbeigegangen.

Zack, ich denke schon wieder an Matteo! Und das Zack habe ich auch von ihm! Was hat er mir noch geschrieben? *Einmal kurz am Glück genippt, zack, vorbei?* Welches Glück denn, bitte?

So geht das nicht weiter. Ich muss aufstehen und mich irgendwie ablenken, um Matteo aus meinen Gedanken zu verbannen. Wenn ich ihnen weiter freien Lauf lasse – und seien es entlegene Themen wie Breitmaulnashörner, Schminktipps oder Raketenflüge zum Mars, irgendwann würde mein verstrahltes

Hirn unweigerlich wieder eine Verbindung zu Matteo herstellen.

Als mein Handy surrt, ist es natürlich dasselbe. Wenngleich ich nichts, aber auch wirklich gar nichts von Matteo erwarte, stürze ich mich darauf wie eine Verdurstende auf einen Wassertümpel.

Hallo Juli, bin ziemlich runter. Scheint eine Art Grippe zu sein. Meine Augen tränen, ich habe Kopfschmerzen, und mein Hals ist an den Seiten geschwollen. Soll ich mal zum Arzt gehen? Liebe Grüße, Samira

Toxoplasmose, schießt es mir durch den Kopf. Eine Infektionskrankheit, die von Katzen übertragen werden kann und weitgehend harmlos ist. Allerdings nicht für werdende Mütter. Schon oft habe ich Samira beschworen, ihren wunderschönen samtgrauen Kater Balou wenigstens für die Zeit der Schwangerschaft bei Freunden unterzubringen, doch sie mochte nicht auf ihn verzichten. Sicher, man kann einige Hygieneregeln wie häufiges Händewaschen beachten. Nützt aber alles nichts, wenn das geliebte Tierchen frisch vom Katzenklo kommt und dann aufs Sofa, wenn nicht gleich mit ins Bett darf. Sofort antworte ich ihr.

Ja, du musst unbedingt zum Arzt! Falls es Toxoplasmose ist (wir sprachen schon darüber), kann das eventuell Deine Zwillinge schädigen. Also fahr gleich los! Ab morgen arbeite ich wieder, dann komme ich bei Dir vorbei. Alles Liebe, Juli

Danach stelle ich mein Handy aus. Und nun? Vielleicht sollte ich mir etwas zu essen kochen. Obwohl ich überhaupt keinen Hunger habe, sagt mir die Stimme der Vernunft, dass es gut wäre, meinen Körper nach der schlappen Krankenhauskost mit etwas Vollwertigem zu versorgen.

In der Küche fällt mir sofort Matteos Orangenmarmelade ins Auge. Weit weg damit: aus den Augen, aus dem Sinn, Wiedersehen macht *keine* Freude. Das Marmeladenglas findet einen Platz ganz hinten im Küchenschrank zwischen einer Suppenschüssel und einer selten benutzten Kaffeekanne. Anschließend sondiere ich den Inhalt meines Kühlschranks. Zucchini, Aubergine, Broccoli, Tomaten, daraus lässt sich eine schöne Gemüsepfanne zubereiten. Ergänzt mit Knoblauch, Cashewkernen und dem Alleskönnergewürz Kurkuma – antioxidativ, antiviral, antibakteriell, immununterstützend –, kann ich mich auf ein gesundes, leckeres Essen freuen.

Ich blanchiere gerade die Brokkoliröschen in kochendem Wasser, als es klingelt. Hm. Eine Gegensprechanlage gibt es nicht in diesem Haus. Wenn ich die Tür öffne, ist es immer wie ein Blind Date. Nun ja, was soll mir schon passieren? Matteo weiß nicht, wo ich wohne, also laufe ich zur Haustür und öffne sie.

»Hallo Juli, bin ich froh, dich zu sehen.«

Es ist Isabel. Sie trägt einen schicken beigefarbenen Trenchcoat, ihre rotblonde Mähne hat sie mit einem geschmackvoll gemusterten Seidentuch in zarten Blautönen zusammengebunden. Ich sinke förmlich in ihre Arme.

»Wie lieb, dass du nach mir schaust. Ich mache gerade eine Gemüsepfanne, möchtest du mit mir essen?«

»Ich möchte mit dir reden.«

Oha. Ich ahne schon, was sie von mir will. Nacheinander gehen wir durch den engen Flur in die Küche, wo ich erst einmal die Brokkoliröschen vor dem Verkochen rette.

»Setz dich doch, Isabel.«

Doch statt am Tisch Platz zu nehmen, tritt sie ans Fenster und späht durch die Häkelgardinen nach draußen.

»Bist du wegen der Aussicht hierhergezogen?«, fragt sie mit Blick auf den öden Supermarktparkplatz.

»Nein, ich fand die Postleitzahl so schön.«

Sie lächelt unbestimmt, dann zieht sie ihren Trenchcoat aus, hängt ihn über einen der Stühle und setzt sich.

»Du hast mir noch keine Antwort auf die Frage gegeben, ob du bei uns einziehst.«

»Ja, stimmt.« Mit gesenktem Kopf fange ich an, die Aubergine in Scheiben zu schneiden und mit Salz zu bestreuen, damit vor dem Braten das überflüssige Wasser austritt. »Ich hatte bislang zu viel zu tun. Du weißt ja, Termine, Termine, Termine, dazu das Wochenende bei meiner Oma und gestern dann der Notfall, da kommt einiges zusammen.«

»Könnten wir die Ausflüchte einfach überspringen?«

»Isabel.« Langsam drehe ich mich zu ihr um. »Euer Vorschlag ist eine freundschaftliche Liebeserklärung. Der ultimative Vertrauensbeweis. Niemand weiß das mehr zu schätzen als ich.«

»Aber?«

Verlegen, weil ich jetzt wohl Farbe bekennen muss, betrachte ich den Salzstreuer in meiner Hand.

»Es gibt kein Aber. Nur die eine oder andere Überlegung.

Zum Beispiel, ob ich ein adäquater Ersatz für Nanette sein kann. Du weißt schon, Empty-Nest-Syndrom und so weiter.«

Sie ist zu klug, um diesen Einwand ohne Weiteres wegzuwischen. Mit einem Finger tippt sie sich nachdenklich ans Kinn.

»Du hast recht, so was muss berücksichtigt werden. Darüber habe ich auch ausführlich mit Richard gesprochen. Weißt du, was er daraufhin sagte? Etwas, das ich nur unterstreichen kann: Juli ist kein Ersatz, sie ist eine Bereicherung.«

Gerührt sinke ich neben sie auf einen Stuhl.

»Das hat er wirklich gesagt?«

»Ja, und sogar noch mehr.« Isabel greift nach meiner freien Hand. »Richard ist ein reflektierter Zeitgenosse. Keiner, der nur halb bewusstlos vor sich hinlebt. Er meinte, die Zeiten, in denen sich Paare nach all den vielen Jahren immer mehr isolieren, sind vorbei. Jetzt ist die Wahlfamilie dran: Gleichgesinnte, die zusammenwohnen, gemeinsam etwas unternehmen, sich gegenseitig inspirieren. Du hast viel zu geben, Juli. Wir hoffentlich auch.«

»O ja, das habt ihr«, erwidere ich im Brustton der Überzeugung.

»Trotzdem würdest du deine Freiheit behalten. Kennst ja den alten Spruch aus Swingerclubs: Alles kann, nichts muss.«

Wir kichern ein bisschen, dann lässt Isabel meine Hand los und verschränkt ihre Arme hinter dem Kopf, während sie zum Kühlschrank mit den Babyfotos schaut.

»In den nächsten Wochen lassen wir Nanettes Räume renovieren. Etwas frische Farbe muss her, das Badezimmer hat eine Generalüberholung nötig, auch die herzigen Kindergardinen fliegen raus. Wenn du magst, könntest du dich schon bei der Gestaltung einbringen.«

Das ist so liebevoll durchdacht, dass mir Tränen in die Augen steigen.

»Ich möchte dich keinesfalls unter Druck setzen«, fügt Isabel hinzu. »Sag mir Bescheid, wenn du so weit bist. Falls aber Matteo eine Rolle bei deiner Entscheidung spielt …«

Da ist er wieder. Matteo. Musste ja so kommen.

»… also, falls du dir noch irgendwelche Hoffnungen auf ein Happy End mit ihm machst, möchte ich dir einen Gedanken mitgeben.« Sie sucht meinen Blick, und ich weiß instinktiv, dass sie jetzt etwas Unangenehmes sagen wird. »Du hast kapitale Bindungsängste, Juli, das konnte ich nun fast zwei Jahrzehnte lang beobachten. Daher halte ich es für keinen Zufall, dass du dich in einen Mann verliebst, den du nicht haben kannst.«

Ich würde ihr so gern widersprechen. Leider klingt es jedoch absolut plausibel. Matteo ist unerreichbar. Seit wir uns in der vergangenen Woche wiedergesehen haben, ist mir letztlich klar, dass wir niemals ein Paar werden können. Nicht in diesem Leben.

»Versteh doch, Juli«, Isabels Stimme klingt sehr bestimmt, »ich möchte nicht, dass du eine dieser rettungslos verlorenen Frauen wirst, die ein getragenes T-Shirt ihres Sehnsuchtsobjekts in einem luftdichten Beutel verschließen und ab und zu daran schnuppern, um ihm wenigstens von Ferne ein kleines bisschen nahe zu sein.«

Sie hat recht. Auch mit dem T-Shirt. Ich hätte Matteo eins klauen sollen …

»So, und jetzt will ich alles über den gestrigen Tag wissen«, wechselt sie das Thema. »Was hat denn diese Emily gestochen, dass sie sich dermaßen unmöglich in meinem Studio aufführt?«

Darüber gebe ich weit lieber Auskunft als über mein vertracktes Verhältnis zu Matteo. Im Schnelldurchlauf berichte ich Isabel von den neuesten Vermutungen, die ich mit meiner Mutter angestellt habe, als es ein weiteres Mal klingelt. Wir sehen uns an.

»Erwartest du Besuch?«, fragt Isabel.

»Nein, eigentlich nicht.«

Zögernd tappe ich durch den Flur. Noch einmal werde ich nicht so viel Glück haben wie mit Isabel. Warum habe ich mir nicht längst einen Spion einbauen lassen? Vorsichtshalber hake ich die Sicherheitskette ein, bevor ich die Haustür einen Spalt weit öffne.

»Juli! Walter ist so schnell gefahren, wie er konnte, und du weißt ja, was das bei ihm heißt!«

»Oma!«

Schnell entferne ich die Sicherheitskette und reiße die Tür auf. Ist das zu fassen? Da steht sie, meine geliebte Oma Hilde, in einer eleganten grauen Daunenjacke, die ich noch nie an ihr gesehen habe, und mit einem feschen kleinen Hut auf dem Kopf. Dahinter erscheint Walter mit einem triumphierenden Na-wie-haben-wir-das-gemacht-Gesicht. Ich bin völlig baff. Noch nie haben sie mich besucht, dies ist eine Premiere.

»Kommt rein!«, rufe ich überschwänglich, nachdem ich die beiden umarmt habe.

Ich gehe voran in die Küche, Walter und Oma Hilde folgen mir neugierig.

»Aber hier sieht es ja aus wie bei mir zu Hause!«, entfährt es ihr, als sie sich in dem Raum umsieht.

»Nenn es Wohlfühloase oder Komfortzone, so stelle ich mir jedenfalls eine gemütliche Küche vor – wie bei dir«, schmunzele ich. »Das ist übrigens meine Freundin Isabel, ich glaube, ihr kennt euch noch nicht.«

»Wie schön, endlich die hochberühmte Oma Hilde und ihren nicht minder berühmten Lebensgefährten kennenzulernen«, bietet Isabel ihren ganzen Charme auf. »Doch ich sollte jetzt besser gehen, damit Sie Ihr Wiedersehen feiern können.«

»Nichts da«, entgegnet Oma Hilde freundlich, wenn auch auf eine Weise, die keinen Widerspruch duldet. »Wir können jeden gebrauchen, der auf Julis Seite steht, damit wir dieses ganze Kuddelmuddel mal gründlich aufräumen.«

»Ach, das wird schon«, sagt Isabel in ihrer optimistischen Art.

»Ja, am vierunddreißigsten Mai um sechsundzwanzig Uhr«, knurrt Walter.

»Caroline hat uns erzählt, was für ein feines Früchtchen diese Emily ist«, fährt Oma Hilde fort.

»Mutmaßlich«, werfe ich ein.

»Da habe ich aber einen ganz anderen Eindruck.« Mit einem grimmigen Gesichtsausdruck setzt Oma Hilde ihren Hut ab und streicht ihr weißes Haar glatt. »Wenn man über achtzig ist, erkennt man das Kleingedruckte nicht mal aus nächster Nähe. Aber falsche Fuffziger erkennt man aus dreihundert Kilometern Entfernung.«

Isabel und ich tauschen einen Blick, und ich sehe etwas Warnendes in ihren Augen aufblitzen. Achtung, signalisiert sie mir, lass das Thema ruhen.

»Was darf ich euch anbieten?«, richte ich deshalb etwas förmlich das Wort an Oma Hilde und Walter. »Einen Tee, einen Kaffee? Etwas zu essen? Ich war gerade im Begriff, eine leckere Gemüsepfanne zu zaubern.«

»Kaltes Schaumsüppchen aus Hopfen und Malz wär schön«, antwortet Walter augenzwinkernd. »Aber wenn du kein Bier hast, von mir aus auch Kaffee.«

»Firlefanz.« Kurz betrachtet Oma Hilde die Babyfotos am Kühlschrank, dann wendet sie sich zu mir um. »Juli, du hast am Samstag den weiten Weg nicht wegen meiner Hackbällchen angetreten. Genauso wenig sind wir in Walters Auto gestiegen und stundenlang über die Autobahn geschlichen, um uns jetzt an irgendeiner Gemüsepfanne gütlich zu tun. Ich habe einen Plan.«

»Einen – was denn bitte für einen *Plan*?«, stammele ich.

»Sie will mit Matteos was auch immer, also mit dieser Frau reden«, erklärt Walter, der wenig überzeugt von der Idee zu sein scheint. »Ich meine: Wann hat reden denn schon mal geholfen? Bei uns auf dem Land sagt man: Der Klügere gibt nach und lässt es wie einen Unfall aussehen.«

»Nein, wenn die Klügeren nachgeben, passiert immer nur das, was die Dummen wollen«, widerspricht Oma Hilde energisch. »Es ist an der Zeit, bei dieser Emily mal ordentlich auf den Busch zu klopfen.«

»Was genau haben Sie denn vor?«, fragt Isabel mit skeptisch hochgezogenen Augenbrauen.

Das würde mich allerdings auch interessieren. Immerhin hat Oma Hilde sowohl mit meiner Mutter als auch mit Matteo telefoniert und ist somit über die neuesten Ereignisse informiert.

»Von mir aus kann jeder machen, was er will, nur nicht mit meiner Juli«, antwortet sie kämpferisch. »Deshalb werde ich dieser Künstlerin einen Besuch abstatten und mir mal ihre Bilder anschauen, von denen mir Matteo erzählt hat.«

»Ihre *Bilder*?«, wiederhole ich verständnislos.

»So ist es.« Oma Hilde setzt ihr Hütchen wieder auf und schlägt den Kragen ihrer eleganten Daunenjacke hoch. »Ich bin eine nette alte Dame, die Kunst sammelt und ihr das eine oder andere Werk abkaufen möchte. Gut, das mit der netten alten Dame war jetzt vielleicht ein bisschen scheinheilig.«

»Aber nur ein bisschen«, grient Walter.

Kapitel 33

»Das kann doch nicht gut gehen«, murrt Isabel, die neben mir im geräumigen Fond von Walters Opel Kapitän hockt.

Etwas versetzt parkt der Wagen vor Emilys Haus, Oma Hilde ist soeben ausgestiegen.

»Gut oder nicht gut, wenn Hilde sich was in den Kopf gesetzt hat, fahre ich sie, wohin sie will«, entgegnet Walter, ganz der honorige Chauffeur mit dunkelblauer Strickjacke und Prinz-Heinrich-Mütze. »Von Matteo hat sie die Nummer dieser Emily bekommen und telefonisch einen Termin vereinbart. Sie weiß schon, was sie tut. Wo ein Wille ist, ist auch ein Weg.«

»Fragt sich nur, wohin.«

Diese Frage stelle ich mir tatsächlich auch. Was in aller Welt hat Oma Hilde vor?

Zu dritt beobachten wir vom Wagen aus, wie sie sich dem rosa gestrichenen Haus nähert, eine unförmige schwarze Handtasche am Unterarm. Sehr gerade, sehr entschlossen marschiert sie durch den Vorgarten mit den rosa und lila Hortensienbüschen. Klingeln muss sie gar nicht. Die Tür öffnet sich bereits, als sie fast das Haus erreicht hat. In einem blütenweißen Umstandskleid steht Emily auf der Schwelle, ganz die liebe zarte Elfe, in der man sich so leicht täuschen kann. Sogar hier vom

Wagen aus sehe ich, dass sie ihr zuckersüßestes Lächeln zur Schau stellt.

»Ganz niedlich ist sie ja, diese Emily«, brummt Walter.

»Quatsch.« Isabel verzieht das Gesicht. »Eine Mogelpackung ist sie.«

Seufzend lehne ich mich zurück. Ab jetzt sind wir zum Warten verdammt. Dabei würde ich zu gern Mäuschen spielen, wenn Oma Hilde *mal ordentlich auf den Busch klopft*. Zu schade aber auch, dass wir nicht dabei sein können.

In diesem Augenblick ertönt ein merkwürdiges Rauschen vom Fahrersitz. Breit grinsend schaut Walter in den Rückspiegel, dann stellt er ein kleines rosafarbenes Gerät aufs Armaturenbrett. Nanu? Das Rauschen wird von einem Knacken abgelöst, danach von Geraschel, schließlich von Oma Hildes Stimme.

»… weil Sie doch am Telefon erzählt haben, dass Sie ein Kind erwarten, dachte ich mir, ein kleines Geschenk würde Sie freuen.«

»Wie süüüüß!«, jubiliert Emily. »Ein Babyphone! Und dann auch noch in Rosa! Das ist meine Lieblingsfarbe!«

»Als hätte ich's gewusst«, erwidert Oma Hilde trocken.

Mein lieber Herr Gesangsverein. Ich bin vollkommen sprachlos. Würde es sich nicht um Oma Hilde handeln, ich würde glatt von einem ausgekochten Schlitzohr sprechen. Es gehörte also von Anfang an zu ihrem Plan, dass wir mithören können.

»Ist die neueste Generation Babyphone«, erklärt Walter lässig und zeigt auf den rosa Lautsprecher. »Zwei Empfänger, kabellos, Top-Sound, Reichweite hundert Meter.«

»Herr im Himmel«, stöhnt Isabel.

»Pssst, sonst hören wir nichts«, wird sie von ihm ermahnt.

»Aber warum ist denn da ein Lämpchen an?«, fragt Emily gerade.

»Das ist ein Kontrolllämpchen, das brennt immer, damit man weiß, dass das Gerät aufgeladen ist«, behauptet Oma Hilde. »Ich stelle es am besten auf den Tisch. Dann haben Sie die Hände frei und können mir Ihre Gemälde zeigen.«

»O ja, die Bilder«, säuselt Emily mit ihrer hohen Kleinmädchenstimme, die sie immer einsetzt, wenn sie andere für sich einnehmen will. »Beim Malen lasse ich meiner Kreativität freien Lauf. Das Leben ist hart genug, in meiner Kunst verwirkliche ich mich mit meinen bunten Schokoladenseiten.«

»Soso, Schokoladenseiten haben Sie auch«, hören wir das etwas gedämpfte Echo von Oma Hilde.

»Besonders dieses Gemälde ist ein gutes Beispiel dafür«, bekräftigt Emily eifrig. »Es heißt ›Cyber-Heidi am Rio Amore‹. Toll sind auch die ›Surfer vor Seifenblasenlandschaft‹, finden Sie nicht auch?«

»Interessant.«

Stille. Im Wagen ebenfalls. Unwillkürlich halten wir alle den Atem an.

»Und Sie möchten etwas kaufen?«, erkundigt sich Emily nach einer Weile.

Oma Hilde räuspert sich.

»Wissen Sie, in meinem Alter braucht man keinen Schmuck mehr, keine Klamotten, kein sonst was. Mir macht es Freude, wenn etwas Schönes an der Wand hängt. Ihr Mann muss sehr stolz auf Sie sein, Frau Ingwersen.«

»Ähm, ja.« Emily klingt auf einmal etwas verhaltener. »Wie sind Sie noch mal auf mich gekommen?«

»Eine berühmte Künstlerin wie Sie kennt man doch«, behauptet Oma Hilde.

»Auch wieder wahr.«

Von der Seite stupst mich Isabel an. Weil sie sich königlich amüsiert? Nein, ihr Blick ist auf einen der Hortensienbüsche gerichtet, neben dem ein Mann sein Rennrad abstellt und zum Haus läuft. Nicht irgendein Mann. Es ist Doktor Jonas Matthiesen. Ich staune Bauklötze, als er einen Schlüssel aus seiner Hosentasche zieht und die Haustür aufschließt. So weit ist es also schon mit ihm und Emily: Schlüsselübergabe, die zweite Raketenstufe einer Beziehung, wenn die erste Stufe in Form von regelmäßigem Sex bereits gezündet wurde.

Akustisch sind wir dabei, als Matthiesen ins Wohnzimmer tritt.

»Jonas!«, zwitschert Emily in den höchsten Tönen. »Mit dir habe ich ja nun gar nicht gerechnet! Ich bin gerade im Gespräch mit einer Kunstsammlerin, sieh nur, sie will Bilder von mir kaufen! Wie war noch Ihr Name, Frau …?«

»Und Sie sind Herr …?«, weicht Oma Hilde mit einer Gegenfrage aus. »Der werte Herr Gemahl vielleicht?«

»Nein, nein, nur ein Freund«, sagt Matthiesen schnell. »Entschuldigen Sie bitte, ich müsste Emily sprechen. Dringend.«

»Sprechen Sie nur, so lange Sie wollen«, erwidert Oma Hilde großmütig, und obwohl ich sie nicht sehe, kann ich hören, dass sie dabei verbindlich lächelt. »Während Sie sich unterhalten, warte ich gern draußen. Das Wetter ist ja herrlich, der Garten auch. Was für wunderbare Hortensien! Sagen Sie mir einfach Bescheid, wenn Sie fertig sind.«

»Daaaanke«, flötet Emily mit klebrig gekünstelter Freundlichkeit. »Bis glei-heich!«

Mein Puls puckert mittlerweile in Höchstgeschwindigkeit. Worauf auch immer Oma Hildes Gesprächstaktik hinauslaufen sollte, jetzt wird es noch spannender: Matthiesen und Emily ohne Filter! Besser geht's ja gar nicht, um der Wahrheit auf die Spur zu kommen!

»Ist das eigentlich legal, was wir hier machen?«, fragt Isabel mit spitzem Mündchen.

Walter funkelt sie im Rückspiegel an.

»Soll ich das Babyphon ausschalten?«

»Nein!«, protestiere ich.

Das heißt, auch Isabel hat protestiert. Wir beide. Legal oder nicht, die Neugier ist einfach größer. Während Oma Hilde aus der Haustür tritt, geht es im Wohnzimmer zur Sache.

»Was soll das heißen, ich muss mich entscheiden?«, bölkt Matthiesen los. »Wieso schreibst du mir so was Krankes?«

»Seit einer geschlagenen Woche weißt du, dass das Kind von dir ist«, antwortet Emily in einem Ton, der jetzt weder an Elfen noch an kleine Mädchen erinnert. »Länger will ich nicht mehr warten. Wir bekommen ein Kind, Jonas. Wir gehören zusammen. Deshalb musst du es deiner Frau sagen. Sofort.«

Wow, wow, wow. Damit wäre also die Vaterschaft geklärt. Der absolute Wahnsinn. Meine Hände sind schweißnass, denn obwohl Matthiesens Urheberschaft schon als Theorie im Raum schwebte, ist es noch einmal etwas ganz, ganz anderes, sie als Tatsache aus Emilys Mund zu hören.

»So einfach ist das alles nicht.« Entnervtes Stöhnen von Matthiesen. »Heute Morgen war ich beim Notar. Ich kriege nix und niente, wenn ich mich von meiner Frau trenne. Wir haben einen Ehevertrag, den ich nie so genau gelesen habe, der aber zweifelsfrei belegt, dass ich im Falle der Scheidung ein armer Mann wäre.«

»Du und arm?« Emilys Stimme überschlägt sich. »Du bist Chefarzt, da verdient man doch wohl genug Kohle! Oder etwa nicht genug für Segelboot, Golfclub und Villa mit Pool?«

»Was willst du überhaupt? Bisher lief doch alles wie Butter. Und dein Matteo ist nach wie vor bei Fuß.«

Herrje, wie spricht der denn über den Mann meines Herzens? Als sei Matteo ein Hündchen, das man herumkommandieren darf! Was Emily ja auch tut. Ich bin so aufgebracht, dass ich am liebsten ins Haus rennen und den beiden gehörig die Meinung fideln würde. In diesem Moment steigt Oma Hilde vorn ein. Sie nickt mir verschmitzt zu, sagt aber nichts, sondern legt pantomimisch eine Hand hinter ihr linkes Ohr, um mit uns zu lauschen.

»Matteo bei Fuß?« Emily lacht etwas hysterisch. »Zu spät, Jonas. Unsere Strategie ist aufgegangen.«

»Welche Strategie?«

»Schon vergessen? Es war deine Idee, dass wir ihn mit dieser Hebamme verkuppeln. Damit er freiwillig geht, damit du dann bei mir einziehen kannst und ich wegen Matteo kein schlechtes Gewissen haben muss.«

Mir entgleisen die Gesichtszüge. Wir wurden – verkuppelt? Damit Emily emotional aus dem Schneider ist, wenn sich Matthiesen offiziell zu ihr bekennt? Wie hypnotisiert starre ich auf den kleinen rosa Lautsprecher.

»Ja doch, die Idee kam von mir«, bestätigt Matthiesen mit einem hörbaren Kloß im Hals. »Da wusste ich ja auch noch nicht, wie katastrophal der Ehevertrag für mich ausfällt.«

»Tja, aber nun läuft die Sache, und jetzt bist du am Zug. Ich weiß, am Anfang war das mit uns nur eine Affäre, Jonas, doch mittlerweile sind Gefühle entstanden, die ich nicht länger unterdrücken kann. Wie gesagt: Wir gehören zusammen. Also gib deinem Herzen einen Stoß und entscheide dich für mich, für unser Kind. Sonst …«

»Du würdest wirklich alles meiner Frau erzählen?«, fällt Matthiesen ihr weinerlich ins Wort. »Das ist Erpressung!«

»Nein, nur konsequent«, wird er von Emily abgebügelt. »Immerhin warst du es, der Matteo damals den Schlüssel zu deinem Liebesnest unter die Fußmatte gelegt hat. Du warst es auch, der im letzten Moment noch gesehen hat, mit wem er da ins Haus geht, um ein Nümmerchen zu schieben. Deshalb hast du mir ja Frau Kemper empfohlen – damit sich Matteo und sie reeeein zufällig wiedersehen.«

Hat der Mensch Töne! Es war also tatsächlich Matthiesens Lasterhöhle! Und er hat Matteo und mich nicht nur ausspioniert, der Schuft, sondern auch noch dafür gesorgt, dass es nicht bei unserer ersten Begegnung bleibt!

»Ich geb's ja zu«, stößt er mit zitternder Stimme hervor. »Mir war daran gelegen, ein Wiedersehen der beiden zu arrangieren.

Für dein Seelenheil. Damit Matteo dich eventuell freiwillig verlässt. Aber wie gesagt: Letzte Woche wusste ich noch nicht, was für ein finanzielles Desaster meine Scheidung wäre.«

»Herrlich, dass es immer noch echte Kavaliere gibt«, raunt mir Isabel sarkastisch zu. »Hab ich's dir nicht gesagt? Ist immer das gleiche mit verheirateten Männern: Erst wird eine rührselige Geschichte erzählt, dann kommt der Sex, danach das Rumrudern.«

Nur obenhin registriere ich ihre Worte. Ich muss mich erst mal sammeln. So hat sich diese Geschichte also in Wahrheit zugetragen: Es war *arrangiert.* Deshalb Emilys erster »Notfall«, bei dem Matteo antanzen musste. Jetzt verstehe ich auch, warum sie ihn auf die weite Reise zu Oma Hilde geschickt hat. Das gehörte alles dazu. Wir sollten uns so häufig wie möglich sehen, damit aus dem ersten Funken ein Flächenbrand wird. Matteo und ich waren zwei Schachfiguren in diesem perfiden Spiel, wenn auch zwei Schachfiguren, die sich sozusagen aus freien Stücken ineinander verliebt haben. Emilys kleine Tricks waren da nur noch Brandbeschleuniger.

»Und jetzt, Jonas?«, fragt sie mit bebender Stimme. »Sehe ich das richtig, dass du einen Rückzieher machen willst, obwohl wir die Chance auf eine kleine glückliche Familie hätten? Denk doch mal nach. Es wäre wunderschön, wenn wir drei zusammenleben würden.«

Schweigen. Dafür tiefe erregte Atemzüge, so erregt, dass sie sogar vom Babyphon übertragen werden. Okay, von einem Babyphon, das dem neuesten technischen Standard entspricht.

»Ein Zurück gibt es nicht mehr«, legt Emily nach. »Das bist du schon unserem Kind schuldig. Wenn du nicht auf der Stelle mit deiner Frau sprichst, gehe ich noch heute zu ihr und erzähle ihr alles.«

»Das wagst du nicht!«, ruft Matthiesen.

»O doch.« Emilys Stimme ist jetzt so zittrig, dass ich selbst von Weitem ihren aufgelösten Zustand spüre. »Ich will dich. Und nicht etwa aus egoistischen Motiven, sondern weil es das Richtige ist. Am Anfang der Schwangerschaft dachte ich, eine Versöhnung mit Matteo wäre die beste Lösung, weil er ein anständiger Kerl ist. Aber seitdem er wieder eingezogen ist, leben wir nur noch nebeneinander her. Als er dann Juli wiedergetroffen hat, war sowieso alles vorbei. Das Ding mit Matteo ist durch. So kann ich nicht leben.«

»Es geht hier aber nicht nur um dich«, entgegnet Matthiesen heftig.

Wie verdammt recht er doch damit hat. Ich kann immer noch nicht fassen, zu was diese beiden feinen Herrschaften fähig sind. Und zwar ohne einen Gedanken daran zu verschwenden, dass ja schließlich noch weitere Menschen involviert sind. Sogar zwei ungeborene.

»Richtig, es geht auch um Matteo«, lenkt Emily ein. »Ich will ihm nichts Böses, ganz im Gegenteil. Er hat sich sehr ritterlich verhalten, weil er dachte, er ist der Vater meines Kindes. Nun haben wir Gewissheit, dass dem nicht so ist – also soll er doch von mir aus glücklich mit seiner Juli werden. Und ich mit dir.«

Na, besten Dank auch. Eine Absolution von Emily Ingwersen höchstpersönlich.

»Glücklich?«, explodiert Matthiesen. »Das nennst du Glück? Ich habe auch ein Leben, Emily! Ein gesellschaftliches Leben, das Knall auf Fall vorbei wäre, wenn ich meine Frau verlasse! Sie ist die Tonangebende in unserem Freundeskreis, sie schmeißt die großen Partys und spendet Unsummen für den Golfclub!«

»Du fürchtest deinen sozialen Abstieg? Ernsthaft? Halte ich für ein Luxusproblem.«

»Was weißt du denn von Luxus«, knurrt er wie ein Kettenhund. »Auch wenn's dir nicht gefällt: Ich hänge an diesem Leben.«

»Hättest du dir alles früher überlegen müssen, Jonas. Wenn das Omelett erst mal in der Pfanne ist, kriegst du die Eier nicht mehr in die Schale zurück.«

»Das sagt meine Hilde auch immer«, grient Walter, der bislang völlig unbeweglich gelauscht hat.

»Und was habe ich damit?«, fragt Oma Hilde schalkhaft.

»Natürlich recht, meine Teure.«

Was für ein süßes Paar. Ganz anders als Emily und Matthiesen, die sich wahrlich gesucht und gefunden haben. Ich schaue zu Isabel, die mit durchgedrücktem Kreuz neben mir auf der Rückbank sitzt und ein Gesicht macht, als hätte man ihr gerade eine Darmspiegelung verpasst.

»Alles okay?«, frage ich leise.

»Nichts ist okay.« Ihre Lider flattern, ihre Körpersprache wirkt kontrolliert, aber auch gezwungen. »Ich dachte immer, die Atemübungen im Geburtsvorbereitungskurs braucht man nur noch mal, wenn die Kinder in die Pubertät kommen. Aber ohne die Übungen wäre ich jetzt wahrscheinlich schon an Sauerstoffmangel eingegangen.«

»Hör mal hin, sie haben Anett am Wickel«, flüstert Oma Hilde.

Anett, aha. Ich verlagere meine Aufmerksamkeit wieder auf den rosa Lautsprecher.

»… sei so gut, und befrei mich bloß von dieser blöden Wachtel«, ätzt Emily. »Gestern hat sie Matteo in der Kantine angefallen und ihm ins Gewissen geredet, dass sein Platz an meiner Seite ist – was sie mir anschließend stolz wie Oskar berichtet hat. Die kapiert ja gar nichts.«

»Schwester Anett interessiert mich nicht im Geringsten«, kontert Matthiesen grob. »Mich interessiert nur, dass du langsam zur Vernunft kommen solltest. Wir hatten eine phantastische Zeit, Emily. Ich bin auch bereit, Unterhalt für das Kind zu zahlen. Aber deine Kleinmädchenträume von einem rosaroten Bullerbü, in dem ich die Hauptrolle spiele, musst du dir leider aus dem Kopf schlagen. Ich werde bei meiner Frau bleiben.«

Schrecksekunden verstreichen. Unwillkürlich zähle ich mit, wie zwischen Blitz und Donner. Einundzwanzig, zweiundzwanzig, dreiundzwanzig, vierund …

»Das ist dein letztes Wort?«, fragt Emily gefährlich leise.

»Ich habe dem nichts hinzuzufügen.«

»Fein.« Es tritt eine kleine Pause ein, in der ich nur spekulieren kann, womit sie gefüllt wird, bis Emily erneut das Wort ergreift. »Gerade habe ich ein sehr hübsches, sehr intimes Bett-Selfie von uns beiden auf Instagram hochgeladen. Mit dem Text: Emily and Jonas in love – bald zu dritt.«

»Das hast du nicht!«, schreit Matthiesen so laut, dass alle im Wagen zusammenzucken.

»O doch, habe ich. Aber … hey, was wird das? Bleib mir vom Leib, oder du kriegst dieses Ding an den Kopf!«

Plötzlich raschelt es, dann folgt ein ohrenzerfetzender Krach, und die Live-Übertragung aus Emilys Wohnzimmer bricht ab.

»Nun hat sie doch tatsächlich das teure, teure Babyphone kaputtgemacht«, jammert Walter.

»Nicht nur das Babyphone«, grummelt Oma Hilde.

Kapitel 34

Es könnte ein wunderschöner Sommerabend sein. Die Sonne steht schon tief am rötlich gefärbten Himmel, sacht streicht ein warmer Wind über den See, das Schilf biegt sich leicht in der Brise, die Enten schnattern.

Könnte, wie gesagt. Denn auf meinem Handy gehen im Sekundentakt Nachrichten ein. Die Information, dass Emily etwas mit Matthiesen hat und auch noch schwanger von ihm ist, hat sich quasi in Lichtgeschwindigkeit verbreitet. Emily ist gewieft. In ihrem Post hat sie alle möglichen Leute markiert – Matthiesen natürlich, seine Frau, einige Krankenschwestern der Christophorus-Klink und so weiter –, die daraufhin persönliche Meldungen auf ihrem Account erhalten haben. Nun zirkuliert die Sensation im schwindelerregenden Tempo durch das Netz und zieht immer weitere Kreise.

Auch in meiner WhatsApp-Gruppe *Komm schon, Baby* ist einiges los.

> Irre, Matthiesen geht fremd! – Seitensprung mit Nebenwirkung 😊 – Der Typ ist ja echt dreist! – Mir tut die Ehefrau voll leid, so krass, dass sie es auf Insta erfahren muss – Ich fand ihn immer schon zu flirty – Und so was will Frauenarzt sein??

»Kind, nun iss doch erst mal was«, sagt Oma Hilde.

»Kannst ja dein Handy mit Käse überbacken lassen und es Toast Huawei nennen«, witzelt Walter, der es offenbar darauf anlegt, mich aufzuheitern. »Oder du gehst in die Kneipe mit dem Namen Unerreich-Bar.«

Ja doch, danke. Widerstrebend lege ich mein Handy neben den Teller. Wir sitzen im Ausflugslokal Alte Liebe, ganz in der Nähe des Bootsstegs, auf dem ich so gern meine Gedanken ordne. Wir, das sind Oma Hilde, Walter und ich. Isabel ist schon nach Hause gefahren, um die negativen Energien von Emily und Matthiesen wegzumeditieren. Walter und Oma Hilde sind da etwas robuster. Dennoch hatte ich nach unserer aufregenden Abhöraktion einen ruhigen Ort vorgeschlagen, und die beiden sind ganz begeistert von der Terrasse des Lokals direkt am See.

Die Atmosphäre ist ja auch sehr entspannt. Gäste und Servicepersonal sind nett, das Essen punktet mit gutbürgerlicher Qualität. Oma Hilde löffelt eine Kartoffelsuppe, Walter hat sich eine gigantische Schweinshaxe bestellt und schon fast verputzt.

»Es gibt Menschen, die achten peinlich genau auf ihre Figur, ich achte peinlich genau auf gutes Essen«, verkündet er kauend. »Du solltest auch mal loslegen, Juli.«

Vor mir steht ein bunter Salat mit Hühnchenbruststreifen, kaum berührt. Wenn ich ehrlich bin, warte ich auf eine Message von Matteo, der ebenfalls in Emilys Post markiert wurde. Stattdessen erscheint eine Nachricht von Anett auf dem Display.

Juli, ich bin völlig fertig. Als ich eben Emily anrief, weil ich den Post für einen üblen Scherz hielt, hat sie mich einfach in die Wüste geschickt. Ich soll mich gehackt legen, so ihre Worte, und noch einiges mehr, das ich hier lieber nicht wiederhole. Du hattest so recht mit ihr, und ich bedauere zutiefst, dass ich Dir Unrecht getan habe. Bitte melde Dich, ja? Deine reumütige Anett.

»Eine Nachricht von Matteo?«, fragt Oma Hilde.

»Nein, von Anett. Entschuldige, gerade hat auch Luca geschrieben.«

Hi Süße, abgefahrene Sache mit Emily und Matthiesen. Damit endet unser Mummy-Daddy-Fake, richtig? Habe nämlich beschlossen, mich endlich zu outen. Keine Lügen mehr, keine Versteckspiele. Die Nummer mit Emily hat mir endgültig gezeigt, dass es nichts bringt, wenn man immer nur rumeiert. Wie fühlst Du Dich? Erschüttert? Erleichtert? Was ist mit MATTEO? Weißt ja, meinen Segen hast Du. Dicker Knutscher, L

»Wie geht es denn jetzt weiter, Kind?«, erkundigt sich Oma Hilde, nachdem ich das Handy beiseitegelegt habe.

Wenn ich das wüsste. Ich neige nicht gerade zu exzessivem Alkoholkonsum, doch jetzt wünschte ich, ich könnte mir ein Glas Wein genehmigen. Oder einen Schnaps. Das würde vielleicht helfen, dieses Summen in meinem Kopf zum Schweigen zu bringen und meinen ratternden Herzschlag abzubremsen.

»Tja, die Dinge sind ins Rollen gekommen«, befindet Walter hochzufrieden und tupft sich mit seiner Serviette einen Klecks Bratensauce von der dunkelblauen Strickjacke. »Wobei ich diesen Matthiesen ja noch weit schlimmer fand als seine Emily. So ein Schurke. Als Mann muss man doch für seine Taten geradestehen.«

»Der wahre Charakter eines Menschen zeigt sich eben nicht bei der ersten Begegnung, sondern bei der letzten«, sinniert Oma Hilde. »Wenn Emily nicht so ein kleiner Satansbraten wäre, könnte sie einem fast schon wieder leidtun. Jetzt ist sie beide Männer los: Matteo und Matthiesen.«

Ähnlich sehe ich es auch. Auf ihre nicht sehr sympathische Weise hat Emily das Glück herausgefordert – und haushoch verloren.

»Da kommt Caroline.« Oma Hilde erhebt sich halb und winkt ihrer Tochter zu. »Ich hoffe, es ist dir recht, Juli, dass ich ihr gesagt habe, wo wir sind.«

»Ist in Ordnung«, nicke ich.

Wenn's in der Seele klemmt, kann man jede Unterstützung gebrauchen. Sogar von der eigenen Mutter.

»Juli, meine Liebe«, begrüßt sie mich und haucht mir Küsschen auf die Wangen. Heute trägt sie wieder eines ihrer Ibizakleidchen, türkisfarben mit rosa abgesetzten Nähten, das sie am Saum hochhält, bevor sie sich zu uns setzt. »Ich habe schon alles von Oma Hilde erfahren. Unglaublich, das Ganze! Aber auch eine schicksalhafte Fügung, wenn du mich fragst. Emily ist damit aus dem Rennen. Hat sich Matteo denn schon gemeldet?«

Wieder schaue ich aufs Handy. Keine Nachricht von Matteo.

»Wahrscheinlich braucht er Zeit, um alles zu verarbeiten«, sagt sie stirnrunzelnd. »Ist ja auch etwas viel auf einmal: dass Emilys Kind nicht von ihm ist, dass sie ihn mit seinem Kumpel betrogen hat, dass er von heute auf morgen vor den Trümmern seines Lebens steht. Da hüpft man nicht Fähnchen schwenkend herum und freut sich auf einen Neustart.«

»Möglich.« Ich schaue über die Balustrade der Terrasse zum See. »Oder auch nicht.«

»Vielleicht hat er dir geschrieben und dann vergessen, auf *Senden* zu drücken, das passiert mir auch manchmal«, denkt meine Mutter weiter laut nach.

Sie will mich trösten, was lieb gemeint ist. Doch momentan bin ich zu durcheinander, um ihren Erklärungskringeln irgendeinen Trost zu entnehmen.

»Du solltest erst mal was essen, Caroline«, schlägt Walter mit einem dezenten kleinen Rülpser vor. »Ich lade heute ein. Die Schweinshaxe ist sehr zu empfehlen, auch die Rinderroulade soll richtig lecker sein. Hauptsache Fleisch, der Rest ist Wurst.«

»Wie du weißt, bin ich Vegetarierin.« Leicht vorwurfsvoll betrachtet sie die Überbleibsel seines Mahls. »Ich finde ja, wer Fleisch isst, sollte das Tier selbst aufziehen, selbst töten und selbst zerlegen. Da vergeht einem der Appetit ganz schnell.«

»Mir ist er jetzt schon vergangen«, seufze ich und stehe auf. »Seid mir nicht böse, aber ich würde jetzt gern einen kleinen Spaziergang machen. Allein.«

»Natürlich, geh nur«, erwidert Oma Hilde mit ihrem alles verstehenden, alles verzeihenden Lächeln. »Wir warten hier auf dich.«

»Danke.«

Aufatmend überquere ich die Terrasse mit den vielen vollbesetzten Tischen und schlage den schmalen Uferweg ein, der zu »meinem« Bootssteg führt.

Schon nach den ersten Schritten fällt die Anspannung der letzten Stunden ein wenig von mir ab. Es tut gut, nichts mehr an mich heranzulassen außer dem Anblick des wogenden Schilfs und der golden schimmernden Sonnenreflexe auf dem See. Lerne von der Natur, ihr Geheimnis ist Geduld, hat Isabel mal gesagt. Zwar würde ich meinen inneren Zustand nicht gerade als geduldig beschreiben, aber wenigstens schenkt mir dieser Spaziergang eine kleine Atempause.

Es dauert nicht lange, bis ich den halb verfallenen Bootssteg erreiche und mich ganz vorn am Rand darauf niederlasse. Nachdem ich Sneakers und Socken abgestreift habe, lasse ich meine nackten Zehen im Wasser baumeln. Von Zeit zu Zeit schaue ich aufs Handy, jedoch ohne die Nachrichten zu lesen – weil keine von Matteo dabei ist.

Zeig mir deinen Posteingang, und ich sag dir, wie du drauf bist. In meinem Posteingang stauen sich inzwischen so viele ungelesene Messages wie leere Flaschen im Altglascontainer am Neujahrsmorgen. Was das über mich sagt? Dass ich Abstand brauche. In den vergangenen Tagen haben mich die Ereignisse unaufhörlich vor sich hergetrieben, jetzt ist es an der Zeit, alles in Ruhe zu überdenken. Soll ich mich auf Matteo einlassen? Soll ich zu Isabel ziehen? Warum muss man überhaupt andauernd irgendetwas sollen?

Was ich brauche, ist eine Pause. Eine lange, lange Pause.

»Hey, Juli.«

Ich fahre herum. Jo. Das war's dann wohl mit der Pause. In Jeans und einem weißen T-Shirt, das eher in eine Waschmaschine gehörte als an die frische Luft, steht Matteo auf dem

Bootssteg. Das schöne braune Haar fällt ihm unordentlich in die Stirn, in seinen Augen irrlichtert es eigentümlich.

»Es …«, ich suche nach Worten, aber welche Worte passen hier schon, »es tut mir so leid, Matteo. Das muss alles furchtbar für dich sein.«

Wortlos kommt er näher, zieht ebenfalls Sneakers und Socken aus und setzt sich zu mir auf den Steg. Selbst hier draußen erschnuppere ich seinen wunderbaren Duft, widerstehe aber der Versuchung, mich an ihn zu lehnen. Ich meine, was soll das hier werden? Ein »Entschuldigung, ich weiß jetzt, was ich will«-Gespräch? Oder ein »Ich muss nachdenken, gib mir etwas Zeit«-Gespräch? Beides würde uns wahrscheinlich überfordern.

»Wir müssen nicht drüber reden«, erkläre ich deshalb leise. »Manchmal tut auch gemeinsam drüber schweigen gut.«

»Und wenn das mit jemandem geht, dann mit dir, Juli.« Versonnen betrachtet er seine nackten Zehen im Wasser. »Nur so viel: Ich bin gerade bei Emily ausgezogen. Solange ich noch keine neue Wohnung gefunden habe, übernachte ich erst mal in meiner Praxis.«

»Klingt vernünftig.«

Das meine ich übrigens wirklich so. Insgeheim war ich schon drauf und dran, ihm anzubieten, dass er vorübergehend bei mir wohnen kann. Doch das wäre zu früh. Viel zu früh. Falls wir überhaupt eine Chance haben, dann nur, wenn wir es langsam angehen lassen.

»Letztlich war die Sache mit Emily sowieso nur eine lachhafte Farce«, murmelt er mit gesenktem Kopf. »Du weißt ja, ich wollte Verantwortung übernehmen, deshalb bin ich zu ihr zurückgekehrt. Aber menschlich und auch sonst so hat es absolut nicht mehr funktioniert.«

»Verstehe.«

»Du musst mich übrigens nicht bemitleiden«, sagt er etwas energischer als zuvor. »Das Gute ist ja: Wenn man jemanden gehen lässt, mit dem man nicht zusammenpasst, bekommt man dafür sich selbst zurück.«

Überrascht sehe ich ihn an. Weil er etwas ausgesprochen hat, was ich selbst immer nach Trennungen empfunden habe: dass man sich selbst zurückbekommt. Eine authentische Version des eigenen Ichs, nachdem man sich viel zu lange verbogen hat, um eine marode Beziehung zu retten.

Matteo denkt wie ich, fühlt wie ich. Ein Gleichklang, wie ich ihn noch nie erlebt habe.

Stumm schauen wir auf den See. Der Wind hat nachgelassen, spiegelglatt erstreckt sich die Wasserfläche vor uns, nur da und dort von einer Ente durchpflügt. Auch die Entenfamilie vom letzten Mal kommt wieder angeschwommen. Mama, Papa, Küken, die perfekte kleine Familie. Leise schnatternd verziehen sie sich ins Schilf.

»Juli.« Matteo rückt etwas näher, so dass sich kurz unsere Schultern aneinander reiben. »Was meinst du, wie geht es mit uns weiter?«

Ungeachtet des Funkenregens, der mich wegen der Berührung durchrieselt, atme ich tief ein und wieder aus.

»Wollen wir es nicht einfach drauf ankommen lassen?«

»Oder wir schließen uns drei Tage ein und sehen, wohin das führt.«

Ja, ja, ja! Oder nicht? Unschlüssig plansche ich mit den Füßen im Wasser.

»Aber wäre das richtig, Matteo? Du hast gerade eine Beziehung beendet.«

»Jenseits von Richtig und Falsch gibt es vielleicht einen Ort, an dem wir uns treffen könnten«, raunt er mir ins Ohr. »Komm, wir versemmeln das jetzt zusammen.«

Und dann küsst er mich. Ganz zart zuerst, nur ein Hauch seiner weichen Lippen auf meinen, dann immer leidenschaftlicher, schließlich so wild wie in meinem erotischen Traum. Der erste Kuss seit unserem One-Night-Stand, schießt es mir durch den Kopf, als ich in seine Arme sinke. Es ist der letzte klare Gedanke, den ich fasse. Danach bestehe ich nur noch aus Hingabe und Rausch.

Das lose Brett unter mir am Steg bemerke ich erst, als es krachend nachgibt und ich schon halb im Wasser hänge. Doch Matteo hält mich fest. Er presst mich so fest an sich, als hätte er Angst, mich gleich wieder zu verlieren.

»Du musst gut auf dich aufpassen, Juli«, flüstert er lächelnd. »Ich habe noch viel mit dir vor.«

Epilog

Sechseinhalb Monate später

»Pressen, pressen, pressen!«, gellen zwei hohe Frauenstimmen in meinen Ohren.

Dabei mache ich das doch seit Stunden. Immer wieder und mit wachsender Begeisterung, äh, Erschöpfung. Ohne Isabel und Anett, die eine bewundernswerte Kondition an den Tag legen, hätte ich vielleicht schon aufgegeben. Sobald neue Wehen anrollen, greifen sie mir rechts und links unter die Achseln, damit ich die Hockstellung hinkriege, ohne umzukippen. Ja, es wird eine Hockgeburt. Und nicht etwa in Matthiesens OP-mäßigem klinisch toten Kreißsaal, sondern in einem Geburtshaus, das ich seit Langem kenne.

Der Gebärendenraum, wie es hier heißt, ist in sanften Orangetönen gehalten. Das Licht ist angenehm gedimmt, aus der Musikanlage rieseln die Klänge meiner Geburts-Playlist, in der Ecke steht eine Badewanne, damit ich mich während der Wehenpausen in warmem Wasser entspannen kann.

»Du machst das großartig«, keucht Isabel, die meine heiße Stirn zwischendurch mit einem feuchten Waschlappen kühlt. »Du bist ungeheuer stark. Hab Vertrauen in deinen Körper! Und atme!«

Momentan kann ich allerdings nur japsen und stöhnen. Die Schusterin mit den schlechtesten Schuhen aller Zeiten. Zitternd hocke ich auf meinen Fußsohlen, immer wieder wird mir schwarz vor den Augen. So viele Geburten habe ich schon begleitet. Jetzt bin ich selber dran und kann erstmals wirklich ermessen, was eine Frau leisten muss, die ein Kind zur Welt bringt: Schwerstarbeit. Und Schmerzen ertragen, so allumfassend, so existenziell, dass ich bereits mehrmals am Rande einer Ohnmacht vorbeigeschrammt bin.

Man kann eben noch so gut auf eine Geburt vorbereitet sein, die Sache selbst übersteigt alles, was man sich vorher ausgemalt hat. Und ich bin wahrlich gut vorbereit. In den vergangenen Monaten habe ich sogar einen Hypnobirthing-Kurs absolviert, um mich emotional auf das große Ereignis einzustellen. Der Kurs versprach ein positives Mindset, die ultimative Stressreduktion, ein selbstbestimmtes Erlebnis, die berühmte angstfreie Geburt. Und das alles durch Selbsthypnose.

So weit die Theorie. Gut, selbstbestimmt ist diese Geburt, keine Frage, aber Angst habe ich trotzdem, und das Wort Stress ist eine nette Untertreibung für meinen völlig aufgelösten Zustand. Der Druck auf mein Steißbein ist kaum noch auszuhalten, Tränen rollen über meine Wangen.

»Tief einatmen und in den Bauch ausatmen«, kommandiert Isabel. »Als ob du den Sauerstoff deinem Baby schickst!«

»Das Öl«, wimmere ich. »Jemand muss meinen Dammbereich einölen.«

Das habe ich zwar in den letzten Monaten täglich getan, doch heute ist es besonders wichtig, damit nichts reißt.

»Längst erledigt«, erwidert Anett sanft. »Lass los, Juli. Du bist bei uns in den besten Händen.«

»Weiß ich doch«, schluchze ich. »Danke, dass ihr da seid, danke, dass es euch gibt.«

Das Geburtshaus hat mir eine Hebamme zur Verfügung gestellt, doch den Löwenanteil übernehmen Isabel und Anett. Was wäre ich ohne meine wunderbaren Freundinnen? Die Aussöhnung mit Anett ist uns beiden erstaunlich leichtgefallen. Schließlich hatten wir eine solide Basis, und das seit vielen Jahren. Auch mit Isabel bin ich im Reinen, obwohl ich dann doch nicht bei ihr eingezogen bin. Stattdessen lebt seit Kurzem meine Mutter mit ihr und ihrem Mann zusammen. Die Liebe zum Yoga verbindet sie, das Faible für Reisen in Schweigeretreats und Meditationshotels – da haben sich Gleichgesinnte gefunden.

Wie lange bin ich eigentlich schon hier? Fünf, sechs Stunden bestimmt, vielleicht auch zehn. Ich habe jegliches Zeitgefühl verloren.

Aus dem Nebenraum dringt gedämpftes Gemurmel an mein Ohr. Dort wartet meine Mutter zusammen mit Luca und Matteo auf die Ankunft des neuen Erdenbürgers. Anfangs war Matteo hier im Gebärendenraum dabei, aber als ich sah, wie er bleicher und bleicher wurde, habe ich ihn rausgeschickt. Dafür musste ich ihm versprechen, dass er wieder reingeholt wird, wenn es so weit ist. Ein Stapel großer Handtücher liegt schon bereit, damit er unser Kind auffangen kann.

Es wird ein Mädchen. Das heißt, es ist ja schon ein Mädchen. Nun muss es nur noch schlüpfen.

Plötzlich erfasst mich eine Riesenwehe. Mein gesamter Körper bäumt sich auf, verwandelt sich in einen einzigen Schmerz. Und jetzt, endlich, erinnere ich mich der wichtigsten Übung aus dem Hypnobirthing-Programm: Ich visualisiere mein Baby. Wie in einem Film sehe ich es vor mir, wie es kämpft und ackert, um durch den engen Geburtskanal nach draußen zu gelangen. Daneben entsteht das Bild einer sich entfaltenden Rose. Auch das habe ich beim Hypnobirthing gelernt.

»Ja, du schaffst es, ich sehe schon das Köpfchen!«, werde ich von der Hebamme ermutigt.

»Matteo!«, schreit Anett. »Schnell! Es geht los!«

Tränenblind gewahre ich aus dem Augenwinkel, wie er hereingelaufen kommt, um sich hinter mich zu knien. Diese Situation haben wir unzählige Male in Gedanken durchgespielt, jeden Handgriff besprochen, auch visualisiert, dass ein Kind nicht glatt und rosig auf die Welt kommt, sondern komplett verknautscht und mit Blut und weißlicher Käseschmiere bedeckt. Matteo wird die Nabelschnur durchtrennen, darauf hat er bestanden.

»Juli!«, ruft er mir zu. »Einmal noch pressen! Nimm all deine Kraft, die du noch hast!«

Ich tue, was er sagt, und mit einem gigantischen Plopp, allenfalls einem Vulkanausbruch vergleichbar, rutscht unsere Tochter aus mir heraus.

»Es ist da«, schnieft Isabel, die ihre Tränen nicht mehr zurückhalten kann. »Euer wunderschönes gesundes Kind ist da.«

Ein zarter Schrei verrät mir, dass es atmet, und grenzenlose Erleichterung flutet mich.

»Ab heute bist du meine ganz persönliche Heldin«, werde ich von Anett gelobt. »Ehrlich, für diese Geburt, ohne PDA, ohne sonstige Hilfsmittel, hättest du eine Tapferkeitsmedaille verdient.«

Vorsichtig hilft sie mir auf die große weiche Matratze, die für mich bereitliegt. Und jetzt sehe ich das Wunder. Strampelnd liegt es in Matteos Armen, ein winziges Wesen, umarmt und beschützt von seinem Vater. Ich glaube, noch nie habe ich Matteo so sehr geliebt wie in diesem Augenblick. Er ist für mich da. Er ist für unser Kind da, das Gestalt gewordene Wunder unserer Liebe.

Anett reicht ihm eine sterilisierte Schere, und er zuckt nicht mit der Wimper, als er die Nabelschnur durchschneidet. Dann legt er mir unser Baby auf den Bauch und sich selber zu mir auf die Matratze. Selig schauen wir unsere Tochter an. Wie sehr ich es genieße, dass sie nicht gleich weggetragen und gebadet wird. Hier im Geburtshaus lässt man den Eltern Zeit, sich ganz dem Moment hinzugeben. Zärtlich streichelt Matteo meine tränennasse Wange.

»Sie ist so wunderschön, Juli. So, wie du.«

Ich möchte ewig hier liegen bleiben. Einfach nur staunen und ausatmen und dankbar sein. Matteos Nähe spüren, die liebende Energie, die zwischen uns fließt und ab heute auch unser gemeinsames Kind einschließt.

»Bitte trink etwas.« Isabel reicht mir ein Glas Eistee mit Zitrone, in das sie einen Strohhalm gesteckt hat. »Du hast viel Flüssigkeit verloren.«

Ja, ich weiß. Doch ich bin so schwach, dass ich nicht einmal mehr den Kopf heben kann. Matteo hilft mir. Er hält das Glas direkt unter mein Kinn, so dass meine Lippen ohne Mühe den Strohhalm erreichen. Nachdem ich einige Schlucke getrunken habe, schließe ich die Augen.

Ein, zwei Stunden werde ich noch hier verbringen, ein Bad nehmen, etwas essen. Wenn ich mich so weit erholt habe, dass ich aufrecht gehen kann, fahren Matteo und ich mit unserer Tochter nach Hause. In unser neues Zuhause. Die Wohnung liegt über Isabels Tanzstudio, ganz in der Nähe von Isabels Wohnung, und in den vergangenen Wochen haben wir sie gemeinsam eingerichtet.

Das absolute Glanzstück ist unser Bett. Ein XXL-Bett, handgefertigt von Hannah und Tarek, der seine Lehre mittlerweile in Hannahs Schreinerei fortsetzt und sich dort mit Bravour einbringt. Das Bett ist so groß, dass wir zu dritt darin Platz haben. Matteo war sofort einverstanden, als ich ihm das Konzept des Co-Sleeping vorgeschlagen habe. Es ist nicht unumstritten, doch meine Erfahrungen als Hebamme haben mich gelehrt, dass es die Bindungsqualität zwischen Eltern und Kind ungemein fördert, wenn man nachts nicht dauernd aufstehen und ins Kinderzimmer rennen muss, weil das Baby weint.

Ach, überhaupt ist Matteo der Mann, der meine kühnsten Träume übertrifft. Abgesehen davon, dass ich ihn unendlich liebe, hat er auch seine Alltagstauglichkeit unter Beweis gestellt. Alles, was er bei unserer ersten Wiederbegegnung vor Emilys Haus ausstrahlte, ist eingetroffen: Seine Aura jungenhafter Männlichkeit, die atemberaubende Abenteuer ebenso verhieß wie die berühmte starke Schulter, hat sich in Realität verwandelt.

Und Emily? Nun, letztlich hat sie bekommen, was sie wollte. Insofern war ihr Post ein Befreiungsschlag, denn Matthiesens Frau hat den untreuen Herrn Doktor noch am selben Tag aus der Villa geschmissen. Ziemlich spektakulär übrigens. Sie ist so weit gegangen, seine sämtlichen Klamotten aus dem Fenster in den Garten zu schmettern, das Ganze zu filmen und auf Instagram zu posten.

Wie man das finden soll? Geschmackssache. Sind Emily und Matthiesen glücklich? Keine Ahnung. Er hat das Kind selbst entbunden, mit Kaiserschnitt natürlich, danach in der Christophorus-Klinik gekündigt und einen neuen Job in einer Privatklinik angetreten. Mit mäßigem Erfolg, wie man hört. Seine aufgeflogene Affäre hat in unserer doch recht überschaubaren Stadt viel Staub aufgewirbelt. Der Arzt, dem die Frauen vertrauen, wird er wohl erst mal nicht sein.

»Hey«, Matteo stupst meine Nase an, »ich wäre jetzt gern da, wo deine Gedanken sind.«

Ich muss lächeln. Genau diesen Satz hat er mir damals in seiner langen, langen Nachricht geschrieben.

»Ich denke kaum, dass du gern dort wärst, wo gerade meine Gedanken waren«, erwidere ich seufzend.

»Dann lass uns einfach hierbleiben und unsere Tochter bewundern.«

»Ja, du hast recht. Nach den Anstrengungen der letzten Stunden bin ich irgendwie ganz doof im Kopf und denke an alles Mögliche.«

»Ist schon okay«, murmelt er. »Zu Hause ist da, wo du auch mal doof sein darfst.«

Hach, so ist Matteo eben. Gebannt sehen wir zu, wie Anett unsere Tochter mit einem feuchten Tuch behutsam von der wachsartigen weißlichen Schicht und dem Blut befreit. Über einen Namen haben wir lange diskutiert. Ellen war lange im Rennen, gefolgt von Ella, Annalena, Lilli und Emma. Momentan neigen wir zu Clara.

»Oje, ich habe vergessen, dir etwas Wichtiges zu sagen«, flüstert Matteo und küsst mein Ohrläppchen.

»Was denn?«

»Ich glaube, dies wird der schönste Weißt-du-noch-Moment unseres Lebens.«

Marie-Christin Fuchs
Mord kennt kein Alter
Kriminalroman
320 Seiten. Klappenbroschur
ISBN 978-3-352-00987-7
Auch als E-Book lieferbar

Siebzig plus Mord

Lotte Hansen, Bewohnerin der eleganten Wohnanlage Schloss Bucheneck, irgendwo in der Nähe von Rostock, sieht sich plötzlich gezwungen, in dem Mordfall an einer jungen Sängerin zu ermitteln. Denn die Polizei nimmt doch allen Ernstes ihren dementen Mann Hannes ins Visier. Zusammen mit der ehemaligen Finanzbeamtin Ute und dem emeritierten Professor Harald geht Lotte auf Mörderjagd. Wer hat die Frau getötet, und warum ist ihr Körper mit merkwürdigen Bissspuren übersät? Lotte Hansen muss alle Register ziehen, um den Mörder zu finden, und eines ist klar: Zum alten Eisen gehört sie noch lange nicht.

Erfrischend humorvoll und spannend bis zur letzten Seite

Regelmäßige Informationen erhalten Sie über unseren Newsletter.
Jetzt anmelden unter: www.aufbau-verlage.de/newsletter

rütten & loening